heed the thunder jim thompson

雷鳴に気をつけろ

ジム・トンプスン

真崎義博 訳

文遊社

雷鳴に気をつけろ

ロイス・マクドゥエルとエリオット・マクドゥエルへ

ああ、現金のありがたさ、約束手形の頼りなさ……

——ウマル・ハイヤーム『ルバイヤート』

1

その列車がヴァードンで停車した朝の五時、町と谷はまだ明け方の薄闇に包まれていた。数本の陽光が、砂丘の頂に沿って牧草地のあいだをしなやかな指のように少しずつ滑り下り、震えながら凍てついたキャラマス川のなかへと潜り込み、家畜用の長いフェンスをくぐって谷に帰り、芝土を積み上げた家や掩蔽壕のような家の上を慌ただしく通り抜けて行く。だが、肥沃な谷はあくまでも平穏で暗く、豊かさに満ちていた。その日の膨大な労働をまえにして、ぎりぎりまで休息を取ろうとする心優しい巨人のように谷は闇にしがみついていた。そして、列車はみずからの本分をわきまえるかのような、夜闇を乱さない柔らかな光を放っていた。駅の長いプラットフォームには一面茶色の板が貼ってあるが、経年と日照り、そして雨で痛めつけられていた。

列車を降りたミセス・ディロンは、車掌が差し出す手から慎重に肘を遠ざけた。こんな仕草が出たのは(それまでのあらゆる教訓から、付き添いなく旅をしている女性は用心するに越したことはない、と信じていたとはいえ)、かならずしも淑女ぶって取り澄ましているからではなく、とにかくその車掌を毛嫌いし、恐怖感すら覚えていたからだった。自分はどんな男とも——たとえこういう男が二人いても——互角に渡り合えるのだ、と自分に言い聞かせてみたが、それでも強い恐怖心と嫌悪感は消えなかった。それは、実力以上の力を出すことを自らに課している者への恐怖心と嫌悪感だった。ミセス・ディロンのお気に入りの言いまわしを使って言えば、この禿げ頭の乗務員をこてんぱんにしてやればよかった、と思ったくらいだった。

だが、車掌から離れようとしたミセス・ディロンは、暗いせいもあって降車用の足台を踏み外してしまった。前のめりになってプラットフォームに転がり落ちながら、両腕で抱えている息子を押しつぶすまいと反射的に上体を捻った。母親の上に落ちたあと、母親の顔とダチョウの羽根飾りのついた帽子の上を転がって目を覚ました息子は、両膝をついたままますすり泣いていた。素早くスカートとペチコートを手で払って直したミセス・ディロンは、車掌に助け起こす間も与えずに立ち上がった。

そして、屈みこんで息子を胸にしっかりと抱きしめ、勢いよく揺すった。「ほんとはなんともないんでしょ？　だったら、そんなに泣くのはおよしなさい」片手で子どものからだを手荒く探りながら、もう一方の手で帽子の位置を直しはじめた。「どこか痛いところでもあるの？　いいから黙りなさい！痛むところを見せてちょうだい」

車掌が咳払いをした。「よろしいですか、奥さん。私たちの用件を済ませて、列車を出させてもらえませんかね？」

「なんですって？」ミセス・ディロンは車掌に激しく食ってかかった。「いい加減にしてちょうだい！車内でずっとしつこくつきまとわれたせいで、こっちは気分が悪くなりかけてるのよ。これ以上、あなたに話すことなどありません！」

「ご主人はオクラホマ・シティで法律事務所を経営されている、とおっしゃっていましたね？」

「ええ、言いましたとも！」ミセス・ディロンは答えた。「ロバート・A・ディロンという弁護士よ」恐怖心に苛まれながらも、熱を込めてはっきりとその肩書を口にした。

「しかし、いまはそちらにはおられない、と？」

「そうですとも、いませんよ！　そのこともお話ししたでしょう！　そしてもう一度言いますけど、どこにいるのかわかりませんし、それに――それに、私にとってはどうでもいいことです！」

「とりあえず、そのことについてはもう結構ですよ」車掌は、ランタンの明かりを頼りにメモを取りながら言った。「ここでどなたを訪ねられるんですか?」

「そんなこと、あなたに関係ないでしょ!」

「ふーむ、ご実家ですね?」車掌はメモを取った。「それで、やはりそちらの大きなお子さんはまだ五歳だと、実際には五歳の誕生日もまだ迎えていない、とおっしゃるんですか?」

「その話は百回しました。これ以上は繰り返しません!」

「結構ですが」——車掌は音をたててメモ帳を閉じた——「鉄道会社を騙すことなどできないということは、いずれおわかりになりますよ、奥さん。無駄な真似はおよしなさい。いずれご連絡いたします」

ミセス・ディロンは震えながら車掌を睨みつけた。「あら、そうなの?」唐突に食ってかかるように訊いた。

「もちろんです。ですから無駄な——」

「無駄だの無駄じゃないだのと、あなたに決めつけられるいわれはありません! 息子のロバートと私は、いまおたくの列車から落ちたんですよ。踏み台が滑ったからです。そうですとも、お医者様に診てもらえば山ほど問題が見つかるはずですから、そうなったら私としては——」

「いや、ちょっと待ってください」車掌は言い返した。「あの踏み台は滑ったりしませんよ。しかも、あなた方が落ちるところを見た方など——」

「証人ならいくらでも集めてみせますよ!」ミセス・ディロンの声は金切り声に近かった。「この町はうちが造ったようなものです。私とうちの——うちの家族とその友人が造った町があそこにあるんだから、半マイルも離れたこんな場所じゃなくて、あっちに駅を造るべきだったんですよ。おかげであのトウモロコシ畑のなかに、何千ドルもの価値があるはずの区画が手つかずのまま残される羽目になってるんです。しかも、町の人たちはあくどいおたくの会社にさんざん運賃を払ってるのに、そちらときたら恩知らずで、ろくに積み荷を引き受けようともしないじゃないですか。そのうえ――」

「わかりましたよ、奥さん、わかりました」車掌はげんなりした顔でランタンを振った。「このくらいにしておきましょう」

このあたりの田舎者が、ひとりでも鉄道会社を相手に訴訟を起こすとどうなるかということは、ミセス・ディロンよりも車掌のほうがよほどよく知っていた。近親婚を繰り返す住民たちは、氏族的と言ってもいい関係にある。だからお互いがいがみ合っている最中でも、一致団結して鉄道会社に歯向かってくるのだ。受賞牛が列車にひき殺されたことが原因だったこともあるが、列車の煙突から火花が飛んで植え付け用の穀物を育てる畑が火事になると、かならず騒動の火種になった。だからといって、鉄道会社が無力というわけではない。それどころか、当初の状態からかけ離れて成長し過ぎていた。新しい町の建設、補助金、下請け契約で大儲けし、ひとつの地域を破滅させ、別の地域に儲けさせたあげく、後者にも前者と同じ運命を辿ることになるぞ、と脅しをかけるのだ。そして、いまでも会社はかなり潤っていて、出費が――正当な出費が、対価として求めるよりもはるかに大きな利益を享受している。だが、その支持者とは名ばかりの僕《しもべ》たちは、都会や主要都市に住んでいた。そういう場所の支線の沿線は、葉が青々と茂る枝先のように活気づいている。一方で、守ってくれるものもなく蝕まれ、消極的に、あるいは悪意をもって水を撒かれている根元の部分は、枯れてゆく運命にあった。

不意に揺れて大儀そうに動きだし、流れるように去って行く列車を見つめるミセス・ディロンは、自分が歴史に残る行動をとったということにも、意図的にではないだろうが必ずと言っていいほど後世に誤解されることになる、時代を象徴する存在になったという事実にも、まったく気づいていなかった。三十年後どころか、十五年後、一九二〇年代前半の大不況で、新聞の論説委員や政治家が過ぎ去った時代の徹底した個人主義を強く求める——実際には政府への不信を称え、無政府主義を煽る——ころになっても、やはりミセス・ディロンは、自分がかつてその風潮を招くことに一役買ったことには気づかないだろう。そして、そんなことがあったかどうかということも、深く気に留めることはないだろう。

ミセス・ディロンの記憶に鮮明に刻み付けられるのはそんなことではない。キャンバスいっぱいに描き出される絵のように、川の先まで広がっていく暁の光や、見る見るうちに芽を出し、大きくなって葉擦れの音を響かせる青々としたトウモロコシ畑、目を覚ましはじめた牛たちが出すくぐもった悲しげな低い声、災害を目の当たりにした自分の若さと自信、そしてわが子、わが子、わが子……

……そしていま、ミセス・ディロンは息子をふたたび、しかし今度は優しく叩き、つばを吐いた手のひらで後頭部のしつこい逆毛を直そうとしていた。そして、いい加減にしないと折檻する、と言って脅した。

「いつまでも何をわめいてるの?」息子に噛みついた。「いい加減にしないと、本気で叩きますよ!ママのかわいいぼくちゃんは、いったいどうしちゃったのかしら?」

「パ……パパはどこ?」

「そんなこと知るわけ……たぶん、誰かとお約束があったのよ。かならずあとで会えるから、いい子にしないとパパに言いつけますよ」

「ファーゴお爺ちゃんの家にいるの?」

「ええ、そうだと思うわ。行けばわかるわ」

息子はまた泣きだした。「マ……ママが、パパはお爺ちゃんちにいる、って言ったんじゃないか！マ……ママが――」

「いい加減になさい。行けばわかるって言ったでしょ！」ミセス・ディロンは声を荒らげた。「さあ、静かにしないと、あなたの声を聞いてパパが逃げ出すわよ！」

「わ……わかったよ」息子は身震いして両目をこすった。

「お手洗いに行きたい？」

「うん」

「やっぱり。そうだろうと思ったわ！」ミセス・ディロンは言った。「あなたがあんなふうに跳ねたりするたびに、どうしたんだろうって心配してるのよ」

その場に麦わらで編んだスーツケースとキャンバス地でできた〝望遠鏡《テレスコープ》（訳注―入れ子になった旅行かばん）〟を置き、母親は息子の手を引いてプラットフォームを五十フィートほど――骨の折れる無意味な距離を――歩いた。すでに、夜は立ちこめてくる霧のように上空に浮かび上がり、その下で日の光が高く集まりはじめていた。

プラットフォームの端まで来ると、ミセス・ディロンはアーチ状になった雑草に縁取られた小道を指さした。それは、小さな溝の向こうにある暗い赤に塗られた軒の突き出す小屋に通じている。小屋の入口は開け放したままで、爽快な朝の空気のなかでさえ、さほど不快ではないが消石灰の刺激臭がしていた。

「ほら」ミセス・ディロンは息子を促した。「あそこよ。行ってらっしゃい」

男の子は信じられないという顔をして小さく笑った。「まさか、あんなの、バスルームじゃないよね」

「バスルームではないわね」

「じゃあ、バスルームはどこにあるの?」

「そうねえ、あれがバスルームのようなものなのよ」ミセス・ディロンは答えた。「このへんで便所《プリヴィ》と呼ばれるものなのよ。このへんでは、ああいうトイレしかないの」

「ふうん」男の子は言い、母親の顔を見つめた。それから、小道の先の小屋にもう一度目をやった。まえに、父親といっしょにトランプで作った家と似ていた。「ママが小さかったころも、便所というのを使ってたの?」

「いつもね」ミセス・ディロンははっきり答えた。

ロバートは自信がなさそうにからだを揺らし、力を込めて腕組みをした。「いっしょに来てくれるよね」泣き言を言った。

「いいえ、行きませんよ。あんな草のなかを通ったら、スカートが濡れてしまって絶対に乾かないもの。ひとりで行きなさい。私はここで待ってるから」

「どこかへ行ったりしない?」

「いったい、どこへ行くっていうの? 電柱によじ登るとでも?」

思わず笑いを漏らしたロバートは、母親に軽く押されて小道を辿りはじめた。何度も足を止めて母親に強い口調でせかされ、溝のまえまで来た。そのころには小屋には誰もいないのがわかっていたので、勇ましく溝をまたいだ。小屋に入ってなかを見まわした。そこにある唯一の家具らしきものは、正面の壁ぎわに置いてある二つの穴の開いた一見収納箱に見えるものだった。ロバートは恐る恐るそれに近づき、臭いを嗅ぎながら暗い穴を見つめた。それから、好奇心に駆られて二つの穴の小さいほう、つまり女性用の穴に顔をつけ、興味深そうにいつまでも観察していた。

やっと七つになるかならないかという年齢の子どもがそんな顔つきをすると言えるのなら、という話だが、ロバートは眉をひそめて戸口へ向かった。

「大変だよ」母親に向けて声をあげた。「あれ、水を流してねえ《エイント》んだ」

「水を流してない《ハズント》、でしょ」ミセス・ディロンがことば遣いを直した。

「そんなことわかってるよ」

「ロバート！」ミセス・ディロンは唾を飛ばす勢いで言った。「人を怒らせるのをやめないなら——どうしてもそっちへ行かなければならないと言うなら——！」

「でも、流してねえ《エイント》——もういっぱいなんだよ」

「そんなわけないでしょ！」ミセス・ディロンの声は、なかば叫び声になっていた。「まだ、いくらでも余裕があるはずよ！」

「じゃあ、どうやっていっぱいにならないようにしてるの？」

「知るものですか！」ミセス・ディロンは大声で言い、ひと呼吸置いてため息をついた。「ええ、知ってるわ。中国人が来て持ってくの」

「そうなんだ」息子は言った。

ロバートにとって、母親の言うことは充分に納得できるものだった。この子には、中国人がなぜそんなおぞましい仕事を引きうけるのかということも、その仕事をするために地球の裏側からどうやってここまで来るのかということも理解できなかった。だが、中国人が頭を下にしてどうやって地球の裏側を歩きまわっているのかということもやはり理解できなかったが、そうやって歩いているということは疑おうともしなかった。

「じゃあさ」――ロバートはためらった――「下から手を伸ばしてきて捕まっちゃうかもしれないじゃない」

「そしたら、まちがいなく連れてかれるわね！」母親は応えた。「でも、それはありえないわ。出てくるとしたら、もっと早い時間に出てくるはずだから。さあ、早くしなさい、い、い、い、い！」

ロバートはなかに戻った。こうしているあいだにも中国人が迫っているかもしれないというスリルを楽しみながら、運の悪いやつを濡らしているのかもしれないという思いに胸を躍らせて用を足し、小屋から出て行こうとした。もちろん、すぐには出て行かなかった。おそらく身体的な必要性（休息への欲求と、その口実の必要性）が原因と思われるが、この子にはひとたび好奇心が沸き上がると、それに導かれるままに行動してしまうという軟弱なところがあった。

壁に打たれた釘に下がるぼろぼろのカタログに目を留めたロバートは、釘から外して戸口へ持って行き、それをかざしてなぜそんなものがあるのかを訊いた。

「ロバート！　戻ってきなさい！」

「でも、なんでこんなものがあるの？」

「それはね――それは読むためにあるのよ！」

「そうなんだ」子どもは言った。「だったら、ぼくもちょっと読んどこうかな」

ぎこちない手つきでぶ厚いカタログを開き、本文の参考になりそうな絵を探してページをめくりはじめた。ロバートは、痩せた動作の鈍い子どもで、顔色が悪く、頭が大きくて髪は薄茶色だった。いま着ている服は、当時バスター・ブラウン・スーツと呼ばれていたもので、大きなセーラー・カラーのついたミディ・ブラウスと、腰回りに並んだ大きな白いボタンでウエストを留める、裾の開いた膝丈のズボンをあわせた服だった。ゴムを顎の下にかけて留めてある茶色いつば広のセーラー・ハットには、頭頂部からうしろ側にかけて流れる装飾用のリボンが何本もついていた。足には茶色の縞模様が入ったクルー・ソックスと、エナメルのスリッポン・シューズを履いていた。

ロバートがこんな服装を受け入れたのは、これがいまのアメリカ陸軍の制服だ、とミセス・ディロンに何度も言い聞かされたからだった。彼女としては、子どもの実年齢を列車の乗務員に知られたくないという空しい思いからしたことだった。

徹底した現実主義者としての心が、これは試してみるだけの価値があることだ、と言い張ってはいるのだが、ひどく馬鹿げた恰好をしているうえに、はなから母親を信じてそのことに気づいていない息子の姿を改めて眺めていると、ミセス・ディロンの目には涙が浮かんできた。子どもの信頼につけこむとは、なんてひどいことをしたのだろう！　それについては言い逃れの余地がない。二度とこんなことはするまい、と思った。

ミセス・ディロンは目をしばたたき、片手で一瞬両目を覆った。そして両目を開いてみると、息子は目のまえにいて母親の顔を見上げ、誇らしげな笑顔を向けていた。

「中国人には捕まらなかったよ、ママ。ずっとひとりだったけど、ちっとも怖くなかった」

「当たりまえじゃない！　あなたはママの立派で勇敢な子でしょ？」

「まあね。じゃあ、これからファーゴお爺ちゃんちへ行くんでしょ？」

「そのとおりよ」

「パパに会える？」

「それはないと思うわ」

「ママは言ってたじゃないか！　おじいちゃんちに行けばパパに会えるって！　忘れてないでしょ！　ママが――」

「はいはい」ミセス・ディロンは応えた。「いるかもしれないわね。行けばわかるわ」

2

リンカーン・ファーゴが北軍に入ったのは、十二歳から十七歳のあいだだった。人口動態統計について無関心だった時代に孤児になったため、自分の実年齢を知らなかった――そして、そんなことはさしたる問題でもなかった。リンカーンは自分の名前の由来になった人物のことばをもじり、もういい歳だよ、と言って済ませるのが好きだったからだ。

軍隊に入った理由は、第一にはカネのためで（裕福な農家の息子の身代わりになり、二百ドルを手にした）、第二にはそれは愛国的で、正しい行動だと思ったからだった。あるいは、もしかすると、その二つの要因が同じ強さでこの男を突き動かしたのかもしれなかった。男にありがちな自分の評判に対する強い自尊心をもつリンカーンは、必要以上にカネに卑しいわけでもなかった。だが、自分で未来を切り拓くしかない年季奉公に出された孤児として、ほかの子よりは多少そういう面があったかもしれない。

リンカーンが軍隊に留まっていた理由は、そこから出る方法を知らなかったからだ。そして最大限に努力し、立派な軍曹として頭角を現わすようになったものの、軍隊に入ってからは戦争に対してかなり悪い印象をもつようになっていた。内心では、自分は騙された、と思っていたのだ。

果てしない移動と、考えの幅は狭いにしてもかなり鋭い思索のなかで、リンカーンは、人は自分の努力に見合う自由しか得られないのだ、という結論に達していた。ときには、運が味方してくれなければそれすら手に入らないこともあったが、人の手を借りても無駄だということはわかっていた。自由を手に入れて維持するには、筋力が必要なのだ。それがなければ自由は長つづきしない。やがて、この問題を別な角度からも眺めるようになった。たとえば、隣人が家に閉じ込めているイヌを自由にしてやろうと、その隣人を説得するとしよう。すると喧嘩をする羽目になり、二人とも命を落とすうえに、隣人の家まで壊してしまう。イヌは自由になるが、この行動にはそれだけの価値があるだろうか？　しかも放っておけば、そのうちにイヌが自分で穴を掘って逃げ出すか、隣人の気持ちが軟化したのではないか？

自分が無知だということを認めたうえでそうした結論に達したリンカーン・ファーゴは、自分が長い時間をかけてやっと辿り着いた単純な真実の数々を、戦争の裏で糸を引いている権力者たちがすでに知らないはずはない、と信じていた。だから、この戦争の裏には金銭の授受が絡んだ別な理由が潜んでいるはずだ、とも考えていた。

リンカーン・ファーゴの若いころは、後知恵でとやかく言うことは高くついた。一度は痛い目に遭ったが、それは自分のせいではなかった。だが二度目ともなると、責任は自分にあることになる。

もはや、リンカーンにとって戦争は無用のものだった。

リンカーン・ファーゴは、除隊後にオハイオ州に帰った理由についてしばしば思いを巡らせた。特に気になる者などいなかった。合法的に奴隷として扱われていた小さな共同体よりも、ほかの場所へ行ったほうがはるかに多くのチャンスが得られるはずだった。それでも故郷へ帰った。それだけは事実だ。入隊と引き換えに手に入れた危ない銀行が発行した紙幣は、すでに紙屑同然になっていた。軍の給料はギャンブルで使い果たしてしまった。そして、石工の徒弟として月六ドルの給料、住み込み賄いつき、毎年一揃いの服も貰える、そんな仕事についた。

ある農場でサイロの基礎づくりの仕事をしていたとき、リンカーンは自分と同じように親のいない、雇われた娘と知り合いになった。この娘の気ままな凛々しさや信心深さ、真面目な勤勉さや身持ちの堅さなど、あらゆるところが気に入った。そして、からかい半分で罠を仕掛けてその気にさせようとしているうちに、自分が操っているはずの縄の先で起きていることが見えなくなってしまった。彼は娘を連れて伝道集会へ行った。心底後悔したときにはすでに手遅れで、気づくと改宗者として、悔い改める人々に交じっていた。そして、その娘と結婚した。

リンカーンにとって牧師は無用だった。謝罪のことばも良心の呵責もなく、リンカーンは妻の蓄えを横取りし、ひとりで仕事をはじめた。懸命に働いた。オハイオ州のその近辺で石積み工事の要望があれば、二つ返事で引き受けた。仕事が欲しかったのだ。こうして五年が過ぎたころでも、蓄えはその仕事をはじめたころから変わっていなかった。それればかりか、ヘルニアにもなってしまった。

ポーカーで勝ちがつづいたことをきっかけに、リンカーンはオハイオ州に家族を残してセント・ルイスへ行った。のちになっても、自分自身に対してさえも、そのとき家族の元へ戻るつもりなどなかったということを頑として認めなかった。セント・ルイスでは最高級ホテルに部屋を取って贅沢三昧をし、またたく間に話術とギャンブルに長け、ウィスキーと食べ物にうるさい通人という評判を手にした。リンカーンは生まれつき礼儀をわきまえているのだが、それでも恐ろしいほど辛辣な男だった。そのはしゃぎようには常軌を逸したところがあった。気にかけることなど何もないようだった。石積みを生業にしている、ということだけはさらりと認めるが、それ以上の話は避けていた。その話はしたくないんだ、と公言していた。ここに来たのは楽しく過ごすためだ……仕事の話なんかクソ喰らえだ、と言った。この一杯はおれがおごるよ、と。

おそらく、自分が何をしているかということはよくわかっていたのだろう。よく、そううそぶいていた。

ついにある晩（そのころ、リンカーンの所持金はあと二十ドルというところまで減っていた）二人の遊び仲間から、上の階にある個室のダイニング・ルームの一室でいっしょに夕食をとらないか、と誘われた。おまえにとって会う価値のある連中がいるぞ、と。もちろん彼らも、おまえが仕事の話をしたくないってことはわかってるさ。生活は安泰だってこともな。それでもだ……

数日後、彼はオハイオ州に戻ってきた。有言実行の男を気取り、思い出せないほど数多くの鉄道橋や給水塔、貯蔵庫、その他もろもろの基礎を造る仕事の報酬として受け取ったカネの三分の一を、ご丁寧にもリベートとしてまるまる払い戻していた。だがそれに加え、二年のあいだに一万ドル以上のカネを使い切ってしまったのだった。

一八六〇年代から七〇年代にかけて、アメリカ中西部にある川の多くは、はるか北のカナダとの国境付近まで航行が可能だった。川岸に沿って新しい町が次々と誕生していた。東部の大都市に引けを取らない価格で分譲地が売りに出されていた。アメリカ合衆国の首都は、いずれネブラスカ準州内に手つかずのまま残されているもっと適切な広い場所に移転することになるだろう、そんな噂がいつまでも流れつづけた。そこにある複数の川沿いに、ニューヨークやシカゴ、ボストンと肩を並べる都市が造られることになるだろう、と。鉄道会社には、好きなところに線路を引かせておけばいい。河川を船で移動するほうが安く快適で、人気も高い——どこからどう見ても有利だった。

リンカーン・ファーゴはカンザス・シティへ移った。妻は夫を説得し、そこで下宿屋を開くための充分な資金を手に入れた。リンカーンは残りの資金と高い利息をつけた約束手形の束を使って小型船を購入した。一度カンザス・シティからフェアベリーまで運航し、そこからあがった利益は手形の支払いにあてた。二度目の運航中に、小型船は砂洲に座礁した。

その船は、いまでもネブラスカ州のどこかの、かつて川床だった所に広がるオヒシバの茂みのはるか下で眠っている。その上には一台のグランド・ピアノを含むいろいろな所持品や、数多くの移住希望者たちの夢が残されたままになっている。リンクは――確信をもって――乗客は全員無事に逃げた、と信じていた。だが、強い憤りに駆られた乗客たちが邪魔をして、被害の状況を詳しく調べられなかったことを繰り返し悔やんだ。

カンザス・シティへ帰る途中、リンカーンは自分の経歴の汚点となる、恥ずべきことに手を出さなければならない羽目になった。馬を盗んだのだ。それについては、決して自分を許すことができなかった。その後自分を襲った不幸の多くは、その罪に対する罰なのだと信じていた。

カンザス・シティでは何ひとつ軌道に乗せられないような気がしたが、それでも、妻でさえ認めたように、かなりの努力はした。その試みのひとつは、下宿屋に客として滞在していた彼よりも頭が切れてかなり風采のいい、自称大学教授と共同で取り組んだものだった。あらゆる害虫に対する効果を保証した駆除装置を郵便で売り込んだのだ。それは、小さなレンガと木槌に、簡単な説明書がついたものだった。説明書には、レンガの上に始末したい害虫を置き、木槌で思いきり叩きつぶすように、という使用手順が書かれていた。

装置などと呼ぶのもおこがましいが、最初の売れ行きは上々で、二人ははるか遠いワシントンから何度か送られてきた警告書をなんのお咎めもなく無視することができた。購入者も、文句を言ったところでなんの足しにもならないことがわかっているので、ほとんど誰も何も言わなかった。それどころか、最初に悔しい思いをした購入者がのちにライバル業者になるということも頻発した。定期刊行物や郵便物は、この〝バグ・キラー〟の広告で溢れかえった。だが、二、三週間のうちにこの商品の実態は世間に知れ渡り、購入希望者はすっかりいなくなった。

リンカーンがきつい石工の仕事に戻ることは肉体的に無理だったが、どのみち、もう飽きてしまっていた。カジノを転々としてディーラーの仕事をしてみたが、どこも不満足な結果に終わった。他人のギャンブルのおぜん立てには興味が湧かなかったのだ。しかも、自分が満足いくまでギャンブルを楽しめるほどのカネがあるわけでもなかった。

当時は、一ヶ月間建物を一軒借りられれば、酒場を開くことのできる時代だった。醸造所が互いにしのぎを削っているので、建物以外のものはなんでもツケで提供してくれていた。そこで、リンクはほかに十二軒しか酒場のない通りで開業し、何ヶ月間か、いつ潰れてもおかしくない店を切り盛りした。その過当競争のなかでまるで勝ち目がないというわけでもなかったのだが、その稼業が好きになれなかった。二階の部屋、飲み物に混ぜる催眠薬、川に通じる跳ね上げ戸といった大儲けできる副業に手を出す気はさらさらなかった。いちばんの問題は、酔っ払いに我慢できないことだった。二、三杯くらいなら飲むのは構わない、と思っていた。リンク自身は、それをはるかに上回る量の酒を飲んでも平常心を保つことができたし、それはそれでかまわない、と思っていた。だが、まったく飲めない男と飲み過ぎる男には我慢がならず、怒りさえ覚えた。その客がいくら払おうと同じだった。

酔っ払いに用はない。その気持ちを隠そうともしなかった。ヘルニアを患っているとはいえ、拳と足はまだ充分に使いこなせた。

酒場の経営に失敗したあとも、いくつかほかのことに挑戦してみた。リンカーンにできることは、もうそれくらいしか残されていなかった。大型の荷馬車屋を経営した。貸し馬屋の営業権を取得した。が、どれも失敗した。一八七〇年代の後半にネブラスカ州に戻り、自営農地を取得した——それも、二ヶ所だ。

二ヶ所目を手に入れるときに、彼は当時としてはごく普通の慣習に従って一日だけ女性をひとり雇い、妻として届けを出してこの女性の名前を使って土地の申請をした。もちろん違法行為だが、〝元北軍兵士〟ということで許可が下りた。

その近辺に住む北軍軍人会の人々はすぐさま結束した。カパーヘッド——南部びいきの北部人——は、ごく少数しかいなかった。ちょっとした道義心にくすぐられたリンカーンは覆面騎馬団に入った。所有権が認められた良質の開墾地をもつ近隣のカパーヘッドの家へ夜な夜な仲間とともに押しかけ、破格の安値で土地を売り渡すか、追い出されるか、好きなほうを選べと迫った。ほとんどの家は彼らの手を煩わさずに消えたが、良心など痛まない、とリンカーンは自分に言い聞かせていた。つまるところ、覆面騎馬団を生んだのは南部なのだから、文句を言われる筋合いなどないではないか？　もし立場が逆だったら、やつらはこちら側に同じ仕打ちをしてきたはずだ、そう確信していた。

やがて、リンカーン・ファーゴはネブラスカ州でも特に肥沃な沖積層の低地を千エーカーも所有するようになった。一九一八年には三十万ドルの値がつくことになった土地だ。だが、そのころにはもう彼の土地ではなくなっていた。その年にはもう手放していたのだ。ヴァードンの村が開発ブームに沸いたときも、リンカーンは蚊帳の外に置かれているも同然だった。

年金暮らしをして、ヴァードンの郊外に家と十エーカーの土地を所有していた。百六十エーカーの土地を長男のシャーマンに譲ってしまっていたのだ。

実を言えば、この家もリンカーンのものではない。大昔の小型船の支払いを逃れるために、弁護士の勧めに従って妻に譲渡していたからだ。

リンカーンは、弁護士というものを無用なものだと思っていた。

いまのリンカーンは六十歳か六十五歳くらいだ——どちらなのかはわからない。わかっているのは、もういい歳だということだけだった。

まとまりのない造りの自宅、そのコテージの玄関先にあるポーチに坐り、踝までのブーツを履いた両脚を突っ張り棒のように柱に当て、白髪混じりの禿げ頭に黒いつば広の帽子を目深にかぶり、鮮やかな青い目は不等辺三角形の形に窪んでいる。

今年、七エーカーの土地で育てているトウモロコシは、収穫する価値もなさそうだ。ということは、家畜を飼うなら買わなければならない、ということだ。だが、いずれにせよ、家畜を飼ってなんになる？　やたらと手間ばかりかかってカネにもならないというのに。

いま飼っているニワトリも、やたらと面倒なやつらだ（こう思いながら、杖で一羽を乱暴に叩いた）。このポーチを汚すか、勝手に野菜畑に入って悪さをするばかりだ。食べるには硬すぎるし、ぐうたらで卵も生まない。だが、どうでもいいではないか。玄関先は女房にきれいにさせておけばいい。そうすればあの底意地の悪さも多少は和らぐだろう。野菜畑なんかくそくらえだ。缶詰を買ったほうが安上がりじゃないか。

どのみち、食べることにはあまり関心がなくなっていた。ものが嚙めなくなると、食べることがまるで楽しくなくなるのだ。

リンカーンにとっては、歯医者も無用だった。

考え、夢想に浸りながら、口の端にくわえている長くて黒い安物の葉巻を反対側へ転がし、葉巻の端が鼻に当たりそうになってぼんやりと悪態をついた……あと一、二年もしたら、きっとズボンに穴を開けて尻でタバコを吸わなきゃならんはめになるぞ……そこであざ笑うような声をあげ、時間というものが仕掛けてきた数々のいたずらの面白さを思って猛禽類のような風貌を震わせた。

もはや気にも留めなくなったことや信じられなくなったことが、奇妙に思えるほど、そして驚くほどたくさんあった。自分の力で見たり手に入れたりできるものは、これまですべて見て手にしてきた。リンカーンは、自分の力の及ぶ範囲の限界を知っていた。もう足せるものは何もない。いまはただ減らすのみという段階に入っていた。誰もがそうなるのだろうかと考えた結果、そうなるにちがいないという結論に達した。そして、みんなどんな気持ちになるのだろう、と考え、自分と同じ気持ちになるはずだ、という結論が出た。人生で与えられるものはそれしかないのだ。少しずつ減らされていく贈り物。返さなければならない贈り物《インディアン・ギフト》だ。最初はひと握りのものを持っているが、最後はひと握りのものすら残らない。しまいには、いちばん必要なときにいちばんいいものが奪い去られる。どん底に落ち、生きている意味を見失ったとき、人は死ぬ。それは、おそらくいいことなのだろう。

自分にとって、もう人生に用はない。どう考えてもないに等しかった。

いまでは無一文に近かったが、いいゲームを長くつづけてきたし、その楽しみにはそれなりの価値があった。これまでの損失は、負けだと思って落ち込むほどのものでもなかった。もしこの結果を引き分けと呼べる見方があれば、とうの昔に喜んでテーブルを離れていただろう。

自分にはプライドがあるから生きているのだと思っていた。意志の力だ。

それすら用なしになるのはいつのことだろう、と思った。

それほど先のことではないだろう、と思った。

玄関の網戸が開き、息子のグラントが外へ出てきていた。

「おはよう、父さん」声をかけてきた。

「おはよう、なんて言う時間か?」リンカーンは応えた。

息子に軽く目をやって咳をし、柱から両足を離すと、目のまえを通るニワトリに向かって咳払いした。それからまた椅子の背にもたれ、目の端からグラントに陰険な視線を送った。

若い息子はタバコのパッケージを出して一本抜き、それで手首を軽く叩きながら黙って立っていた。父親の嫌悪感には気づいていて、居心地が悪かった。人に好かれたがるところは父親譲りだった。残念なことに、この息子は人に好かれたがるだけではなく、地の自分も大好きだった。

リンカーンには四人の子どもがいて、グラントは末子だった。背が高く細身で、確かにどこかエドガー・アラン・ポーを思わせる風貌の持ち主だが、本人の頭のなかでは瓜二つということになっていた。パール・グレイのダービー・ハットをかぶり、踝の部分を細く仕立てたズボンをあわせたボックス・コートのようなスーツを着て、金属とガラスでできたボタンのついた黄色い靴を履いている。黒のセルロイドのロゼットと長い黒のリボンで上着の襟に留めてある鼻眼鏡は、伊達眼鏡だった。ウィング・カラーのシャツに、ゆるく流れる黒のネクタイをあわせている。『ルバイヤート』の本を小脇に抱えていた。

「雨が降るかもしれないね」グラントは言った。

リンカーンはまた唾を吐いた。青白い顔に緊張した笑みを張りつかせた息子が待ち構えるなか、父親は口に咥えた葉巻をつまみ、親指の爪と人差し指で濡れた端をちぎって外へ放った。一羽のニワトリがその怪しいご馳走を丸飲みにするのを見て小さく笑い、鼻を鳴らした。また椅子にもたれながら不意にグラントに鋭い一瞥をくれると、あまりにも強い不快感と嘲りに圧倒され、息子は危うく手からタバコを落としそうになった。

3

「カネだろ？」リンカーンの口調は素っ気なかった。「一ドルならくれてやるが、それ以上は一セントも出さんぞ」

「何も頼んでなんかいないよ」そう言いながらグラントは顔を赤らめた。

「そうか？」リンカーンはポケットから一ドル硬貨を取り出し、息子に向けて無造作に放った。若い伊達男がそれを取ろうと手を伸ばしたが、その拍子に帽子が落ちたのを見て父親はまた鼻を鳴らして咳き込んだ。

グラントは乱れたひとふさの黒髪を手でうしろに撫でつけ、ゆっくり帽子をかぶり直した。赤くなった顔がまた青白くなっていた。

「あのチビがいなければ」グラントが話を切り出した。「カネなんか要らないのに」

「どのチビだ？」

「父さんの孫でおれの甥、ロバート・ディロン坊ちゃんだよ。昨夜寝たときには、ポケットにかなりの小銭が――はっきりした額はわからないけど――入ってたんだ。なのに、今朝起きたらそれが消えてた」

「あの子がやったんじゃないさ」リンクは言った。

「だったら、誰の仕業なんだ？」

「誰の仕業でもない」

「なるほどね」グラントは堅い口調で言った。「つまり、父さんは――」

「あれが見えるか？」リンカーンは杖で指し示した。「あそこの門だ。いいか、今後どんなかたちであれ、あの子を責めたり意地の悪い真似をしたりしてみろ、ここからあそこまでおまえの尻を蹴り飛ばすからな」

グラントは小馬鹿にしたような笑みを浮かべた。「まさか！」それだけ口にした。

「イーディが戻ってきてから二ヶ月になる」父親は話をつづけた。「そして、これまでおまえとおまえの母親は、あらゆる手を尽くしてあの子に居心地の悪い思いをさせてきた。今日あの子が出かけたのは、冬のあいだ田舎の一学級しかない学校で働く手はずを整えるためだ。旦那は出て行って、どこへ行ったのか見当もつかない。子どもをひとり残してだ。だが、あの子は無駄な騒ぎなど起こさずにすぐに行動して、自力で生活を立て直そうとしてる……それにひきかえ、おまえときたら——ここにどのくらい居坐ってるんだ？」

「それが大事なことかどうかは別として」グラントは言った。「三年くらいかな」

リンカーンはその答えを頭のなかで吟味し、しぶしぶ頷いた。

「まあ、それくらいだろうな。しかしおまえは——若いし、力もあって、男で、誰かの面倒をみなきゃならんわけでもなく、ちゃんと手に職もある。それでも働こうとしない。一生そうやって生きていくつもりで、親のすねをかじり、小遣いをせびって——」

「そんな——それはあんまりだよ！」グラントは憤慨して言った。「気持ちならある、働きたくて仕方ないんだ。手に職をつけるために人生を半分費やしたあげく、機械のせいで仕事をなくしたおれの身にもなってくれよ！　おれは《ダラス・モーニング・ニュース》でも、《カンザス・シティ・スター》でも働いたことがあるんだ、それに——」

「おれだったら、その機械の使い方を覚えることにするがな」

「おれは嫌だ！　絶対に！」叫ぶように言うグラントを見て、父親は好感に近いものすら感じた。たとえまちがっていても、主義に従って生きる男が好きなのだ。「おれは昔ながらのやり方で活字を組むか、仕事をやめるかだ！」

「そうか、だったら手でやればいい」リンクは言った。「まだ、そのライ・ノ・タイプとやらを使ってない新聞社はごまんとある」

「そうだけど、そんなつまらない三流会社がいくら払ってくれるんだ！　冗談じゃない、おれは週三十ドル近い給料を稼いでたんだぞ！」

リンカーンは、それならいったいどうするつもりなんだ、と言おうとしたが、やめておいた。言ったところで意味がない。これまでにも同じ議論を何百回と繰り返していた。グラントが孫を非難したことで怒りに火がつきさえしなければ、その話を蒸し返したりはしなかったのだ。

「いつか――そんなに遠くないうちに」グラントが話をつづけた。「大新聞がこんなろくでもない機械を裏道に放り出す日が来るさ。そうなったら、おれは父さんが目をまわすくらいの勢いでここから出てってやる。そしたら、父さんと母さんに借りは全部返すよ。利息もつける！」

「まあな」リンカーンはげんなりしていた。「いずれわかるさ。これからどこへ行くんだ？」

「ベラの家だよ」

「夕食を食ってくるのか？　そうなら、母さんに言っておいたほうがいい」

「夕食には戻らないとは言ってあるよ」グラントは言った。「でも、夕食に呼ばれてるわけじゃないんだ。ベラが弁当を作って、川岸へ行って食べることになってる」

リンカーンは、坐ったまましばらく遠くを見つめていた。

「ベラはおまえのいとこだぞ、グラント」

「もちろんさ」息子は声をあげて笑った。「そんなこと、おれが知らないとでも?」

「実の従姉妹にちょっかいを出して許されると思うか?」

グラントの笑い声には、かすかな居心地の悪さとかすかな怒りが含まれていた。「そもそも、おれはちょっかいなんか出してない。あの子は詩とか旅行とか、世界情勢なんかに興味があるんだ——おれと話があうんだ。お互い、いっしょにいると楽しいだけだよ」

「あの子は相当な美人だ」リンカーンは言った。「おれがおまえの歳だったら、ベラのそばにいて本を読むことに集中するのはむずかしいだろうな。自制心の塊だったとしても、だ」

グラントは顔を赤らめ、きまり悪そうに鼻眼鏡のリボンをいじった。

「おれにはなんの下心もない——だから、おれといっしょにいてベラの身に何か起きるなんてことは絶対にないよ。それはともかく、父さん、うちと血縁関係のない家——それもまともな家——は、この町にどれくらいあるんだ? 男はどうすればいいんだ? 女の子に会うのはあきらめろ、とでも?」

「まあ、その言い分には一理ある」リンカーン・ファーゴは認めた。「どの方向に唾を吐いても、風下の親戚にかかる可能性は高いからな。だが、ベラはまちがいなくおまえの従姉妹、おまえの実の母親の妹の娘だ。結婚することはできない」

「まさか——結婚しようなんて思ってないよ」

「まあ、できないんだからな」リンクは繰り返した。「そのことは肝に銘じておいたほうがいいぞ」

「父さん……勘弁してくれよ!」グラントは顔をしかめてタバコを指ではじき飛ばし、ポーチを離れた。ぎこちない大股で門へつづく小道を歩いて行く姿は、まさに傷ついた純粋さの化身、不用意に罵りことばを口にしたり、よこしまな考えを抱いたりすることなどありえないプライドと純真な心をもつ若者そのものだった。だが、心のなかでは怯え、悪態をついていた……あの老いぼれは何か摑んでるのか、それとも当てずっぽうで言ってるのか？　そんなことはどうでもいい、地獄へ落ちろ！　この不愉快な町ごとあの世へ行っちまえ。

どうしても、ベラが自分の実の従姉妹だとは思えない……グラントはそう感じていた。いや、従姉妹だということは確かだ、そこは認めよう。だが、そんな気がまるでしないのだった。この谷で最初の大成功を収めると、リンカーン・ファーゴはペンを片手に友人や親戚にそれを知らせる手紙を書いた。妻も同じことをした。二人ともバークレイ家の人たちとは長年会っておらず、親しくしたこともなかった（ミセス・ファーゴと妹は、それぞれ別の家庭に引き取られていた）。それでも血縁関係にあることはまちがいなく、血縁関係というものには大きな意味があった。ここは封建的な土地なのだ。それぞれが土地をもち、一族の大きさによって繁栄の度合いが決まる。一族のなかでも、あらゆるたぐいの内輪もめが起きる可能性はある。だが、よそ者に対して一致団結して作る壁は、難攻不落と言ってもいいほどだった。それは大草原の生活のとてつもない孤独感が生み出すもので、さらに同じ力がそれを助長した——いわば経済や文明や欠落の一種だった。だが、時と共に人口が増え、もともと共同体のなかに一軒ずつしかなかった銀行や床屋、ホテルでは処理しきれないほど経済活動が発展すると、一族は崩壊するか、その存在がわからなくなる運命にある。実はもう亀裂が入っているのだが、まだ誰も気づいていなかった。

いずれにしても、グラントにとってベラ・バークレイを従姉妹として見るのはむずかしいことだった。ファーゴ一家がネブラスカ州に移住したとき、グラントはカンザス・シティに残って印刷所の見習いになった。そして三年まえ、両親のいる実家を訪ねてきたときにはじめてベラに会ったのだった。

従姉妹として生まれたのは偶然に過ぎない、と思っていた。運命のいたずらだ。構うものか……強い男には自分の運命くらい変えられる。ベラを自分のものにするのを止められるものなど何もない（そこで唇全体を舐めまわした）。絶対に。

両膝を高く上げ、その思いの言い訳をするようにダービー・ハットに軽く触れて歩いていると、グラント・ファーゴはうれしい発見をした。ロバート・ディロンを盗人として非難した原因の小銭が、ヴェストのポケットに入っていたのだ。六十セントあった。父親から貰った一ドルで、鞍をつけた馬を一頭借りればいい。その六十セントで、ベラにキャンディを買ってやれる。ピクニックのあとにルート・ビアをおごってもいい。ベラの家へ行くまえに、二、三杯引っかけるという手もある。

結局、最後の案に決めた。父親との問答で神経が昂ぶっていたのだ。動揺していた。ふだんの機知に富む自分を取り戻す――いや、ふだん以上に機転を利かせるには、酒の力が必要だった。あのときも一、二杯引っかけていれば。二人でいっしょにソファに坐っていたあの夜……

グラントはまた舌を舐めた。

銀行のまえを通り過ぎるとき、叔父のファイロ・バークレイが姉のイーディ・ディロンと話をしているのが目に入った。義理の兄のアルフレッド・コートランドが掃き掃除をしていた。グラント・ファーゴは軽蔑して口を歪めた。なんて町、なんて銀行だ！　出納係が掃き掃除をするなんて！　しかも、みんなそれで問題ないと思ってる！　なんの疑問も抱かないんだ。田舎者どもめ！　ひとつふたつ意見してやろうかと思うくらいだ。

そういう、人を小馬鹿にした考えにふけっていたせいで、酒場の真正面の銀行の軒下に駐めてある四輪の荷馬車に気がつかなかった。そしてひとたびスイング・ドアを開けて店内に入ってしまうと、もうあと戻りはできなかった。店のなかには兄のシャーマンがいて、奥のバー・カウンターでグラスを片手に暇人たちと世間話の最中だったのだ。

グラントは作り笑いを浮かべ、独り言のようによく聞き取れない挨拶をした。カウンターへ行ってウィスキーを注文し、ひと息に飲み干した。そして、どうにも落ち着かない様子でもう一度兄に目を向けた。

「やあ、シャーム」偉そうな口調で声をかけた。

「よう、グラント」シャーマンが返した。

シャーマンの外見は父親にそっくりだが、父親よりもきついところがあった。それは、厳しい時代に成長期を送ったからだ。もっと人の溢れる都会なら、もの柔らかく洗練されていただろう。暇人たちが期待に満ちた目で黙って見守るなか、シャーマンは弟を上から下まで馬鹿にするような目で眺めた。すると突然、大笑いをはじめた。

「こいつはたまげたな!」

その口調には有無を言わせない苛立ちがあった。まるでずっと何かをこらえて喉を詰まらせながら、何か別のものを無理に吐き出しつづけているようだった。怒りで人を震え上がらせ、そのうえ笑顔を振りまいて笑いも取る、一種のクリーム分離機が出す声、そんな感じだった。

暇人たちも爆笑し、なかのひとりはグラントの肩からありもしない糸くずを払う真似までしてみせた。だが、シャーマンが渋い顔をしてみせたので、その男はすぐにうしろへ退がってしまった。

「どうやら」グラントが言った。「おれに何かおかしいところがあるみたいだけど」

「ああ」シャーマンは鼻先で笑った。「まあ、おまえに何かを惹き起こす力があるというのは大いに結構なことだ。だが気をつけないと、そのうちお袋がおまえを長枕として使いだすぞ」

シャーマンと仲間たちはまた癇に障る馬鹿笑いをはじめ、グラントは二杯目を注文した。その場を離れてしまえばよかったが、そうするのが怖かった。店を出たあとで何を言われるかと思うと、馬鹿げてはいるが底知れない不安を覚えたのだ。

「それで、今日はなんで町へ来たんだ?」丁寧に訊いてみた。

「馬と馬車でさ」シャーマンは答えた。みんなが笑った。

「そうか」グラントは言った。「そうだな」

「いいか、おまえだって両腕で羽ばたける場所さえ見つけられれば、まともな人間になれるんだぞ」

大笑い。

「そうだな」グラントはぼんやりと繰り返した。

「おまえは、姉さんが町へ出かけるのをちゃんと見送ったのか? それとも、おまえが育ったところじゃ、男が付き添わずに女の親戚に町を練り歩かせることにでもなってるのか?」

「おれは寝てて――姉さんが町へ行くのを知らなかったんだ」

「だろうな! おまえはそういうやつさ!」シャーマンは大声をあげ、うろたえる弟にあざ笑うような怒りのこもった目を向けた。

シャーマン・ファーゴも大きな心配ごとを抱えていた。まえの週に、銀行から融資を断わられるという前代未聞の経験をしたのだ――わずかな第一抵当権を除けばひとつも抵当権がついていない、百六十エーカーの土地を所有している自分が、だ! バークに説明したように、その借金はもう何年かまえに返済してもよかったのだが、南側の四十エーカーの土地にあの新しい納屋と柵を造らなければならなかった。そのうえ、利子が手に入るほうが銀行側は喜ぶだろう、と思っていたのだ。ところが、バークは頑として追加融資を認めなかった。

断わられたことがどうしても納得できないシャーマンは、妹が来ることを口実に銀行へ行き、もう一度同じことを頼んでみた。だが、ファイロ・バークレイは頑として譲らなかった。きみに脱穀機など必要ない、と言い切った。そんな機械を使わずとも、ずっと農業をつづけてきたではないか。そのままつづけていくのが賢明だ。きみがなんと言おうと、考えを変える気はない、と。

シャーマンにとっては、手間はかかるが脱穀機などなくてもなんとかやっていける、などということばは慰めにならなかった。融資を断わられたのだ。しかもバークレイが、この自分に向かって仕事のことで指図をしてくるとは。

シャーマンには、血縁関係を持ち出してバークレイに頼みごとをすることなど思いもよらなかった。その理由のひとつは、グラントと同じように、母親の実の妹とはいえ、よく知りもしない女性の夫を叔父だとは思えないからだった。だがいちばん大きな理由は、そんなことはすべきでなく、やってみたところでなんの効果もないことがわかっているからだった。大の男は自立するものだ。病に倒れた者やからだの不自由な者なら、長いこと親類の家に厄介になるということがあってもおかしくはないだろう。だが、カネの無心をするとなると、まったくの別問題だ。

今回の不首尾で傷ついているせいで、弟に対するシャーマンの風当たりはふだんよりもかなり厳しいものになっていた。そしてふだんでも、グラントは兄にあれこれ言われることが腹に据えかねていた。

そもそも、グラントは三杯飲むつもりでここに来ていた。ウィスキーのグラスは一杯十セントなので、三杯を自分のために注文し、もう三杯を――真の紳士に求められる厚意の証として――バーテンダーにおごるつもりだった。ところが、結局六十セントを自分の酒に使ってしまったばかりか、兄から嫌味たらしくおごられた一杯まで受け取ってしまった。

シャーマンがいなくなり、気がねなく店を出られるようになったころ、グラントは怒り狂っていた。そして、はた目にはわからないがすっかり酔っていた。貸し馬屋の男は紅潮した客の顔を見て何か言いかけたが、黙っていた。男は何も言わずにフリンジのついた天蓋のある、ゴムタイアを履かせた一頭立ての馬車に雌馬をつなぎ、それに若い男が乗って行く様子を見守った。気取り屋のグラントでさえ、今日ばかりは口実さえあれば即座にけんかを売れそうな気がした。

そしてグラントは……怒りの激流がからだ中を駆け巡り、無力感という壁に激突していた。雌馬に鞭を入れ、その脇腹が痛みで痙攣のように震える様子を喜んでいた。もう一度手荒に鞭を入れ、雌馬が前方へ飛び出そうとしたとき、柔らかな口に噛ませた轡《くつわ》のはみをいきなり引っ張った。こいつにものの道理というものを、誰が主人かということを、教えてやる！　どんな小細工でも試してみるがいい！

あいつらみんなに教えてやる。もちろん、ベラにもだ。もう、おあずけにされるのはたくさんだ。あの娘が何を欲しがっているかはわかっている。それにだ、ちくしょう、おれがそいつをくれてやることになってるんだ。鞭打たれた子犬みたいに、おれのあとをつけまわすようにさせてやる。あの、ガルヴェストンの女みたいに。

ベラ……

小さな茶色の口髭に溜まった湿気がしずくになっていた。グラントは、突き出した下唇を鋭い白い歯できつく噛んでいた。そして、肩越しに通りの前方と後方に素早く視線を走らせた。目をぎらつかせ、前かがみになって、先端に丸みのついた鞭をやみくもに振りまわした。

ベラ……

4

ファイロ・バークレイは五百ドルをもってヴァードンに来ていた。町には銀行がなかったので、自分で開設した。頑丈な金庫を買い、コンクリート・ブロックでまわりをかためた。〝借りものの〟板を使ってカウンターをこしらえ、借りた建物の窓に銀行名を書いた。あとはペンとインク、そして五セントのメモ帳。準備に使ったのはそんなものだった。

バークレイによると、開業初日に三十五ドルを預かった。二日目は百ドル弱だった。そして三日目、ニューヨーク州からの移住者がやってきて二千二百ドル分の金貨を預けて行った。

この銀行はまちがいなく儲かると確信したファイロは、この大当たりに勢いづいて自分のカネを金庫に納めた。

これはあくまでもファイロの語った話だが、おそらくほぼ事実に即していた。

ファイロは恰幅のいいがっしりしたからだつきをしていて、決して頭が悪いというわけではないのだが、とにかく慎重な男だった。青いサージの丈夫なスーツを着て黒のハイカット・シューズを履き、長持ちする青のワーク・シャツに黒いネクタイを締めていた。人とのあいだにはいつも冷ややかな壁を作る孤独な男だった。五年まえに妻を亡くしてから、気の置けない仲間をひとりも見つけられずにいた。娘のベラとは話をしようとしてきたが、娘のほうは父親を恐れているうえに、真面目な話には興味がなかった。アルフ・コートランドはいい小僧だ――この男のことは〝小僧〟だと思っていた――が、イギリス人だし、イギリス人というのは妙な連中だ。もちろんこの男は親族のひとりで、よく働くし誠実だ。だが、それでも――まあ、あと一、二年もしたら……

イーディ・ディロンが帰ったので、ファイロはコートランドに声をかけ、この男がごみを縁石の外に掃き出して戻ってくる様子を、感心しながらも表情には出さずに見つめていた。

「ドアを閉めろ、アルフ」そのイギリス人が入ってくると、ファイロは言った。「シェードも下ろすんだ。今日は、これ以上開けていても無駄だろうからな」

「わかりました」出納係と窓口係、そして用務員も兼ねるアルフは応えた。

戸締りを終えたコートランドはバークレイの机の角に腰を下ろし、くつろいだ様子で黒のサテンでできたアーム・カヴァを外した。

「穏やかな一日でしたね」鼻にかかった、歯切れのいい独特の口調で言った。

「そうかな」──バークレイは口をすぼめた──「そうとも言えないぞ、アルフ。イーディとの話がどうまとまったか、聞いてたか?」

眉をひそめまいとしながら、アルフレッド・コートランドは頷いた。「あそこは、相当お粗末な学校ですよね? かなり辺鄙なところにあって、聞いた話では、だいぶたちの悪い、大きな少年たちがいるそうですが」

「もうこんな時期だから、彼女にはあそこぐらいしかなかったんだ」バークレイは弁解した。「まだ開いているほかの学校には、まるでつてがなくてな」

「あら探しをするつもりで言ったわけではありません」コートランドは言った。「ただ──」

「イーディなら大丈夫。あれはファーゴ家の娘だ。本当のな」

「あの学区はいくら払ってくれるんですか?」

「月に二十五ドルで、住まいと食事がつく。もちろん、あそこのロシア人やポーランド人どもが喜んで白人を下宿させるわけがない。だが、イーディなら一年くらいは我慢できるはずだ。たぶん、来年度はもっとましな働き口を見つけてあげられるだろう」

アルフレッドがせわしなくメシャム・パイプにタバコを詰めているあいだに、バークレイはマッチで火をつけたコーン・パイプをくゆらせた。ボウルのふちが銀でできたその小さなメシャム・パイプを、バークレイは快く思っていなかった。いかにも異国風の雰囲気が気に食わないのだ。とはいえ、それは思い出せるかぎり昔からアルフレッドが使っているものなので、いまさら手放すとは思えなかった。

コートランドが紫煙を吐き出した。「イーディの支払い命令書を割り引くんですか?」

「イーディの——イーディの支払い命令書を割り引くかだって? そんな、当たりまえだろう! そうでなければ……」バークレイはその先を言わなかった。

「二〇パーセント?」

「い、いや」銀行家は躊躇した。「二〇パーセントだ。あの学区の支払い命令書なんか当てにならないんだ、アルフ。おまえだってよくわかってるだろう」

「ええ」

「しかも、イーディはあの学校に勤めるしかなかった。ほかに行くあてがなかったんだ。それだって、私の力添えがなければ見つからなかった。それを考えたら、二〇パーセントでも少ないと思ったんだがな」

「そのとおりだと思います」アルフレッド・コートランドは言った。

そんな話をしようなどと思わなければよかった、と悔やんだ。自分が嫌悪感を隠しきれていないことも、雇い主が批判に対してかなり神経質だということも、わかっていた。だが、訊かずにはいられなかったのだ。急に湧いた野心に駆られてヴァードンに来るまで、コートランドは厄介者として故郷を追われて仕送りに頼って暮らしていた。だから、性根の腐った人間がどういうものかをよく知っていた。だがそれでも、ここの人々がお互いに取る態度をどうしても理解できなかった。親類のものを盗むというのならまだわかる――自分もしたことだから――が、面と向かって人のカネを堂々とだまし取ることが立派な商売だと思う神経は理解できなかった。

「おっしゃるとおりです」温かみのある声を保とうとしながら、コートランドは言った。「それでいいと思いますよ、バーク。イーディは二〇パーセントごときで文句をつけられる立場にはありませんし、あなたは銀行のことを考えなければなりませんからね。銀行が第一です」

「私もそう思うんだ」バークレイは言った。

「そして、それは何ひとつまちがっていない、ということですよ。ところで、あの別件については、どうするおつもりなんですか?」

「あの別件、というと?」

「ほら……あのオマハの件ですよ」

バークレイは机をコツコツと叩き、首を振った。

「手を出すのはやめておこうと思う。とにかく、今年はな。この冬はかなり厳しい状況になりそうだから、手に入る現金はすべて確保しておく必要があるかもしれない。とにかく、利益の出そうなのがまるでなさそうなんだ。牛は売れない、ブタは売れない、トウモロコシも売れない……」

「空売りする、という考えもあるとおっしゃっていましたが」

「ああ、そうだったな」銀行家はゆっくりした口調で言った。「だが、みんながみんな空売りをはじめたら、いったいどうなる?……いいとは思えないな。来年なら首尾よくやれるかもしれないが」

議論しても無駄だと悟ったコートランドは、何も言わずにただ頷いた。この会話は、過去何ヶ月にも渡ってバークレイと話し合ってきた秘密のプロジェクトに関するものだった。この銀行家はコートランドを代理人に立て、オマハの株式市場に進出することをもくろんでいた。銀行の案件には直接関わることにこだわっているので、自分が町を離れるわけにはいかない、と思っていた。いずれにしても、自分が町を離れることで余計な憶測を生むことを怖れていた。だが、コートランドなら問題なくオマハへ行けるので、代理人として行かせることを真剣に検討していたのだ。それが、いまになってなぜ考えを変えたのか、コートランドにはわからなかった。もう何年も——書類上の手続きだけで——抜け目なく株取引をつづけ、かなりの利益を得てきたというのに、だ。

「まあ、来年かな」バークレイは繰り返した。

「おっしゃるとおりです」コートランドは頷いた。「用心に越したことはありませんからね」

それから退勤時刻まで簡単な関連業務をこなしたコートランドは、バークレイに挨拶をして銀行を出た。ひどい失望感に襲われていた。バークレイから提示された株取引の代理人としての報酬はスズメの涙ほどに過ぎず、ひと晩でそれよりはるかに多くのカネをすってしまったことが何度もあると言える程度の額だった。そうはいっても、三ヶ月分の給料を上回る額ということもあって、オマハ行きを当てにしていたのだ。ずっと医者に行きたいと思っていたことも理由のひとつだったが、それよりも、単にしばらくここから逃げ出したいという思いのほうが強かった。粗末な生活ぶりもあって、この町はコートランドにとって、洋服ダンスのように息苦しい場所になりつつあった。

コートランドはしばらく銀行のまえで佇み、鋭い失望感を和らげようとした。そして、寂しげな笑みを浮かべながら考えた。自分は何を失ったというんだ？　たかだか百マイルほどの移動と二、三泊程度のホテル滞在、まともなショウを観る機会、そして二百ドル……

二百ドル……二百ドル……

不意に短く耳障りな笑い声をあげたが、すぐに落ち着きを取り戻した。おいおい、二百ドルだぞ！

……穏やかで上品な顔に笑みが戻った。バークレイが出てこないとも限らない。あの男も来年には実行する気になるかもしれないし、ならないにしても、再来年には気が変わるだろう。あの固くてよくまわらない頭で一度決心したことは、絶対にあきらめない男だから。そして自分には、コートランドには待つ覚悟がある。必要なら五年待ってもいい。それくらいの価値はあるだろう。

コートランドは、駐まっているミセス・ディロンの馬車にシャーマン・ファーゴが乗り込もうとしているところに通りかかり、二人のまえで足を止めた。その夏に故郷へ戻ってきたこの義理の姉は、はじめて顔をあわせてからあまり日が経っていないにもかかわらず、すでにファーゴ一族のなかでもいちばんのお気に入りになっていた。ミセス・ディロンは品性と強さを備えた女性で、コートランドはそうした人柄に強く惹かれる男だった。そして、ミセス・ディロンが多くのちょっとした礼儀作法を守ろうとしていることも、コートランドの人生に潤いを与えてくれていた。

「ご機嫌いかが、イーディ？」コートランドはそう言いながら、シャーマンにも笑みを向けた。「とても元気そうだね」

「ありがとう、アルフ。あなたもとてもお元気そうね」ミセス・ディロンは挨拶を返した。

ほんの三十分まえに顔をあわせていたことなど、お互いに気にしていなかった。人と交流する機会がそうそう見つからないところでは、そういう機会があればなるべく有意義に使うことになっているのだ。

「この冬は教壇に立つそうだね」

「ええ、そうなのよ。おかげさまで」

「ボビーも連れて行くのかい?」

「おそらく――あそこの学区は許可してくれそうにないと思うの。そもそも、生活費を払わなければ無理だろうし、それに……」

「それはお気の毒に」コートランドは心を込めて言った。「あんなにかわいらしい子なのにね」

シャーマンが短く笑い声を出したので、銀行員はびっくりして彼に目を向けた。彼にはボビー・ディロンがかわいらしい子だなどとはとても思えず、同じように、ミセス・ディロンもそうは思っていないはずだと確信していた。そして、いまのひと言が何かの害になるとも思えず、むしろ、おかげで気分が明るくなったのだった。

ミセス・ディロンが兄に目を向けた。「あの子はいい子なのよ、シャーム。あの子が母さんの心配のたねになっているのはわかっているけど、とにかくあの子はまだまだ赤ちゃんだから」

「まあな」シャーマンは言い、車輪の向こうへ唾を吐いた。彼にとっては、子どもにいいも悪いもなかった。子どもはただの子どもだ。食べさせて服を着せ、学校へ通わせて、悪さをする暇を与えないように山ほど雑用をさせておけばいい。勝手な真似をしたら、ちょっとした馬具で尻をひっぱたく。それなりに大きくなって自分の個性を主張するようになるまで、個性というものをいっさいもたないものだ。そのころになると家を出てしまい、親から受けた恩をすべて忘れてしまうのだ(と、シャームは考えていた)。

シャーマンは、アルフレッド・コートランドに対する自分の印象をはっきりとは摑めていなかった。この男が銀行員だということは、マイナス要因のひとつだった。外国人、ということもだ。とはいえ、弟のグラントのようなよそ者ではなかった。働き者でもあった。そして、話し方や仕草などにいかにも外国人じみているところはあるにしても、鼻につくとは思わなかった。この男について文句をつけたいと思うところはなかった。シャーマンは自分なりのポリシーをもって生きていて、他人には他人なりのポリシーがあってしかるべきだ、と思っていた。自分にあわせることを他人に求めるつもりなどまったくなかった。

たぶん、コートランドはいいやつなのだろう。だが、自分にとって何がなんでも必要な存在というわけでもない、と思っていた。

シャーマンは居心地が悪そうにバネの効いた座席で身じろぎし、からだのあちこちを曲げ伸ばしした。

「どうやら、そろそろ失礼しなければならないようだわ、アルフ」ミセス・ディロンが急ぐような口調で言った。「ボビーに帰るように言ってくださる? 一日中、お宅で預かってもらってるから」

「まだ、そんな必要はないさ」コートランドは言った。「ディナ——夕食《サパー》までいてもらってかまわないし。なんなら、泊まっていってもらっても構わないよ」

「それは……」ミセス・ディロンはためらった。

「きみもいっしょにどうだい? 今朝マートルが、ぜひきみにうちに来てほしいという話をしていたばかりだから」

「でも……それは申しわけない気がするわ、アルフ」ミセス・ディロンは言った。本心では行きたいと思っていた。冷遇されている母親の家に戻るのが嫌でたまらなかった。だからといって、姉が不意に訪れることを妹が喜ぶとも思えなかった。

「来てもらったほうがいいと思う」コートランドは粘った。「あの学校の支払い命令書というやつのことで、話しておきたいこともあるから」

「まあ」イーディは声をあげた。「そういうことなら、お邪魔したほうがよさそうね。シャーム、家に帰ったら母さんに電話して、私の行き先を知らせてもらえる?」

「わかった。行ってきな」シャーマンはしびれを切らせたように言った。そして妹がちゃんと降りるのも待たずに馬車を出した。二人をコートランド家まで送ろう、とは言わなかった。すぐ近くだし、自分の行き先とは逆方向にあるからだった。それでも町を出るまえに、歩いてきている近所の知り合いがいたら乗せてあげようと思い、その近辺を一周してみた。

裁判所のまわりや、広さではそこに匹敵する商店の並ぶ四ブロックをまわってみたが、送れそうな人は見つからなかった。そういうわけで鹿毛の馬の向きを変え、町の北へ行く舗装されていない通りに入って自分の家へ向かった。片手で手綱を握り、片足を突っ張り棒のようにして馬車の泥よけに当てていた。時折手綱を軽く振り、馬の尻からハエを追い払った。シャーマンは動物の世話が得意なので、この鹿毛は輝くばかりのつやと清潔感を放っていた。その彼も、昔オハイオ州で暮らしていた子ども時代に、家で飼っている乳牛を追いかけて鉄条網に衝突させ、その牛の乳房に大きな傷を負わせてしまったときのことが忘れられなかった。そのころのシャーマンはやっと歩きはじめたばかりだったが、父親のお仕置きが終わるころには、歩くことができないような状態になっていた。

まあ、あれはいい教訓になった。いまどきの子どもたちも、尻にもっとたくさん水ぶくれができるような経験をすれば、まともな者が多くなることだろう。

シャーマンが馬車を走らせている通りの両側には、異父きょうだいの子どもたちのようにどこか似かよった家々が並んでいた。切妻屋根と鎧戸を多用するニュー・イングランド風の家。屋根板をふいた小塔《タレット》のある中部大西洋岸の家。柱廊の並ぶ南部風の家。建物の正面の壁を丸太造りにしている家も一、二軒見られるが、いくつか捉えどころのない工夫が加えられている点を除けば、紛れもなく西部風だった。どれも個性があるようで、雰囲気は似た家だった。それは、家主がどの出身州や母国の影響を受けていても必要性や保守的な考え方に左右されるので、柔軟性はあるものの、結果として一定の型にはまった家ができたからだ。屋根は風に耐えられるように頑丈で、角度を工夫してしっかりと固定してあった。塗装は惜しげもなく塗料を使い、気前よく塗り直してある。そして、大方の家は青や黄色、茶色の塗料を使っていた。ポーチは閉め切ってあるか、閉め切ることができるようになっていた。家の基礎は厚く深く造られていて、実際の建物よりも三分の二インチほど張り出しているものが多かった。どの家の裏手にも地下室への入り口があり、まるで埋葬用の塚のように盛り上がっている。それは、竜巻やハリケーンから避難するために造られたもので、雑草が茂っていたり、セメントやレンガで補強されたりしている。目立つ家はひとつも見当たらない。まわりの家よりひときわ良いものを造れば、悪趣味とみなされるからだ。そんなことをすれば噂の種になり、嫉妬の的になり、贅沢の大罪を背負っているというレッテルを貼られることになった。だが粗末な家を造っても、同じように非難の的になった。こうした結びつきの強い共同体では、家の内部はほとんど、外部はまったく、とうてい自分の城とは言えないものになる。判断ミスをした家主に改修や改築ができないわけではないが、それは過去の過ちを何ひとつ忘れてくれることのない世間への懺悔のしるしにほかならなかった。

　よそ者ならこの通りの変化にはまったく気づかないかもしれないが、シャーマン・ファーゴはちがった。メソジストの説教師の妻は、あずまやのブドウを収穫し終えていた。タリー未亡人の家の門の蝶番はひとつしか残っていない。（東部の都会から来た輩だから、門の扱いが悪くて擦り減らせてしまったとしてもおかしくない)。ドクタ・ジョーンズが穴を掘っている——

「うわっ!」シャーマンは不意に鋭い声をあげ、馬を停めた。「そこで何してるんですか、ドク?」

「やあ、こんにちは、シャーム」ジョーンズ医師は応えた。

白髪交じりの髪を短く刈り、首が長く、痩せて貧弱な男だった。今日はオーヴァーオールを着ている。使っていたスコップを盛り上げた土に差し、長年日焼けしてきた顔を赤いバンダナで拭きながら柵のところまで歩いてきた。

「何をしてるんですか?」シャーマン・ファーゴは同じ問いを繰り返した。

「なあに、汚水溜めを作ってるんだよ、シャーム」

「汚水溜めって! つまり、トイレを作ろうってことですか?」

「まあ、そんなところだね。そうだと思うよ」医師はバツが悪そうに笑った。

「へえ、こいつはたまげた!」驚くシャーマンが妙に声を詰まらせる様子には、複雑な感情が表われていた。

「そうせざるを得なくなったようなんだ、シャーム。冬のあいだ、外の便所へ行く道を確保しておくことがいかに大変か、きみにもわかるだろう? うちの家族が使うだけならどうということもないんだが、一日じゅう患者が来るからね。女性も多い。ほかの患者のために雪かきに行くから待っててくれ、とは言えんだろう」

「それにしたって、ですよ」シャーマンは言った。「奥さんはどうしたんですか? ちょっとくらい手伝ってもらえないんですか?」

「妊娠してるんだよ、シャーム。知らなかったかい?」

「いやあ、知らなかった、と思います」なぜこんな情報を聞き洩らしたのだろう、と不思議に思いながら、農夫は答えた。

「じゃあこれで、私がトイレを作らざるを得なくなったという事情がわかってもらえたかな、シャーム？」

「まあ、たぶん」シャーマンは言った。「おれとしてはですよ、四十も過ぎてそんなものを家のなかにこしらえるなんて話を聞いたのははじめてですよ。健康に悪いじゃないですか！」

「そうかね、私はいいと思うが、シャーム」医師は応えた。

「まさか、悪いに決まってます」シャーマンは言い返した。「それに、おれが自分の家のなかでズボンを下ろしてるやつがいるのを見つけようものなら、地の果てまで追いかけて、一週間は正気を取り戻せないようにしてやりますよ」

ジョーンズは顔を曇らせて目を伏せた。「そういう見方もあるような気はする」呟くように言った。

「そんなものは健康に悪いんです」シャーマンは繰り返した。「あなたは医者ですよ。そんなことは、ご自分でもわかってるはずですが」

「きみの言うとおりかもしれんな」ジョーンズは認めた。「ところで、頼みごとがあるんだがね、シャーム。私がこの忌々しいものを完成させたら、ちょっと来てひととおり見て感想を聞かせてもらいたいんだが。やってもらえるかい？」

「もちろん」シャーマンは言った。「それくらいはお安い御用ですよ、ドク」

「これだけの時間とカネをかけてしまったからには、いまさら止めるわけにもいかないんだ」

「それはそうですよね」シャーマンは言った。

「見に来てもらえるかな?」

「いいですよ」

農夫は大満足でその場を離れた。詮索しすぎたとか、おせっかいをしたようには感じられないし、おそらく向こうもそうは思っていないはずだ。これだけ人の少ない社会だと、近所の人が個人的な事柄をどう処理しているか、すぐに近所に伝わってくる。だから、出だしをまちがえた人を見つけたら、方向性を正してやることが仲間としての義務であり、特権でもあった。
二、三分まえに出た夕方の列車を降りたばかりの人が、その通りに面するプラットフォームの端で立っていた。シャーマンがそっちへ向かって馬車を進めているあいだに、その男はプラットフォームから下りて埃を浴びながら待っている様子だった。
シャーマンはまた馬を停めた。

「なかなかいい馬だね」よそ者の男が褒めた。

「おれもそう思うよ」シャーマンは応えた。「あんたは馬の鑑定人か?」

「まあ、そう思われても仕方ないな」よそ者は呑気に笑った。「駅長に、いままでの人生で見たこともないようないい馬が来たらきみが来たということだから、それまでここで待ってろ、と言われたんだよ。きみがシャーマン・ファーゴだな?」

「そうだ」シャーマンはくすぐったいような満足感を覚えて答えた。すかさず突き出された大きな手を取り、ゆっくりと握手をした。

「おれはビル・シンプソンだ、シャーム」男は言った。「ワールドワイド・ハーヴェスター社の者だ。きみはうちの製品に興味を持ってくれている、と聞いてるんだが」

「ほう？」シャーマンは応えた。「人には耳があるんだ、いろいろと聞こえるさ」

よそ者がまた笑い声をあげると、金歯が何本も見えた。そして、日曜日にはシャーマンも着るような仕立てのいい茶色のスーツを着た、かなり体格のいい男だった。手の爪のふちが灰色で、ベーラムの香りを漂わせている。この男が馬を褒めなくても、シャーマンのほうから進んで声をかけていただろう。

「お互い、時間を無駄にすることはない」自分のぶっきらぼうな応対に対する丁寧な言いわけのつもりで、シャーマンは言った。「おれにはカネがないし、銀行も貸してくれない」

「まったく、銀行家ってやつらは」――軽蔑するように、よそ者は唾を吐いた。「なあ、シャーム、うちの脱穀機が欲しいか、それとも欲しくないか？　おれはきみに買ってもらいたくてカンザス・シティから遠路はるばる来たんだから、欲しいと思ってることを願うが」

「だが、おれには――」

「カネのことは考えるな。脱穀機が欲しいのか？」

「まあ、そうだな」シャーマンは認めた。「しかしだ、いま話したように、おれには――」

「なあ、おれがここへ来たのは、きみにわかってもらうためなんだ。ワールドワイド社には、ほかの会社ではあまり見かけないような社員が揃ってる。おれたちは自分の利にさとい。会社の繁栄は農家に支えられてるってことをとことん身にしみて感じてる。農家を助けてやらなければこんな国は長つづきしない、それがわかってるんだ。おれたちは――すまない。きっと、きみは早く家へ帰りたいんだろう」

シャーマンは、こういう楽しい会話ができるのなら急ぐつもりなどまったくなかったが、不意に礼儀というものを思い出した。

「食事や寝る場所にこだわらないのなら、ミスタ――ええと――」

「ビルと呼んでくれ、シャーム」

「つまり、好みがそれほどうるさくないのなら、ビル、乗ってもらえればうちへ招待するよ。それに、そろそろ行かなければ、と思うし」

セールスマンは小型のスーツケースを馬車の後部に放り投げ、スポークに足をかけてシャーマンの横に腰を下ろした。農夫は馬車を出し、線路を越えてからまた話をはじめた。

「ところで、その脱穀機だが……カネもないやつにどうして物が買えるんだ?」

「約束手形を振り出してもらうのさ。簡単な無担保の手形で、裏書譲渡することもない」

「なるほど」シャーマンは言った。「どこかの銀行で手形割引を受ける、というわけだな?」

「そんなことはしない。あくまでもうちで処理するんだ。ワールドワイド社には、会社に貢献してくれる顧客を充分に助けるだけの資金がある」

「ふつうなら、その機械を担保にしろ、と言われそうな気がするが」

「そんな、まさか。それは不公平ってものだろう、シャーム!」シンプソンは言い返した。「きみは脱穀機を必要としている。これからもずっと必要なはずだ。それを取り上げるのは卑怯じゃないか」

シャーマンはこの博愛精神についてよく考えを巡らせてみたが、おかしなところは見つからなかった。

「機械はいつごろ手に入るんだ?」彼はこう訊いてみた。

「電話は持ってるか?」

「もちろん持ってるよ。この辺で家に電話を引いたのは、うちが最初だったと言ってもいい」

「それなら、今夜、おれがここを担当しているうちの販売店に電話を入れるよ。そうすれば、明日の朝一番にきみの家に届けられるはずだ」

「へえ、そりゃすごい」シャーマンは言った。「ありがたい話だよ、ビル」

「こうしたらどうだろう、シャーム。お宅に着いたら、きみが持ってる農機具をひととおり見せてもらうというのは？　ほかにも必要なものがあれば、同じ条件でうちが面倒をみさせてもらうよ。ディスク・ハローはあるのか？　コーンプランターは？」

「いや、どうするかは話し合ってみよう。とにかく、まずは脱穀機だ」

「どういうわけで、いままで買おうと思わなかったんだ？」

「要らなかったんだ」シャーマンは答えた。「キャラマス川の上流に住んでる東欧から来た移民の兄弟が一台持ってる。そこが、この辺一帯の農家の脱穀を一手に引き受けてるようなものなんだ。ところだ、そいつらがこの二年くらいのあいだに故郷の友人やら親戚やらを山ほど呼びよせてるんで、自分たちの脱穀が終わるまで、よそから来た穀物にはいっさい手をつけなくなったんだ。あんなやつらはクソくらえだ。おれは自分の機械を買って、自分の分だけじゃなく近所の白人の家の分も全部うちで脱穀するつもりだ。このあたりで、ああいう外国人にひどい目に遭わされていい加減にうんざりしているのは、おれひとりじゃないんだよ」

シンプソンはわけ知り顔で頷いた。

「なあ――きみはどの宗派の信者だ、シャーム？」

「メソジストだ。ファーゴ家の人間はみんなメソジスト派と決まってる。バプティストでもクリスチャンでもない。妹のマートルとその旦那は聖公会の信者なんだが、あの二人を勘定に入れる気はない」

「実は、おれはどこの信者とも言えないんだ」セールスマンは打ち明けた。「プロテスタントではあるがね。だが、宗教の話は聞き洩らさないようにしてるから、きみが聞いたらびっくりするような話を知ってるぞ、シャーム！　まさに、身の毛もよだつような話だ！　いいか、きみは、あの東欧人たちが親族を特別扱いしたいという理由だけで地元の人たちを適当にあしらってる、そう思ってるようだが、それはまったくの誤解だ。理由の一部に過ぎない。ああいう中欧や東欧やロシアから来たやつらは、直接ローマ法王から命令を受けて動いてるんだ。法王から指示されていない行動に出ることはない。これは陰謀なんだよ、シャーム。やつらはヨーロッパでやったように武力でキリスト教徒を追い出して、法王の名のもとにここを征服しようともくろんでるんだ。おれたちキリスト教徒が何か手を打たなければ、ここでもそれが現実になっちまうんだ！」

すぐにシャーマンが笑いだした。咳き込んで唾を吐き、目の端からセールスマンにずる賢そうな視線を向けた。年齢差を除けば、その瞬間の彼の姿はリンカーン・ファーゴに生き写しだった。人を改宗させようが本人が改宗しようが、法王にとってはさしたる問題ではないはずだ。おれの農場を横取りする力のある東欧の移民がいるというのなら、いずれ土地を奪われるのが世の習いだろう。そして、例の苛立ちを含んだクリーム分離機のような声でそれだけ言い放つと、鼻を鳴らしてその話題にけりをつけた。シャーマンは、自分の信じやすいところにつけ込まれるのを嫌っていた。ずっとそういう目に遭ってきた、と思っていた。

シンプソンがもっと腕の劣るセールスマンだったら、脱穀機を売ることはできなかっただろう。だがこの腕利きのセールスマンは、自分の狼狽を鷹揚に笑い飛ばして馬の話に話題を逸らし、そこから農機具に話を戻した。

馬車が農場に着くころには、脱穀機に加えて新しい芝刈り機と鋤車も買う、という話になっていた。

5

パール・ファーゴ――ミセス・リンカーン・ファーゴ――は、自分の寝室にある枠がマホガニーの傾いた鏡のまえに立ち、マッチの燃えかすの先を使って薄い眉毛を描き足していた。化粧をした娘たちを神が眉をひそめてご覧になることや、ご自分の望まれる姿で女性をお創りになられたのだから、その姿を変えてしまうことは冒瀆だとお考えになるということは、当たりまえのこととしてわかっていた。とはいえ、この程度なら神のお創りになったものを作りかえたことにはならないだろう、と鏡を見ながらミセス・ファーゴは確信をもって考えた。この夏は、イーディとその子どもの起こす厄介ごとのせいで頭がすっかり白くなってしまった、と思った。なんでもおかしな置き方をして自分は役に立っているとでもいうような顔をしているイーディがいては、自分の台所に入ることもままならない。イーディにはさっさとこの家を出て行ってどこかで腰を落ち着けてもらい、自分にまっ当なやりかたで家事を進めさせてもらいたい、と願っていた。目のまえから消えてもらえればそれでよかった。あのボビーという子どもについては、自分の子どもでなくて本当によかった、と思っていた。自分が親だったら、話をしてもいいタイミングというものを教えてやるだろう。人の言うことを聞かなければならないということが身にしみてわかるまで、一日に五回は水膨れができるほどひっぱたいてやり、夕食を与えずにベッドへ追いやるだろう。他人のことにいちいち首を突っ込む態度も改めさせてやるはずだ……もちろん、いつもあの子をそそのかしてくだらないことをさせているのは父さんだが、父さんは父さんだ。この家の主《あるじ》なのだし、老いてきてもいる。厄介なのは、あの子どもは尻を叩いてやる必要がある、ということのほうだった。

ミセス・ファーゴは、ほぐしたロープの一部にしかならないような少ない髪を下ろして梳かしはじめた。鏡台の上には濃いお茶の入ったジャーが置いてある。ミセス・ファーゴは、そのジャーをいつもそこに置いていた。ブラシの先端をそれに浸してから、ネズミ色をしたトウモロコシの毛のような髪を梳かした。身なりをきれいに整えるくらいなら、なんの害もないだろう。聖書は、お茶が悪いものだとはひとことも言っていない。知り合いのなかには、自分たちの見た目にもう少し気を配っていれば、おそらくいまのようなひどい目には遭っていないのではないか、と思われる人たちがいた。男性がすることには、かならず理由がある。理由もなく急に姿を消したりはしない。

ミセス・ファーゴは不意に顔をしかめ、鏡を覗き込みながら鼻に皺を寄せて立ち上がった。少しずつ不安が高まるのを感じながら、ブラシを置いてお茶のジャーを持ち上げた。怒りと嫌悪感に駆られるまま、力まかせにジャーを置くと、鏡台にジャーの中身の一部が飛び散った。ミセス・ファーゴは慌てて小麦粉の袋の布で作ったタオルを手に取り、こぼれた液体を拭き取った。

寝室の戸口のカーテンが音をたてたので、ミセス・ファーゴはむっつりと顔を赤らめて振り向いた。

「どうかしたのか、母さん?」グラント・ファーゴが声をかけた。

「なんでもないわ」ミセス・ファーゴはきつい声で返事をした。

グラントはジャーから鏡台、そして母親の髪へと視線を移し、すぐに正しい答えを導き出した。それでもたぐいまれなる自制心を発揮し、笑い声をあげずに済んだ。

「まったく、ひどいもんだ!」グラントは同情するように言った。「さて、こんな真似をするのは、いったい誰だろうな?」

「言うまでもないじゃない」ミセス・ファーゴは言った。

「それにしてもだ、なんでこんな真似をするんだ?」

「それを言うなら、なんでいつもこうなんだ、でしょ?」母親は不機嫌そうに言った。

グラントには、この事態の原因がわかっていた。週に一回、この家の寝室に置かれている陶磁器類は洗浄力の強い石鹼水につけ置きすることになっている。そして、ボビーには何かに誘発されると寝ながら歩く癖がある、ということをグラントは知っていた。ある日の深夜にグラントが帰宅すると、ボビーは夢うつつの状態で裏口から表へ出ようとしていた。またあるときには、夜気が入るのを防ぐためにしっかり閉められた窓から抜け出そうとする姿を目撃したこともあった。もちろん、グラントはボビーの手助けなどしはしなかった。その結果、居間に置いてある鉢植えが葉枯れ病にかかって枯れてしまい、捨てざるを得なくなってしまったのだ。

グラントは母親に、人の信頼を踏みにじるこの悪行についても話そうとしたが、ふとここに来た目的を思い出した。が、母親はすでに機嫌を損ねてしまっている。その話をするのはまた別の機会にしておいたほうがいい、と思った。

「まったく、あの忌々しい悪ガキときたら!」興奮気味に言ってみせた。「本当に気の毒だよ、母さん」

「その——そのうち、私は何をしでかすかわからないわ、グラント!」

「わかるよ。本当にあんまりだと思う。だけど、それにはぜんぜん害なんてないんだよ、母さん。なんとスペインのほうじゃ、それで歯を洗ってる人がいるらしいんだ!」

「そ——そんな、まさか!」衝撃を受けながらも、博識な息子に感心しながらミセス・ファーゴは言った。

「ところが、事実なんだよ」グラントはうっかり言ってしまった。「こうしよう、母さん。いま、こっそり、おれのベーラムを持ってきてやるから——」

「だめよ、やめて！　そんなものをつけるわけにはいかないわ、グラント！」

「そうか、じゃあ、ヴァニラならどうだい？　ヴァニラの瓶を持ってきてあげようか？」

「それなら大丈夫だと思う？　教会に行っても、ってことよ」

「ああ、もちろんさ」グラントは答えた。「だって、おれがヒューストンの教会に通ってたころの牧師さんの奥さんだって、ヴァニラをつけてたしね！」

グラントは台所の食料棚へ行き、ヴァニラを入れたパイント瓶を持ってくると、おずおずと髪の房にそれを塗るミセス・ファーゴのそばで満足そうに匂いを嗅いだ。ミセス・ファーゴはその房を頭の上で丸め、どこかピラミッドのように見える形にまとめたが、夫からは乾いた牛の糞に見える、と言われていた。ミセス・ファーゴもそう思っていたのだが、ほかの髪型にすることはできなかった。そのときの彼女は、自分で編んだ白いレースの襟がついた黒いサテンのドレスを着ていた。生地に傷みはほとんどなかったが、この十年のあいだに少しきつくなっていた。靴は高級な黒のキッド・スキンを使っていて、一ドル七十五セントもしたものだった。ふだんは夫の捨てた深い靴を履いて足を引きずりながら歩いているので、家ではめったに履かない。なので、ドレスといっしょに買った日からほとんど傷んでいなかった。帽子は二十五セントのワイア・フレームを使い、長らく着ていないブラウスを切ってその布地を張ったものだった。手編みのショールを肩からかけているのは、まだ寒いというほどの気候ではないし、コート――上質なコート――を持っていないからだった。ミセス・ファーゴは、冬は外出しなかった。町へ歩いては行けないし、近所の人が訪ねてきたときにはキルトの掛け布団をからだに巻いて応対すれば充分だった。時々、シャーマンの家族の誰かが町まで連れて行ってあげよう、と声をかけてくれることもあった。だが、あの家の人たちはいつも急いでいるし、大慌てで支度をすることなどできなかった。いずれにせよ、それも頻繁にあることではないし、贅沢なコートの仕立てに行けるほどの回数ではなかった。町で手に入れたいものがあれば、誰かが持ってきてくれた。町で何かあれば、誰かが教えてくれた。というわけで、冬のあいだ、ミセス・ファーゴには外へ出る必要などなかったのだ。

ミセス・ファーゴが心地悪そうにからだを動かして身づくろいするあいだ、グラントは彼女を褒めそやしていた。ミセス・ファーゴには、息子のお世辞をどう受け止めればいいのかわからなかった。遠い昔に夫からお世辞のようなことを言われたこともあったが、たんに何か魂胆があるからだろう、と思っていた。カンザス・シティで営んでいた下宿屋でも、客からおべっかを使われたことがあったが、その男は大酒飲みで、宿代も払っていなかった。

ミセス・ファーゴには、自分は見苦しくないという自信があった。それで充分だった。

「じゃあ――いま無一文なの、グラント?」彼女が口を開いた。

「そうなんだよ、母さん。昨日、仕事のことでたくさん手紙を出したら、すっからかんになっちまったんだ。とにかく二ドルくれないか。それだけあれば、次のチャンスが来るまでなんとか乗り切れるから」

ミセス・ファーゴは頷いて自分のレティキュールに手を伸ばしたが、ふと動きを止め、目をそむけた。

「でも……その、私は二ドルも持ってないのよ、グラント」

「おいおい、母さん!」グラントは笑い飛ばした。「持ってるに決まってるだろ。昨日、ニワトリを売って稼いだカネがあるじゃないか?」

「ええ、確かにあるわよ」ミセス・ファーゴは正直に認めた。「でも、それは今夜の伝道集会で納めなければならないの。今夜は海外伝道を応援するための集まりだから、これを逃したら――」

「そんなの、ふざけてるよ!」グラントは青白い額に皺を寄せて言った。「母さんは口先だけで聖書の文句を唱えるあのインチキ野郎に、持ってるものをすべて貢ぐつもりなのかい？　いいか、おれの代わりにそいつに言ってやってくれ、そんな——」

「グラント！」

「はいはい、わかりましたよ」グラントはとげとげしく応えた。「それにしたって——」

「あの方はインチキなどではないわ、グラント。まさしく神に選ばれた方よ。神のご意思を実現させるために、この世に遣わされた方なのよ」

「まあ、そうなのかもしれないね」母親の口調に違和感を覚えながらグラントは認めた。「ごめんよ、母さん。でも、おれにはやっぱりカネが必要なんだ」

「六十セントならあげられるわ、グラント。昨日、卵も十二ダース売ったから」

「それじゃ足りないんだ、母さん。二ドル欲しいんだよ」

「でも、私には——」

「わかった、じゃあこうしよう」グラントは急に愛想がよくなった。「一ドル六十セントでいいよ。そうすれば一ドル残るだろ。それくらいあればあの——あのお方には充分なはずだ」

「私——私にはやっぱり、それは良くない気がするわ」ミセス・ファーゴはしょんぼりと言った。

「なんだよ、それはないだろ、母さん」息子は笑みを浮かべてねだった。「おれがダラスから送ったカメオのことは覚えてるかい？　あと、五ドルを送ったあのクリスマスのことも」

ミセス・ファーゴは思い出して頷いた。

「そうね、わかったわ」そう言った。

グラントは口笛を吹きながら、ベラの待つ町へ向かった。そして、自分の身なりに最後の仕上げをしたミセス・ファーゴは、寝室を出て居間へ向かった。

まだ夕暮れどきの薄暗さだというのに、ミセス・ディロンと息子はランプを灯してテーブルに着いていた。二人は○と×を書きながら何かのゲームをしている。子どもは祖母に興味のなさそうな視線を向けた。祖母が自分を嫌っていることを知っているこの子は、それを母親の愛情と同様に当たりまえのこととして受け止めていた。祖母というのはみんな小さい男の子が嫌いなのだろう、そう思っていた。

ミセス・ディロンは落ち着かない様子で作り笑いを浮かべた。「まあ、まあ！　とっても素敵ね、お母さん！」

「そのランプの明かりは必要なの？」ミセス・ファーゴが言った。「父さんと二人だけで暮らしてたころ、うちでは月に一度、ランプを点けない日を作ってたくらいなのに」

「あら、まさか！　点けなくてもいいんだけど」ミセス・ディロンは答えた。

「いるってば！　消しちゃやだよ！」息子が大声を出した。

だが、母親はもうランプを消してしまっていた。

ミセス・ファーゴは居間を抜けて台所に入り、玄関から外に出た。いつものようにポーチでくつろいでいる夫が、無愛想な目を妻に向けた。

「ずいぶんはしゃいでるようじゃないか」悪意を含んだ笑い声を漏らした。「自分の娘と孫に明かりを使わせないほどのしまり屋とはな。あの二人は、誰かに目をえぐり出してもらったほうがいいんじゃないのかね」

「あれで充分見えますよ」ミセス・ファーゴは言った。「私だって、ランプなんか使いませんから」

「またあの牧師が、おまえをキャンプ・ミーティングに連れてくのか？」

「ええ」

「まあ、もしあの男が姿を見せなくても、おれは大して驚かんがな。町で噂になってるぞ。あいつは私腹を肥やすことに、少しばかり熱心になりすぎてるようだ」

「私腹ですって——それはどういうこと？」ミセス・ファーゴは身震いした。

「知らんのか？　おまえも少しは耳にしてると思ってたが！　まったく、あの男がぼんやりしたやつらをうまく丸め込んで、無理やり土地を引き渡す書類にサインさせてるって、町じゃもっぱらの噂だぞ！」

「まあ」ミセス・ファーゴは言った。「だけど、あの方は自分のために土地を集めてるんじゃないのよ。いずれ神様がお引き取りに来る日が来るまで、預かっておこうとしていらっしゃるだけなの」

「ふーむ」リンクは言った。すると突然、「なんだと！」と声をあげ、やがて、最後のひと言、といった様子で付け加えた。「まったく、たまげたもんだな！」

そして、鼻を鳴らして咳をすると重い音をたてて両足を下ろし、立ち上がった。お決まりのように一羽のニワトリが通りかかると、杖の曲がった柄の部分をしたたかに打ちつけた。坐り直してさっきと同じ高さに両足を上げ、柱に押しつけて両目を閉じた。だがすぐに開け、黄ばんだ目をぐるりとまわして小馬鹿にするように妻を見つめた。やがて両目を固く閉じ、大きな黒い帽子を額に押しつけた。

当惑したミセス・ファーゴは、小道を通って家の門へ向かった。

夫とはちがい、彼女は人生を少しずつ贈り物が失われていく過程だとは捉えていなかった。彼女にとって、それは現世よりまともなあの世に至るまでの、長い苦難の道のりに過ぎなかった。死に向かって進むなかで、なすべきことさえしていれば安らかに心地よく眠ることを許され、そのうちに天国への門が開くことになる。だが、それだけのことだった。

ミセス・ファーゴは、生来親切で忍耐強い女性だった。短気で口が悪く、可能な限り家には寄りつこうとしない夫とのあいだに四人の子どもをもうけた。その子たちを育て、それなりに良い教育を施し、まともな大人に育てあげた。長年にわたって子どもたちを支え、ほかの子たちと同じように、あまり心地良さや喜びには恵まれない成長期を見守った。そして、それはどれも世に認められたいがためにしたことではなかった。妻であり母であるこの女性には、個人としての自覚がなかった。そんな存在に与えられる栄光などない。ミセス・ファーゴは、ほとんど機械的に自分の務めを果たしてきたのだ。

そしていまは疲れ果て、疲れているうえに混乱していた。いわゆる人生七十年の最後の十年に入ったというのに、安息などまったく得られなかった。誰のせいでそうなっているのかわからなかった。そして、子どものように無邪気なところがあるこの女性は、その点について深く考えたりもしなかった。だが、自分が悪いのではない、ということはわかっていた。そして、疲れていた。

ミセス・ファーゴは――神を冒瀆する考えなのではないか、と思い悩みながら――天国でも身内といっしょに暮らすことになるのだろうか、と思った。

サイラス・ウィットコム〝牧師様〟は遅れてやってきた。老いぼれた馬に引かせた、がたつく二輪馬車に乗って姿を現わしたときには、あたりはほぼ真っ暗になっていた。

五十がらみのこの男は、すり切れた黒い広幅の布地の牧師服を着てハーフ・ブーツを履き、灰色がかった白いシャツに紐タイをあわせていた。頭はぼさぼさの黒髪で、帽子をかぶっていなかった。痩せこけた顔の目は小さく、深く落ち窪んでいる。声は豊かで、説得力がある。ペテン師にはほど遠い雰囲気を漂わせていた。

この男が温めている計画は——それはのちに、別の人々によって（たとえば、ネブラスカ州フランクリンなどで）実現されるのだが——全住民が神の栄光のために働く、敬虔な人々の共同体を作ることだった。そうすれば、いま神によって救われている人々は、なんと〝天に召される〟まで確実に救いを得られることになるのだ。しかも、神がこの世を破壊するのではなく創り変えることにされたあかつきには、活動拠点としてこの共同体をご利用になるかもしれない、と考えていた。

この男には、自分の目的を達成するためにどんな手を使おうとも、全面的に正当化できるばかりか称賛に値するはずだという、狂信者に特有の信念を持っていた。この計画の価値を説いても、必要な土地は手に入らなかった。そこで、騙されやすい敬虔な人々に、裁きの日は近い、神から預かっている土地をすみやかに返還すれば、皆さんは危険な無秩序状態に陥ることを避けられるだろう、と説得して土地を集めていたのだ。

牧師がファーゴ家の入口にある石の乗馬台へ馬車を寄せると、老いた女性は何度も失敗を繰り返したものの、なんとか馬車に乗り込むことができた。もちろん、牧師の身なりをした男が女性の手を取って馬車に引き上げるなどということはとんでもない話だし、そもそも、体力的にそれができるという自信などなかった。自分には神のために成し遂げなければならない使命がある。この肝心なときに、ぎっくり腰になる危険を冒すわけにはいかない。

町へ引き返すあいだ、馬車はぐらぐらする車輪のせいで沈んだり傾いたりを繰り返していた。

「例のものはお持ちになりましたか、シスター・ファーゴ？」

「持ってきました」ミセス・ファーゴの声は、奇妙な恍惚感で震えていた。

「では、いただきましょう」

ミセス・ファーゴはレティキュールを開け、折りたたんである古びた紙の束を取り出して横にいる牧師に手渡した。牧師は目を押さえているのかと思わせるほど目の近くにそれを持ってくると、親指で一枚一枚めくり、満足そうに、陰気に頷いた。

「これはこれは」口を開いた。「大変結構です。名義変更の証書として成立しているようですし、それに」――最後の一枚の裏面を見た――「権利放棄を――」

ウィットコム〝牧師様〟は、そのひとことを言い終えることができなかった。何やら罵りことばのように聞こえることばを口にしたが、もちろんそのつもりで言っていた。

「なんですか、シスター・ファーゴ」苛立ちで声が裏返った。「なぜこんな真似をしたんですか?」

「だめですか?」ミセス・ファーゴは訊いた。「私は、神にお譲りするつもりだったんですけれど」

「もちろん、だめに決まってますよ! 私にお譲りいただかねばならない、とお話ししたじゃありませんか。十回以上も繰り返して!」

「でも、いずれ神のものになるわけですから」ミセス・ファーゴは言った。「こうしておけば、手間が省けると思ったんです」

「そんな、ふざけ――神には、土地のことなどにかかずらうお時間はありません。ですから、私をこの世に遣わされたのです。私が神の代理人として物事を進めることになっているのです」

「そうですね……」

「こうなると、あなたがきちんと名義変更できるよう、また一からご説明しなければなりませんね。よろしいですか、シスター・ファーゴ、使いの者を苛立たせるような真似をなさる方は、神に愛されませんよ!」

「そうですね、本当に申しわけございません」ミセス・ファーゴは慎ましやかに応えた。牧師は口をつぐんでしまった。

まだ月が上っていないので、あたりは真っ暗闇に近かった。馬車の車輪のかすかな音と、砂の道を歩く老いぼれ馬のひづめが立てる水をすするような音しか聞こえなかった。ミセス・ファーゴはきまりが悪く、気持ちが乱れていた。なんとか会話をしようと試みた。

「果樹園の向こうで、火が燃えているみたいですね」そう切り出した。

「ふうむ」牧師は言った。

「男の人が大勢集まってるようですわ」

「ふうむ」

「トウモロコシの刈り株を焼き払ってるわけじゃありませんよね」ミセス・ファーゴは粘った。「まだ収穫の時季じゃありませんし」

「ふうむ」

「いずれにしても、あそこはトウモロコシ畑じゃありませんものね」

ウィットコムは片手で髪を梳き、薄い唇をすぼめた。女性のくだらないお喋りに対して何かを言おうとしかけたとき、老いぼれ馬が急に跳ねたので座席で背中を打ってしまった。ほとんど間を置かずに妙な口笛が聞こえ、藪のなかから何頭もの馬が音をたてて押し合うように出てくると、あっという間に馬車を取り囲んだ。

「誰だ?」ウィットコムは立ち上がって声を荒らげた。「いったいどういうことだ?」

「いずれわかるさ」ひとりが言った。「そちらにおられるのは、ミセス・ファーゴですな?」

「え、ええ」ミセス・ファーゴは答えた。「その声は、ジェイク・フィリップスじゃありません?」

「いや、ちがいますな」ヴァードンの保安官、ジェイク・フィリップスはきっぱりと言った。「我々はこのペテン師に当然の報いを受けさせるために集まった、市民の有志に過ぎません。ですが、心配はご無用です。あなたはそのままお待ちいただければ、問題ありません」

突然ウィットコムが叫び声をあげ、手綱を振り上げて老いぼれ馬を叩いた。だが、頭絡を摑んでいる者がいて、馬はおとなしく後ろ脚で立っただけだった。

「通らせろ!」牧師様は声を荒らげた。「言うことを聞け、さもないと天罰を受けるぞ! 私の——」

ロープの風切り音がし、牧師のからだが座席からうしろ向きに転がり落ちて地面に打ちつけられると、埃が舞い上がった。からだを打って息を切らせながらも、牧師はすぐさま立ち上がり、迫ってくる襲撃者たちに爪を立てようとしたり、蹴ろうとしたり、唐竿のような腕を振りまわしたりした。こういう状況に陥ることははじめてではなかったので、その効果のほどは本人にもよくわかっていた、それでも潔く諦めたためしがなかった。

馬に乗った覆面グループのなかの二人が、罵りことばと祈りのことばを喚きちらし、最後の力を振り絞って抵抗を試みる牧師の両腕を左右からかかえた。二人は牧師のからだを揺らし、馬にムチを当ててそのまま藪のなかへ戻って行った。

牧師が草むらのなかを引きずられて行くと、しばらくは静かになった。炎が勢いを増したが、それでもやはり静かだった。やがて、闇夜をつんざく甲高い悲鳴があたりの空気を震わせた。まえの叫びの余韻が消えるまえに畳みかけるような叫びが何度も何度も繰り返されるので、ミセス・ファーゴは苦悶のコーラスを聞かされているような気がした。そのコーラスが不意に終わり、喉を詰まらせたようなすすり泣きに変わった。火が消え、複数の馬が藪のなかを戻ってきた。

覆面の男のひとりが牧師の馬車でミセス・ファーゴを自宅へ戻し、老いた女性を元気づけるかのように帽子をひと振りして去って行った。そういうわけで、ミセス・ファーゴは起きたことを何も見ていなかったが、何が起きたかはわかっていた。わかっているだけに、嫌な恐怖感に見舞われた。とはいえ、徒党を組んで暴力を振るう輩が現われるのは決して珍しいことではないし、神の庇護のもとにあるあの牧師なら大多数の人々より彼らの暴力に耐えられるだろうと思い、あの襲撃者たちや彼らの所業についてそこまでは気になっていなかった。実は、あの牧師を羨ましいとさえ思ったほどだ。ミセス・ファーゴは自分と牧師の立場が逆だったらよかったのに、と思っていた。が、実際は……

ミセス・ファーゴはいずれかならず訪れるだろう裁きの日を思って怯え、心のなかで泣いた。

……実際は、彼女が自分の土地を神に捧げ、神の使いが目のまえで非難され、社会から葬られるリンチに遭ってしまったのだ。

6

冬は、娼婦のように谷に下りてきた。最初の日は、彼女の放つ麝香の香りと、スカートの衣擦れの音でしか存在を感じられなかった。ところがその翌日、白く波打つ豊かなからだですっかり覆われた谷は、女房にべた惚れしている亭主のようにうめき、震えた。

冬ははじまったばかりだが、厳しいものになることが感じられた。トウモロコシの収穫量が不足しているはずなので、必然的に肉牛の価格は上がるだろう。問題は、高価な飼料を与えても利益が出るほどその価格は上がるのか、ということだった。

谷じゅうで、男たちがそのことを話し合っていた――雑貨店のダルマストーヴのまわりで、酒場で、貸し馬屋で。郵便局のあちこちで数名が固まり、議論したり、不安がったり、湯気に覆われた窓の向こうに積もっている雪の様子を見たりしていた。《シカゴ・デイリー・ドローヴァーズ・ジャーナル》紙は、繰り返し読まれてから力任せにごみ箱に投げ捨てられたり、マッキノー・コートのポケットに思慮深くしまわれたりした。《オマハ・デイリー・ビー》紙の畜産相場に関する記事についても、同じように重宝する者と馬鹿にする者とに分かれた。意見を出すために、誰もが――ほぼ誰もが――こうした新聞を定期購読することを余儀なくされた。

最後の最後までこれに含まれなかったのは、グラント・ファーゴといわゆる〝外国人〟――ロシア人、ポーランド人、そしてボヘミア人たちだった（ドイツ人とスウェーデン人は、〝本当の外国人〟とはみなされていなかった）。もと印刷工のこの若い伊達男も、この冬に家畜を育てて利益が出ると思うか、と訊かれれば喜んで答えただろうし、おそらくどんな意見にも引けを取らないまともな意見を出せたはずだが、誰もあえて訊こうとはしなかった。中欧や東欧、ロシアから来た移民にも、誰も意見を訊こうとはしなかった。外国人たちは、自分たちに必要でなければ家畜を飼おうとはしないからだ。きっと、おそらく、価値のある動産を持っていると奪い取られるという昔からの恐怖心があるからなのだろう、自分たちで耕作する土地以外ほとんど何も所有しなかった。家畜用の囲いのなかで、故郷にいたころとほとんど変わらない貧困生活を送っていた。誰も外国人のことは理解しておらず、しようともしなかった。銀行や商店、農具の販売業者にとっては、ほぼどうでもいい存在だった。農作業以外には何もしない農家に過ぎないからだ。

シャーマン・ファーゴは、今年は肉牛の当たり年だと信じていたので、すでに農場で牛を育てていた。だが、冬が終わるまで餌を与えつづけるカネがなかった。脱穀機は思っていたよりはるかに役に立っていた。だが、何度も高額な修理を行ったせいで、耕作の時季が終わったときには、はじまったころとほとんど同じくらいしか手元に残っていなかった。

シャーマンは、その脱穀機は使いものにならないとは決して言わず、どういう点においても、損な買い物をしたとは認めたがらなかった。機械が故障したのは自分が油を差すのを怠ったことが原因だ、ということも頑として認めなかった。シャーマンは修理にかかった費用を考え、油がないくらいでその忌々しい代物が動かなくなるのはおかしい、と感じていた。そうでなくても、この油に関する話はおかたバカげている、と思うことが多かった。冗談じゃない、次はきっと、この当てにならない機械のために虫よけ用の網を買って専用の畜房を作れ、とか言いだすぞ！　と思っていた。

シャーマンにはその機械が壊れた理由が理解できず、理解しようという気もなかった。だが、肉牛を育てたいという気持ちは強いのに、カネがなかった。

「おそらく千二百か、千五百ドルあればなんとかなると思う」そう父親に話した。「もっとかかるかもしれないし、かからないかもしれない。おれは、二、三千ドルの利益が出ると見込んでるんだ」

「おれに言わせれば、千も出ればしめたものだ」リンカーンは言った。

「まあ、それは父さんの見方だ」息子はやんわりと言った。「でもたぶん、その方面についてはおれのほうがよくわかってるんじゃないか、と思うよ」

リンカーンはそのことばの真偽についてとやかく言わず、腹も立てなかった。悪意があって言ったことではないし、一人前の男としてシャーマンには思うことを口にする権利がある、ということもわかっていた。

二人は、リンカーンの家のこの時季になって閉め切られた居心地のよいポーチで腰を下ろしていた。二人ともタバコをふかしていた。シャーマンはコーン・パイプを使い、リンカーンは安物の葉巻を吸っていた。二人のあいだには、ふだんは痰壺として使っている箱が灰皿代わりに置いてあり、灰と吸い殻でいっぱいになっている。家の壁に背をもたせて坐り込んでいるロバート・ディロンは、二人の話に興味津々だった。この子には、牛を飼うためのカネを出したがる者がいる理由がわからなかった。話があべこべなのではないか、という気がしていた。

「ボビー」少し首をまわし、リンカーン・ファーゴが声をかけた。

「なに?」ボビーが言った。

「この家を壊さずに、地下室へ行って戻ってこれると思うか?」

「もちろん。できるさ、〝父さん〟」

「そうか、おれは絶対に無理だと思うが」老人は言った。「まあ、行ってこい。おれとシャーマンにリンゴジュースの瓶を一本持ってきてくれ」

ファーゴ家で〝おじさん〟や〝おばさん〟などの呼称が使われることはなかった。この時代の家庭では、それが一般的だった。

ボビーが台所に入り、そのあとすぐ、ポーチにいる二人に地下室の入口の跳ね上げ戸が開く音が聞こえた。

「ところで、今日、イーディが例の勤め先の学校へ行ったんだ」リンカーンが声をひそめて言った。「郵便配達に連れてってもらった」

「ボビーはどんな様子で受け止めてた?」シャーマンは訊いた。

「あの子は、まだ母親の行き先を知らないんだ。町へ行っただけだと思い込んでる」

「あの子なら大丈夫さ」灰皿代わりの箱にパイプを当てて灰を落としながら、シャーマンは言った。「今夜はうちに泊まることになってるし、明日の朝からは、うちの子たちと学校へも通える。明日の夜には、母親がいなくなったことにもいくらかは慣れるだろう」

「だといいがな」リンカーンは言った。「ところで、いつごろまでにそのカネを工面したいんだ? おれはこの土地を担保にすれば、千五百ドルくらいはわけなく借りられると思うが。なんの抵当権もついてないからな」

「まあ、あとひと月のあいだには手を打たなければならないだろうな」シャーマンは言った。

「それまでには用意できるさ」老人は頷いた。「母さんの療養期間も、それまでには終わるだろう。おれといっしょに銀行へ行ってもらわなければな」

「ああ、わかってるよ」シャーマンは言った。「そうすると、こういうことになるな。父さんが飼料を買う、おれが牛を提供する、で、利益と仕事は折半する」

「それでいい」リンカーンは同意した。「もちろん、おれのからだは以前のようには動かないが……」

「そういうことなら、だ」シャーマンはゆっくりと言った。「グラントに手伝わせりゃいいんじゃないか。二人で力をあわせりゃ、まともな男ひとり分くらいの働きはできるはずだ」

ヴェストについたタバコの灰を払いながら、リンカーンは面白がって小さく笑った。シャーマンは、我ながらうまいことを言ったというように、にやりとした。

地下室の入口が閉まる大きな音がし、ロバート・ディロンが台所から戻ってきた。子供服の両袖がぐしょ濡れになり、服と顔のあちこちに黄色いものが飛び散っている。その姿を見たとたん、リンカーンは思わず吹き出しそうになった。

「おいおい、おまえはいったい自分のからだに何をしたんだ?」

「なんにも」男の子はにんまりした。「ちょっとだけ立ち止まって、卵を入れたかめを覗いてただけだよ」

「そしたら、なかから卵が飛び出してきておまえに体当たりした、ってわけか! それはそうと、何をするつもりだったんだ?」

「まるで、ひとりで卵のぶつけ合いでもしてたみたいだな」シャーマンが口を挟んだ。「父さん、父さんがカンザス・シティで酒場をやっていたころ、おれが母さんが雌鶏に抱かせてた卵を拝借して、父さんの店のサービス・ランチにこっそり混ぜておいたときのことを覚えてるかい?」

「そんなこともあったような気がするな」老人は言った。

「冗談だろ、あったような気がする、どころじゃないよ! 父さんは、さんざんおれを鞭で叩いてから一週間は腕が利かなかったはずなんだ」

「まあな」リンカーンは言い訳するように言った。「おまえら子どもたちにそんなにつらく当たったことがあったのか、思い出せないんだ。おまえたちを本気で懲らしめたことがあったかどうか、どうも思い出せん」

「まあ、そうなのかも」息子は肩をすくめた。「ボブ、大急ぎでからだをきれいにしてこい。このジュースを一、二杯貰ったら出発するぞ」

「わかったよ、シャーマン」ボブは言い、おとなしくポーチを離れた。

この子は、長いこと卵を弾ませることはできると思っていたのだが、やっとそんなことはできないという事実を受け入れる気になった。以前にも、雌鶏の巣から盗んだ新鮮な卵で同じことを試したことがあった。固くゆでた卵を弾ませてみようとしたこともあった。ところが今日は、はじめて石灰水に入れて保存してある卵を使ってみることにしたのだ。たぶん一ダースくらいは使ったので、母さんに見つかったら怒られるだろうとは思ったが、どうせ何かほかのことで怒られるのだから、あまり深くは気にしないことにしたのだった。

忍び足で自分と母親に割り当てられている部屋へ行くと、いつも使っている簡易ベッドに坐り、翌日学校へ着て行くことになっている服に着替えはじめた。サスペンダーの銅でできた留め具にうっとりしながら、新しいオーヴァーオールを着た。セーターと円錐形のストッキング・キャップを身につけ、羊毛の裏地がついた新品のコートを着た。なかでもいちばんの目玉と言えるブーツは最後までとっておいた。それがカウボーイや警察官が履いているものとそっくりだ、ということを知っていた——爪先が丸く盛り上がった形の厚底のブーツで、脛までの高さがあり、いちばん上に留め金がついている。その素晴らしいブーツの上に、しぶしぶオーヴァーシューズをかぶせた。

鏡台の下の引き出しを開けてその上に上がり、鏡に映る自分の姿を見つめた。手にはめた左右の新しい赤いミトンが、一本の編み糸でつながっている。ロバートは両腕を広げ、それが切れないかどうか試してみた。すると、鏡台のまえの脚が不安定に持ち上がった。両膝を曲げて両腕を下ろすと、鏡台は元の位置に戻った。同じことを何度も繰り返し、鏡台を前後に揺らしながら、ロバートは考えた。

きっとパパは会いに来てくれる。来週かもしれないし、来月かもしれないし、来年かもしれない。いい子にしていたら、今夜かもしれない。今夜かもしれないわよ、とママは言っていた。とにかく、そんなに先のことではないだろう。

シャーマンの家へ行けば、きっと夕食でたくさんおいしいものを出してもらえるだろう。シャーマンの家にはいつもたくさんおいしいものがあるよね、と母さんに話したら、こんな話をしてくれた。

むかし、あなたのパパは卵を弾ませたことがあったそうよ。卵はどこかあさってのほうへ飛んで行ってしまったの。いまのように大きくなかったパパが、自分で取れるようにその卵を放ると、弾んだ卵が鼻に当たって少し泣いちゃったんですって。それで力任せに叩きつけたら、すごい勢いで卵が跳ね返ってきてね。母さんがそこまで話したところで、二人は声をあわせて笑いだした。

だけど、それはボールだった。卵は弾ませられない。誰でも知ってることだ。ボールというのは、内側が空っぽの服のようなものだ。中身が詰まってるものは弾ませられない。それでも……もし……もういい、できないものはできないのだ。

服だったら、パパだって着ている。ママも着ている。父さんだって着ているし、母さんも、シャーマンも、アルフも、グラントも、服を売る人だって、みんな服を着ている。その人に百ドルとか百万ドルとか、それくらい払えばこんな素敵なものが買えるのだ。

こうしてすべてのことに納得したロバートは部屋を出てポーチへ戻り、照れくさそうな顔で伯父と祖父のあいだに立った。

「さあ、これでおまえもまともな男の子に見えるようになったな」こう言ってリンカーンはロバートに温かい目を向け、シャーマンは意味のはっきりしない呻くような声を漏らした。

「そのジュースって、どんな味がするの？」二人の受け止め方に気を良くしたロバートは訊いた。

「そうだな、言うなれば、チョコレート・アイス・クリーム・ソーダのようなものかな」老人が答えた。

「ぼくもひと口もらっていい？」

「おやおや」シャーマンが口を挟んだ。「おまえはソーダなんか嫌いだろ？」

「ううん、そんなことないよ、好きだよ、シャーマン」

「こいつは冗談を言ってるんだよ、シャーマン」リンカーンは言った。「ほんとに好きじゃないんだ。まえに、おれにはそう言ってたぞ」

「そんなこと言ってないよ！」ロバートは必死になって大声で喚き散らした。「ぼくだって、ソーダが好きなんだ、シャーマン。ほんとに、ほんとに、ほんとだってば！」

「へえ、こんなぶったまげる話は聞いたことがないな」シャーマンは言った。「そうと知ってたら、全部は飲まなかったのにな」

男の子は二人の大人をひとりずつ見つめた。またからかわれているのだ、と気づいて気恥ずかしくなった。父さんとシャーマンにはいつもからかわれていた。特に父さんは年じゅうこんな調子なのだが、ロバートはいつもそのことをつい忘れてしまうのだった。もう何度目になるかわからないが、これからはこの二人の言うことを真に受けないようにしよう、と心に決めた。

「シャーマン、もう行く?」ロバートは訊いた。

「そうしよう」シャーマンがオーヴァーシューズに手を伸ばした。

「シャーマンの家へ行ったら、いい子にするんだぞ」リンクは言った。

「するよ」

「おい、それはいいが、どこへ行くつもりなんだ?」

「母さんに〝行ってきます〟を言いたいんだ。まだ言ってねえ《エイント》——言ってない《ハヴント》から」

「そうか」リンカーンは腹立たしそうに葉巻を嚙んだ。

ミセス・ファーゴは眠っていたが、寝室に入ったロバートはそのことに気づかなかった。壁側を向いて横たわる彼女は頭の上までベッド・カヴァを引き上げていて、しかも室内が暗かったのだ。ロバートは声をかけた。「ねえ、母さん」優しく言った。そして、もう一度言った。「行ってきます、母さん」

ミセス・ファーゴは応えなかったが、ロバートはなんとも思わなかった。この子の時間は無価値なもの、自分の時間は非常に貴重なもの、そう考えるのが常のミセス・ファーゴは、ふだんからロバートが話しかけてもなかなか応えようとしなかったからだ。どうしても彼女に挨拶をしなければならないと思う理由についてはロバートにもよくわからなかったが、挨拶をしなければならないという気持ちだけは強かった。おそらく、〝どこかへ出かけるときは、かならず母さんにそう言いなさい〟という母親の言いつけが、頭の片隅にあったからだろう。

「母さん」ロバートは繰り返した。「聞いてる? 母さん」

ベッドの横へ行ってまた繰り返した。「母さん!」ミセス・ファーゴはかすかに動いたが、やはり口は開かなかった。例の牧師が証書を持って姿を消したあの夜から、まともに眠れなかった。やっと回復してきたところだった。

「ねえ、母さんったら、母さん!」

不意に、ロバートはじれったそうに笑いだした。たぶん、母さんもママや父さんのようにぼくをからかってるんだ、と思ったのだ。父さんはよくこういうおふざけをする。寝ている振りをするのだ。そういうときにぼくがそっと近づこうとすると、腕が伸びてきて杖で叩かれる。たぶん、母さんもふざけているのだ。たぶん、いまはぼくのことを気に入ってくれていて、ぼくと父さんのしているようなおふざけがしたくなったのだ、と。

ベッドのフレームのいちばん上を手で摑んだロバートは、片足をサイドレールとスプリングのあいだに差し込み、不安定によろけながらベッドに上がって祖母のからだを見下ろした。屈み込んだとたんに両足が滑った。「うわあっ!」という大声とともに、彼女の上に倒れ込んだ。

ミセス・ファーゴはびっくりして金切り声をあげ、起き上がろうとした。思わず両腕を伸ばし、ロバートを床に突き飛ばした。ちゃんと目覚めていないまま、パニック状態で上体を起こした。そして、小声で泣きながら頭を掻きむしった。ロバートのコートのボタンがひとつ、頭の上の毛の房にひっかかってしまっていたのだ。

ロバートが立ち上がった。「行ってきます」祖母に言った。

「なに? なんなの?」彼女が言った。

「母さんに挨拶しに来ただけだよ」

頭を揺らしながら、ミセス・ファーゴは信じられないというような目をロバートに向けた。「また何か悪さをするつもりだったんでしょ？　何をするつもりだったの、あたしを殺そうとでも？」

「ちがうってば、ぼくはただ――」

「出て行きなさい！」祖母は鬼の形相で孫に言った。「出てって！　出てって！　出てって！……」

彼女は両足を床に下ろし、怒りのこもった皺だらけの手を片方伸ばしてロバートに摑みかかってきた。

ロバートは寝室を飛び出した。

「で、おばあちゃんに〝行ってきます〟は言えたのか？」シャーマンが訊いた。

「まあね。でも、行ってらっしゃい、とは言ってくれなかった」

ロバートの顔は真っ青になっていて、からだが少し震えていた。母さんを傷つけてしまった。きっとママに言いつけるはずだ。そしたら、ママはぼくを捨ててどこか遠いところへ行ってしまうだろう、そう思った。

「きっと、怒らせちゃったんだ」ロバートは言った。

「ふん！」リンカーンは顔をしかめて孫を睨んだ。「まあ、そんなことはいちいち気にするな。おれが二回言ってやろう。それでどうだ？」

「いいよ」ロバートは言った。

「よし、わかった。行っといで、行っといで。シャーム、この子をよろしくな」

「任せてくれ」シャーマンは言った。「両耳を削ぎ取って、柵の支柱にでも釘で打ちつけとくよ」

すると男の子が大笑いをはじめたので、シャーマンも歯を覗かせて苦笑いを見せた。

7

寒さの厳しい冬の夕闇に包まれたシャーマン・ファーゴの自宅は、雪に閉じ込められた谷を見下ろす気さくな幽霊のように建っていた。あたりの荒涼とした砂丘の尾根に、コヨーテの遠吠えがこだましている。納屋のまえには、一匹の厚かましい山猫がぬけぬけと通ったことを示す足跡が点々とつづいている。凍てついたキャラマス川沿いのどこかで、オオカミが嘆いているかのように声を震わせている。だが、堅固でいかにも守りが固そうなこの家は、周囲を圧する雰囲気を漂わせていた。

構造的な観点から見れば、いい家、と言ってまちがいなかった。だが、建築学的な観点から見ると、醜悪なものだった。裕福な農家にありがちなことだが、この家も、まだ生まれてもいない子どもたちを勘定に入れて建てたものだった。そして、両親の野心や慎ましさや未熟さがありありと表われた建物だった。シャーマンの子どもは五人で、これ以上増えることもないはずなのに、部屋が十一室もあるのだ。おそらく年に五、六回しか使わないというのに、居間のスペースを犠牲にして当たりまえのように応接間が設えてあった。そして、隙間風の入ってくるステンドグラスの大窓と階段のあいだに挟まれた居間は、なかなか暖まらなかった。台所は充分な広さがあるが、牛乳を保管する部屋（ちなみに、シャーマンは酪農を営むことをほぼ放棄していた）に二方向を塞がれる構造になっているせいで、日陰になっているうえに夏は暑苦しかった。全体的には寝室のために気前よく、そして無駄にスペースを割いているので、ほかの部分がせせこましい造りになっていた。家の前面から側面にかけてポーチが設えてあるが、美的にはほとんど貢献しておらず、実用性に至ってはかけらもなかった。家のなかは広すぎると言ってもいいくらいに広く、道路はかなり離れたところにあるので家からは見えず、道路からもこの家は見えなかった。やたらとたくさん足のある避雷針のほかにこの家を見る者の心を和ませるものといえば、いちばん大きな煙突を囲むように設えてある狭い足場《プラットフォーム》くらいしかなかった。そのプラットフォームには、ヴィクトリア風のけばけばしく安っぽい渦巻き装飾が施された手すりが付いている。カネのかかる仕事を請け負った業者が、おまけとして作ってくれたものだ……この家は、死んだも同然の信念から出た希望が産んだ、出来損ないの家だった。だが、ロバート・ディロンにとって、この世でこれほど素晴らしく、立派で、居心地のいい家はなかった。

ロバートとシャーマンを乗せたソリが庭に入ってくると、台所の窓に押しつけられていた小さな顔が消え、直後に裏口のドアが開いてよちよち歩きの幼いルーシー・ファーゴが階段を下りてきた。

「パパ！　パパ！」

シャーマンはソリを止め、両腕を伸ばした。「ようし、走っておいで！」

父親は娘をすくい上げるようにして分厚いコートのなかに入れ、また納屋のほうへソリを走らせた。

「あの兄さんたちは乳搾りを終えたのかい？」

「ううん」ルーシーは答えた。「まだだよ、パパ」

「あのガキどもめ」シャーマンは言った。「ボブ、おれは馬からソリを外すから、ひとつ頼みごとをしてもいいか？　ガスとテッドのところへ行って、さっさと仕事を終えろと言ってくれ。雌牛に干し草をたっぷりやれ、ということもな。この天気だと、ふだんよりもかなり多く食わせなきゃならん」

「わかったよ、シャーマン」ロバートは答えた。

「いまのうちにさっさと動かないと、あとで後悔することになるぞ、とも言っておけ」

「わかった」ロバートは繰り返した。

ロバートはソリを降り、牛小屋へ向かった。シャーマンとルーシーはそのまま大きな赤い納屋の暗がりへ消えていった。

十三歳のオーガスタス・ファーゴは弟のセオドアよりひとつ年上だが、この二人はほとんど背丈が変わらないうえに外見もそっくりなので、はじめて見る者の多くが双子だと思うほどだった。細くしなやかなからだつきでいかり肩をし、出っ歯で、いつもいたずらっ気たっぷりに、顔の中心に寄った小さな目をきらめかせていた。

この二人は、ロバート・ディロンが心から気に入っていた。頼るもののないロバートの境遇を思いやりつつ、なんでも挑戦しようとする心意気を立派だと思っていた。それに、ロバートははるか遠いところに住んでいたので、面白い話のネタをいろいろと持っている、というのも理由のひとつだった。

ランタンのうす暗い明かりを頼りに、ロバートは向かい合った二つの牛房に分かれて坐っている二人を見つけた。二つのミルク缶はほぼ満杯になっていて、牛の乳房のなかに残っている乳を〝ひっかけっこ〟して遊んでいた。二人とも顔が乳で真っ白になっていて、スツールに坐って飛んでくる乳をのけぞってよけるたびに、からだを震わせて笑っていた。

ロバートが来たことがわかると、二人はいささか乱暴なことば遣いで熱烈に歓迎した。ロバートは二人の父親からのメッセージを伝えた。

「へえ、そう言ったんだな?」ガスがいかにも凶暴そうなしかめっ面を作り、爆発寸前の怒りを堪えるシャーマンの低い声を真似た。「〝見てろよ、あのろくでなしをひでえ目に遭わせてやる!〟」

笑い転げるテッドとロバートのまえで立ち上がったガスは、重そうに足を踏み鳴らして行ったり来たりを繰り返し、両肩をまわしながらそっくり忠実に父親の口真似をした。「〝ふがあっ!〟」鼻を鳴らしてみせた。「〃おれのピッチフォークはどこいった？　あいつのケツの奥まで突っ込んで、葉巻代わりに吸わせてやる！〃」

「この腰抜け」テッドが冷やかした。「冷えた牛のクソも舐められねえくせに！」

「〃てめえが先に全部食っちまうからだろ！〃」

「だな！」

「だろ！」

二人は満足そうに互いの顔を見ながらしかめっ面を作った。

「早くしたほうがいいと思うよ」ロバートが言った。

「まあ、そうだろうな」ガスは認めた。「親父もお袋も、近ごろは歳を取っちまったせいでまともにものが食えねえんだ。おれたちが粥を口に入れてやらないと、ぶっ倒れちまうんだよ」

「お袋が倒れるんだったら、外でしてもらいたいな」テッドが言った。「おれが家から運び出すことになるなんて、まっぴらごめんだ」

「いいから急げよ」ふたたびスツールに坐りながら、ガスは言った。「乳のかけっこはおしまいにするぞ」

「おしまいにしよう」弟は頷いて言った。

二人は互いに顔をそむけ、乳牛のわき腹に頭を下げた。そして両手で乳首を摑み、すかさずからだの向きを変えて相手に乳を飛ばした。

「このクソ野郎！」二人は声を揃えて言った。

不意にガスが立ち上がり、目のまえの乳が入ったバケツを弟に投げつけて逃げた。テッドも自分のバケツを摑んで兄に投げつけた。それが肩甲骨のあいだに当たったガスは、派手に転んで乳まみれになった。ガスはその場に倒れたまま楽しそうに大笑いし、弟も両膝を手のひらで叩きながら、兄にあわせて笑い転げた。

ロバートも面白がって見ていたが、さすがに怖くなった。

「で、いったいどうするの?」真剣な声で二人に訊いた。

「ちくしょう、そうだよな、ボブ」立ち上がりながら汚れを払い、ガスは応えた。「確かにやばいことになった。何かいい考えはないか、テッド?」

テッドは自分のバンダナで服を拭いていた。「あるわけないだろ、ガス。とっとと家に行ってお仕置きを受ける、ってことくらいかな」

「バカ言え、そいつはごめんだ」

「あのな、いますぐどうにかしなけりゃならないんだぞ。お仕置きのどこが怖いんだ、この意気地なし」

「怖がってるんじゃない。お袋にお楽しみをやるのが癪に障るだけだ」

「ボブ、おまえは頭のいいやつだ」テッドが兄貴ぶって言った。「おれたちはどうすればいいと思う?」

ロバートは顔を輝かせ、この問題をなんとか解決してみせようとして知恵を絞った。「そのバケツに水を入れる、っていうのは?」

「いや――いいアイディアだけど、それじゃうまくいかないと思う。いいか、入れるとしたら、何か――」

「わかったぞ!」ガスが出し抜けに声をあげ、また大笑いした。

「思いついたか?」テッドはにんまりした。

「思いついたさ! 豚小屋だ!」

テッドは思わず大声を出した。「おい、まさか、残飯入れか?」

ガスは笑い過ぎて涙を流しながら頷いた。

「バカ！ そんなことしてみろ、生きたまま皮を剝がされるぞ！」

「それがどうした？ ク、クソくらえだよ、か、考えてもみろ、お袋がどんな顔してその中身を――」

「まったく」テッドは言った。「決まりだな」

兄弟はバケツをもつと牛小屋の裏から出て豚小屋へ向かい、ロバートは落ちつかぬ様子でくすくす笑い、二人の横を飛び跳ねながらついて行った。この二人の母親、ジョセフィンが手を上げるところを見たことがあるので、この先に待ち受けている危険についてはそれなりに見当がついていた。と同時に、ロバートはテッドとガスがもつ、罰を受け入れる――そして切り抜ける――能力に絶大な信頼を寄せていた。これは見ものになるか、あるいは見るも無残な光景になるか、だった。不意に、ロバートの忍び笑いがけたたましい笑い声に変わった。すると二人の従兄も大笑いし、両側からロバートの肩に腕をまわした。

脱脂乳と皿洗いに使った水、そして生ごみがいっしょくたに入った残飯入れの樽には、氷が張っていた。ガスが脇の柵によじ登り、氷を踵で蹴って割った。三人は急いで樽のなかの液体をバケツで汲み、ランタンをかざしてなかを覗いてみた。その液体は牛乳らしくは見えたが、当然ながら問題点もあった。テッドは自分のバケツからジャガイモの皮をいくつか探し出し、ガスも自分のバケツから卵の殻をつまみ出した。

三人は、面白がっている様子を絶対に表に出すなよ、とお互いに注意し合って家へ帰った。

家に着くと、ほかの家族はすでにテーブルに着いていたので、三人は保管場所にバケツを置いて大急ぎで手を洗った。そして、テーブルの端のベンチに滑り込んだ。ロバートは二人の従兄に挟まれて坐った。

山盛りの玉子、ポーク・チョップ、ビーフステーキ、茹でたてのホミニー、マッシュト・ポテト、そしてザウアークラウトを盛った皿の向こうから、ジョセフィン・ファーゴが三人に疑うような視線を送った（最近病気で臥せっているこの女性は、ふだんの夕食を用意する気力がない、と感じていた）。

「あんたたち、牛小屋でいったいどんな悪さをしてたの?」きつい口調で訊いた。

ロバートがつい忍び笑いを漏らしたので、義理堅い二人の従兄も同じように笑った。それを見て、ジョセフィンは三人に締まりのないしかめ面を向けた。

この女性は、小さな髪の塊とボタンのような鼻がついた、震えるパンのプディングにそっくりだった。苦しそうなゼイゼイという音と共に引きずるようにことばを発し、出っ歯の口から洩れた食べ物の汁といっしょに口に残ったことばの残骸を舐めているように見えた。実家は、砂丘のなかのさほど規模の大きくない集落にあった。ドブネズミのような獰猛さとハツカネズミのような臆病な気質を併せ持ち、その二つの人格が優位に立とうとして絶えず争っていた。シャーマンによると、この女性と結婚したのは、根朽ち病が蔓延し、低木以外の植物がすべて枯れてしまった年のことだった。その結婚は、消耗しきった砂丘のコガネムシたちを救うようなものだった（と、シャーマンは言っていた）。シャーマンがそうやって持ちまえの手厳しい、それでいて何かを押し殺したようなふざけた調子で語っているうちに、その話は事実めいて聞こえるようになっていた。そして、もともと痩せこけていた全身に息が詰まるほどひどいむくみが広がっている妻にとっては、その話は事実以外の何物でもなかった。反芻する苦しみをやっと吐き出したと思ったら、また新しい苦しみが生まれたのだ。それはまるで、塗装工の爪に入った有毒な鉛のようなものだった——毎晩、やっとの思いできれいにこすり落とすのに、存在の宿命によって、翌日になるとまた同じところに溜まっているのだ。よろけながら一歩を踏み出したり、むくんだ両腕を上げたり、ゼイゼイという音を吐き出すたびに、ジョセフィンは気紛れに自分の元へ立ち戻ってくるその事実を思い知らされる羽目になった。

ジョセフィンは夜中に——昼間でさえも——バラ色の頬をしたぐずな女の子が脂肪の山からすり抜けて脱出する、という夢を見ることがあった。そして、夢のなかでは気むずかしく、粗野な愛情表現をする若い男といっしょに、人の手の入っていない大草原を笑いながら駆け抜けたり、川の淀んだ入り江に生えるヤナギの木々のあいだで言われるがままに横たわったりした。牛の糞を使って起こした火で沸かしたコーヒーを、その若い男と同じカップから飲み、二人の唇は同じものに触れ、二人のからだと心はひとつになった。二人は力をあわせて草原の硬い土を掘り返した。力をあわせて一年まえに生まれた家畜の子にサトウキビを与えて肥らせ、大事に育てた。その場所には陽光が降り注ぎ、雪野原でも生き生きとした緑の草原が広がっていても、キャラマス川が暖かくても凍えるほど冷たくても、いつも太陽が輝いていた……

だが、実際にはそんなことは起きなかった。そんなことは起こりえないということを、時がこの女性に思い知らせていた。ありえないと思うことに希望を託す者はいない。

「あんたたち、何をしてたの?」苦しそうに喘ぎながら話すジョセフィンに追及の矛先を向けられると、ロバートはまた含み笑いが止まらなくなった。そのことばは、〝はんたたひは何をひてたの?〟と聞こえたのだ。

「何もしてないよ」ロバートは答えた。

「なんでその食べ物を無駄にするの?」重たげな身振りでロバートの皿を示した。

皿には、ロバートが丁寧に白身を除いた玉子が三つ載っていた。それまでに彼が食べたのは肉の赤身の部分だけだった。好きではないと判断する、というより好きではないということを思い出すまえに、かなりの量のホミニーを食べてしまっていた。

「無駄になんかしないよ、ジョセフィン」

「どうした?」シャーマンが口を挟んだ。「この家には食い物がないのか? 近所に分けてもらいに行ったほうがいいんじゃないのか」

「食べ物ならいくらでもあるわよ」ジョセフィンは不機嫌そうに言った。「あなたが餓え死にしそうには見えないけど」

「まあ、ちょっと訊いてみたくなっただけだ」シャーマンは言った。そして肉の載った大皿を取り、たっぷり一ポンドはありそうなハムをロバートの皿に移した。ロバートは脂身を取り除いたものの、あとは手をつけなかった。

夕食後、ロバートと二人の従兄とシャーマンは居間へ行った。シャーマンはサクランボ色のストーヴのまえにロッキングチェアーを引いてきて、三人の子どもたちはそのうしろで横一列に並んだ。シャーマンはパイプに火をつけ、虫の居所が悪そうな、勿体ぶったずる賢そうな目をひとりひとりに向けた。

「あんなに長いこと、牛小屋でどんな悪さをしてたんだ?」

「悪さなんかしてないよ」三人は声を揃えて言った。

「してたに決まってる。見え見えだぞ!」

「ほんとに、おれたちはなんにも悪さなんかしてなかったんだ、父さん」ガスが言った。

「まあ」シャーマンは言った。「いまにわかるさ」

ロバートは台所に目を向け、二人の従姉たちが皿を片づけている様子を見ていた。その姿は、ドレスを着た男の子のようだった。弟たちと同じように、髪を短く――おかっぱではないが――切ってあったからだ。若い娘として成長し、空いた時間を使ってまともに髪の手入れができるようになるまで、そういう髪型のままでいることになっていた。その年ごろでは髪を整える暇など与えられないうえに、害虫が蔓延していた時代だった。農業を営む大家族の女の子は、みんな短髪だったといっても過言ではなかった。

自分の子ども用の椅子で目を覚ました幼いルーシーが居間に入ってきて、父親の膝の上でまたうたた寝をはじめた。二人の姉は牛乳置き場へ行っている。いまは次第に大きくなるクリーム分離機のまわる音が耳に入ってくる。本格的に回転しはじめるかと思いきや徐々に勢いが衰え、ハンドルをまわす手が止まったのだろう、鼻にかかったような回転音は引きつけでも起こしたかのように、途切れ途切れに小さくなっていった。

「ママ！」

「今度はなに？」

「なんかおかしいのよ、ママ。来てちょうだい」

ミセス・ファーゴがよろけながら牛乳置き場へ向かうと、床が軋んだ。

「ほら、ママ。その中身を見て」

ミセス・ファーゴは何も言わなかった。それればかりか、ほとんど音をたてずに台所に戻ってきた。彼女には意表を突くという戦術しか使えなかったが、それにかけては達人といってもよかった。

不意に居間の戸口に現われたミセス・ファーゴは、怒りのあまり出っ歯のあいだから唾を噴き出しながら、悪意に満ちた小さな目をぎらつかせていた。ソリで滑ってくるかのような素早い身のこなしで部屋に入ってくると、慣れた手つきで長い革の鞭で床を叩いた。

「この――フソガキども」喘ぎながら言った。「この――へに負えない悪魔どもめ！　この――」

ガスとテッドが階段室に入るドアに向かって飛び出すと、母親は二人の背中に鞭を振り下ろした。同時にドアに辿り着いた二人がその場でもたついていると、母親は喜びで甲高い声をあげながら息子たちに鞭を叩きつけた。鞭の先が空気を切り裂いて容赦なく二人の肩に当たると、ライフル銃の発砲音のような音が轟いた。

「ほ、ほもいひらへてやる！　ほ、ほまへたひの汚ならひくて、く、臭い骨が出てくるまで、皮をひん剝いてやる……どうだ、おかひいか？　腹の皮がよじれるほどおかひいだろう！　ほら、笑ったらどうだ？」

息子たちは痛いやらおかしいやらで大騒ぎしていた。二人の姉は黙って台所から眺めていたが、日焼けした顔には怯えながらも面白がっている表情を浮かべていた。シャーマンが大笑いしながら鼻を鳴らすので、腹の上で寝ている幼いルーシーがその震えにあわせて小さく揺れていた。ロバートはひやひやしていたが、笑いが止まらなかった。

ガスとテッドはやっとのことで身を捩ってドアを抜け、階段を駆け上がって逃げて行った。ミセス・ファーゴは肩で息をしてロバートのほうへ向き直り、怒りを込めて追い払う仕草をした。一目散に駆け出したロバートは、すれちがいざまに伯母から鞭で軽く叩かれたが、足を止めずに従兄たちのあとを追った。

「上に行ってまで悪さをするんじゃないよ！」息を切らせてミセス・ファーゴは言った。「明日から学校へ行けるように、もう寝なさい」

ロバートは答えた。「わかりました」従兄たちは唇で低い屁のような音を出した。三人は揃って羽毛布団の敷かれた特大のベッドのある、冷え切った寝室に入った。

ガスとテッドは互いに平手で叩きながら、顔の中心に寄った小さな目を生き生きと輝かせた。ガスが尻をさすった。

「この野郎、なんのつもりでおれの邪魔をした?」

「邪魔したのはそっちだ、この野郎」

「じゃあ、ボブに訊いてみろよ。ほんとのことを教えてくれるから」

「ボブは、おまえみたいなろくでなしとは関わりたくねえってよ」

二人は意味もなくバカ笑いした。

「親父のタバコはくすねてあるか?」テッドが訊いた。

「あたりまえだろ」ガスは答えた。ポケットに手を突っ込むと、綿埃と牛糞といっしょに粗く刻んだタバコを片手一杯に取り出した。

「じゃあ、早く吸おうぜ。ボブが欲しそうな顔をしてるだろ?」

ガスは、タンスのいちばん下の引き出しの奥に隠しておいたトウモロコシの軸とブドウの蔓を使ったパイプを三本取り出し、タバコを詰めた。テッドがマッチを渡した。三人はベッドの頭側に並んで古びたマホガニーのヘッドボードによりかかり、両膝を立てて坐った。ロバートは真面目くさった顔をし、慣れた手つきでパイプをふかした。この二人と最初に会った日にタバコの吸い方を教わり、それからは会うたびに吸っていたのだ。

「あのさ、二人で飛行機を作る、って話をしていた——してただろ」ロバートが、ずっと気になって仕方のなかった話題を持ち出した。「飛行機を作って、ぼくを乗せてくれるって」

ガスはぽかんとした顔をロバートに向けた。「あれ、ボブ、その話はしてなかったっけ？」

「そうだよ」ロバートはそう言って、すぐに言い直した。「ああ、聞いてないよ」

「そいつなら、もう作ったんだよ」テッドが話を継いだ。「納屋の屋根裏の、干し草の山に隠してある。しかも大した出来栄えなんだ。おまえもそう思うだろ、ガス？」

「傑作さ」ガスは頷き、両方の鼻孔から一気に煙を吐き出した。「ツーバイフォーの板で作ったんだぜ、ボブ――翼までな。そうすれば、地面にぶつかってもそう簡単には壊れないんだ」

「車輪には何を使ったの？」

「車輪は本物さ」テッドが胸を張って言った。「芝刈り機のを使ったんだ」

「そのとおりだよ、この野郎。そのせいで、親父に尻を鞭で叩かれたんだ」

「鞭で叩かれると、尻が大きくなるんだ。目のあいだがきちんと開いてるまともな人間になるには、おまえはまだ尻が小さすぎるんだよ」

「ああ、常識だな」

「常識さ」

二人は、ロバートに当たらないよう気をつけながらパンチを出し合った。

「で、いつ飛ばすの？」ロバートが訊いた……「ねえ、ガス、ねえ、テッド？　いつ飛行機に乗せてくれるの？」

「もうちょっと待たないと」ガスは残念そうに答えた。「適当なエンジンを盗めなかったんだよ。エンジンがないと、納屋の二階からまっすぐ滑空させるしかない、ってことになるだろ？」

「なるほどね。でも、どうやってそれを――そいつを――外へ出すつもりなの?」

「まあ、おまえが操縦席に乗って、おれとテッドが力いっぱい押せばうまくいくだろうと思ったんだ。屋根裏のいちばん奥まで持っていけば、かなりのスピードで外へ押し出せるはずだ。で、扉の直前まで行ったら、おれたちも跳び乗る」

「なるほど」ロバートは嬉しくなった。「いつやる?」

「いまからその話をしようと思ってたんだ。屋根裏の扉を抜けるには、おれたちが作った翼じゃ大き過ぎる。だから、少し切り落とさなきゃならないんだ。いまの時季なら、いつでもそれくらいの時間は取れる」

テッドが立ち上がってベッドの下からおまるを取り出し、それで用を足した。そして、あくびをするとシャツを脱ぎはじめた。ガスは考え込んでいるような顔で弟を見つめていたが、ふとパイプの柄でおまるを指した。

「なあ」顔をしかめた。「おまえ、夜中にクソがしたくなったとき、どこでしてるんだ?」

「便所へ行くに決まってるだろ」テッドは答えた。

「便所へ行くだって! そしたら、おれが気づかないわけがないだろ。おい、ほんとのことを言えよ」

テッドは渋ったが、ガスは罵ったりおだてたりを繰り返しながら、しつこく訊いた。

「うるせえな」テッドは言った。「わかってもよさそうなもんだ」

「この部屋でしてるのか?」

「そうさ。まさしくこの部屋のなかで、だ」

「窓からか?」

「ちがうって。部屋のなかだって言ってんだろ、このうすのろ」

ガスは室内に視線をさまよわせ、壁や木造の部分に目を走らせた。そしてついに、ブリキでできた楕円形の蓋がはめてある、いまは使われていない通気管の口に目が留まった。しばらくじっとそこを見つめ、ガスはまたパイプの柄でその通気口を指した。

「あそこでか?」

テッドは神妙な顔をして頷いた。

「すげえな、そいつはびっくりだ。どうやってあんな高いところへケツを持ってくんだ?」

「そうじゃない。メモ帳の紙を一枚切り取るだろ。で、そこにするのさ」テッドは兄に、意地悪そうににんまりしてみせた。「おまえがクソが出そうなのを我慢したり、便所までどたどた歩いてったりしているあいだに、おれはあれを使ってたってわけだ」

「そういうことか」感心と羨ましさを隠しきれず、両方が入り混じった目で弟を睨みつけてガスは言った。「おまえ、自分のことをすごく頭がいいと思ってるだろ?」

「おれはおまえなんかより頭がいいんだ。当たりまえだろ!」

「お袋に見つかるのが楽しみだな。いずれ嗅ぎつけるぞ」

「ふん、どうせきっと、自分の料理の臭いだと思うさ」

服を脱ぎ終えたテッドは、フランネルの長い赤の下着だけになって立ち上がった。そしてだるそうに伸びをした。

「そろそろ寝ないか?」

「おれはまだ眠くない」弟に挑戦的な目を向け、ガスは言った。

「おい、なに言ってんだよ、ふざけんな。なあボブ、おまえだってもう寝たいよな?」

「まあね。でもそのまえに、ちょっと水が飲みたい」

「ガス、ボブに水を持ってきてやれよ」

「テッド、ボブに水を持ってきてやれよ」

「おまえが行けってば、この野郎」二人は同時に言った。

「だって、おれは服を脱いじまったんだ」テッドが言った。「おれは、おまえに水を持ってくるのが嫌なわけじゃないんだぞ、ボブ」すまなそうに言い訳をした。「だけど、こいつはまだ服を着てるんだから、不公平じゃないか」

ガスは何か考えている様子だった。「じゃあ、こうするのはどうだ」直談判でもするかのような口調だった。「おまえが水を取りに行って、戻ってきたらおれも寝る」

「だって、おまえはまだ服を着てるんだぞ!」

「まあ、何も下へ行く必要はないだろ。窓から手を出して、雪をすくえばいい」

「おまえがやればいいじゃないか?」

「おい、ぐずぐず言ってたって無駄だろ? おれにはおまえの言うことをなんでも聞いてやるつもりはないんだ。おまえが雪を取ったら、おれも寝てやる」

どうもうまく丸め込まれているような気はしたものの、そのときのテッドには長話をする気力がなかった。おそらくその日百回目と思われるが、兄をクソ呼ばわりし、臓物を食うことと、ふつうは飲料とみなされない液体を飲むことがやめられないろくでなしのうえに、スカンクとのセックスに耽っていて、その餌食になったスカンクはみんな恥ずかしさのあまり死んでしまうんだ、と言い放った。からかうようなコメントをたっぷり披露して気持ちをすっきりさせてから、テッドは窓を開けた。冷たい突風が部屋に吹き込むと悪態をついたが、めげずに掛け金を外して網戸も開け、ポーチの屋根の上に手を伸ばした。

ガスはベッドの上でボブにウィンクをし、あぐらをかいた。「もっとまえに出ろよ」さりげない口調で言った。「そのままだと、ハトの糞をごっそりすくうことになるぞ」

「だな」ほぼ完全にからだを折る体勢で窓から身を乗り出しているテッドは、うめくように言った。それでも、さらにまえへ乗り出した。いまや爪先立ちの状態で、赤いフランネルのズボン下を履いた脚は完全にバランスを失っていた。

ガスが跳ねた。ベッドの端から跳び出し、弟の踵を摑んで窓から押し出した。

テッドはリュージュのようにポーチの屋根を急降下した。そのあたりは下に深い雪の吹き溜まりができていて、落ちても大怪我をする心配はなかった。だがもちろん、雪の吹き溜まりに落ちるという見通しはまったくありがたくないものだった。さらに、落ちていく者の常として、テッドは最初に手に当たったものを摑んだ。この場合、それは雨どいだった。

テッドは屋根の端から落ちる瞬間にそれを摑んだが、結局真っ逆さまにぶら下がって動けなくなってしまった。そして寝室では、ガスが床を転がって大笑いしていた。

テッドが喚き声をあげ、よろめきながら立ち上がりかけたとき、台所のドアが開いた。

お決まりの鞭を手にしたミセス・ファーゴが現われた。

「こおの、ひゃっかいなクソガキが！　まあだ、わあるさをひないと気が済まないってひうんだろ？　人のひうことを聞かないその尻を叩かれるくらいじゃ満足できないんだな。ひゃあ、これでどうだ……」

母親は息子の尻を何度も鞭で打ち、息子が身を捩ったり悲鳴をあげたりする様子を愉快そうに眺めた。その鞭の腕前は玄人はだしだった。

目のまえで息子が叫び、もがいている、そんなおぞましい夜更けだというのに、母親はただ歌って踊っている息子を見ているだけというふりをして、平然とした顔をしていた。そしてぜいぜい息をしながら、おまえの努力はまだまだ足りないとでも言わんばかりに鞭を振るいつづけた。シャーマンは口をはさむ必要性などひとかけらも感じず、能力とチャンスに恵まれたこの母親に、生かしたまま息子の皮を剝ぐという積年の夢をかなえる日がついに来たか、とでもいうような目で見つめていた。だが、この光景に飽きたからか、自責の念に駆られたからか、ガスが状況の打開に一役買って出た。

窓から身を乗り出したガスは、ポーチの屋根からかなりの量の積もった雪を押し出し、母親の頭の上に浴びせかけた。テッドは、その結果起きた混乱に乗じて地面に落ち、そのまま逃げて行った。

赤いフランネルの下着のなかはあざで文字どおり青黒くなってしまったが、ふだんの様子となんら変わらないので、テッドはあまり気にしなかった。それどころか、いまの出来事のおかげで気分が爽快になったとすら感じていた。凍えるように冷たい空気と、血行を良くしてくれた鞭のおかげで、眠気が吹き飛んでいた。

家族はそのお楽しみがはじまったときにみんな表へ出てしまっていたので、テッドは誰もいない台所を猛ダッシュで逃げるあいだにパンプキン・パイをひったくっていた。二階に戻ったテッドはガスの尻に三回蹴りを入れる権利を要求し、ガスはしぶしぶそれを受け入れた。三人はパイを分け、いちばん大きなひと切れをボブが取り、腰を下ろして嬉しそうに口へ運んだ。

三人は屋根の上から雪をすくってのどの渇きを潤し、またパイプに火をつけた。そして、飛行機について長々と話し合った。兄弟はさらに時間をかけ、母親の体格が原因になっている母親と父親のあいだの、二人には解決できそうもない生物学的問題についても話し合った。思いやりがある少年たちなので、この日最後の話題についても、もちろん年少の従弟を蚊帳の外に置いたりはしなかった。あけすけにその問題を従弟に話し、従弟の馬鹿げた問いに答え、さらに同じくらい馬鹿げた従弟の提案に同意し、互いの顔を見て真顔で頷き合った。

今夜はとんでもなく素晴らしい夜だった、ということで三人の意見が一致した。

三人はやっとベッドに入ることにし、ボブがその真ん中に横たわった。年上の二人が伸ばした頑丈な腕に頭を載せ、汚い小さな両手を左右から握ってもらった。

風が唸りをあげながら摑みかからんばかりに家のひさしにぶつかり、果樹園でフクロウたちが警告するかのような鳴き声を響かせ、いくつも連なる砂丘ではコヨーテが月に向かって哀切な声をあげていた。

そして三人は眠りに落ちた。

8

ミザリー川のはるか上流にある東欧系移民のジャボウスキ家。イーディ・ディロンは、その家であてがわれた部屋で目を開けたまま横たわり、もの思いに耽っていた。あまりにも寒くて眠れなかった。この東欧人の家では羽毛の敷布団ではなく藁の詰まったマットレスを使っていて、掛け布団の中身はトウモロコシの皮だった。イーディは胃もむかむかしていた。夕食に出されたものが、キャベツにサワー・クリームと、何やらやたらと香辛料を利かせた肉を添えたものだったのだ。一週間を通して昼食として与えられたものは、ラードを塗った黒パンしかなかった。それにしても、あの学校ときたら……恥ずかしさと怒りのあまり、足りない掛け布団のなかにいるイーディの頭に血が上ってきた。あのチャーニー家の息子たちに言うことを聞かせようとしたら、雪のなかに突き飛ばされた。そして、あのケクリク家の息子には定規を奪われ、両肩を叩かれた。あの子たちは私を消耗させるつもりなのだろうが、親たちは何もしてくれない。それならそれで結構、とイーディは苦々しく思った。好きなようにやらせておけばいい。そのせいでここを出て行くことはあるかもしれないが、追い詰められたりはしない。イーディはボビーを恋しく思った。ほんの短いあいだだから、と自分を慰めた。私があの子のためにどんなことに耐えているかということを、あの子は何も知らないだろうし、何ひとつ気づくことはないだろう……

リンカーン・ファーゴの家の自分の部屋で、ロバート・ディロンは簡易ベッドの上に坐り、目のまえの誰もいないベッドを見つめていた。「ママ」なすすべもなく、囁くように言った。「ママ」居間に置かれた大きな振り子時計が九回、たった九回だけ鳴った。そして、家のなかはまた静寂に包まれた。月が雪原を薄気味悪く照らしていた。「パパ」ロバートは言った。「パパ？」ロバートは目を固く閉じてまた横になった。ここでひとりで寝ることになった最初の日の夜は、家を抜け出そうとした。だが、母親はあまりにも遠いところへ行ってしまったようだったし、そもそもどこへ行って捜せばいいのかわからなかった。きっと、十億マイルくらい離れたところにいるのだろう、とロバートは思った。どのみち、もう泣いたりはしないつもりだった。泣いていると、あのパパにさえからかわれるからだ。それだけではなく、泣き声を聞きつけたママも、きっと帰ってこなくなってしまう。ロバートは泣かずに待っていなければならない。もしかしたら、明日の夜帰ってきたときにママが家にいるかもしれない。それはありえる。そうしたら、一年生になると思っていたのに、二年生のクラスに入った話をすることができる。そして、ママは食料棚から何かおいしいものを取ってきてくれて、こっそり手渡してくれるだろう。そして二人で列車に乗り、パパを捜しに行くのだ。そうなったら泣いてしまうかもしれないし、泣いても構わない、と言われるだろう。それでも泣かずに、ママに学校のみんながどんなに悪い子たちで、自分がどんなにいい子にしているかということを話してあげるのだ。それだけじゃない……ええと……ええと……

9

自宅の台所で、石鹸の入った洗濯だらいのお湯につかっていたアルフレッド・コートランドは、立ち上がってからだを拭きはじめた。ごわついたタオルで軽く叩くように慎重に胸を拭いたとたん、激しい痒みに顔をしかめた。最近ますます悪化してきたように見える汚らしい銅色の湿疹を、忌々しそうに見つめた。こいつをなんとかしなければ、と心に決めた。あの口の軽いドク・ジョーンズに診てもらえば厄介ごとにつながるだろうし、どのみちあの男はやぶ医者だ。だが、いつになるかはわからないが、オマハに行ったら医者に診てもらうことにしよう。

洗濯だらいから出たコートランドはボックス型の食器棚へ行き、上のほうからラベルの貼られていない軟膏の缶を手に取った。薬を胸に塗ったあと、指についたその水銀化合物を丁寧に洗い流した。痒みは治まり、皮膚の層の奥に沈んで息を潜めたかのように感じられた。

コートランドは羊毛の裏地が付いた長袖シャツと長ズボン下を着てから、質のいいブロードのズボンを履いた。

ドアをノックする音がした。

「何かね?」コートランドは呼びかけた。

「入っていい——よろしいかしら?」

「少し待ってもらえるかな、構わなければ」

慌てる様子もなく、コートランドは靴下と靴を履いてシャツを着た。襟を立ててネクタイを締めてから、やっと妻に入るように言った。

台所の戸口に立つマートル・コートランドは、計算された喜びの表情で目を見開いた。ファーゴ家のなかで、いちばん下のグラントのまえ、三番目に生まれたこの女性は、グラントに非常によく似ていた。グラントよりも精悍さを漂わせる顎をしていて唇も薄いが、グラントと同じように、目のなかに自信のなさが揺らめいていた。

「まあ、とっても素敵だわ！」マートルは感嘆の声をあげた。

「ありがとう」夫は言った。「出かけるまえにお茶を用意してもらえるかな？」

「もちろんよ、あなた。すぐにおいしい朝食をご用意します」

コートランドは裏庭にたらいのお湯を捨て、居間へ行った。そこは、ほかの三部屋と同じくらい安っぽくてみすぼらしい部屋だった。マートルは倹約家で、どんなものでも上手に手入れのできる女性だったが、この家には手入れのできるようなものが何もなかった。二人は家具付きのこの家を、バークレイから月五ドルで借りていた。これは、バークレイがこの町に来た最初の年に建て、家具を備えつけた家だった。コートランド夫妻はいつか自分たちの家をもとう、と話し合ってはいたが、マートルはもうほとんど諦めていたし、アルフレッドも無理だろうと思っていた。もし……オマハの件で何か進展があれば話は別だが。ヴァードンには、この家を除いて貸家というものがなかった。コートランド夫妻のほかは、みんな自分の家を持っていた。

暮らしは貧しいが、マートルが結婚生活に不満を抱いているということは絶対にない、というコートランドの見方は正しかった。マートルはファーゴ家のなかでいちばん分をわきまえ、分相応のものを手に入れて、それで満足している女性だった。マートルの考えでは、コートランドはアメリカに来るまえに身につけた、もう忘れてもいいはずの形式的な手順や不合理な習慣の多くにいつまでもこだわり過ぎていた。ヴァードンに住む大部分の者にとって、コートランドは無一文で流れついたただのイギリス人で、いまは月五十ドルの給料で働いている銀行員に過ぎなかった。ヴァードンでのコートランドが、それ以上の人物になれる見込みはなかった。ところが、家でのアルフレッドはまさしく〝コートランド卿〟そのものだった。そして、当然ながら世間のイメージにあわせた人物像を演じることにはうんざりしていたが、妻のためにそれをつづけていた。夫としてできることはそれくらいしかなかったのだ。

マートルの呼びかけに応じ、コートランドは台所へ行った。テーブルに目をやると、自然に湯気が目に入った。二人のつましい食事のために惜しげもなく出された妻の見事な結婚祝いの銀器、それがテーブルの上で輝いている様子を見ると、コートランドの胸はいつも熱くなった。妻を強く抱きしめてキスを浴びせたいという衝動に駆られたが、妻はもっとさらりとした、もっとこの状況にふさわしい軽いキスのほうを喜ぶ、ということはわかっていた。そのとおりのことをしたコートランドは、椅子を引いて妻を先に坐らせてから自分も腰を下ろした。

「私の姉には、あなたに対する配慮が少し欠けてるような気がするの」上品に自分の卵をすくいながら、マートルが言った。「人がこんな長旅をするには、その——なんというか——ひどい天候だわ」

「確かに」コートランドは重々しく言った。「だが、ほかに手があるか?」

「私も、ないとは思うの。結局、姉——義理の姉——が関わっていれば、何か犠牲を払わなければいけませんものね」

「そのとおりだ。そのためにどんな不都合が生じようともな」

妻は疑うような目を素早く夫に向けたが、ふざけて言っている様子は微塵もなかった。

「まあ、でも」マートルは言った。「イーディなら、まちがいなく自分の問題には自分の力で対処できると思うの。保護者に文句をつけに行ってあなたを巻き込むのは、あまりいただけないわ」

「いや、そういう話じゃない」コートランドは言った。「きみにはきちんと説明したと思うんだが。ジャボウスキの爺さんが、イーディが苦労しているというようなことを鍛冶屋で漏らしたという話が、もちろん一時間もしないうちに銀行まで届いたんだ。バークレイが出向いてもよかったはずなんだが」――苦笑いを浮かべた――「東欧人の一団を相手にもの申しに行くには、自分はあまり適任ではないという気がするんだそうだ」

「いずれにせよ、あなたたち二人が口を出すことではない、という気がするわ」マートルは言った。

コートランドの薄いアーチ型の両眉が上がった。何か言おうとしかけているようだったが、すぐに不愉快な考えを追い払うかのように肩をすくめ、また自分の卵を食べることに専念した。

マートルは気まずそうに視線を落とした。「もしかしたら、私がイーディのことなんてどうでもいい、と思ってるように聞こえたかもしれないけど……そういうつもりはなかったのよ」

「きみはそんな人じゃないさ」アルフレッドは言った。

「あなたのことしか考えてなかったの。行くべきなのはあなたじゃなくて、もっと血縁の近い――」

「もっと血縁が近い人たちのなかには、そんな話は届いてもいない人もいるはずだよ」コートランドははっきりと言った。「バークレイは、それだけはなんとしても避けたいと思っているから、グラントにばらされることを恐れてベラにすら話していないくらいなんだ。グラントが自分から動くとは、私にはとても思えないが――いや、これは失礼、私はつい――」

「気になさらなくて結構よ、あなた」マートルは、理解と寛容を示す笑みを夫に見せた。「グラントのことならわかってますもの」

「とにかく、シャーマンやきみのお父さんにそんな話が伝わったらどうなるか、きみにもわかるだろう？　イーディが汚らしい東欧人どもにひどい目に遭わされてる、なんて話があの二人の耳に入ってみろ、ただじゃ済まないぞ。きっと、人殺しが起きる」コートランドは非難するかのように肩をすくめた。

「我々としては東欧人なんかどうでもいいんだが、ファーゴ家が殺人事件に巻き込まれることは避けたいじゃないか。そしてもちろん、銀行としてはひとりでも顧客を失うことは避けたい。バークが真剣に気を揉んでるのは、こっちのほうだな」

コートランドは、彼の持ちもののなかで唯一、本物の貴重品といえる懐中時計に目をやり、立ち上がった。

「急がないと。もっと早く出るべきだった」

「今晩はお帰りになるの？」

「ああ、帰ってくるとも」

マートルは夫のあとから居間に入り、夫が牛革のロング・コートを着る手伝いをした。コートランドはスカーフを巻きつけた頭を正装用の帽子に押し込んだ。耳あてのついたキャップをかぶったほうが快適なはずだが、今日は快適さを重視するような日ではなかった。自分のよく知っている役割——小作人たちを管理する領主、という役割にふさわしい身なりが必要だったのだ。

出かける間際に、コートランドは新しいハンカチを取ってくるという口実で寝室へ行き、昔の栄華の遺物ともいえる乗馬用の鞭を捜し出した。そのオイルを染み込ませたレザーの鞭を小さく巻き、ポケットの奥に押し込んだ。

そしてもう一度マートルに軽くキスをし、家を出て行った。

マートルは夫のうしろ姿を憂鬱な目で見送った。そして、育ちのよさそうな顔を上品にしかめると、台所へ行って水銀剤の軟膏が入った箱を確認した。夫の元に届いてからまだひと月も経っていないというのに、またほとんど空になっていた。それはどこか東部のほうから送ってもらうもので、ひと箱十ドルもした。もちろんマートルは、なぜそんなものが必要なのかと夫に問い質すようなデリカシーのない妻ではなかったし、どのみち訊かずともわかっている、と思っていた。一度か二度、夫の残した不明瞭な手がかりをもとに、マートルは無知な頭を捻って勝手な推測をしていた。きっと、女性の生理に似ているが、それよりもはるかに激しい痛みを伴う、なんらかの男性特有の機能が原因なのだろう、と思い込んでいた。きっと、二人の性生活となんらかの関わりがあるのだろう——もちろん、それならそれでまったく問題はない、と考えていた。

小さな家の家事はものの一時間で終わってしまったので、マートルは本を手に取って読もうとした。生活費を除いた収入の大半は、本と例の軟膏の支払いで消えていた。が、ものの二、三分で本を置き、坐ったまま憂鬱そうな目で窓の外を眺めた。人にもてなされることはその人を楽しませるということでもあるので、マートルが人の家を訪ねることはめったになかった。買いものをしに行く金銭的余裕はなく、どのみちひとりでは町へ出られなかった。マートルはボビーのことを思って笑みを漏らし、学校になど行かなければいいのに、と思った。この家に来てくれれば、いっしょにゲームができる——もちろん、趣味がよくて落ち着いた、洗練されたゲームをだ——それからいっしょにお茶を飲み、イギリス紳士たちの子どもの振る舞い方を教えてあげるのだ。

ボビーは本当に、ものすごくいい子だ——まさに理想的な子どもだった。

マートルは、イーディにはあの子の育て方がわかっていない、と思っていた。

どういう問題があって自分には子どもができないのだろう、と思っていた。子どもがひとりいても、家計の負担はそれほど増えないだろう。たったひとりでいいのに。イーディにひとり子どもができたのなら、私だってひとりくらい授かってもいいではないか？　夫が行方不明になってしまったイーディでもひとり子どもがもてるのなら、私だって……

自分のどこが悪いのだろう。マートルは自問自答を繰り返した。

やがて衝動的に跳び上がり、あちこちの窓のシェードを下ろしてまわった。そして、自信のなさが表われた目に奇妙な光をたたえ、寒々としたみすぼらしい部屋に戻った。飛び出したスプリングが光るソファに、優しくも頼もしさのある笑みを向けた。

「いらっしゃい、小さなアルフレッド」ソファに甘い声をかけた。

「〝うん、いま行くよ、お母さん。そろそろコンラッドが来るの？〟」

「もうすぐ来るわ。最高のお茶を出してあげるわね。クランペットとイチゴジャムでしょ、それに――それに――できたての燻製もあるのよ！」

「〝うわあ、なんて素敵なんだろう、お母さん！〟」

不意にうしろめたい気分に襲われたマートルは、そのお遊びをやめてほかのことをすることにした。自分がいかに幸運か、ということについて考えるお遊びだ。

マートルは、アルフレッドがいかにハンサムで頭が良く、洗練された男性かということを考えた。食卓ではいつも、マートルの分を先に皿に盛ってくれる。食べものがあまりないときは、極端なほどあっという間に満腹だと言ってくれる。それに、マートルが話したいと思うことにはかならず関心を示してくれる。ジョセフィンや母さんが何か言うたびに、小馬鹿にしたり、冷やかしたりする父さんやシャーマンとは全然ちがう、と思った。

マートルは、はじめてアルフレッドがヴァードンに来た夜のことに考えを巡らせた。首にかけた双眼鏡を揺らし、両手に複雑な模様の入った高価な革のかばんを下げて通りを歩いてくる彼は、とても素敵ないい人に見えた。そして、そうだ、あの気の毒な人は片方の脇に食料の詰まった袋を、もう片方の脇にフライパンを抱えていたのだ。そんな風体をしているのは、町をうろついている暇人たちのせいだった。「ああ、できるとも、よそ者さん。ここを出て、どっか好きなところに杭を打って自分の土地だと主張すればいい。ここを出てリンカーン・ファーゴのところへ行きゃあいい。あいつは持て余すくらい土地を持ってるから、きっと分けてもらえるよ。だが、自分の食いものは自分で持ってけよ。リンクはクマの肉しか食わねえんだ」

こうして、とてもハンサムで馬鹿げた身なりをしたアルフレッドはファーゴ家の門を叩き、二、三百エーカーほど土地を分けてもらえないだろうか、と父さんに訊いたのだった。すると父さんは、欲しいと言うのなら千エーカー分けてやっても構わないが、おまえにはまだ金がたくさん眠ってる砂丘へ行くことをお勧めするぞ、と言い返した。

まえもって袋やら何やらをすべて肩から降ろしていたアルフレッドは、父さんに向けて軽く帽子を持ち上げて丁寧に礼を言い、また荷物を拾いはじめた。が、ある程度拾い集めると、かならず何かを落としてしまうのだった。

やがて、マートルが表へ出てきてアルフレッドに本当のことを話した。すると、アルフレッドは素敵な笑顔を見せただけでなく、楽しそうに笑い声さえあげ、がっかりした様子など微塵も見せなかった。すると父さんも声をあげて笑い、自分だって、幾度となくいまのおまえよりはるかに馬鹿げた失態を演じたことがある、と打ち明け、アルフレッドに夕食をご馳走するから家に入れ、と言ったのだった。

そして……

マートルは跳び上がって台所に駆け込んだ。慌ててこんろの蓋を開けると、火はほとんど消えていた。ひったくるように石炭入れを手に取り、裏口を飛び出して便所の横の物置へ行った。石炭入れに石炭を入れながら、残りが少なくなっていることに気づいて眉をひそめた。この家では、いつも何かを切らしているような気がしていた。だが、足りないものといえばたいていは石炭だった。無駄遣いをしないよう細心の注意を払っているというのに、だ。この家には調理用のこんろを除いて暖房器具というものがないのだが、とにかく節約しようと頑張っているマートルは、いつもこんろの火が消えるまで放っていた。日によっては、火が消えるままにしておいて暖を求めて服を着たままベッドに入ることもあった。

家のなかに戻ったマートルはこんろの通風調節ダンパーをまわし、惜しむように二、三個の石炭のかけらを石炭の投入口に押し込んだ。こんろに入れるまえに、そのひとかけらの一、二セントを惜しみ、つまんだ石炭を無念そうにいちいち顔のまえに持ってきた。

きっと、今日はベッドに入ったほうがいいのだろう。アルフレッドが帰ってくるのは深夜のはずだった。夕方五時ごろ起きれば、ゆっくり家を暖め、夕食の用意をすることができる、と思った。

マートルは投入口を閉め、石炭入れを傾けて余った石炭を戻した。洗面台に置いてあるたらいに水を入れて手に付いた石炭の粉を洗い、寝室へ行った。仕立て屋で作ってもらった踝まで届く黒のロング・コートをはおると、ベッドの上掛けをめくった。

そのとき、マートルは小さな呻き声を出してベッドから目をそむけた。今日は無理だ。今日をそんな風に過ごすことには耐えられない。

険しいともいえる表情をし、クローゼットからダチョウの羽根飾りがついた帽子を取り出して乱暴にかぶり、模造ダイアがちりばめられた大きなハットピンで髪に留めた。そして玄関から出ると、気が変わらないうちにと足早に家を離れた。

ベラとマートルには何かと共通点があった。いっしょに暮らしている男性がどちらも銀行に勤めているうえに、ベラはそれほど年下というわけでもなかった。話があうし、この貧しくも愉快な小さな町の人たちの話題で盛り上がることもできた。ベラはマートルが気に入っている――とにかく、女の知り合いのなかではいちばん気に入っている――そのうえに、お返しの訪問を心配する必要のない相手だった。ベラが誰かの家を訪ねることは決してなかった。世の中では、たくさんの愚かな婆さん連中が追いかけっこのように互いの家を行ったり来たりしているが――そんなことは馬鹿げている、と一蹴していた。もちろん、マートルへの当てこすりとしてそんな言い方をしているはずはなかった。マートルは年寄りではないし、なんといっても二人は従姉妹同士なのだ。しかも、父親のバークレイだってコートランド家に昼食を食べに来ることはない。だから、何も気にする必要はない。

そういうことにしておかなければならないのだ！　さもなければ、マートルはきっとグラントに相談してしまうだろうし、グラントはふだんは人の話をまともに聞かないくせに、そういう話になるとかならずマートルの言うことに耳を澄ませるだろう。ミス・ベラ・バークレイがそれを快く思うはずがないではないか。

茶色い二階建てのバークレイ家の門をくぐったマートルは、窓のシェードがすべて下りているのを見て取ると、鼻が一、二インチ高くなったような気がした。ベラはいつも、自宅のまえを通り過ぎる人々がことごとく見せる、何かに見とれているかのような顔をもの笑いの種にしていた（まるで、自分が他人の見たがるものを山ほど持っているかのように!)。あるときなど、年老いたミセス・パネルに家のなかから声をかけ、うちの窓のそばで立つのはやめてもらえませんか、と言ったくらいなのだ。

マートルは軽蔑するように家を眺め、心中ひそかに、うちのシェードもずっと下ろしておこう、と思った。

ポーチを横切るあいだも雪で足音がまったくせず、ドアをノックするといきなりあたりの静寂が破られた。

なんの応えも返ってこなかったが、家のなかからはまちがいなく誰かが慌てて動いているような物音が聞こえてきた。マートルは、意を決してもう一度ノックしてみた。きっと、まだ寝間着のままでごろごろしているのだろう。もうすぐ昼だというのに! 一度でいいからそういう現場を押さえ、どんな言いわけをするのか見てやりたいものだ、と思った。

マートルはまたノックをした。

ニヤニヤしながら呼びかけてみた。「ベラ? 私よ——いいかしら」

収まらない気持ちを抱え、マートルは一定のリズムでドアを叩きつづけた。ベラは家のなかにいて、マートルが来たのはわかっているはずだ。こうなったら、どうしてもベラと顔をあわせ、出かける途中でちょっと挨拶に立ち寄っただけで、ほんの二、三分しかいられない、と言ってやらなければ気が済まなかった。

「ベラ! マートルよ!」ドアに向かって呼びかけた。

そこで、マートルは顔を赤らめた。ベラが玄関まで来て、ドアのかんぬきをいじくりまわす音がしたのだ。そして、そのまえに小声ながらもはっきりとした罵りことばが耳に入ってきたからだった。

ドアが何インチか開くと、ミセス・コートランドの顔はますます赤くなった。ベラは大きな白いポンポンのついたワイン色のスリッパを履き、薄い、赤のシルクのローブを着ているが——それしか着ていないのだ！　ほかには何ひとつ身につけていない。なんと、片方の——胸の一部すら見えている。マートルが咎めるような目で見つめると、彼女は黒い目を悪意で輝かせ、ひるむことなく睨み返してきた。

ベラは背が高くて体格のいい娘で、黒髪のカールした前髪が額の上に落ちていた。冷ややかな目でマートルを見つめていたが、その赤い唇に不敵な笑みを浮かべ、ローブをさらにきつくからだに巻きつけて、気だるそうに額のまえの髪を軽く払いのけた。

「何か？」口を開いた。

「いえ——その、ちょっと通りかかっただけなのよ、ベラ……」

「で？」

「それで——あなたにはずいぶん長いこと会っていなかったから、ちょっと寄ってどんな様子か知りたくなったの」

「私なら元気よ」ベラは言った。「いままで横になってたの」

「まあ、そうなの？　具合が悪いということでなければいいんだけど」

「悪くないわ。でも、もう一度横になるつもりよ」

「そうなの？……でも、横になりたいと思うのなら、やっぱり具合が悪いんじゃない？」

「そうとは限らないわよ」そう言うベラの悪意に満ちた瞳の奥に、密かな喜びが浮かんできた。「あなたは、具合が悪いときにしか横にならないの？」

マートルは赤くなった。しどろもどろに、馬鹿げた意味のない話を並べたてた。コートランド家では何は無くともお茶だけは山ほどあるというのに、カップ一杯分のお茶の葉を貸してほしい、などとつい口走ってしまった。

ベラは肩をすくめ、素っ気なく応じた。

「ちょっと待ってて」そう言ってドアを閉めかけた。だが、さすがにベラもそこまでは無作法ではなかった。最初に開けたときと同じ、数インチほどの隙間を残してドアの奥へ消えた。

悔しさに震えながら、ミセス・コートランドは待った。

もともと臆病で自信のないマートルは、ベラの振る舞いをどう考えたらいいかということを忘れていた。ベラが彼女について思っているはずのことばかり考えて、頭がいっぱいだったのだ。きっと以前、ベラはコートランドの家を覗き、服を着たままベッドで横になっているマートルを見たことがあるのだろう。さっきの横になるという話は、それを匂わせたものにちがいない。

いずれそのことがベラから父親のバークレイに伝われば、バークレイはアルフレッドに何か言うはずだ。もう話してしまった可能性もある！　アルフレッドは非常に控えめな人なので、マートルのまえでそんな話を口にすることは決してないだろうが、きっとひどく心を痛めるだろう。

マートルはいまにも泣きだしそうだった。かわいそうなアルフレッド！　あんなに自分を大切にしてくれているのに、恥をかかせてしまったのだ。

そのとき突風が吹き、内側に開いた玄関ドアが壁にぶつかって大きな音をたてたので、マートルは我に返った。よく考えもせず、マートルは屋内に手を伸ばしてドアを閉めようとした。覗き見をしたいという気持ちなどなかった――まあ、厳密にはなかったわけではないが、それを口実にしてドアを閉めようと思ったわけではなかった。石炭は高価なので、四六時中家を暖めておくことはむずかしかった。

その場にいたのがマートルではなかったとしても、同じ行動に出たはずだ。

頭を屋内に入れることになったマートルは、もちろん、人間として何の不思議もなく反射的になかを見まわした。

そうして、全裸で寝椅子に横たわるグラントを目にしてしまった。

グラントは枕でからだを隠そうとしながら姉に毒づき、台所にいたベラは茶葉を入れたカップを落として部屋に駆け込んできた。小柄な銀行員の妻の両肩をわし摑みにしてからだを揺さぶり、このことをばらしたら夫を酷い目に遭わせてやる、と喚いた。そして、恋人の怒りに任せた手荒な行為で姉の髪が崩れて顔を隠すのを見たグラントは、最初のショックを乗り越えて弱々しくことばをかけた。

「大丈夫だよ、ベラ。マートルは告げ口するような人じゃない」

「もちろん言ったりしないわよね!」ベラは、そう一喝してマートルから手を離した。そして、嘲るように笑いながらマートルを玄関から押し出した。

マートルは家へ帰った。近道をして歩きながら泣き、怯え、気が滅入った。今日ばかりはベッドに潜れることをありがたい、と思った。

北欧人、特にドイツ人は、谷でもっとも好かれ、尊敬されている人々だった。歴史的に植民地暮らしが板についている民族なので、新しい場所に適応する方法や、まわりに溶け込む方法を心得ていたからだ。だが、そのいちばん大きな理由は、この国へ手ぶらで来たわけではない、ということだった。故郷を追われたのではなく、みずから進んで新大陸へ来たのだ。母国で得られるチャンスでは飽き足らない、野心的な民族集団のなかでもとりわけ優れた人々がアメリカに来ている。この誇り高く勤勉な彼らは、必要なものはなんでも買うつもりでポケットにカネを詰めこんでくるほど、極端に気前のいい人々だった。

簡潔に言うと、ドイツ人は東欧人やロシア人とは対極的な存在だったのだ。それだけではなく、これらの民族に対するドイツ人の、はるかに高い山の頂上からでも見下ろしているかのような蔑視は、アメリカ生まれの人々の偏見をはるかに凌ぐものだった。このドイツ人の姿勢は、アメリカ人の〝外国人〟に対する見方に少なからず影響を及ぼしている。

ドイツから移住した人々は、アメリカ生まれの人々と積極的に婚姻関係を結んだ――これを可能にしたのは、彼らに特有のプロテスタンティズムと、変わることのない現実主義だった。ドイツ人の若者はかならず、花嫁をその生家に匹敵するかそれよりいい暮らしのできる家へ連れて行くだけではなく、彼女の貧しい親族まで面倒をみてやる気構えと財力に恵まれていた。ドイツ人の娘たちは、かならず多額の持参金をもたされた。だが、ドイツ人の女性は家事においても子育てにおいても抜群に優れていると思われていたので、その点だけでも充分に良縁に恵まれた。

ファイロ・バークレイは、直系か傍系かにかかわらず、この谷からドイツ系移民が一掃されるようなことがあれば、そこに白人の男が留まる価値はなくなるだろう、と言ったことがあった。

ドイツ系移民は国外から母国語の新聞や定期刊行物を取っていたが、全国や地方で流通する出版物も定期購読する気配りがあるので、そのことに文句をつける者はいなかった。ドイツ系移民が、ドイツ語とドイツ史を主要科目に据える独自の学校を維持していることにも、文句をつける者はいなかった。そのぶん、郡の経費が浮くではないか。それに、ドイツの学校のほうがアメリカの学校よりも優れているということは周知の事実だった。

その学校の校長は大卒で、五ヶ国語が堪能だった。八年生で学校を卒業してから半年間教員養成学校に通い、教師になって戻ってくるようなつまらない小娘たちとは格がちがった。校長の具体的な給料の額については誰にもわからなかったが、身なりや暮らしぶりから判断すると、十二分に貰っていることだけはまちがいなかった。しかも支払い命令書ではなく、現金払いで。

コートランドがヴィルヘルム・ドイチェの農場に着いたのはまだ正午前だったが、この家とは勝手知ったる仲なので、気にせずに敷地のなかへ入って行った。

笑顔の二人の若い息子たちが、コートランドの馬を納屋へ連れて行った。水とエサをやり、手入れもしてくれるのだ。そして、満面の笑みを浮かべた恰幅のいいヴィルヘルム老人がコートランドを応接間へ通した。そのドイツ風の応接間は葬式や結婚式のためにあるのではなく、毎日使われている部屋だった。

しみひとつないふだん着を着た黄色い髪の娘がビールを運び、そのあと別の娘が最高級の葉巻が入った箱を持ってきた。一家は自分たちを卑下することなく、コートランドの訪問を光栄に感じているということを暗に伝えていたのだ。おかげでくつろいだ気分になったコートランドは、地元ではもはや言い伝えになっている話をひとつ披露しようと思った。

あるドイツ人の老夫婦が農場を買うつもりで銀行にやってきた。二人は、購入費用として三万五千ドル入っているという麻袋を持っていた。ところが、現金を数えてみると二千ドル足りないということがわかり、老夫婦はうろたえた様子で顔を見合わせた。

すると、年老いた妻が安堵のため息をついて気まずい沈黙を破った。「大丈夫ですよ、お父さん」こう言って笑顔を見せた。「持ってくる袋をまちがえただけだから」

その話は何十回も聞いたことがあるというのに、ヴィルヘルムはこのジョークに大笑いした。「〝持ってくる袋をまちがえただけ〟だと」嚙みしめるように同じことばを何度も繰り返し、笑いでいつまでもいつまでも頰を震わせていると、食事の用意が整ったことが知らされた。

コートランドがこれほど立派な食事を振る舞われたのは――そう、前回この農場に立ち寄ったとき以来だった。やがて、しぶしぶ農場を離れるころには、すっかりだるくなって眠気もやってきていた。幸運なことに、別れぎわにヴィルヘルムがくれた一瓶の酒を二、三杯飲むと、それが眠気覚ましになった。

だが実は、これは思っているほど幸運なことではないのかもしれなかった。

コートランドは久々に酒を飲んだのだが、今日飲んだ酒は彼に奇妙な影響を及ぼしていた。酔ってはいないのだが、コートランドのなかで何か別の変化が生じていて、しかも本人がほとんど自覚できないような変化だった。バークレイがまともな装備に見合うカネをくれなかったせいで、その馬具を借りるために自腹を切って五十セント出さなければならなかったことをコートランドは考えていた。すると脳内に、銀行へ引き返してバークレイにあの男に関する本音をぶつけてやりたい、というかなり抗いがたい衝動が沸き上がった。それこそが、無意識のなかにあまりにも長いこと留め置かれていた自分のすべきことにほかならず、抑制するものも、真っ向から対抗するに足る理由も存在しないように感じられた。

だが、その道に方向転換のできる場所がないという事実にだけは抗えず、ひたすら先に進むうちに、いつしかその衝動は収まっていった。

コートランドがジャボウスキ家に着いたのは、午後二時ごろだった。例の老人が納屋の入口に出てきたが、コートランドは馬車から降りず、自分のそばへ来るようにとぶっきらぼうに鞭で指図した。

ジャボウスキが馬車のまえへ来るとコートランドはポケットから紙束を出し、ネアンデルタール人のような相手の顔から用心深い笑みが消えるまで、冷ややかに凝視していた。

そして出し抜けに「ジャボウスキ」と、大声を出した。「うちの銀行は、おまえに千五百ドル貸している。それを返してもらいに来た」

「なんだって?」老人は間の抜けた顔で応えた。「千五百ドルなんてカネはねえよ。いまは、うん、とは言えねえな。春になったら――」

「ここにあるのは督促状だ。〝督促〟の意味がわかってるか? つまり、うちが払え、と言ったら、すぐに払わなきゃならないんだ!」

「でも、カネがねえよ!」

「馬や牛、鋤や馬車を差し押さえられてもいいのか? 農作業に使う道具の一切合切をだぞ?」

ジャボウスキは頭を振った。なすすべもなくくたびれた毛皮の帽子を取り、皺だらけの手で裏返した。

「なんでだ?」口ごもりながら言った。「ジャボウスキはちゃんとカネを払う。みんな払うって知ってる……なんか――なんか悪いことでもしたか?」

「わかってきたようだな」コートランドは言った。「これでやっと話ができそうだ。おまえはこの学区の教育委員長だろ、ジャボウスキ。教師の待遇について地域のみんなに模範を示すのがおまえの務めだ。

おまえはそれを怠ってきた。そうだろ？」

「そりゃあ……」ジャボウスキは肩をすくめ、顔にかすかな笑みのようなものを取り戻した。

「この学区の、図体ばかり大きないたずら小僧どもが教師にさんざん迷惑をかけてるというのに、おまえはそれを止める手立てを何ひとつ講じていない」

ジャボウスキはまた肩をすくめた。「先生が小僧どもを折檻すりゃいいだけの話だ。小僧どもが先生に悪さしてるんなら……そうだろ？」

コートランドはジャボウスキに視線を据えたまま長々と瓶から酒を飲み、ボウルが銀で縁取りされたメシャム・パイプにタバコを詰めた。マッチを擦ってパイプに火をつけると、燃えたままのマッチ棒を目のまえの東欧移民に向けてはじき飛ばした。

「ここでまたミセス・ディロンが迷惑を被るようなことがあれば」コートランドは言った。「おまえに借金を返してもらうか、ここにあるものをすべて差し押さえることになる。わかったか？」

老人は頷いた。「わかった」小声で言った。

「それだけじゃない」軽蔑と憎しみに満ちた目で老人を見据えたまま、コートランドはつづけた。「クヌートという鞭のことは知ってるか？　コサック兵が使うものだ」

「ああ」そのことばは小声にすらならず、怯えて唇を震わせるばかりだった。

「実は、この国にもそのたぐいの代物がある。いままでおまえが目にしなかったのは、たんに幸運だったからに過ぎない。もし、私の耳にまたミセス・ディロンが――」

「待て！　待ってくれ！　おれが――おれがなんとかする」

「そのほうが身のためだ」コートランドは言った。そしていきなり馬車を出し、農園から去って行った。

それから、その地域の中心人物の家をさらに三軒訪問したあと、午後三時に白い校舎に到着した――冬季の下校時刻は五時なので、充分に早い時間だった。春になって農作業が増えはじめると、下校時刻が正午になるばかりか、何日にもわたって休校になることすらあった。

学校に入ってくる馬車に乗ったコートランドを目にしたイーディ・ディロンは、玄関先の階段まで出迎えに来た。

「まあ、アルフ」嬉しそうには言ったものの、コートランドの目つきに違和感を覚えた。「どうして、今日はこんなところまで来たの?」

「きみのためにだよ」コートランドはにこやかに言い、片方の手袋を取ってイーディと握手をした。「きみがずっと大変な目に遭っている、という話が銀行にまで伝わってきたんだ、イーディ」

「でも、それなりにここまで頑張ってきたのよ」

「きみは立派だよ」コートランドは言った。「だが、うちはきみが仕事をしやすくなるように計らうつもりなんだ。ここへ来るまえに、この辺の東欧人の家を二、三軒まわって、銀行がこの状況をどう見ているかを伝えてきた。だから、あとはきみといっしょに教室に二、三分入らせてもらえれば、この問題に完全にけりをつけることができるんだ」

「だけど……いいわ、どうぞ入ってちょうだい」

イーディは軽く頭を反らせ、コートランドの腕を取った。コートランドが来るまえに受けた手荒な仕打ちからまだ立ち直っていなかった。あの図体の大きな問題児たちが、大人の男を相手にしなければならないときにどう振る舞うか、それが見ものだ、と思った。

コートランドは教室内を見まわし、見せかけの笑みを浮かべた。縦二十五フィート、横五十フィートほどの広さの室内に、八学年にわたる四十三人の生徒がいた。一年生の子どもたちが窓際のいちばん隅で一列に坐っている。そこから学年ごとに列が分かれ、最後の列に八年生が坐っていた。

「チャーニー家の子どもたちはどこだ?」アルフレッドが教室全体に呼びかけた。

「今日はひとりしか来てないわ」イーディは、こう言いながら指を差した。「マイクよ。ジョセフはお休みで……でも、アルフ——」

「わかった」そう言うと、アルフレッドは壁際の列まで行った。足を止め、十六歳くらいの少年の、頬骨が高くて幅の広い顔を見下ろした。体格のいい怒り肩の少年は、銀行員の目を鈍感そうに見返した。

「じゃあ、おまえがマイク・チャーニーだな。私がここへ来た理由を知ってるか、チャーニー?」

「いいや」チャーニーは言った。「知るもんか。おれの父さんは、教育委員会のメンバーだぞ」

「ああ、それは私だって知ってるさ。おまえの父親とは話をしたよ。おまえにこれまで経験したこともないほどの罰を与えるために学校へ行く、と言ったら——」

「アルフ!」

「なんの異存もないそうだ。さあ、立て!」

少年の頬にある小さな筋肉が細かく震えた。「おれはアメリカ人だ。ここは祖国じゃない。父さんがおれをぶちのめせ、なんて言うはずがない」

「おまえはブタだよ。立つ気はあるのか?」

「おれはアメリ——」

コートランドは、二つ折りにした革を編んだ鞭で少年の顔を打った。

イーディは叫び声をあげたが、その声は少年の悲鳴にかき消されてしまった。顔についた一ダースほどの傷から血が吹き出し、一本の大きなみみず腫れが、とぐろを巻くように顔一面に浮かび上がった。少年はなかば目が見えない状態でよろめきながら立ち上がり、抵抗する気も起きないかのように、大きな両手を握ったり開いたりした。コートランドが手で殴っていたら反撃したはずだが、その鞭では……その鞭がこの子のなかで何かを起こしたのだ。皮膚を傷つけるよりも、もっとたちの悪い傷を負わせてしまった――これからいつまでも化膿しつづけ、癒えることのない傷をだ。その瞬間にこの子は自分の父親と、そして何代にも遡る父親たちと同じ種類の人間になったのだった。

コートランドは少年の襟を摑んで教室のまえへ引きずり出した。すると、少年は黒板のまえでおとなしく両膝をついた。逃げようともしなかった。当然だ。こうなると人は逃げない。抵抗もしない。人とはそういうものだ。抵抗などしない。

少年は従順に跪き、両腕でなんとか頭だけはかばおうとした。そしてコートランドが鞭を振るいつづけるあいだ、動物の鳴き声のような低いすすり泣きしか漏らさなかった。

やっと鞭を振るう手を止めた銀行員は、ブーツを履いた足で少年を乱暴に小突いた。

「さあ、ポンプへ行って洗ってこい。雪のなかで転がれ」冷たい声で笑った。「そして、今度先生をいじめたくなったら、まずこのことを思い出すんだな」

少年はこそこそと出て行った。

ふたたび教室内に顔を向けたコートランドの脳からは、狂気がある程度薄らいでいた。おかしなものだ、と思った。ドイツ人やアメリカ人をひとりでもそんな風に打ちのめそうものなら、全員を敵にまわすことになるだろう。ところが東欧のやつらときたら――ひとりに鞭をくれると、全員が打ちのめされるのだ。黒人《ニッガー》よりよっぽどたちが悪い。黒人たちは、とりあえず行儀というものを心得ている。

コートランドは、子どもたちの緊張でこわばった顔を見つめた――恐ろしさのあまりすっかり震え上がっていて、息もまともにできないのだ！　そのとき、声も出さずに泣いている低学年の子どもたちがいることに気がついた。くしゃくしゃになった幅の広い顔を流れる大粒の涙に気がついた。すると、顔を曇らせたコートランドの両手から鞭が滑り落ちた。

「こんなことをしなければならなかったのは残念だ」コートランドは硬い口調で言った。「私も好きでやってるわけじゃない」――片手を額に当てた――「二度と同じことをする必要がないことを願ってる」

振り向いたコートランドの顔を見たイーディは、その顔がこの教室のなかでいちばん血の気がないことに気づいた。ただ頷いてその視線に応えた。

「みんな、今日の授業はこれでおしまいだ。まっすぐ家へ帰りなさい。そして――そして、明日は怖がらずにまた学校に来るように。これからはみんなで仲良くできる」

誰ひとり身動きしなかった。

「アルフ――」

コートランドは全員に身振りで示した。「さあ、行きなさい。そして、これを教訓にして、ミセス・ディロンには迷惑をかけないように」

子どもたちは黙って列をなし、荷物置き場へ行った。イーディは、校庭を横切って道路を歩いて行く生徒たちのうしろ姿を見送った。いつもの大声やお喋りは消え失せていた。教室に戻ってくると、低学年の子どもたちの机の下のあちこちに水たまりができていることに気がついた。そして一瞬、吐き気と猛烈な怒りが同時に押し寄せてきた。

だが、いかにまちがった手段を使ったにしても、自分のために闘ってくれた男に怒りをぶつけられる女性などいるだろうか？

イーディは、アルフが坐っている机の横で膝をついた。震える両手で頭を抱えている男の、きれいな茶色の巻き毛に優しく手を置いた。

「アルフ」声をかけてみた。

「イーディ、私はすべてをぶち壊しにしたんじゃないだろうか」

「いいえ、そんなことはないわ」イーディは心を込めて言った。「あなたは本当に正しいことをしたのよ。あのケクリクの息子も、ぜひ同じように懲らしめてやってほしかったわ」

アルフは力のない笑みを浮かべた。「どうやら——どうやら、チャーニーのことが済んだらすっかり頭が空っぽになってしまったようだ」

「あら、それだって気にすることはないわ！　今日あなたがしたことを見ただけで、あの子たちにはとてもいい薬になったはずよ！」イーディはまたアルフの髪に触れた。「男の人に頼ることができたのは、ほんとうに久しぶりだったわ、アルフ」

「可哀そうなイーディ。私は、心からきみが立派な人間だと思っているんだよ」

「私だって、あなたは素晴らしい人だと思うわ！」

「これまで、きみはさぞかし心細い思いをしてきたんだろうな」

「それは……そ、それは……」イーディ・ディロンはことばを詰まらせた。

アルフの優しさと、その午後の出来事に対するショックが、急に重くのしかかってきた。恥ずかしいこととは思ったが、涙を堪えることができなかった。

「ああ、ア、アルフ」イーディは泣きじゃくった。「あなたは……あなたにはわからないわ。私がどんな思いをしてきたか、誰にもわかるはずが……」

「私にはわかるさ。きみは、これ以上そんな思いをしてはいけないんだ」

「そ、それは無理よ！」

アルフはそのことばを否定しなかった。そんなことをしても無駄だ。どうすればイーディの力になれるのだろうか？　アルフは片腕を彼女にまわし、その頭を自分の肩に引き寄せた。糊の効いたシャツブラウスを着た彼女の背中が震えているのを感じた。自分の胸に当たるイーディの胸が震えているのも感じた。そして、イーディの額に唇を押しつけそうになった。道徳的に誤っているという意識で踏みとどまろうともしなかった。コートランドの考えでは、不道徳な行いは露見しない限り恥ずべきことではないし、ここでなら誰かに見られる心配もなかった。それでも、不安感とイーディへの愛から、コートランドは身を離した。額へのキスという些細なことですら、イーディのからだになんらかの影響を及ぼしそうな気がしたのだ。片腕で抱き寄せるだけでも、それどころか手に触れるだけでも、イーディを危険に晒しているような気がした。

マートル……こんなことになるとわかっていて結婚したわけではなく、いまさらどうにもならなかった。そして、彼は入念に手入れをした指を鳴らして町全体の注目を集めるような男ではなかった。だが、けなげなか弱いイーディを――絶対に傷つけるわけにはいかなかった。

コートランドは立ち上がりながらイーディも立たせ、無理に明るい笑顔を作った。

「よし、もう大丈夫だ」大きな声で言った。「ほら。きみもいつまでもめそめそしてるんじゃない。そういうのは、我々男だけに許された特権なんだ！」

イーディは微笑んで両目を軽く押さえた。恥ずかしいという気持ちに加えて、どこかがっかりした気持ちもあった。

「ごめんなさいね、アルフ。もう大丈夫よ」

「当たりまえさ。きみは、並みの女性なら耐えきれないはずの苦労に真っ向から立ち向かってきた人なんだ。イーディ……?」

「な、何かしら?」

「きみは、そんなに自分の気持ちを隠さないほうがいいんじゃないか、という気がする。少しくらいは自分の悩みを誰かに打ち明けたほうが」

イーディは頷いた。「あなたの言うとおりだと思うわ、アルフ」

「詮索するつもりはないんだが——」

「もちろん、それはわかってるわ」

「この先、どうするつもりなんだい? 何か連絡はあったのか、その——ええと——ご主人から」

「いいえ」

「その——連絡は——来そうなのか? 私にはまったく関係のないことだとはわかっているし、きみが話したくないというなら——」

「あなたになら話しても構わないわ、アルフ」イーディは顔をそらし、下唇を噛んで窓の外に目をやった。「いつかは夫から連絡が来るのかどうか、私にもわからないの。このことだけはわかっておいてほしいんだけど、これはみんなが思っているような話ではないのよ。私はたんに夫に捨てられたわけではないの」

「それはわかってる」コートランドは優しく言った。「きみのご主人になるような人が、そんなことをするはずがない」

「知ってると思うけど、あの人は弁護士で——」

「しかもかなりの腕利きだった、と聞いてるよ」

「オクラホマ州きってのやり手だった、と言ってもいいくらいよ。百二十三件の裁判で立てつづけに勝ったあと、二件の裁判で——まあ、負けてしまったの。二件とも死刑判決が出たんだけど、あの人には負けた理由がわからなかった。依頼人が命を落としたのは自分の落ち度だと思っていたのよ。それで、あの人はそこから立ち直れなかった……」

「きっと、ご主人は——ええと——酒にでも溺れたんじゃないか？　だからといって責めていいとは思わないが——」

「いいえ、お酒には走らなかった。ただ、くよくよしてばかりいたのよ。新しい仕事を引き受けようとしなくなった。ただただ——何もしようとしなかったの。私はとても心配になって、たぶん、うるさく言い過ぎたんだと思うわ。だけど、私たちはボビーのことを考えなければならなかったし、それに……そんな状態のままじゃ、無意味だし。そうしたら——あの人は姿を消してしまったの」

「きみには何も言わず、友人に話したりすることもなく——」

「ええ」イーディは沈んだ表情で言った。「ある朝、町へ出かけたんだけど、オフィスには行かなかった。それっきり、誰もあの人を見かけなくなった。すっかり——消え失せてしまったの。私は彼の居所を摑もうとして頑張って生活をつづけたけれど、結局は残った蓄えをもって実家に帰ってきた……そういうことなのよ、アルフ」

アルフレッドは同情の気持ちを込めて首を振った。

「こんな教員の仕事で、まともな稼ぎが得られるようになるとはとても思えないよ、イーディ。支払い命令書なんかで給料を出すようじゃ――」

「そう、私もそこに腹が立ってるの！」イーディ・ディロンはきっぱりと言った。「よくぞ言ってくれたわ、アルフ！　ここの人たちときたら、苦労というものを知らないのよ。都会での暮らしというものを知ったほうがいいわ。現金で払うくらいのゆとりはあるくせに、どうしてわざわざ銀行からお金を借りようとするの？」

「それが人の性《さが》なんだと思うよ。孫の代まで持ち越せる借金なら払わないんだ。で、そこに銀行が登場するわけだ。我々は支払い命令書でさんざんうまい汁が吸えるから、当然、その状況が長つづきしてほしいと思うのさ」コートランドは肩をすくめた。「とにかく、きみのことに話を戻すが……」

「そうね、どうすればいいのかさっぱりわからないわ、アルフ。きっと、次の秋にヴァードンで帽子屋を開くくらいの蓄えはできるんじゃないか、と思っていたんだけど」

「それで儲けが出せるとは言いきれないな、イーディ。私の見たところ、この五年間にヴァードンで新しい帽子を買った人はひとりもいないよ――ベラ・バークレイを除いてね」

ミセス・ディロンは声を出して笑った。「実はね、あのホテルのことも考えていたの。奥さんが亡くなってからというもの、ダンカンさんにはまともな商売ができていないし、ホテルならきっと稼げるでしょ？　だけど、五百ドルくらいは出さなければ、頭金として受けつけてくれないと思うの」

コートランドは頷いた。次のことばを口にするまで少しためらっていた。

「実を言うと、イーディ、秋までにはそのくらいの、もしかしたらそれ以上の資金をきみに用立てできるんじゃないかと思うんだ」片手を上げてイーディを制止しながら微笑んだ。「私みたいな、ぎりぎりの生活を送っている人間がそんなことを言うのはおかしい、ということはわかってる。だが、本当にそういう可能性があるんだ」

「それじゃ……遺産が入る見込みでもあるの?」

「まあ、そんなところかな。それが現実になったら、私を頼りにしてもらって構わないよ」

「まあ、それはありがたいわ、アルフ!」

「だが、このことは誰にも言わないでおいてくれ。学校が休みに入ってヴァードンに戻ったときに、ボビーに仄めかすことも厳禁だ」

「言うものですか」ミセス・ディロンは、無意識に顎を突き出した。「ファーゴ家の人間は、約束の守り方を知ってるのよ。それにしても、ボビーはどんな様子なの、アルフ? ずっと、あの子のことが心配で仕方がないの」

「そうだろうけどね、いつまでも心配しなくても大丈夫だよ。とてもうまくやってる」

「あの子——あの子は私がいなくてひどく寂しがってる?」

「そりゃそうさ。でも明るいし元気だし、学校生活も順調なんだから、あの子のことで思い悩む必要はないよ。きみはイーディ・ディロンのことだけ考えていればいい。それで、秋になったら——まあ、見ていてごらん」

「わかったわ、アルフ」イーディは健気に笑ってみせた。「あなたの言うとおりにするわ」

「それじゃ、私はそろそろ失礼しないと。また雪が降ってきそうな空模様だし、日が落ちてから雪のなかを馬車で行きたくないから」

「私も、そうなったら心配だわ」こみ上げる寂しさを抑えながら、イーディは目のまえのことを現実的に言った。

コートランドは手袋をはめ、例の鞭をポケットに入れてイーディと握手をした。

遠ざかるコートランドの馬車が点のように小さくなるまで、イーディは校舎の入口で佇んでいた。

教室のなかは冷えてきたが、これからまたストーヴに火を入れても意味がなかった。これほど石炭を出し惜しみする学区はほかにそうそうなかった。ジャボウスキ家に帰ったほうがいい、とイーディは思った。あの家の人たちがどう振る舞うだろうか、と考えると、全身に軽い震えが走った。チャーニー家か、ほかの家の誰かが帰り道で待ち伏せしているかもしれない。そうしたら、どうすればいいのか……？

イーディは覚悟を決めて立ち上がり、オーヴァーシューズとマフラー、そしてコートを身につけた。便所の隣にある小さな納屋へ行き、老いた馬に鞍と頭絡を付けた。馬に乗ると唇を結び、わざとらしく冷ややかな笑みを浮かべながら、ゆっくりと学校から雪の積もったわだち道に出た。弁当箱が鞍の先端に当たって軽い音をたてていた。

来るなら来い！　この世に生を受けたすべての東欧人が束になってかかってきても、いくらでも相手になってやる！

ジャボウスキ家に帰ると老人が外へ飛び出してきたので、イーディは身構え、鞭になるようにと片手で手綱を集めた。だが、馬の横に来た老人はただあぶみを摑み、馬を納屋へ誘導してくれた。

……その夜、イーディのベッドにはまともな掛け布団が何枚か載っていた——見慣れないデザインの、絹と羊毛を使った美しい布団だ。家宝と呼べそうなものだった。

そして翌日、というより、翌日からはほぼ毎日、弁当のなかに肉が入った。

もっとも、食事のときに出る牛乳はいささか物足りなかったが……

11

弁護士のジェフ・パーカーはキューの先にチョークを塗り、ビリヤード台の向こうに立っている青二才に片方の眉を上げてみせた。

「いいかね、親愛なる田舎者君、どうやらおれはきみごときに無駄な時間を使ってしまったようだ。いまからちょっとばかりこの魔法の杖の力を借りて、おれの繊細な手首をちょちょいと捻るだけで、この台できみを潰してやるよ」

対戦相手は並ぶ金歯をむき出しにしてにんまりと笑い、痰壺に悠然と唾を吐いた。「そんなこと、まだだじゃねえか」図星を衝いた。

「確かに。そのとおりだとも。じつに鋭い指摘だな」ジェフは甲高い声で言った。「この場におられる親愛なる審査員のなかに、おれにはちょっとした賭けをする能力が欠けてる、と思ってる人たちがいそうな気がしたんだよ。もちろん、現金でだぞ。トウモロコシの軸や肥料、できたてのホミニーなんかじゃ、まちがいなく受けつけてもらえないだろうからね」

ベンチに並んで腰かけている野次馬たちは爆笑した。

「〝現金〟として何を使うつもりなんだ、ジェフ?」ひとりが訊いてきた。

「カネをだよ。おまえの見たことのないものさ」

「うわっはっは……」

「さて……誰も賭けないのか?」

ベンチの男たちは、にんまりして首を振った。

「おまえはどうなんだ、親切なおバカ君？　そのつぎの当たった、てかてかのジーンズにはゲーム代以外のカネが入ってるのか？」

「さっさとしろよ」対戦相手は言った。

ジェフはため息をついて台へ向き直った。そして、巧みなキューさばきで次々とボールをポケットに落としていった。最後の二個がポケットに入ると、キューを持ち上げた。

田舎者がきまり悪げにジェフに十セント硬貨を渡してビリヤード台に五セント硬貨を落とすと、野次馬たちはその負け犬ぶりに高笑いを浴びせた。ジェフは黒いブロードのコートを着て無造作にファイヴガロン・ハットをかぶり、花を挿したヴェストを引っ張って皺を伸ばした。コーデュロイのズボンは腿のラインにぴったりとあったものだった。ズボンの裾の折り返しが踵の高いブーツのトップのあたりに来るよう、ジェフは少し両脚の裾を引き上げた。

その姿は本人の思惑どおり、南西部の偉大な弁護士、テンプル・ヒューストンにそっくりだった。

「よう、ジェフ、いつ八年生に戻るつもりなんだ？」

「とっくに戻ったよ、田舎者。学校の天井の漆喰が剝がれた、って話は聞いてないのか？」

「よう、ジェフ、自分の事務所でおとなしく坐ってる気はないのか？」

「おまえんちみたいに、おれをあったためてくれるブタは一匹もいないんだよ、このうすのろ。しかも石炭は高いし、火なんかあっという間に消えちまうだろ」

「よう、ジェフ、サイモン爺さんがクラッカーの樽にネズミ捕りをしかけたらしいぜ」

「へえ？　で、おまえはその汚い指にあざをこしらえたのか？」

野次馬たちがまだ笑い転げているあいだに、ジェフは店を出た。踵の高い靴でからだを揺らしながら滑りやすい歩道を歩く彼の唇には笑みが浮かび、いつでもとっさに洒落の効いた切り返しをする用意ができていた。だが、心のなかはいまの冷やかしのせいで傷ついていた。心が痛んでいた。

ジェフ・パーカーは、ジョセフィン・ファーゴの継親の実の娘の子どもだった。十二歳のとき、砂丘で暮らす十四人の子どもがいる家から文字どおり追い出されたのだった。弁護士のアモス・リッテンがこの子を引き取り、その見返りとして、掃除をしたり部屋を暖めたりという重要性の低い仕事と、使い走りとして彼がしけこんでいる酒場と事務所のあいだを行ったり来たりするという重要性の高い仕事を任せた。だが一、二年くらい経ったころ、口さがない世間の圧力に耐えかね、ついにこの子を学校へ通わせることにした。ジェフは八年分の学業を五年で修了し、手当たり次第に本を読み漁ったことと、リッテンからいくらか知識を詰め込まれたことが功を奏して、二十一歳でさほど狭き門ではない弁護士試験に合格した。いま、ジェフは二十三歳になっていた。

一年前にリッテンが郡裁判所の判事に選出されたので、自動的にジェフが弁護士としての業務を引き継ぐことになった。ジェフには出廷した経験がなかった。めったに依頼されることのない公証や、証書や遺言書の作成で細々と生計を立てていた。あとは、ビリヤードなどのゲームで賭けをし、勝つことくらいしか収入源がなかった。そして、今後の見通しはいまの状況よりもさらに暗かった。次の選挙でリッテンは落選するかもしれず、そうなれば必然的に元の業務に戻りたがるはずだ。そしてジェフには、友人として自分を助けてくれた人の商売がたきになれるとはとても思えなかった。だからといって、リッテンが現職に留まったところで、ジェフにとってはなんの利点もなかったが。

ジェフは、誰かが殺されるような事件が起きることを真剣に願っていた。二、三ドル程度のカネになり、注目を集めることのできる事件だ。名前は忘れてしまったが、オクラホマ州にいるという弁護士のように自分も目が不自由だったらよかった、そうすれば連邦議会選挙で勝てるのに、と思っていた。そこまではいかなくても、せめて一期だけでも州議会議員に――その程度でいいから――なれれば、もう悩む必要はなくなるのに、と思っていた。

アルフレッド・コートランドとすれちがったので明るく会釈すると、彼にうしろから声をかけられた。

「そうだ、パーカー。シャーマン・ファーゴがきみを捜してたぞ」

「ジョセフィンが、だろ?」こう言って、ジェフは足を止めた。

「いや、シャーマンが、だ。きみの事務所に行ったのに姿が見えなかった、と言っていた」

「そりゃそうさ」弁護士は言った。「シャーマンだって、それは知ってるはずだ。いま、どこにいるんだ?」

「親父さんと、うちへ昼食をとりに行ったと思うよ。きみはこれからどこへ行くんだ?」

「この店だ。ええと――おれになんの用があるのかは聞いてないよな?」

「シャーマンにきみの居場所を伝えておくよ」コートランドは言った。

ジェフは、なんの用だろうと首を傾げて店に入った。ジョセフィンに頼まれて古着を渡そうとしているということくらいしか、シャーマンが自分を捜す理由が見つからなかった。ジョセフィンは時々古着をくれるのだが、ジェフはやめてほしい、と思っていた。そのせいでみんなにからかわれるし、いちいち言い返すのも面倒だった。いずれにせよ、必要な服ならひととおり持っていたのだ。

ジェフは、計算どおりのいい頃合いにサイモン爺さんの店に入ることができた。いつも店で時間を潰している人たちは、みんな昼食のために家へ帰っていた。花を挿したヴェストのポケットを探り、五セント硬貨を出してカウンターに放った。

「チーズを五セント分頼むよ、シム」

「そりゃあ、自殺行為みたいなもんじゃないか?」のんびりと椅子から立ち上がりながら、サイモンは言った。

「ああ、まあ、おれはそういう人間だからさ。線路が機関車のことなんか気にしないように、おれにとっちゃ五セント程度のカネなんかどこ吹く風、ってやつだよ」

店主がガラスのケースから出したチーズを切りはじめるなか、ジェフは不安そうに老人に冗談を浴びせつづけた。が、期待したほどの効果は得られなかった。

「おいおい、シム、それじゃ五セント分にはならないぞ」

「どうせおまえはその辺のものをつまんで食うんだから、ぜんぶあわせりゃ五セントになるだろ」

「ちぇっ、参ったな」若い弁護士は言ったが、カーヴィング・ナイフに載せて差し出された黄色いひと切れをつまみ取った。

カウンターの椅子から立ち上がってクラッカーの樽に手を伸ばし、一立方フィート分はあろうかという量のクラッカーを取り出した。威勢よくクラッカーを食べながら、チーズをけち臭く少しずつかじった。

店主はニヤニヤしながらその様子を見ていた。ジェフのことが好きだったのだ。ジェフは町のみんなに好かれていた。ある意味では、町の誰もがジェフのことを誇りに思っていた。

「ジェフ……」

「なんだい?」若者はむっつりと言った。

「ストーヴの上に、まだコーヒーが残ってるぞ」

ジェフの顔にいつもの明るい笑顔が戻った。「やった。そうこなくっちゃな、シム。そこにあるカップを借りてもいいかい?」

ジェフはサイモンからブリキのカップを受け取った。そして、自分のバンダナを使ってダルマストーヴに載ったコーヒーポットを持ち上げ、至福の表情でその香りを嗅いだ。サイモンにクリームをくれ、と言うと、地獄へ落ちろ、と言い返された。樽から砂糖を取るとまたカウンターの椅子に腰を落ち着け、遠慮がちに左手をジンジャースナップの箱に伸ばした。

「構わんよ」サイモンはため息をついた。「ただ、いつものようにポケットに詰め込んだりしないでくれ」

「シム、ひどいことを言うじゃないか! 心外も心外、尻毛を抜かれるとはこのことだよ。おれはそんなことをする人間じゃないってわかってるだろ」

「まあ、今日はおれが見張ってるんだから、無理だけどな」

「おいおい、シム、おれが州知事になったら、そんなことを言ったことを後悔するぞ」

「州知事になったおまえの姿が目に浮かぶよ。知事室に、机の代わりにビリヤード台を置くだろうな」

「おっと、そいつはいい考えじゃないか。おれが当選したら思い出させてくれ。あんたにビリヤードでラックを組む仕事をやるよ」

陽気に話し、食べつづけるジェフの痩せた発育不良のからだを、不安と野心が静かに蝕んでいた……こんな生活をつづけてなんになるのか? どんな意味があるのか? 死ぬまでこうなのだろうか——町の笑いものとして、飢えた奴隷のような生活を強いられるのか? ジェフも人並みにジョークは好きだが、これほど年じゅう腹を空かせて寒い思いをしていると、いつまでも相手に調子をあわせているのが辛くてたまらなかった。常にさりげなく自分の身を守らなければならないのはむずかしいことだった。

突然、シャーマン・ファーゴが入口のドアを乱暴に開けて入ってきたので、ジェフは慌ててカウンターの椅子から滑り下りた。

「やあ、こんにちは、シャーム！」大きな声で如才なく言った。「金玉と金縁眼鏡の具合はどうだい？」

シャーマンはジェフを睨みつけて不満そうに言った。「いったい、どこをほっつき歩いてたんだ？町中おまえを捜してたんだぞ！」

「いやあ」いささか面食らってジェフは言った。「あんた、おれに用事でもあったのか？」

「ふざけんな」シャーマンは言った。「用があるから捜してたに決まってるだろ？　このふざけた弁護士め！　なんで事務所でおとなしくしてないんだ？」

「それは……」ジェフは言いかけたが、ふとその問いがただの修辞疑問に過ぎないということに気がついた。

「いいから、さっさと来い！」シャーマンはこう嚙みつくなり踵を返した。「おまえなんかのせいで、おれはもう半日も無駄にしてるんだ！」

ジェフ・パーカーはそれ以上無駄口を叩かなかった。なかば小走りし、なかば歩きながら、農夫のあとについて角を曲がり、床屋の隣の狭い事務所へ向かった。そこにはリンカーン・ファーゴがいて、杖の湾曲した部分を両手で握りしめて苛立たしげに葉巻を齧っていた。（ジェフがベッド代わりに使っている）長椅子でリンカーンの横に坐っているのはミセス・ファーゴだった。その力ない肩には布団がかけられ、沈んだ顔に怯えた表情を浮かべていた。

室内の暑さと空になった石炭入れに気づいたジェフは、傍目にもわかるほど震え上がった。とっさにモンキーストーヴへ駆け寄り、ダンパーを閉めた。

「さて、どんなご用件ですか？」両手の親指をヴェストのポケットに突っ込み、机にもたれて訊いた。

シャーマンは、その部屋にひとつしかない背もたれのある椅子に勢いよく腰を下ろした。「たぶん、用ってほどのことはない」ジェフに言った。「だが、この町にはおまえしか弁護士がいないから、ここに来るしかなかったんだ」

「なるほど」

「まあ、話はこうだ」シャーマンが説明をはじめた。「今年、おれと父さんとで畜産をやろうと考えてるんだが、カネがないんで、父さんの土地を担保にして借りることにした。あそこは母さんの名義になってるから、母さんも連れて銀行へ行ったら、バークから所有権にあいまいな部分があるって言われたんだ。だが、こっちとしては納得できないんだ。もちろん、あいまいなところなどない。なのに、あのクソ野郎のバークときたら、とにかく用心深くて疑り深いんだ……というわけで、どうしたらいいか聞きに来たわけだ」

「ですが、なぜバークはそう思ってるんですか？　あそこは政府から払い下げられた土地ですよ。それで所有権があいまいだなんて言ったら、この国の土地はみんなそうですよ」

「そう、そうなんだが――父さん、父さんから説明してもらえるか？」

リンカーンは唸り声のような咳払いをし、相手を縮み上がらせるほどのきつい視線を妻に向けた。そして、いったん口を開きかけたが急いでもう一度妻を一瞥し、その効果を確認して満足げに、それでいて蔑むように鼻を鳴らした。杖に体重を預けて前のめりになると、葉巻を振ってみせた。

「この町からとんずらした、あのふざけた牧師のことを覚えてるか？」

「ええ」ジェフは答えた。そして、その顔から困惑した表情が消え失せた。「ああ、そういうことですね？　でしたら、それほど手間をかけずに解決できます。とにかく登記所へ行って、そこで――」

「話はまだ終わっとらん」老人が口を挟んだ。「こいつがほかの阿呆どもと同じように、土地の名義をあの牧師の名前に変えたんだったら、それほどややこしい話にはならなかったんだ。ところが、そうじゃない——どうやら、こいつはやつらよりも一枚上手だったようでな……」

リンカーンは声をあげて笑うと苦々しげに唾を吐き、黄ばんだ目の端から、鞭をひと振りするような鋭い目を妻に向けた。

「なるほど」ジェフ・パーカーはわけ知り顔で言った。「そうなると、やはり話はちがってきますね」

「いい加減に口を閉じて、知ったふうなことを言うのはやめろ。時間の無駄だ……話を戻すとだな、こいつは土地の名義を神様に変更しおったんだが、その証書をあの忌々しい牧師が持ってっちまったんだ。いったいどうすりゃ神様と話をつけてあれを取り戻すことができるんだ?」

腹を抱えて笑いたかったが、そんなことをしたらどんな目に遭うか。それがよくわかっているジェフは、大げさに顔をしかめた。

「そういうことだ」シャーマンが言った。「おまえならどうする?」

「もちろん、私が解決してみせますよ」即座にジェフは答えた。「皆さんは、そのためにここへ来たんでしょう?」

「どうするつもりなんだ?」リンカーンは興味津々だった。

「そうですね、もちろん、これは法に関わる問題です。ここで説明しても、理解していただけるかどうか」

「だったら、おれたちに理解できなくても構わない」シャーマンが言い返した。「つべこべ言わずに説明してみろ」

「いいですよ、シャーマン。少し時間がかかりますが」

「時間ならいくらでもある」

ジェフは肩をすくめ、いかにも真剣そうに眉を寄せて説明をはじめた。

ジェフならろくでもない話を三日間延々と話しつづけることができるという世間の評判は、おそらく事実ではなかった。だが、この男は長時間いくらでも話しつづけられるうえに、ろくでもない話を深みのある話のように聞かせる才能があった。

三十分が経過し、ミセス・ファーゴまでもが身を振りはじめたころ、ジェフは軽く手を振って長口上を終わらせた。

「さて、現代的な視点からこの状況をご説明すると」立ち上がりながらコメントした。「この問題の原点――基礎的かつ根本的、初歩的な法的根拠は――イギリスの一七七三年穀物法に求めるべきではないか、と思われます」

擦り切れた、ウィリアム・ブラックストンによるイギリス法の解説書を本棚から取ると、また机に寄りかかり、親指でページをめくっていった。「ああ、これだ。いいですか……これは、神の法、慣習法、あるいは教会法のいずれの観点から論じるにせよ、基本的には、〝罪体《コーパス・デリクタイ》〟、ひいては〝人身保護条例《ヘイビアス・コーパス》〟の問題なんです。かいつまんで言うと、犯人の身柄を拘束しているか、していないかということです。この牧師の件の場合は……」

「捕まえたいのはやまやまだが、どこへ雲隠れしたのかわからん」リンカーンが言った。

「捕まれば、まちがいなく話は単純なものになるでしょうね。しかし、ことわざで言うように〝この世に新しいものはない〟のですから、賢明にもこの法は、あらゆるごまかしや訴訟教唆を視野に入れてるんです――老人や若者、か弱い者、中年、果ては無一文の者が犯した罪に至るまで……というわけで、お時間はたくさんあるということですから、この二、三ページを読んでお聞かせしましょう」

ジェフは、どうやら着実に法解説を展開できているようだ、という満足感に浸りつつ、三人と素早く視線をあわせながら朗々と声を響かせて本を読みつづけた。しまいに、シャーマンとリンカーンは大あくびを繰り返すようになり、老女は居眠りをはじめた。

ついに三人全員が眠りに落ちかけたとき、ジェフは勢いよく本を閉じ、勝ち誇った顔で本を軽く放って本棚に戻した。

「というのが、今回の一件の内容です」そう締めくくった。

シャーマンはくわえていたパイプを手に取り、ボウルのなかを見つめた。そして、「なるほど」と、認めるように言った。「よくわかったような気がする」

「わかったかどうかなんて、おれにはわからんな」リンカーンは正直に言った。「弁護士ってのは、どいつもこいつもバターをよこせというまえに牛の説明からはじめるんだ」

「で、この件はジェフに任せるのか?」

「当たりまえだろ。誰かにやってもらわなければ」

「そうだな。おい、ジェフ」椅子から立ち上がりながらシャーマンが言った。「さっそく今日から仕事に取りかかれ。そして、この件が解決するまでは、ビリヤード場や食いもの屋でうろついてるおまえの姿をおれが見ることのないようにしろ。わかったな?」

「そうするよ、シャーマン。いや、そうしないようにする、と言うべきかな。すぐにでも解決してみせるさ」

四人は全員が立ち上がった。

ジェフはそわそわと貧乏ゆすりをはじめた。

「ええと、ところで、こういう件を扱うとなると、けっこう費用がかかるんだ。こんなに世話になってるうえに、自分の親戚だからカネの話はしたくないんだけど、でも……ええと……」

「いくらだ?」シャーマンが訊いた。

「まあ、大した額じゃない。二十五ドルくらいかな」

「払うとも。この件が解決したらな」

「ええと、その、まず依頼料というものを払ってもらうことになってるんだよ。こういう件では、まあ、いつもは五ドル貰うことにしてるんだ」

「そう来ると思ったよ」リンカーンは冷やかした。

「おまえは一度も訴訟を扱ったことがないんだから」シャーマンが図星を衝いた。「さあ、二ドルやるから、解決できるまでそれでなんとかしろ」

「そうするよ、シャーム、そうする」そう言うと、ジェフは充分満足して三人を外へ送り出した。

ジェフは、手にした二枚の銀貨で音を出しながら狭い事務所を足早に行ったり来たりし、まず食事をとろうか、それとも隣の床屋へ行って風呂を使わせてもらおうか、と頭を悩ませた。川がすっかり凍ってしまってからというもの、十五セントという代金を節約するために風呂を使っていなかったのだ。だが、銀行にいるバークレイに会いに行かざるを得なくなったとなれば、その出費をあとまわしにしておくわけにはいかなかった。外にいれば臭さはそれほど気にならないし、ビリヤード場のようなところではほかの連中のほうがよほど臭いので、自分の臭いは問題にならない。だが、銀行はいつも暖房が効いていて臭いを感じやすく、おまけにあの銀行家はとりわけそういうことを気にする男だった。それに、町で一目置かれているファーゴ家の代理人として、臭いのせいで依頼人の立場を危うくすることはなんとしても避けたかった。

ジェフは、バークレイがその融資に同意しなかった理由を心の目で見通していた。彼は用心深さの塊なので、性急なのではないかという疑いを避けるために異常と思えるほど慎重で、些細なことを徹底的に追求する傾向があった。おそらく、とことん考える時間を与えれば融資に同意しただろう。そんなグレイな部分など払拭していたはずだ。だが、リンカーンとシャーマンは、相手にそんな時間を与えるような人間ではなかった。すぐにカネを出せと急かしたせいでバークレイは意固地になり、あの二人の苛立ちを募らせてしまったのだろう。そのあげく、あの親子はバークレイをバカ者呼ばわりし、話をぶち壊しにしたのではないだろうか。

これは法ではなく、気配りの問題だ。バークレイも、本心ではその所有権に問題などないということがわかっているはずだ。彼にその点を認めさせればいいというだけの話で、ジェフ・パーカーはその任務にうってつけの男だった。

バークレイはジェフを気に入っているが、この弁護士は長年、恥も外聞もなくバークレイに媚びてきたのだからそれも当然だった。カネさえかからなければ、ジェフが欲しいと言うものはなんでも差し出してくれたのだ。とすれば、銀行にちょっと顔を出して一時間くらいバークレイの賢さを誉めそやせば、本当の狙いに気づかれるまえに、せっかちなファーゴ親子の笑い話を聞けるはずだった――その親子は、バークレイが融資するかどうか迷っているあいだにさっさと帰ってしまったのだ。

ごく単純な話だ。単純すぎる、と言うほうが正確だろう。これが、法廷に出て町のみんなに何がどうなっているかを見せることのできる本物の訴訟問題ならばよかったのに……

そこでジェフは不意に息を呑み、無邪気そうな目を見開いた。片手で額を打った。本物の訴訟？　本物の訴訟だと？　おいおい、いったいおれは何を考えてるんだ！

ジェフは跳び上がって両足の踵を当てて音を出した。事務所のドアを勢いよく開けて玄関まえの階段を飛び降り、通りの向かいにある裁判所まで滑るように走って行った。

だが、裁判所のなかに入ったとたん、ためらいが出て自信を失ったジェフは、いかにも神妙そうな顔で保安官の部屋に入った。

「やあ、ジェイク。肝臓の調子はどうだい？」

椅子に坐っているジェイクは、うしろの壁にもたれかかって唸るような声を出した。「坐って好きにやってもらって構わんが、口は閉じとけ。こっちはくたくたなんだ」

「そうは言ってもだ、ジェイク、おれはあんたに仕事を持ってきたんだよ」

「ほう、そうかい。だがな、今日は冗談に付き合う気はないんだ、ジェフ。とにかく、くたくたなんだ」

「だけど、これは真面目な話なんだ」小柄な弁護士は食い下がった。「指名手配書を出してほしいんだよ。もちろん、本来なら郡検事が出すものだということはわかってるさ、だが――」

ジェイク・フィリップスは、浮かせていた椅子の脚を床に戻した。

「わかった、やってやるよ、ジェフ。どうせネッドは今日、自分の農場のことで忙しいんだ。まったく、そろそろこの辺でも、誰かに事件のひとつくらい起こしてもらわないと。こないだ、チューニーバードへ行ってそこの保安官と話をしたんだが、そいつはだな、なんと……」勾留中の被疑者の食事を賄って得た儲けで農場を買ったという、幸運なチューニーバード郡の保安官の話をまくし立てながら、ジェイクは机のなかに手を入れて記入用の書類を探した。「というのはだ、その男はおれみたいにまともな食いものを出さないんだよ、ジェフ。おれだったらホテルへ行って、その場で五セントくらい払って食事を用意してもらうってのにな。やつは食費として郡に一食二十五セント払わせてるってんだから、それくらいのことをして当然だろ。ところがだ、そうはしないんだとさ。週に一度、洗い桶いっぱいの豆を煮て、それしか食わしてやらないんだそうだ……ところで、おまえ、誰を指名手配する気なんだ、ジェフ？　考えてみたら、まだそのことを聞いてなかったじゃないか」

ジェフは咳払いした。「ええと、それはだね……」

「あのアルトマイアーの息子がまたブタを盗んでまわってるのか？　そうだと思ってたんだ！」

「ちがうよ。ちがうって、アルトマイアーの件じゃない……」

「そうだな。あいつは、おれがもう刑務所に送ったんだった……とすると——そうか、ハンク・マーフィだな！　おい、ジェフ、ミズ・マーフィにあんなクソ野郎とは別れろ、と言ってやれ。あいつがいたってなんの助けにもならないじゃないか。まちがいなく、町にとっても役立たずだしな。だから——」

「マーフィとは関係ないよ、ジェイク」

「そうなのか？」保安官は書類の上でペンを構えた。「だったら、その男の名前をちゃんと教えてもらわないと」

「その……それが、厳密には男とは言えないんだ」

「まさか、女じゃあるまい！」

「ま、まあね。確かに、男ではあるな。男のようなものだ」

「じゃあ、なんて名前なんだ？」

「ええと……二つ三つあるんだが」弁護士は居心地が悪そうに言った。

「だったら、世間でいちばんよく知られてる名前を教えてくれ」

ジェフは唇を舐めた。「ええと…… 〝ジイ・ホウヴァ〟かな」口ごもるように答えた。

「G・ホウヴァ、だな」インク入れにペン先を浸して、保安官は復唱した。「東欧系のやつなんだろ?」

「ええと……よくわからないな」

ジェイクは、眉をひそめて書類に目をやった。「おい、この名前、絶対に見覚えがあるぞ……どこに住んでるやつだ?」

「パラダイスだよ」

「パラダイス? どこの地名だ? 砂丘のどこかか?」

「そ、そうじゃない」ジェフは情けない顔でどもりながら答えた。「上のほうだよ」

「バカか! どこの上のほうなんだ?」保安官は怒鳴りつけたが、すぐに、なだめるような口調で付け加えた。「まあ、おまえにとっちゃはじめての事件だから、ちょっと緊張してるのも仕方ないが、おれたちはうまく協力しなきゃならないんだ。このG・ホウヴァという男がパラダイスに住んでるってことはわかったから、あとはこのパラダイスとやらがどこにあるのか、ということと、ホウヴァというやつの罪状と、それから……」

保安官は小さな目を胡散臭そうにしばたたかせた。「パラダイスだと?」呟きが漏れた。「パラダイスのG・ホウヴァ? 天国……の……エホヴァ……」たるんだ顎を紫色に染め、目のまえの弁護士を凝視した。「おい、おまえ——おまえは——!」

「待ってくれ、ジェイク! 頼むよ! これにはわけが——」

「天国の神様だと?」ジェイクが怒鳴った。「ふざけやがって、ジェフ・パーカーめ、警察をバカにするとどうなるか、教えてやる！　おまえを逮捕して――」

ジェイクはゆっくりとジェフに近づきながら、ハムのような拳をうしろに引いた。

「お、おい、勘弁してくれ、ジェイク！」

「これでもくらえ！」

ジェイクがジェフに殴りかかった。ジェフはすかさず回れ右をして逃げた。ドアから飛び出したジェフは、ちょうどそこを通りかかったリンカーン大統領にそっくりなアモス・リッテン判事を突き飛ばしそうになった。ジェイクの腕が伸びてきて捕まりそうになったので、判事の両肩を摑んでまえを向かせ、盾にした。

「判事」ジェフは哀れな声で懇願した。「逃がしてやれ、と言ってやって下さい」

「逃がしてやるとも」ジェイクが吼えた。「おれがこの手で天国にな」

リッテンは安物のウィスキーの臭いを廊下じゅうに充満させながら、胸まで伸ばした顎鬚をしゃっくりで震わせていた。「ひ、ひっく！」しゃっくりと共に声が出た。「ちょっと待て、ひ――い、い、ひっく！――二人とも！　この馬鹿げたおふざけは、いったいなんの真似なんだ？」

背中に隠れているジェフに右へ左へとからだの向きを変えられながら、判事は二人のまとまりがなく俗っぽい説明を聴いていた。やがてのんびりと片手を伸ばし、保安官の胸に手のひらを押し当てた。

「やめなさい、ジェイク。落ち着くんだ。この話は妥当なものだ」

「妥当ですって？　冗談じゃない、おれは――」

「ジェフはひとつまちがいを犯した、それだけのことだ。きみのところではなく、私のところへ来るべきだったんだよ」

「はあ?」

「そういうことなんだよ。これは刑事問題ではなく、民事問題なんだからね……ジェフ、きみはこういうことでジェイクの手を煩わせてはいけなかったんだ」

「申しわけありません、判事」

「そしてきみもだぞ、ジェイク、郡の機関の責任者のひとりとして、ジェフの誤りを正してやるべきだった」

「まあ、言われてみればそうですよね」保安官はバツの悪そうな顔をして認めた。

おおらかに片手を振ると、判事のからだがよろめいた。「それじゃ、これで一件落着だな。私といっしょに来なさい、ジェフ」

判事は弟子にしっかりからだを支えてもらい、おぼつかない足取りで廊下を進んだ。そして、二人はいっしょに法廷に入った。奥の法壇のうしろをまわり、控え室に入った。判事は、木製の椅子に崩れるように腰を下ろした。一瞬、パニックの表情と汗を同時に顔に浮かべた判事は、恐る恐るズボンの尻ポケットに手を伸ばした。そして、無傷の小瓶を取り出すと顔を輝かせた。

判事はその瓶をジェフに渡したが、ジェフが口をつけるかつけないうちにもぎ取った。そして、酒をあおると急に素面に戻ったようになった。

「ジェフ」口を開いた。「時々、おまえには分別というものがひとかけらもないんじゃないか、という気がするよ」

「そんな、待ってくださいよ、判事! 確かにおれは——」

「おまえの目論見を当ててみせようか。ジェイクに指名手配書を出させ、型どおりに協力しているふりをさせておいて、世間に悪評を立てさせようとしたんだろう。そして、おまえが特別検察官になってファーゴ家のために陪審裁判を設定することを企んで、誰を陪審員に選んでやろうかとさんざん頭を悩ませてた、ってわけだ……ジェフ、ジェフ！」

「参ったな。判事、すみません。でも、千載一遇のチャンスに思えたんで——」

「そんなバカげた話に保安官を付き合わせたら、納税者たちにどう思われると思う？　無駄に時間を費やす裁判所や、陪審員の招集のためにかかる費用、その他もろもろについてもだぞ？」

「ええ、仰るとおりですよ、判事。だけど、笑いは取れそうじゃないですか——」

「そこがおまえの目論見の最大の問題なんだ。それじゃ笑いなんか取れないぞ。おまえがもの笑いの種になるだけだ……おまえだって、マーク・トウェインやペトロレウム・ナスビー、ミスタ・ドーリーの話を読んだことがあるだろう。彼らのユーモアが大衆に受けているのはなぜだと思う？　それがユーモア以外のものとは絶対に受け取れないからだ。おまえはジェイクのことをユーモアを解さないバカだと思ってるんだろうが、あの男は相対的なバカに過ぎない。ユーモアだということがはっきりと伝わらなければ理解されない。人々は、長いこと現実、ありのままの現実のなかで生きてきたから、そうでないものは理解できないんだ。それしか生きていく道はないんだよ。おまえが冗談で鋤を干し草用の熊手だと言ったら、人はおまえといっしょに笑ってくれる。だが、角型シャヴェルだと言ったら笑いものになる。当たりまえの区別がつかないやつだと思われるからだ。だから今回の件は明らかに、かつ必然的に、みんなからこう言われることになるぞ。〝あの間抜け野郎は、神様を逮捕なんかできないってことも知らないのか？〟とな」

ジェフはゆっくりと目を見開いた。「そうか、判事、確かにそうなりますよね？　とは言っても、これはおれにとってまたとないチャンス——」

「だから、うまく利用しようというおまえの考えは理にかなっている。事務所に帰って告訴状を書いてみなさい。当事者はファーゴ家と神で、法定代理人がおまえだ。それを新聞に掲載する費用は私が出してやろう。神は裁判に来ない、となればその訴訟はおまえの勝ちになる。そうすれば郡は費用も手間もかけなくて済むし、おまえは世間の笑いを——狙いどおりの笑いを——取ることができるうえに、うまくことを運べば、望みどおりの知名度も手にできるはずだ。

さあ、事務所に戻ってすぐに取りかかれ。そして、誰も見たことのないような、爆笑ものの告訴状を書いてみろ。ジョークだということがはっきり伝わる、面白おかしいやつをだぞ。おまえが神を冒瀆しているのではなく、自分と世間と神を題材にした、最高にセンスのいいジョークをこしらえたのだというこことをみんなに納得してもらえるような文章を書きなさい。そして、繰り返し、何度も自分の名前を出すことも忘れないようにな。

うまくことを運べば、国じゅうの新聞がこぞってネタにしてくれるはずだ。どんなやつが書いたんだろう、と世間は興味津々になるぞ。こんな面白い若者なら、地方議会の議員になってもよさそうなものじゃないか、そう思う者が出てくる。そうなれば、おまえはいずれ議員になれる——うまくことを運べば、な」

事務所へ戻ったジェフは告訴状を書き上げた。

そして、その後の展開は、この男がうまくことを運んだことをはっきりと示していた。

春は、乙女のように谷のベッドに滑り込んだ。甘えてすり寄るかと思えば抵抗し、茶色い巨人に抱かれながら身悶えして泣きじゃくった。指先で恐る恐る男のからだに触れ、触れるたびに指が置かれる時間が長くなった。ついには大胆に撫でるようになった。不意に息を呑み、男にからだを密着させて喘ぎ声をあげ、最後にため息をついた。息遣いが温かく、穏やかになった。娼婦の冬は二人を冷やかしつつ、そっとカウチから離れて行った。

ヴァードン村の屋敷にいるファイロ・バークレイは、ダンパーで無駄のないように調節したストーヴのまえに置いたロッキング・チェアを揺らし、いつになく感心した目を娘に向けていた。家に帰ってくると、室内は完璧に整理されていて、正装した娘に出迎えられた。そして、この何ヶ月かでいちばん美味しいと思えるほど素晴らしい食事を振る舞われた。食事が済むと、娘は室内用のスリッパとパイプを持ってきてくれた。その娘はいま、穏やかな顔でカウチに坐り、籠いっぱいの繕いものに精を出していた。

いい娘だ、と父親は思った。世界一の娘だ。過去に幾度となく、ぶっきらぼうなもの言いで娘に接してきたことが悔やまれた。

「ベラ」声をかけた。

「何かしら、お父さん?」娘は陽気に応えて目を上げた。「何か取ってくるものでも?」

「いや」バークレイは言った。「特にいるものはないと思う」

「必要なものがあれば、喜んでお持ちしますよ」

「いや。考えごとをしてただけなんだ」バークレイは応えた。

ストーヴで火をつけた火付け用の巻紙をパイプへ運ぶ父親を眺めながら、ベラは期待を込めて待ち構えた。焦燥感の滲み出た暗い顔に、笑みを貼りつかせて待った。すると、ファイロ・バークレイは椅子の背に背中を預けて目を閉じた。これから大事なことを言うつもりでいた。何を言うにしてもだ。待つだけの価値があることをだ。およそ十分後、ベラが苛立ちを募らせるなか、充分に考えを巡らせた父親はやっと口を開いた。

「ベラ」

「なんでしょう、お父さん?」

「今日、トム・エプスと話をしてな」

「はい」

「まあ、トムは……」そこでふと顔をしかめてパイプのなかを覗き込み、柄をくわえて素早く一服した。「今夜はなんでこんなにタバコの調子が悪いのか、さっぱりわからん。天気のせいだな。とはいえ、このところ湿気はそれほど多くないよな? 人生で、今日ほど過ごしやすい日はなかったくらいだ」

「ええ、いい一日だったわ」そう答えるベラの指の、かがり物の針が当たる部分が白くなった。

「まったくだ。きっと、すぐに夏になるな」

「何を」ベラが訊いた。「トムと何をお話しになったの?」

「ああ……トムは、チャンドラーと代理店契約を結びたがってるんだ。〝チャンドラー〟がなんの会社かはわかってるよな。自動車だ」

「ええ、知っています」

「いまの金物屋をつづけるかたわらで、かなりうまく商売を進められそうな気がする、という話だった。

私にも、あの男なら大丈夫そうな気がしたんだ。もちろん、ちょっとした資金援助が必要だと言うから、それは不可能じゃない、と答えた。それなりの条件を守ってもらえるなら融資契約ができると言って、結局、契約に至ったんだ」

ベラは困惑と苛立ちの入り交じった表情で父親を見つめた。

「まあ、よかったわね」曖昧に応えた。

「おまえ、運転はできそうか?」

「自動車を? ということは、お買いになるつもりなの?」

「ああ、そうだ」ファイロは言った。「それが言いたかったんだ。定価で買うつもりでいる。トムが言うには、馬を一頭買うよりかなり手頃なんだそうだ。しかも、乗り心地もはるかにいいらしい」

「まあ、とっても素敵だわ、お父さん!」ベラは心底嬉しそうに言った。

「喜ぶだろう、と思ったよ」父親はどら声で言った。「でもひとつだけ。あの気取り屋のグラントには運転させないでくれ」

「ええ、もちろんよ!」ベラは声をあげ、少し眉を寄せた。「なぜグラントのことが嫌いなの、お父さん?」

「ろくでもないやつだからだ。これっぽっちも働く気がない」

「そのチャンスがないからよ」

「まあ、それだけじゃない、あいつはおまえの従兄でもあるんだ」バークレイは苛立たしげに首を振った。「どう見てもいいこととは思えないからな、ベラ」

ベラの目が光った。罪悪感に駆られているせいで、グラントの話に関してはとにかく神経質になっていた。それに、苗字が変わっていないという点を除けば身も心もこの男の妻のようなものなので、反射的にグラントを庇おうとする気持ちが身についているのだ。実は、グラントを愛してはいないのだが、ここまで深い関係になっている以上、この男を愛さなくてはならないのだと自分に言い聞かせていた。それに、何がなんでも自分の恋人を守ろうとするのは恋する女の務めではないか、と。

そんなわけで、次にベラが漏らしたことばには、父親よりも本人のほうが驚いた。

「実はね」考え込むような様子で切り出した。「私もそう思ってるような気がするのよ、お父さん。グラントに会えば会うほど、あの人のことが嫌になってくるの」

「ほう?……だったら、なぜいつまでもあいつと会ってるんだ?」

「なぜって、それは義務のようなものじゃない!」ベラは、目を見開いて大きな声をあげた。「だって、あの人は私の従兄だもの。そうでなくても、ファーゴ家の人たちはお父さんが——あのジェフ・パーカーが巻き込んだあの一件で、私たちに腹を立ててるのよ。州じゅうの笑いものになったのは、お父さんのせいだって思ってるわ」

バークレイは呻き声を漏らした。「あれは自分たちのへまなんだから、自業自得だ」きっぱりと言った。

「まあそれはそれとして、お父さん、だからといって、うちはあの家と完全に縁を切るわけにはいかないじゃない。ほかにも親族はいるけど、あそこは大事な一家なのよ。お父さんの仕事を妨害することだって、できないことじゃないわ」

「まあ……まあ、そうかもしれないな」バークレイは認めた。自分の身を案じる娘の気持ちに心を打たれた。自分のために、我慢してあんな男と付き合っているのは立派だと思った。だからといってグラントに好感をもつ気にはなれないし、ベラにあの男と付き合ってもらいたいとも思えなかった。

そのとおりのことを口にした。

「私がいくつだかわかってる、お父さん？　次の誕生日で二十三になるのよ」

「そうは言っても、グラントとは結婚できないぞ」

「わかってますとも。いま言ったような事情さえなければ、あの人と会うことなんて、もう止めにしたいくらいよ。でも、そろそろ結婚のことも考えなければならないとは思っているの。早くお嫁に行かなければ、お父さんは行かず後家の娘を抱えることになっちゃうでしょ」

「まあ」ファイロはパイプをふかして言った。「それはどうだろうな」

「この辺には、私が結婚できそうな人なんていないわ」

「確かにそのとおりだ」

「私はどうすればいいと思う、お父さん？　こういうことにかけては、私よりもいい考えをお持ちよね。なんといっても、私はただの女なんですから」

ファイロは、嬉しさに浮かれた気持ちを見せまいとして、ロッキング・チェアを揺らす勢いを強めた。これまで、娘にはずいぶん身勝手に接してきた、と思っていた。娘が嫁にも行かずに老いていくことなど望んでいなかった――この家で、二人きりで暮らしつづけることは、だ。不意に、孫が欲しいのだということに気づいた。息子が欲しかった――銀行で口座を開いてくれる（そして、そこそこの大金を投資してくれる）義理の息子――並の男ではなく、ベラを大切にし、自分のことを敬い、言われたとおりに働いてくれる、そんな息子を求めていた。

「本当に残念だな」ファイロは言った。「ここが故郷のオハイオ州じゃないのは。オハイオ州だったら、その辺にまともな若者がたくさんいるだろうに」

「本当にね」ベラが相槌を打った。

ファイロはしばらくもの思いに耽り、ベラは縫いものに戻って一針一針縫い物を進めた。

「向こうにいるうちの親族は、みんなそれほど金持ちではないんだ」銀行家が不意に口を開いた。「いい人たちだが、カネはあまり持っていないんだよ」

「知ってる。お父さんは一家の誉れだわ」

「ああ、そうなるために頑張ったんだ」ファイロは満足げに言った。

「そうでしょうね」

「まあ、話を元に戻すがね。もしおまえがオハイオへ戻るというのであれば、親戚のみんなを助けたり、娯楽に必要な費用を払ってあげたり、その他もろもろにも必要だから、かなりの現金を持って行かなきゃならないだろうな。ざっと二千ドルくらいだろう」

ベラは晴れ晴れとした笑顔を見せたが、何も言わなかった。いまは、とてもことばが出てこない気がした。

「おまえが行くときには、まともな支度をさせてやりたい」バークレイは説明した。「おまえがふさわしい男に嫁ぐとなれば、私だってけちけちなんかしないからな」

「もちろん、お父さんはけちなんかじゃないわ。どんなときだって」

「まあ、世間からはけちだと言われてるが」

「そんな、とんでもないわ」ベラははっきりと言った。「お父さんはこの世でいちばん素敵な、最高に最高のお父さんよ。お父さんから離れるなんていうことに耐えられるかどうか、私にはわからないわ」

ファイロは会心の笑みを浮かべた。

「まあ、当面はそんなことを心配する必要もあるまい」

「えっ――どうしてなの、お父さん？」

「この秋に、ちょっとしたビジネスをはじめようと思ってるんだ。かなりいい手応えが得られそうなビジネスだ。そのあとでも遅くはないだろう」

「まあ」ベラは言った。「そうなの？」

ベラはひたすら自制心を発揮し、なんとか平静を保つことができた。ここまで苦心を重ね、やっと父親に思いどおりのことを言わせることができた、と思いきや――秋だとは！　何ヶ月も先の話ではないか！　秋までグラントと離れたまま、こんな生活――この父親――にどうやって耐えていけ、というのか？　金切り声をあげたくなった。

だが、それからの三十分、表面上はおとなしく坐ったまま静かに縫いものをし、父親と話をつづけた。やがて、気の進まない大事な用事を思い出した者のような、そんな悔しさを顔に滲ませて立ち上がった。

「たいへん、忘れてたわ！　私、マートル・コートランドのところへ行かなければならないの」

「なぜだ？」父親は異議を唱えるかのような口調で言った。

「それは訊かないでほしいの」ベラは奥歯にものが挟まったような言い方をした。

「だが、訊かずにはおれんな。どんな用事があるんだ？」

「その――知ってるでしょ、明日の昼食はうちでしてほしいと思ってるってこと」

「いや、初耳だぞ」ファイロは言った。

「まあ、とにかくそうなのよ。それで、マートルのところへ行ってレシピを借りたいの」

「なるほど」嬉しい気持ちと嬉しくない気持ちを同時に感じながら、銀行家は言った。「それほど時間はかからないんだろ？」

「たいしてかからないわ。せいぜい一、二時間くらいよ」

「そうか、ずいぶんかかるように思えるが」

ベラは微笑みかけて父親の頬をつねり、滑るように玄関ホールへ出た。

「なるべくすぐ帰ってくるわ。私だって、お父さんから離れていたくはないもの」

娘がドアを閉めて出て行く音を聞いたバークレイは、満足そうなくつろいだ表情でロッキング・チェアにからだを預けた。なんとなくざわつく気持ちを抑えながら、あの子は実にいい娘だ、と自分に言い聞かせた。母親にそっくりないい娘だ。気性が荒くてせっかちなところが玉に瑕だが、結婚してひとりか二人子どもを産めばそれもなくなるだろう、と。

娘がそういうところをどこから受け継いだのかはわからなかった。母親はそんな人ではなかったし、自分がそんな性格だとも思えなかった。時々、娘が赤の他人のようにさえ見えることがあった。それにひきかえ、母親のほうは、男から見てこれ以上は望めまい、と思うほどおとなしくておおらかな人だった。確かに情熱的なところはあったものの、バークレイと同じように、落ち着きのない人ではなかった。

ベラは、いったいどこから……

突然、バークレイは思考の連鎖を断ち切った。

まあ、つまるところ、女なんてみんな同じようなものだ。料理と縫いもの、噂話、子育て。そんなものしか身につけていない。自然の流れとして当然のことだし、実際にそうなっている。珍しく女性に商売の話をしたり、ちょっとふだんとはちがう話題を振ったりしようものなら、火がついたように怒りだす。気まぐれなのだ。それが女というものなのだから、本人たちにも手の打ちようがない。そして、それならそれでどうぞご勝手に、というのがバークレイの考え方だった。

バークレイは床の上の《オマハ・デイリー・ビー》紙を手に取り、いくつかコラムに目を通したが、新聞が次第に膝のほうへずり落ちていくに任せた。

まったく、こういう婦人参政権論者ときたらだ。いったい何を考えているんだ? そもそも本人たちが女なのだから、女というものがどういう存在かということはわかっているはずなのに。女が参政権を得たところでなんになる? 政治や商売、その他もろもろの家庭の外のことについて、女が何を知っているというのか? あっという間に国全体を大混乱に陥れるはずだ。厄介なことになるにちがいない。あの無知な黒人どもを一気に全国に解き放った、一八六五年以来の大惨事が起きるだろう。また、一から同じ状況を繰り返すことになるのだ。

父親がそんなもの思いに耽っている一方、家を出たベラは、北へ向かう板張りの歩道を急ぎ足で進んでいた。バークレイ家の屋敷は町はずれにあり、正面はカエデ林だった。もう町からは完全に離れ、製材所を避けて進み、品評会場の傾いだ門を目指して歩いているベラは、誰にも姿を見られていないことを確信していた。

もう夕暮れだった。だらだらと父親の相手をしながら、このときを待っていたのだ。

ベラが片側の門を押すと、ぬかるみに歪んだ門の下側の角がめり込んだ。ベラはなかへ入った。人気のない鶏舎をいくつも通り過ぎ、雨が降ったあとの水たまりや雪が解けてぬかるんだところをよけながら進み、特別観覧席の正面にある小さな建物——ジュース売り場——のまえで足を止めた。もちろん、ほかの建物と同様に、そこにも人気はなかった。入口は閉まっていて、日除け用に取りつけられている木製のシャッターは、傷だらけのカウンターがある位置までぴったりと下ろされていた。

一瞬、説明のつかないおぞましい恐怖心に襲われたベラのからだに、時々、熟睡から目覚めて恐怖を感じるときと同じ震えが走った。その恐怖心は摑みどころがなく、くだらないとしか言いようがなかったが、あまりにも真に迫っているのでベラは踵を返して逃げ出したくなった。まるで、冥界の入口にでも来たかのような気分だった。ドアを抜けて奈落の底に落ちると、真っ暗闇のなかで一頭のケンタウロスの膨れ上がった死体がぷかぷかと浮いていて、その恐ろしいほど落ち着いた顔の鼻から沈泥が流れ出てくる様子を目の当たりにする自分の姿が見えた気がした。

そのイメージは、現われたかと思うとすぐに消えた。しみひとつないベッドカヴァの上にある、口にするのも憚られる物体が奪い去られるような状態に似て、あとには漠然とした印象だけが残った。その印象は、不安をかき立てる一方で、その物体が呼び起こす、あるいは呼び起こしたはずの恐怖を活性化させる具体性には欠けていた。

「グラント」ベラはなかに向かって声をかけ、ドアを開けた。

その建物の奥にあるテーブルに坐っているグラントは、壁に背を向けて顎を胸の上に載せていた。ベラの呼びかけに答えないので、ドアを力任せに閉めた彼女は男のそばに駆け寄った。

「ねえ、グラント」帽子のつばの下からだらしなく出ている髪を軽く払いながら、ベラは言った。「起きてちょうだい」

グラントは、眠そうに何かを呟きながら上体を起こした。自分の髪をいじっているベラの指から嫌そうに離れ、山高帽をうしろへ押した。

「大丈夫だよ」不機嫌そうな声音だった。

「寝ちゃってたの？」

「みたいだな」グラントはぶっきらぼうに言った。

「この穴蔵のなかで、かれこれ一時間も待ってたんだ」

「ごめんなさい。なかなか出られなくて」

「ああ、気にするなよ」

ベラはからだをこわばらせた。素直に負い目を感じたり、人に謝ったりすることができる性分ではないうえに、もともと少ない彼女の忍耐力は、銀行口座に譬えると、父親のせいで常に借り越しの状態だった。それでもベラは、自分のためにグラントのありのままの姿を直視せずにいた。本当はグラントのことも自分のことも恥じている、そう感じる本心をまだ認めようとはしていなかった。

「いいものを持ってきたのよ」ベラは言った。

「どんな?」

「ええとね。これよ」暗闇のなか、ベラは手探りでグラントのコートのポケットを探し、なかに紙幣を一枚押し込んだ。「どう? 気分は良くなった?」

「ありがとう」どうやらグラントは、そのベラの手を握りしめられる程度には機嫌を直したようだった。

「もうひとつ、いい知らせも持ってきたの。ここからいっしょに出て行けそうな見通しが立ったの」

グラントは興味津々という目をして身を乗り出した。「ほんとか? いつ?」

「ええと……秋までは無理そうなの。でも――」

「ちぇっ、秋かよ!」

「そんなに先のことでもないわ、グラント。秋になれば本当に出て行けるの。当てにできるわ。お父さんから充分なおカネを貰えることになったから」

「おれと町を出るためのカネをか?」

「そんなわけないでしょ、バカねえ。でも、私はそのために使うつもりよ。東部のどこかへ行って、あなたに何か——ふさわしい——仕事が見つかれば、そう、何もかもうまくいくはずよ。二人で好きなように暮らして、こんな嫌らしい所とは永久におさらばするの。文句をつける人がいたって、勝手に言わせとけばいいんだわ！」

息もつかずにまくしたてるベラの様子を見て、グラントの気分も高まってきた。

「すげえな、ベラ、最高じゃないか！」

「でしょう？　そしたら、私たちがしたことを聞いたこの町のみんながどんな顔をするか、はっきりと目に浮かぶじゃない？」

二人は声をあわせて笑った。

「いろいろと大変なこともあるだろうな」グラントは言った。

「あら、そうかしら、グラント。特に心配することなんてないと思うわ。二人とも二十一歳を超えてるんですもの」

「まあ、確かに。でも……」

心のなかにふと引っかかるものを感じたグラントは、それ以上は言わないほうが賢明だと思って口をつぐんだ。ベラがグラントのことを恥じているのと同じように、グラントは本心ではベラのことを怖れていた。そして当然ながら、怖れてなどいないということをベラに示すために、あらゆる手を尽くさなければならなかった。いくつになっても、グラントは恐怖というものが苦手だった。何度恐怖に襲われても、そのたびに苦痛は増すばかりだった。

グラントは滑るようにテーブルから下り、ベラに両腕をまわした。そして、コルセットに閉じ込められていてもなお魅力的なふっくらした尻を両手で摑むと、手荒に持ち上げてテーブルに載せた。ベラの両膝のあいだに自分の片膝を入れ、からだを押して仰向けにした。ベラの抵抗など無視してスカートのボタンを外し、ペチコートの襞をいくつもいくつもめくりつづけた……

「グラント！」ベラが喘いだ。「ああ、グラント……」

「痛いか？」

「ああ……え、ええ……グラント……」

「それはよくないな」

……一時間ほど経つと、グラントはベラをひとり小屋に残し、肩で風を切るように歩いて町へ消え、ベラの予想どおり、さっきせしめたカネで酒を飲みに行った。

真っ暗な建物のなかで、ベラはなんとか人まえに出られる姿に戻ろうと、服と髪を精いっぱい直した。そんなことをしている自分が嫌になって少し泣き、山ほど悪態をついた。打ちのめされ、疲れきった気分で震えながら、建物からよろよろと抜け出した。

品評会場の門まで辿り着いたベラは、急によろめいてしまった。白木でできた門に寄りかかり、からだを二つに折って吐いた。何分かはそこから動けず、息を切らしていた。気分をすっきりさせる冷たい風が額に当たるように、頭にかぶったショールをうしろへ押しやった。出すものを出してとうとう胃のなかが空っぽになると、恥までいっしょに消え失せたような気がした。

ベラは一度高笑いし、頭をのけ反らせた。そして門を出ると、夕暮れの星明かりのなか、美しい黒い瞳を誇らしげに煌めかせて歩いて行った。

13

その年のシャーマンとリンカーンの養牛の試みは大当たりした。シャーマンが期待したほどの大当たりではなかったが、そのころの現実としては、シャーマンの期待どおりにことが運ぶことなどほとんどなかった——彼の養牛を含めて全体的にそうだった。

とはいえ、相当な儲けを手にすることができたという事実に、例の脱穀機に対する失望と、自分の作っている冬小麦があらかた枯れてしまったのではないかという疑いが相まって、ある日の夕暮れにシャーマンは腰を下ろし、ワールドワイド・ハーヴェスター社に宛てたとんでもなく長い手紙をしためることとなった。そのなかで、今後自分はもっぱら畜産に力を入れ、トウモロコシを除いて穀類の生産はほとんどやめるつもりでいる、という現状を説明し、そちらの都合がつき次第、自宅へ来て脱穀機を引き取ってもらいたいという要求を出した。そして、自分は約束は守る人間なので、振り出した約束手形の分は全額そのまま納めてもらっていい——とはいえ、それを使う権利は自分にあるが、と書き、手形は返さなくていいが、なんらかの健全かつ実用的な目的のために使うことにしてほしい、ということを自信たっぷりに書いた。

それに対する返信としてシャーマンがワールドワイド社から受け取った手紙には、先日の便りに対する——まことにありがたく拝読いたしました、という——礼のことばとともに、会社には動産占有回復訴訟を起こしてまでその脱穀機を取り戻すことも、手形を返すことも不可能だという旨の遺憾の意が述べられていた。しかしながら、と文章はつづき、謹んで本状を結ばせていただきますとともに、弊社は今後もお客様の忠実な僕としてお仕えしつづけたく存じます、と書かれていた。

シャーマンはまた手紙を書いた。前回の手紙で、こちら側の言い分については細大漏らさず伝えたはずだ。この界隈では、自分がものを言うときは疑いの余地を残さない、ということはよく知られている。いいか、すべては前回書いたとおりで、自分にはこれ以上小麦を育てる気は一切ないから、お宅の会社がよこした忌々しいゴミの山にはもう用がない。言いたいことはそれだけだ、と。

これに対するワールドワイド社の返信には、次回の手形の支払い期限が来たら、すみやかに代金を納めていただけることを願います、と書かれていた。

シャーマンは、勝手に願って地獄へ落ちろ、と返答した。

次にシャーマンのところへ（間髪を入れずに）送られてきたのは、ワールドワイド社の法務部からの手紙だった。それには購入規約が同封されており、すみやかに商品の支払いを再開し、訴訟に伴う莫大な費用と面倒な手間を省かれますことを願ってやみません、という一文が添えられていた。

シャーマンはそれへの返事を書かなかった。数日間の小休止を経て、この農業機械会社に、ジェフ・パーカー弁護士の真新しい封筒が届いた。

謹啓

このたび私は、シャーマン・ファーゴ氏より、御社とファーゴ氏のあいだのやりとりに関する依頼を受けました。御社については、長らく好感の持てる会社だという評判を聞いておりましたので、私のみならず、地元の多くの資産家と血縁関係にあるミスタ・ファーゴに対する今回の御社の対応を耳にしたときは、まさか、という甚だしい失望感に見舞われました。

すでに、ミスタ・ファーゴは御社に当該費用、すなわち脱穀機の販売価格のおよそ半分の代金を払い終えており、支払い済みの費用に関しては、機械の摩耗に対する弁償金として返金の必要はない、という意向を述べておられます。御社の製品は、シーズンごとに一から作り直さなければならないほど耐用年数が短いのでしょうか？　ミスタ・ファーゴがすでにお支払いになった費用があれば、脱穀機を引き取って良好な状態に現状回復（原文ママ）し、改めて売れば相当な利益が出るのではないでしょうか？　この問題が訴訟に発展した場合には、こうした点を法廷の場で問わざるを得なくなるでしょう。そうなれば、御社の現在の顧客のみならず、将来的に顧客になる可能性がある人々のあいだでも、広くこの問題が議論の種になることはまちがいありません。従いまして、繰り返しになりますが、長年にわたって御社の製品を高く評価してきた私といたしましては、御社の今回のミスタ・ファーゴへの対応について驚きを禁じ得ません。

さらに、ミスタ・ファーゴは御社からほかにも何台か農業器具を購入されていますが、現在のところ、それらに関しては支払いを停止したいという希望は述べられていない、ということを最後に付け加えさせていただきます。

敬白

弁護士　ジェファーソン・パーカー

この手紙がワールドワイド社の法務部に届くと、この件を担当している弁護士のところへまわされた。弁護士は率直な称賛の気持ちで読み、含み笑いをもらしながら上司に手紙を見せた。

「どうです？　こいつとはぜひお近づきになりたいと思いませんか」

笑いながら上司は頷いた。「そういえば、しばらくまえにこの男の話をさんざん耳にしてた時期があったぞ。こないだの冬だ。神様を訴えた男だよ。覚えてるか？」

「そうか、どうりで聞いたことのある名前だと思ってたんだ！」部下の弁護士は膝を叩いた。「あれほどバカバカしい話は聞いたことがない、そう思いませんでしたか？」

「こいつは相当な切れ者だよ。出世まちがいなしだな……こうしよう、ジョニー。この件は営業部に任せることにする。ビル・シンプソンなら、次にあの辺をまわるついでにこの件を片づけられるだろう。失敗したら、手っ取り早く回収不能扱いにして処理すればいいさ」

「で、パーカーには返信しますか？」

「すべて手違いでした、と言っておけ——おまえなら、品のある言いまわしを知ってるだろう。そして、弊社の営業部の者が、この件についてはミスタ・ファーゴにも満足いただけるよう、しかるべきすり合わせを行います、とな。それから……ああ、そうだ、経理部に頼んで、この弁護士に二百ドルの小切手を振り出してもらって、このたびの件につきましては弊社に非がありますので、お手数をおかけしたお詫びも兼ねて、ミスタ・ファーゴの依頼料としてお納めください、と付け加えておくといい。それから——まあ、そんな感じで適当に書いてくれ。それにもうひとつ。弊社と契約を結んでそちらの地域を担当していただく、というのはいかがでしょう、と訊いてみるのもいいんじゃないか……」

そして、そういう運びになった。

ジェフは銀行口座を作り、ホテルで寝て食事をとることになり、週に一度くらいは風呂にも入れるようになった。やがて、ある晴れ渡った春の朝、ワールドワイド社のスター・セールスマン、ビル・シンプソンがヴァードンへやってきた。

ビルは、ジェフと朝食をともにしたあと一時間ほど新しいディーラーと話をした。そして、貸し馬屋でいちばん高い馬車を借りられるはずなのに、徒歩でシャーマンの農場へ向かった。

シャーマンは二人の息子と道路沿いにある自分の土地の柵を直している最中だったので、セールスマンは家まで行かずに済んだ。黙って道路脇の溝を越え、上着を放って支柱にかけると仕事に取りかかった。ワイヤが思いどおりに張れたことに驚いたシャーマンは、思わず目を上げた。そして、かなりぞんざいな口調で吐き捨てるように挨拶をした。

「こんちは、シャーマン」セールスマンは大声で呼びかけた。「おれが現われたんでびっくりしたか?」

「まあ、どうとも言えんな」シャーマンはゆっくり答えた。

「うちの社の大バカ野郎が、きみに一、二通ひどい手紙を送ったって聞いてな」

「まあな」

「おれがその場にいたら、絶対にそんなことはさせなかったんだが。それについちゃ、さんざん大目玉を食らわせておいたよ、シャーム」

「まあ」農夫は言った。「おれも、人並みにみっともない真似をすることがある、ってことだな」

「きみの対応には、どこにもまちがいはなかったさ」セールスマンは断言した。「彼らにもそう言っておいた。上のほうには、こんなふうに人を侮辱して、いったいどうなったと思ってるんだ——うちの上得意のひとりを怒らせて、逃げられちまったんだぞ。今後もそんな客の扱い方をするんだったら、新しいセールスマンを探すんだな、と言っておいた。というのも、おれを知ってる人なら、おれはまっとうな人間だから同じようにまっとうな会社でなけりゃ一切関わり合いにならない、そのことがよくわかってるからね。それに、あの契約に関するおれなりの考えも言ってやったよ、シャーム。シャーマン・ファーゴに二言はないから、本心ではあの脱穀機を必要としていて、使いつづけるつもりなんだと——」

シャーマンは鼻を鳴らし、その顔にはいつものいかつい顔に不信感のこもった意地の悪そうな表情を浮かべた。

「いいや、ちがうな。おれにはあんなものは必要ないし、使いつづける気もない。それについちゃ一切、議論の余地はない」

「わかったよ、シャーム」セールスマンはやんわりと応えた。

「おれは、来年も畜産をやるつもりなんだ。畜産一本に絞る」

「自分の稼業のことはきみがいちばんよくわかってるはずだ、シャーム。おれには口出しできないさ」

「とにかく、あのろくでもない脱穀機はクズ同然なんだ。おれに二言はない――」

「もちろんだ」

「おれもバカじゃないからな。そうだろう、ビル、こっちはあんなものは不要だ、と言ってるってのに、そのまま持ちつづけてその分のカネを払え、って言われるのは絶対におかしいじゃないか！」

「安心してくれ、シャーム。きみが気に入らないものをいつまでも持たせておくつもりはない。おれのポケット・マネーでなんとかするよ」

反射的に言い返そうとしていたシャーマンは、これを聞いてきまり悪そうに悪態をつき、いもしない吸血バエを耳から追い払うような仕草をした。

「くそったれ」そう言うと、息子たちのほうへからだを向けた。「そこに突っ立って何をぽかんと見てるんだ。ミスタ・シンプソンに全部やらせないで、少しでも仕事したらどうなんだ？」

テッドとガスはニヤニヤしながら顔を見合わせた。

「その人がワイア・ストレッチャーを持ってるんだよ、父さん」

「そのとおり、おれが持ってるんだ」セールスマンが急に声を張り上げた。「この子たちにちょっと休憩時間をあげていいかな、シャーム。おれはこれについちゃベテランなんだ」

「そうは言っても、それは——その——」

「わかってるさ」シンプソンは真顔で言った。「おれは、ただこれがやりたいからやってるんだ。外へ出て、気分転換にちょっとからだを動かす作業をしたくてね。きみに恩着せがましくするつもりはない。きみの契約書と約束手形はいまこのポケットに入ってるから、あとで電話を貸してもらえれば、ディーラーに連絡して脱穀機を取りに来てもらう。それでどうだ?」

「そうだな」農夫はこれまでになくまごついた様子で言った。「とにかく、うちで食事をしてってもらえるよな?」

「もちろん、そうさせてもらうとも! ここへはじめて来たときからずっと、お宅でまたご馳走になりたいと思ってたんだ」

シャーマンは嬉しさを隠そうとしかめっ面をした。そして、息子たちに家へ戻れとぶっきらぼうに指示した。

「どっちにしろ、ここにいたって役に立たないんだ。納屋の掃除でもしろ。だが、まず家に戻って、母さんに来客があると伝えろ。今日は特別な料理を出してくれ、と言うのも忘れるなよ」

二人の息子はすぐに家に向かい、絶対に怒鳴り声——あるいは、罵り声——の届かないところまで来ると泥合戦をはじめた。シャーマンからの伝言を母親に伝えると、母親からも延び延びになっている納屋の掃除をするようにと念押しされた。やがて、納屋に着いた二人はズボンを下ろし、かいば桶のなかでしばらく坐り込んでいた。尻がほぼふだんの温度まで冷えると屋根裏へ上がり、藁の山から飛行機を出して翼を短くする作業をはじめた。

そのころ、シャーマンとワールドワイド社のセールスマンはまだフェンスの修理を進めていた。時折シンプソンが意見を口にして農夫がぎこちなく答えを返すのだが、ほとんどは二人とも無言だった。シャーマンは何を言えばいいのかよくわからずにいた。彼にはあいだを取るという発想ができないので、人については気に入るか嫌いになるか、という選択肢しかなかった。その点からいうと、ビルのことは気に入っていた。ことの始まりからいまに至るまで、ビルが真っ当な姿勢で自分と接してきてくれたことに疑いはなく、自分が頼んだことはなんでも引き受けてくれている。とはいえ……ええい、ちくしょう。

シャーマンがワイアを巻く枠の留め具をかけ、まっすぐ立ち上がった。

そしていきなり、「おれは、どんな場合でもまちがってるとは思われたくないんだよ、ビル」と言った。

「おれには、きみがまちがってるなんて言うつもりはないよ、シャーム」

「まあ、それはわかってる。だけど——くそ、ビル、ちょっと訊いていいか？　おれが畑作から畜産へ鞍替えするのは、賢い選択だと思わないか？」

セールスマンは考え込むような表情を見せた。「その点に関して言えば、そうかもしれないな、シャーム。去年は畜産業界にとって空前の大当たり年だったし」

「今後もそれがつづくと思うか？」

「まあ、そう考えている向きはかなりあるな。おれが担当しているどの地区の農家も、畜産への方向転換を視野に入れている。誰だってしくじりたくはないからな」

シャーマンは頷いた。眉を寄せて鋭い目でセールスマンを一瞥したが、相手の表情は誠実そうだった。

「おい、ちょっと待て」農夫がこう指摘した。「みんながそっちへ鞍替えしたら、カネにならなくなっちまうじゃないか!」

シンプソンは、シャーマンの顔から地面に視線を落とした。何も言わなかった。

「おい、そうじゃないのか、ビル?」

「ああ、おれもそう思うよ、シャーマン」セールスマンは淡々と言った。「実は、おれはそうなると思ってる。だが——ちょっと待ってくれ」柵の支柱にかけてあった上着を取ると、紙束を取り出して農夫に渡した。「きみの約束手形だ、シャーム。これ以上話を進めるまえに返しておきたい」

「だが、ちょっといいか」シャーマンは言った。「たぶん——」

「これで、おれは考えてることを洗いざらい話せるし、その考えが偏見に基づくものじゃない、ということもわかってもらえるだろう。おれが中西部の隅々までまわって辿り着いたベストな結論について話せるし、それがおれのとっておきの意見だということもわかってもらえるはずだ。きみに脱穀機を返品させないように口から出まかせを言ってるんじゃない、ということもだ。おれの言ってることは嘘じゃない、ということも……」

「おい、待ってくれ」シャーマンは申し訳なさそうにことばを詰まらせた。「おれは、あんたが嘘をつくだなんて——」

「それじゃ、おれの本心を話そう、シャーム。この一年は、国全体としてはひどい一年じゃなかったか? 大勢の人々が失業した。儲けることなんか、ニワトリの歯を見つけるくらい期待できなかった。そうだろ?」

「その点については確かにそのとおりだ」シャーマンは認めた。

「だが、そういう事実があるにもかかわらず、ブタと牛の価格は上がった、そうだな? そんなものを買うカネは誰にもない、それでも価格は上がった。なぜか。それは、トウモロコシが不足してたからだ」

「それも正しい」シャーマンは頷いた。

「よし。牛が不足していたわけじゃない。それは、市場の秋の始値を見れば一目瞭然だった。餌をやれずに出荷せざるを得なかった人が多かったせいで、とんでもなく低い値がついてたんだ。いまだって相変わらず牛は不足してないし、今年はトウモロコシが大豊作になる見込みだ。だから正直に言うと、シャーム、今年畜産に手を出すのは最悪の選択なんだ」

「そうか」シャーマンは、考え直さなければならないことが不愉快でため息をついた。「あんたの言うことが正しいみたいだな、ビル」

「そうに決まってるだろ、シャーマン?」

「確かに、これまであんたが言ってたことが正しそうな気がする」

「シャーム」セールスマンはそう言って少し腰を曲げ、真剣だった表情をさらに真剣にしてまっすぐ顧客の目を見つめた。「シャーム、きみに言っておきたいことがある。今年は、小麦の生産者にとってはまたとない当たり年になるはずだ。というのも、きみも、うちの会社がありとあらゆる農機具を売ってるということは知ってるはずだ。トウモロコシの種まき機や脱粒機、耕運機なんかもだ——そうだよな。おれがきみの立場だったら、もう遅いといえば遅いが、手当たり次第に小麦を植えてると思うよ。さらに土地を手に入れられれば、そこにも小麦を植える。こいつはぼろ儲けできるぞ、シャーム! それはまちがいない。今年、ほかのみんなはパン以外のものをあれこれ買えるほどには稼げない。となれば、さらにパンを食うことになる、というわけだ」

「なるほど」シャーマンは言った。「確かにそのとおりだ!」

「わかってもらえたか、シャーム? パンみたいに安い肉なんて、この世に出まわるわけがないんだ。それに、パンは誰もがいつも食べる。こいつは一攫千金のチャンスだぞ!」

シャーマンは約束手形の束を乱暴に差し出した。

「本当にまたそれを受け取ってもいいのかい、シャーム?」

「あんたの言うことはまちがいなく正しいからな」農夫はきっぱりと言い切った。「さあ、家へ行って食事にしよう」

二人は家へ行って食事をし、そのあと、セールスマンは脱穀機を調べた。そしてシャーマンに、確かにこのふざけた機械は理不尽なほど油を必要とするが、そういう機械なのだからうまく機嫌を取ってやるしかないんだ、と言った。シャーマンは、確かにそうかもしれない、と認めながらも、カネがかかることについて口汚く文句を言った。シンプソンは、町の販売店から無料でひと樽送らせるから、と言ってなだめた。

シンプソンは町まで送ろう、というシャーマンの申し出を断わり、ふたたび徒歩で出発した。その一時間ほどあと、彼はヴィルヘルム・ドイチェの農場のゲートを跳び越えた。

ドイツ人の老人は、農場の隅にある三角形の土地をのんびりと耕していた。そして、シンプソンは自己紹介をするなり、交代して二、三条分を耕してあげよう、と申し出た。

また上着を柵の支柱の上に放り投げると、馬を繋いでいるロープを首にかけ、馬をなだめようと声を出した。鋤の刃が茶色い豊かな土を耕しはじめ、浅すぎず深すぎない、実にいい畝間ができた。シンプソンは目の端でドイチェを一瞥し、自分の作業の効果のほどを確認した。だが、横をぶらぶらとついてくる農夫は顔色ひとつ変えず、ただパイプをふかすばかりだった。

「これで大丈夫ですか?」農夫の無関心な様子にいささか気分を害したセールスマンは、ついに声をかけた。「きっと畑を台無しにされる、そう思われたんでしょ?」

「いや、思っとらんさ」ドイチェは言った。「できもしないのに畑を耕させてくれなんて言うやつがいたら、よっぽどの大バカ者だ。わしを喜ばす腕があるという自信があるから、任せてくれと言ったんだろう?」

シンプソンは、顔を赤らめて笑った。「あなたがたドイツ人は、人を見る目をお持ちだ」

「わしはアメリカ国民だよ、ミスタ・シンプソン」

「もちろん、そうですとも」セールスマンは慌てて言った。「お気を悪くなさらないでください、ミスタ・ドイチェ」

「大丈夫だよ」ドイチェは応えた。

「種まきにはちょっと遅すぎませんか?」

「いや、種まきなら終わったよ。この場所には何も植えていないんだ。ただ耕して、休ませとくつもりなんだ」

「そうでしたか」シンプソンは言った。「今年は小麦の蓄えがかなりあるんですか?」

「ほぼ例年どおりだな」

馬が畝の端まで来ると、セールスマンは巧みに鋤の向きを変えた。ドイツ人は善良で、必要なものを買うカネはかならず持っているので、ドイツ人は嫌いだなどと言うつもりはなかった。だが、ドイツ人はどうも扱いづらい。とはいえ、この老いぼれは、これまでに出くわしたなかでもとりわけ面白いやつのような気がした。

「耕運機が欲しい、と思われたことはありますか?」シンプソンはさりげなく訊いた。

「ないな。なんでそんなものに乗って畑を耕す必要があるんだ?」

「それは――それはですね、作業の手間がかなり省けるからですよ。時間の節約にもなりますし」

「だが、なんで手間を省かにゃならんのだ? 誰のために時間を節約するんだ? うちの息子たちとわしで人手は揃ってるし、わしらはそのためにここに来たんだ。みんな働く気があるし、時間もたっぷりある」

「そうですね」セールスマンは頷いた。「それもひとつの考え方だ、とは思いますが……そうそう、私は今日、シャーマン・ファーゴと長いこといい話をしたんですよ。あの方は、今年は小麦の当たり年になる、と言ってます。手当たり次第に小麦を植えるつもりだそうですよ」

ドイチェは興味ありげに両眉を上げた。この老人には売るか貸すつもりでいる百六十エーカーの土地があり、シャーマンもそのことを知っていたからだ。自分の予想どおりにシャーマンが交渉に来たら値を吊り上げてやろう、と思った。

「ですが、あなたはあまり小麦を植えるつもりはない、とおっしゃいましたよね?」セールスマンは念を押した。

「いや、そうは言わなかったぞ」農夫は答えた。「いいかね、ミスタ・シンプソン。このへんで手を止めて、ちょっと話をしよう」そう言って愛想よく微笑みかけると、シンプソンは首からロープを外し、鋤の取っ手に巻きつけた。

「ミスタ・ファーゴはいい農夫だ」老人は如才なく話しはじめた。「この谷にいるわしの友人たちは、みんないい農夫だ。だが、わしが身につけた農作業はあの人たちとはやり方がちがうし、わしはわしの知ってるやり方でやっていくことしかできない。わかるかね？　わしには、あの人たちを批判するつもりはない」

「そうでしょうとも、わかってますよ。どうぞおつづけください、ミスタ・ドイチェ」

「わかった。じゃあ、わしの言いたいのはこういうことだ。わしは毎年、少しずつ計画を変えることにしている。ある年の冬にはトウモロコシと牛を買い、ほかのみんなと同じように畜産をやって、ほかのみんなと同じように儲けを出すこともある。だが、わしの考え方にはみんなとはちがう点がある。わしは、二年つづけて同じ作業をしないことにしてるんだ……さて、あんたは来年は小麦の当たり年になる、と言う。あんたの言うとおりかもしれない――」

「正直に言ってですね、ミスタ・ドイチェ、今年は空前の――」

「それでだ。あんたの言うとおりになるとしよう。来年はもっと小麦が売れて、その翌年も売れて、それが十年つづく。そこで、十年間小麦を育てて毎年ぼろ儲けするとしてだ、あとに何が残る？　何も残らんよ」

「何も残らない、ですって？　それはどういう――」

「耕作できなくなるんだよ。土が持ちこたえられない。それで、あんたはわしに、十年間小麦の栽培をつづけろと言いたいわけじゃない、と言うだろうが、みんなの行動原理はそこにあるじゃないか。目先の利益を摑みたいという衝動だよ。わしにはそれがまちがいだということがわかってるから、そんな農業はしない。わしには自分なりの輪作の計画があって、それに従って作業してるんだ。その計画は、百六十年先までつづくんだ」

セールスマンはふだんの如才なさをすっかり忘れ、バカ笑いした。あるいは、冗談を言われている、と思ったせいかもしれない。

「百六十年先ですって！」笑いが止まらないようだった。「そのころには、あなたはこの世にすらいませんよ」

農夫はセールスマンを見つめたまま、ゆっくり頷いた。「そのとおりだよ、ミスタ・シンプソン。わしはもうこの世にいない」

シンプソンは顔を赤らめた。「申しわけありません。そんなつもりで言ったわけじゃないんです。ただその――ええと――あまりにもおかしくて――」

「そうだな。思うに、それは百六十年後の人たちに向けた遺言のようなものだとも言える――ひ孫やその子どもたちに、とでも言おうか」

「なるほど、ええと――」

「だが、こういう考え方もあるぞ、ミスタ・シンプソン。わしがどんな計画を立てようが、自分と、自分の子どもたちが生きているあいだに土地を疲弊させていることには変わりない、とな。この土地に頼って生きていれば、土地は痩せていく一方じゃないか？　土地はいきなり悪くなるものじゃない。人生を半分終えたころには、きっと最初に手に入れられたものの半分しか、この土地からは手に入らなくなってるんだ」

「おっしゃるとおりのような気がします」

「農務省が出してる研究報告書を読んだことがあるかね、ミスタ・シンプソン？」

「ええ、もちろん」セールスマンは嘘をついた。「いくつかは読みました」

「アメリカの乾燥地農業に関するある報告書があってな――手に入れることをお勧めするよ。それによると、この国での農業は、投資に対して年三パーセントの見返りしか期待できないんだそうだ。農作物、家畜、どれを取ってもだ……」

シンプソンはまた笑った。セールスにつながる可能性がまったく見当たらないので、いい加減うんざりしてきていた。

「三パーセントですって！」小バカにするような言い方だった。「まさか、ミスタ・ドイチェ、私の担当地域にはですよ、あなたのように大儲けした――」

「だが、この数字は総合的なものだ」ドイツ人はやんわりと口を挟んだ。「悪い年といい年の平均なんだよ。そして、わしはこの数字は少々楽観的だと思っている。大した額でもないように聞こえるだろうが、わしの場合を例に取れば、四十年間の投資に対しておよそ六万ドルの見返りがあることになる。そして百六十年後には、それが二十五万ドル近くになるんだ――そしてわしには、この土地なら百六十年後でもなお年三パーセントの利益を出しつづけているはずだ、という確信がある……だが、話が脱線しかかっているようだな。わしの土地がいまの元気な状態であげる利益が三パーセント止まりだとして、四十年しかもたない運命だとしたら、そのあいだの利益率はどうなるかね？　一パーセントまで落ちれば、まあ――もう生計を立てるのは無理だな。そうしたら、わしの子どもたちや、この谷のみんなの子どもたちの境遇はどうなる？」

シンプソンは馬鋤のロープをふたたび首にかけ、取っ手に手を置いた。

「とても楽しいお話でした」はっきりと言った。「ですが、そろそろ町へ戻らなければならない時間のようです」

ドイチェは、笑みを浮かべたかと思うと大笑した。「あなたはとても辛抱強い方のようだな、ミスタ・

シンプソン。お宅の会社では、干し草の積み上げ機と梱包機を売っとるのかね?」

「もちろんですとも! この地域のディーラーは、お見せできないんです、というのも、その——展示するだけの場所がないもので、ですが——」

「けっこう。それじゃ積み上げ機と、梱包機を買おう。最高級のやつを頼むぞ」

「そりゃあ、もう!」セールスマンは顔を輝かせた。「ご注文頂けて本当に嬉しいです。しかも、大変いい時期にご注文されました。これがひと月くらい先でしたら、商品を手配できない可能性がありましたので」

「そうなのかね?」

「そうなんです。どうやら、弊社では近々ストライキが起きそうなんですよ。急進主義者どもが束になって、一日十時間労働にすることと、一時間の昼食時間を設定することだけでなく、トイレやら、小指を切ったり背中を痛めたりしたときに世話をしてくれる医者やら、ありとあらゆる贅沢を要求してるんです……まったく、みっともない話ですよ、ミスタ・ドイチェ! そういう輩の図々しさには呆れるばかりです……」

やがてシンプソンの声は消え入り、大きな顔を滑稽なほど下に向けた。というのも、いつもの調子のいい性格がまた老人に違和感をもって受け止められたことにふと気づいたからだった。

「口を閉じておけばよかったですね」子どもじみた口調で言った。「どうやら私は、いちいち余計なことばかり言ってるようです」

「いやいや」老人は穏やかに言った。「わしはただ、なぜあんたの会社はその人たちの言うとおりにしてやらないのか、と訊きたかったんだよ」

「それは——そんな——そんなこと、ありえないじゃないですか！　そんな必要はありませんよ！　あいつらの仕事を大喜びで代わってくれる人なんか、ほかにいくらでもいるんですから！」

ドイチェは首を振ってシンプソンから目をそらし、遠くの干し草の山の上を飛び交うカラスの群れに目を奪われているような顔をした。おそらく、都会のほうが田舎よりもよほど将来を見据える必要があるのではないか、と思っていた。四十年か八十年、百六十年後に、強くて健康な人々の集う大平原を作ることを目指すか——あるいは働き過ぎて弱り、栄養不良の人々が集う、不毛の砂漠を作るかだ。

セールスマンは相手を見下すような笑みを浮かべた。「こういう組合と渡り合うことがどんなものか、あなたには考えもつきますまい、ミスタ・ドイチェ。ずっと農業で生計を立てていらしたのですから」

「そうではない」農夫は言った。「故郷のメクレンブルクにいたころは、何年ものあいだ工場に勤めていた。耐火レンガを作る工場で、非常にいい組合に恵まれていた。トイレがあり、医師の診察が受けられて、一日十時間勤務だった——それより長く働いて、残業代を貰うこともできたがね——そして一日に二回、休息と食事をとる時間が与えられていた。その時間帯にはサンドイッチやケーキ、コーヒー、ビールなどを売る業者が入ることも認められてたんだ……」

「あっはっは！」なんとかドイチェに取り入るための最後の手段として、シンプソンはバカ笑いをしてみせた。「それじゃ、仕事があんまりはかどらなかったでしょうね？」

農夫はため息をついた。腰を屈めて茶色の土の塊をひとつ拾い、指で砕いた。「たぶん」口を開いた。「そろそろ、作業を進めたほうがよさそうだな」

コートランドがチャーニー家の息子に与えた傷は思いのほか深く、家に帰った少年は父親からまた折檻を受け、罰として馬小屋に閉じ込められた。もちろん、息子の行いが悪いせいで家族全体の生活が危機に晒されたのだから、これは当然のことだった……その夜、少年が痛みを訴えて泣き叫びはじめたので、母親がひそかに納屋に来て、鍵のかかったドアの下から油の入った皿を押し込んだ。寒さで指がかじかんでいたために、少年は馬小屋の床に皿を落としてしまった。そして、暗闇のなかで腫れ上がった傷だらけの顔に油を塗ったつもりだったが、指についていたのは厩肥《きゅうひ》だった……明け方には少年は錯乱状態になり、その日の夕方には頭がふだんの倍の大きさにまで膨れ上がった。少年の傷は化膿して流血し、目も見えず、どうにもこうにも手の付けられない状態だった。一家には医者に来てもらう術がなかったが、医者を呼んだところでなんの役にも立たなかっただろう。それに、みんなその子を愛しているので、どこかへ連れて行かれることは望んでいなかった。少年の精神状態が手に負えないほど悪化すると、一家はその子を地下室で鎖につなぎ、そのまま三ヶ月間、閉じ込めておいた。秋が訪れるころには、少年はすっかり元に戻ったかのように見えた——外見を除いては。顔には牛泥棒に押された焼き印のような傷跡が残り、嚙み、爪で掻きむしりつづけた口は、元の二倍の大きさにまで膨れ上がっていた。腐り果てた歯茎には、二、三本の歯根しか残っていなかった。視力をほとんど失ってしまったとはいえ、家族が見ている自分の姿を確認する程度には目が見え、耳も聞こえた。まさに怪物だった。そして、その怪物が学校に戻ったり、ガールフレンドに会いに行ったりすることはできなかった。馬車に乗って町まで行くことでさえ、二度とできるはずがなかった。ただ人目を避け、身を隠して与えられた仕事をこなしていくしかなさそうだった。そして、実際にそうなった。そして、その秘密を知ったほかの東欧系の移民たちも口外しなかった。こうしてこの少年、マイク・チャーニーという名の怪物の時間は何日も、何週間も、何ヶ月も過ぎていった。そのうちにだんだん自由に行動できるようになった。家から遠く離れることはできなかったが、あまり監視されなくなった。こうして、時々退屈な仕事から抜け出し、道路のそばに身を潜め、ほとんど見えない目で、めったに来ることのない通りすがりの人の様子を窺うようになった。期待しながら……

15

アルフレッド・コートランドは、列車の喫煙車両にある自分の座席から、これからひと財産を築こうとしている者なら当然浮かべるはずの喜びを微塵も感じさせない目で、秋色が深まる景色を眺めていた。両足のあいだに置いてあるイギリス製の高級な革の旅行鞄には、二束に分けた合計二万五千ドルの紙幣が入っていた。そしてこの男は、それをすべて自分のものにするつもりだった。バークレイはコートランドにそのカネを無条件で渡すしかなく、どんな法的手段を取っても取り戻すことは不可能だった。カネを手中に収めた時点で、コートランドがヴァードンを出なければならない理由など完全になくなったはずだった。なぜ、自分がわざわざオマハまで出かけようとしているのか、コートランドには不思議でならなかった。不思議ではあったが、本心ではわかっていた。心が塞いでいる理由もわかっていた。

コートランドは、スタイリッシュだが古びたスーツの胸ポケットに手を入れ、封筒に入った書類を取り出した。ひとつは紙の両面を使った三ページにもわたる長い文書で、オマハの証券取引所で使うべき策と、手を出すべき取引に関する指示が書き記されていた。もうひとつは銀行の便箋を一枚だけ使い、バークレイの署名と、これを所持している者は長年の負債を清算することを目的として、彼、バークレイが最近合計二万五千ドルを支払った信頼に足る人物だという文言が書かれていた。

しばらく内容を確認してから、コートランドは指示書のほうを細かくちぎり、ほんの少し開いた窓の外へ押し出した。二つ目の文書はカネの入っている鞄に入れた。

少し嘲るような笑みを浮かべ、コートランドはふたたび外の景色を眺めた。ここまで人に全権を委ねてしまったのはバカとしか言いようがないが、自分の名前を出してギャンブルなどしたくはないあの銀行家にとっては、ほかに手がなかったのだ。まあ、これはあくまでもバークレイのカネで銀行のカネではないのだから、あの男は破産したも同然だった。銀行にはごくわずかな現金しか置いていなかった。その銀行は収益性が低いのだが、収益をあげる必要もなかった。それでも何年も業務をつづけているうちに、その集落全体の資本のかなりの部分がバークレイの元に集中するようになった。その銀行はバークレイが個人で経営しているので、実質的にはやりたい放題だった。他人のカネを貸し、その利益の大部分を横取りして自分の懐に入れていた。しまいには、長年積み上げてきたものを持ち出し、厄介者として本国を追い出されたイギリス人に手渡したのだ。

コートランドの計算では、その金額は銀行家の全財産の額にほぼ等しかった。自分の目論見の素晴らしさに酔いしれ、絶対に自分が正しいに決まっていると確信するあまり、ほぼすべての財産を投げ打ってしまったのだろう。

まあ、バークもしばらく外へ出て働くといいだろう、とコートランドは皮肉まじりに思った。もしかしたら、自分が何かあの男に向いているつまらない仕事でも見つけてやれるかもしれない――もちろん、カネにはいっさい関わらない仕事を、だ。あの男を自分のそばに置いておいて、週に十ドルか十二ドル貰いながらあくせくして生きのびようとする姿を眺めるのも悪くない、と思った。そして、もちろん、あの男を一時たりとも安心させずにおく方法を見つけてやるつもりだった。あの男が何気ないひと言を口にしようものなら、理由もなく顔をしかめてやる。そして自分、コートランドが、次にどんな仕事をどんな方法でやらせようかと思案しているあいだ、あの男にそわそわするな、と言いつけて待ちぼうけを食らわせてやるのだ。

そうとも、そうしてやればいい。それで充分に、この八年間辛酸をなめさせられてきたことへの報復ができるだろう。もしかしたら、イーディがあのホテルの経営を引き継いだときに、何かバークにうってつけの仕事を思いつくかもしれない。のろまだからいいポーターになれそうだし、あれだけけち臭いのだから、かき集めた残りもので生きていけるだろう。

ベラも、いい加減に適性のある専門職につけばいいのだ。コートランドには、ベラとグラントのあいだで何が起きているかはよくわかっているし、グラントの経済状況も知っている。生活費を稼がなければならない状況に追い込まれているわけではないのに、あんな可愛い子がいつまでもカネにならない家事をつづけているなんて、もったいないではないか。なぜ……

急に不愉快そうな顔をした銀行員は、前のめりになって両手で頭を揉みほぐした。立ち上がると磁器の洗面台で顔を洗い、立ったままニッケル・フレームの鏡に映る自分の姿を見つめた。

信じられない！　無表情な自分の顔の下に隠れているものを見つけ出そうとしながら、コートランドは考えた。私はどうしてしまったのだろう？　なぜあの町のやつらのような悪人になりつつある、いや、なってしまったのか！　バークから意図的に意地の悪い何かをされたことはない。父親のように私に接してきてくれたではないか。私を信頼して預けてくれた、人生をかけて集めてきた蓄えをそっくりいただく――それはいただく――つもりではあるが、あの男を憎んではいないし、あの男から憎まれたくもない。悪意を持ってやっているつもりはないし、あの男は嵌められて当然だ、とも思わない――あの町のやつらなら、きっとそう思うだろうが。こんなことで鼻を高くしようとも思わない。冗談じゃない、あの町のやつらのように、こんなことで鼻を高くする人間になどなるものか……あの男の娘のベラについては、淑女にちがいないという点以外は何も知らないのだ。あの子のことを淑女じゃない、などと言うやつがいたら叩きのめしてやる。たとえ本当は……

コートランドが鏡に映る自分の顔を見つめたまま洗面台に手をついていると、売り子の少年が仕切りのカーテンをはねのけて頭を突き出してきた。

「そこでお楽しみ中ですか、船長さん？」

「船長さん？」コートランドは鏡から目をそらし、売り子を上から下まで眺めた。「誰のことを言ってるんだ？」

「えっと、その、悪気はないんです」コートランドの歯切れのいい話し方と凝視にすっかり気圧された売り子は言った。「お客さんが洗面台に身を乗り出してるのが見えたんで、てっきりご気分が悪いのかと思って」

「大丈夫だよ」

「わかりました、キャプテン！　じゃあ、これで！」大きな籠を抱えた売り子はすぐに頭を引っ込め、通路へ戻ろうとした。が、コートランドは身振りで売り子を止めた。

「待ちたまえ。私はちょっと調子が悪いだけだ。飲みものは何がある？」

「お見せします！　お見せしますよ、大将！」売り子は顔を輝かせた。「そこに坐って、あとは任せてください」

その時代の列車の売り子は、そしてこの売り子は特に、雇い主の会社から相当食いものにされていた。売上の一部を納めさせるのではなく、腐りかけの果物や足の早いサンドイッチ、売りものにならない小間物などを〝押しつける〟ことで保証金を吸い上げるという仕組みだったからだ。こうして、会社は保証金の支払いをつづけられない売り子や、支払いつづける見込みがなさそうな売り子をお払い箱にし、新しい売り子を雇うことにしていた。（もちろん、その時代には）個人が企業を相手に渡り合っていい目を見られるはずはなかった。だから、生き残りたいと願う売り子たちは、旅客が出すカネに頼ることと、自分のモラルのなさを明確にすることでその埋め合わせをしていた。下品なジョークがまたたく間に広がることに首を傾げている者は、列車の売り子のポルノ本の品揃えを見たことがないはずだ。しかもこの売り子たちは、いわゆるニセ札詐欺の片棒まで担いでいた。真鍮の懐中時計やガラス玉のダイアモンドも売っていた。印をつけたイカサマトランプや細工をして重心をずらしたサイコロも売っていた。そして、たいていウィスキーも常備していた。

「さあ、お待たせしました。ボス。冷たいものをお求めですか?」

「頼む」コートランドは答えた。

「冷たいもの、っておっしゃいましたね?」

「ああ」

「ええと……温かいものって、召しあがりませんよね?」

コートランドは売り子に冷ややかな目を向けた。「いったい、何が言いたいんだ?」

「えっと、その、では、その、ボス、ご気分が悪そうだったんで、こんなものがよろしいんじゃないかと……」売り子は上着のまえを開けて瓶を見せた。「最後の一本なんです」嘘をついた。「お求めになるならいまのうちですよ、ボス」

銀行員は躊躇した。あのチャーニー家の息子を鞭で叩きのめした日から一度も酒には手を出していず、二度と酒は口にしないと決意していた。だが、あれからずいぶん時間が経っているうえに、何度も楽しく無害に酒を飲んだ日々の記憶が頭の片隅に残っていた。その日、オマハまでの道のりは遠く、列車の進みも遅いので、コートランドには気分を明るくするものが必要だった。

コートランドは二ドル払って酒瓶を買い、トイレに入って飲んだ。いったん出てきて一度パイプを吸い終えると、またトイレにこもった。

五分後にまた酒を飲むときは、自分の席から動かなかった。

三十分後に立ち上がり、ポケットに瓶を突っ込んで車掌を捜しに行った。この列車について少々言ってやりたいことがあり、しかもそれは褒めことばにはほど遠いことだった。

レールの下の路盤がでこぼこなので、コートランドのからだは右へ左へと放り出された。固く握った拳がほかの乗客に当たるので何度も睨みつけられたが、何度かは睨まれるだけでは済まなかった。あまり先まで行っていたら、矛盾した表現だが、あまり先へは進めなくなっていただろう。だが、隣の車両を進んでいるときに肘を摑まれたコートランドは、気づくとジェフ・パーカーの席に引きずり込まれていた。

コートランドは、その弁護士の手から慎重に肘を離すと、彼の笑顔を疑いの目で見つめた。

「こんなところで何をしてるんだ?」けんか腰で言った。

「もちろん、リンカーンへ行くんだよ、州議会があるからさ! おれが議員になった、ってことは知ってるだろ?」

「なぜ、駅では姿が見えなかったんだ?」

「いや、おれは朝早くから駅にいたんだよ」ジェフはにんまりした。「列車がちゃんと停まらないうちに飛び乗ったんだと思うな。絶対に乗り遅れたくなかったからね。たぶん、あんたはそのあとから乗ったんだろう」

イギリス人が冷ややかな目で見つめるあいだに、ジェフはにやけ笑いをさらに大きくした。

「なあ、あんた、いくらか酒が入ってるみたいじゃないか？　哀れな政治家のために、少しは残してないのかい？」

「飲みたいのか？」

「そりゃあ、もう！」

コートランドは手を振った。「だったら、カップは自分で持ってこい」

「いや、別に構わないさ。カップはいらない」

「おまえにはカップが必要だ」

「わかったよ」――パーカーはにやけたまま立ち上がった――「まるで医者みたいだな」

パーカーは、自分が侮辱されているとはつゆほども思わなかった――席に戻ると、瓶からじかに酒を飲んでいたコートランドが、彼の差し出した紙のカップに酒を注いだときでさえもだ。どこかおかしいとは思ったが、そもそもイギリス人というのはおかしな連中だ。飢えに悩まされるつらい人生を送ってきたものの、それまでジェフに意図的に意地の悪いことをした者はひとりもいなかった。不作法なからかいを受けたり、罵られたり、冗談を言われたりすることはあっても、そういうときに誰もが思うように、ジェフも相手に好かれているのだと思っていた。

ジェフはコートランドが握っている瓶を傾けて自分のカップにもう一杯注ぎ、満足そうに背をもたれた。例の正装したカウボーイのような服は州議会に出席する紳士には派手過ぎるので、着るのをやめていた。いまは新品のブロードのスーツとしゃれたホンブルグ・ハット、そしてまともな編み上げ靴を身につけていた。そして、人生ではじめて、胸のまえに垂れる重い鎖の先に懐中時計を下げていた。

「こいつをどう思う？」ジェフはヴェストの奥からカブのような形をしたその時計を引き出し、自慢げに訊いた。「なかなかのものだろ?」

「真鍮だな」コートランドは言った。

「そうなのか?」若者の顔が、がっかりした表情に変わった。「なんだ、ここでソーダ水なんかを売り歩いてるやつが、まちがいなく金です、って言ったんだぞ!」

イギリス人は不愉快そうに笑った。

「もちろん」パーカーはつづけた。「おれの完敗ってほどじゃないな。ポケットにお守りとして入れていた偽の金の小物を渡したからな」

「おまえらはみんな、似たもの同士だよ」また酒を口にしてコートランドは言った。「いつだって、人からカネを騙し取ろうと狙ってるんだからな」

「だけど、最初に騙すつもりでいたのはあいつだぞ!」

「おまえらはみんな、似たもの同士なんだよ」コートランドは繰り返した。

弁護士はきまりが悪そうに目のまえの男を見つめた。アルフ・コートランドにああしろこうしろと言う立場にはなかったからだ。だが、これは長年の付き合いがあるアルフのいつもの振る舞いとは思えなかった。酔っているようには見えないのだが、言動がおかしい。これにどう対処すればいいのか、さっぱりわからなかった。

「さて、どうやらもう充分に飲んだな」ジェフは明るく言った。

「おれが、ってことか?」

「えっ、そうは言ってないよ、アルフ」

「そういう意味でも、おまえらはみんな同じなんだ。いつも人に余計なお節介をする」

「それはそうと……これからどこへ行くんだい、アルフ?」ほかに言うことが見つからず、パーカーはこう訊いた。

「ほらな。いつそう訊いてくるかと思ってたよ」

「いや、その、おれには関係ないことだけど、でも――」

「そのとおりだ、おまえには関係ない」

「でも、ちょっと待ってくれ!」ジェフが必死になって訴えると、その痩せた小柄なからだに、ふだんはまったく見られない感情がほとばしりはじめた。「おれは、あんたの行き先もリンカーンだといい、そう言おうとしてただけなんだ。おれは一度もヴァードンを出たことがないからちょっと不安だ、っていうことはわかってもらえるだろ? 同じ場所へ行って、あんたに何か旅のコツでも教えてもらえたらどんなにありがたいだろう、そう思ってただけなんだ」

ジェフにいつもの懇願するような無邪気な目で見つめられたコートランドは、座席に背をもたれて笑った。それきり何も言わなかった。

ジェフは、顔を真っ青にして視線を窓の外へ向けた。自分はしょせんクズなのだ、と思った。これまで一生懸命に頑張ってできることはなんでもし、その思いを払いのけようと努めてきた。そしてポケットにカネを入れ、めかし込んで意気揚々と列車に乗り、州議会へ向かおうとしていたところで――このざまだ。そしてまた、ただのクズに戻ってしまったのだ。

「それじゃ、おまえはいまや人民の代表、というわけだな」コートランドが口を開いた。

「そ、そうだよ」

「つまりは、ペテン師だよな」

「ちがう！」ジェフは言い返した。「ペテン師なんかじゃない」

「おまえはピエロだよ。そして、その立場の気の毒なところは、ほかの人たちが見ている自分の姿を見られない、というところだ。おまえは、〝どこかのインチキ弁護士の事務所で本の埃を払う以外のことならなんでもできる〟とする法を、どこまで理解できてるんだ？　なぜ――」

小柄な弁護士は不意に向きを変え、コートランドを平手で殴った。

顎にきつい平手打ちを喰らったコートランドは正気を取り戻した。すかさずそこに車掌が姿を現わしたので、それ以上の騒動にはならなかった。

「さあ、立て」そう言いながら、車掌がイギリス人を手荒に立たせた。「おれは、ずっと見てたんだぞ。おまえが酒をラッパ飲みしながら、この気の毒な兄さんをいびってるところをな。そうとも、おまえみたいなやつは拳で殴られたほうがよかったんだ！」

「すまない、ジェフ」コートランドは言った。「本心で言ってたわけじゃないんだ」自分への嫌悪感で気分が悪かったが、それだけではなく、怖くもなっていた。

「失せろ！」ジェフは顔面蒼白になっていた。

「すまない……」

「さ、さっさと失せてくれ！」小柄な弁護士の声は、金切り声に近かった。

車掌がコートランドを小突いた。「聞いただろう。さあ、もう行け。自分の席に戻っておとなしくしてるんだ！」

コートランドは小さく拳を動かし、左右の背もたれを叩きながら通路を引き返して行った。あちこちから怒りの表情を向けられたり、横目で睨まれたりしながらも、なんとか無事に喫煙車両に戻ることができた。震えながら座席に坐ると、汗が噴き出した。

コートランドは心の底から自分を呪った。

なんというタイミングで騒動を起こしたのだろう！　しかも、よりによって自分の町で指折りの人気者、ジェフ・パーカーに喧嘩を吹っかけるとは！　コートランドには、ジェフがしたことを責める気持ちはなかった。この件がこれ以上の問題に発展しないことを願うばかりだった。そして、世の中はそれほど甘くないのではないか、とひどく心配になった。ジェフには友人がたくさんいて、しかもいまや重要人物だ。それにひきかえ、自分は――ずっとただ苦しい生活を送ってきた、人に好かれてもいない人間に過ぎないのだ。

なぜ、とコートランドは考え、苦しんだ。なぜあんな真似をした？　私に何が起きているんだ？　ジェフに何をされるだろうという恐怖心よりも、あの若者を弁解の余地がないほど深く傷つけたという思いのほうが、コートランドの心を計り知れないほど痛めつけていた。しかも、あの若者にはずっと好感を持っていたというのに。もちろん、あの大げさな言いまわしや、派手でわざとらしい振る舞いをいつも笑って見ているコートランドには、あの男を頼もしい政治家として見る気にはとてもなれなかった。それでも好感は持っていたのだ。いますぐにでも会って、きちんと謝りたかった。だが、もちろんそんなことができるはずはなかった。あんな仕打ちをしたばかりだし、またここからさまよい出したりでもすれば、あの車掌に取り押さえられるに決まっている。だが、それでもやはり話し合うしかないだろう。それができるまでは、心が休まりそうもない。

ふと鞄のなかの現金のことが頭に浮かび、コートランドは身震いした。あれが本物の喧嘩に発展し、所持品を調べられていたらどうなっていたことか！　ジェフは自分が銀行の出納係だということを話しただろうから、そこであの二万五千ドルでも見つかろうものなら……!

とにかく、医者へ行かなければ。長いこと、ずっと医者を必要としていたのだ。オマハに着いたら――オマハ? 何がなんでもオマハへ行かなければならない、という理由がどこにあるのか? リンカーンだって大きな町なのだから、オマハまで行かなくても、自分の目的は充分に果たせるはずだ。州都だけに、いい医者が揃っているだろう。

コートランドの育ちの良さそうな顔に、かすかな笑みが戻ってきた。グランド・アイランドが分岐点だ。リンカーンへ向かうジェフは、そこで列車を乗り換えなければならないはずだから、自分もそこで降りよう。そして、ジェフが望んでいたとおり旅のコツを教えてやり、元どおりの関係に戻すのだ。

安堵のため息をつきながら、コートランドは藁を編んだクッションの上で背筋を伸ばした。

無意識のうちにポケットからさっきの瓶を取り出し、ひと口飲んだ。

ほぼ同時に自分がしでかしたことを思い出したコートランドは、むせて窒息しそうになった。だが、ありがたいことにジェフに対する親愛の情は失われず、謝りたいという気持ちも消えていなかった。しかも、気分が良くなったのだ。さっきよりも落ち着いていた。もう一度――ちょっと試しに――飲んでみると、あの弁護士に償いをしようという決意が強くなった。

列車がグランド・アイランドに到着するころには、瓶は空になっていた。

各車両の乗降口は(閉める装置がないせいで)両側とも開いていた。そのせいで、慌てて降りたコートランドは駅の反対側に出てしまった。線路と貨車がずらりと並んでいる光景を目にするとわけがわからなくなり、すっかり混乱した様子であたりを見まわした。やっと自分の状況を把握できたときには、列車はもう動きだして線路の切り替えがはじまっていたので、乗車口を抜けて反対側へ出ることはできなくなっていた。

コートランドは毒づきながら鞄を掴み、列車の最後尾を目指して石炭殻の敷き詰められた鉄道用地を走りはじめた。もう少しで追いつく、と思ったところで列車が急に止まり、ハンプでの切り離し作業を終えてから逆進してきた。コートランドは息を切らし、腹を立てて機関車に向かって走った。やっとのことで列車の反対側に出て広々とした煉瓦造りのプラットフォームに辿り着くと、ちょうど駅舎に入って行くパーカーとおぼしき者の姿が見えた。

「ジェフ!」コートランドは叫び、また走りだした。「おおい、ジェフ!」

その男は立ち止まりもしなければ、あたりを見まわしもしないので、コートランドは叫び、悪態をつきながら走りつづけた。

すでにかなり混み合っている駅舎内に入ると、あたりを見まわした。コートランドの上着のボタンは掛けちがいになっていて、頭の上のダービー・ハットも妙な角度に傾いでいた。目つきも尋常ではなかった。

「ジェフ!」大声をあげるコートランドを、まわりの人たちが見つめていた。「ちくしょう、あの野郎、どこへ行きやがった?」

肩を掴まれたことに気づいたコートランドが振り向くと、青い制服を着て灰色のヘルメットをかぶった警察官のいかつい顔があった。怒りを込めてその手を払いのけようとした。

「手を離せ、バカ野郎! おれはいま——」

「ほう、おれをバカ呼ばわりするのかね?」

警察官の手は位置を変え、さらに力が込もった。コートランドは歯が鳴るほどからだを揺すられ、とうとう喉を詰まらせて駅のなかを引きずられて行った。

そのあとの記憶はほとんどなかった。あまりにもおぞましく、擦り切れて消えていく悪夢のようだった。どこかの檻のような場所を、奥にいる警官に覗き込むような目で見張られるなか、舗装された床の上をよろめきながら歩いていた。どこかの部屋で何人もの警官に囲まれ、帽子をかぶっていないひとりの男から尋問を受けた。

「おまえ、あのカネを盗んだな!」

「盗んでいません! 手紙があるはずです——」

「自分で書いたんだろ」

「ちがう、と言ってるじゃないですか!」

「ジェリー、このバークレイとやらに電話してみろ。すぐにはっきりするさ」

16

ジェフ・パーカーは、駅でアルフレッド・コートランドの姿を見かけることも、コートランドの逮捕について知ることもなかった。グランド・アイランドの駅に到着するとすぐに列車を降りたジェフは、通りを二、三ブロック歩いて見た目の良さそうな酒場に入ってしまったからだ。その日の深夜に出るリンカーン行きの列車に乗ることになっているので、かなり時間を潰さなければならなかった。それだけでなく、すっかり意気消沈していたせいで、コートランドが自分に向けて放ったことばを耳にした可能性のある人々からなるべく遠ざかりたい、という気持ちもあった。

酒場に入ったジェフは、バーテンダーに頼んでカーペット地のバッグをバー・カウンターの下に置いてもらい、五セントを払って特大グラスのビールを注文した。そして無料のサービス・ランチが並べてあるところへ行き、ライ麦パンにボローニャ・ソーセージ、タン、ハム、ピクルス、そしてマスタードを挟んで特大のサンドイッチをこしらえた。それから満足そうにそれをほおばりながら、ビールを飲みはじめた。

駅のまわりにある、十五セントか二十セント出さなければ食事にありつけない気取ったレストランに入るよりもこのほうがずっといい、とジェフは思った。それも酒場に来た理由だった。なるべく出費を抑えなければならなかったのだ。

この小柄な若者が次のサンドイッチを作る材料を並べはじめると、バーテンダーは眉をひそめた。ところが、どういうわけかすぐに笑顔に変わった。

「腹が減ってるようだな、お若いの?」ぶっきらぼうに声をかけてきた。

「おれのことかい?」ジェフは目を見開き、考え込むような表情に変わった。「まあ、ちょっとね。ここに来る途中で馬の死体の脇を通りかかったんだが、おれの歯があんまり大きな音をたてて嚙みついたんで、起きて逃げちまったのさ」

バーテンダーは、太鼓腹を震わせて大笑いした。

「あんたらも聞いたかい?」ほかの客に声をかけた。「このお客さんはえらく腹が減ってて――あんまり大きな音をたてて馬の死体に嚙みついたんで、馬が起きて逃げちまったんだとさ」

店の常連たちはにんまりし、バー・カウンターのほうへ寄ってきた。みんなが期待の目を向けるので、ジェフはもうひとつジョークを披露してその期待に応えた。店内はふたたび大爆笑になった。バーテンダーは、こんな面白おかしい話は聞いたこともない、と大きな声で言い、店内の客全員に一杯ずつおごった。ほかの誰かも一杯おごった。常連ではない人までおごってくれた。気がつくと、ジェフの目のまえには半ダースものビールのグラスが並んでいて、ジェフがサービス・ランチに手を伸ばしても、バーテンダーはただ笑みを浮かべて頷くだけだった。

ジェフの気持ちが明るくなってきた。自分はひとかどの人物なのだ。アルフはとんでもなく底意地の悪いやつだということを、死ぬまで忘れまいと思った。いいだろう、いつかかならず仕返ししてやる。だが、さっきまでの胃にこたえるもやもやした感覚は、どこかに消え失せていた。ヴァードンで列車に乗ったときと同じくらいいい気分になっていた。それどころか、もっといい気分だ!

自分は大物なのだ!

「なんの商売をしてるんだい、お客さん?」

「弁護士だよ。こないだ、州議会の議員になったばかりなんだ」

「へえ、それはそれは！　地元はどこの郡だい？」

「ヴァードンだよ」

「おい、なんだって」バーテンダーはそう言ってまたくすくす笑い、引き出しのなかを漁った。「ああ、やっぱりそうか。どっかで見た顔だと思ったんだ！　みんな、見てくれ。ここにこの人の写真があるぞ、新聞記事もな。この人こそ、あの神様を訴えた人なんだ！」

店じゅうの客に驚きの目を向けられたジェフは、小さな胸を張った。バーテンダーは眼鏡をかけ、声に出して新聞の切り抜きを読んだ。すると大爆笑が起きて酒場全体が震えた。この騒動に興味を惹かれ、通りすがりの人々まで入ってきた。店内はすっかり満員になった。

ダービー・ハットをかぶったひとりの伊達男が、人ごみをかき分けて最前列までやってきた。

「議員殿、握手させていただければ光栄です！」

「いいですとも」ジェフは言った。

「おれもお願いしますよ、議員殿！」

大勢の人々に取り囲まれて（あくまでも優しく）肩を叩かれ、握手を求められるので、あまりの幸福感で膨れ上がったジェフは、自分が破裂するのではないか、と思った。

「皆さん、皆さん！」波のように押し寄せるふだんではありえない数の客をさばこうと必死になりながら、バーテンダーがお節介な口出しをした。「議員殿に無理をさせないでくださいよ！」

「気にしないでくれ」ジェフは陽気に声を張り上げた。「最高だよ！」

次から次へとビールを流し込みながらたらふく食べられるジェフには、明るく、輝かしい気分しか感じられなかった。ジェフは店内をジョークで沸かせつづけた。そして、彼らを啓発してやろうと思い、架空の裁判をこしらえた。当然ながら自分が被告側の弁護士役を務め、バーテンダーに判事、見物人たちに陪審員の役を割り当てた。

陽気に跳ねたりおどけたり、驚くほどよく通る声で熱弁を振るったりするジェフを見て、観衆は涙を流すほど大爆笑した。と思いきや、ジェフが不意に囁き声になるまで声を落とし、母の愛や夕暮れの我が家、父の膝に坐る幼子の話をはじめると、観衆のいかにも不信心そうな皺だらけの頬に本物の涙がつたった。

そこで唐突に、顎から涙を滴らせたバーテンダーが、札束で溢れたレジの引き出しを大きな音をたてて閉め、鍵をかけた。

「さあ、みんな、今日はこれで店じまいだ！」

「そんな、待ってくれよ、ジャック！」一斉に抗議の声があがった。

「いいから聞け！」バーテンダーは片手で客を制した。「一日じゅう、議員殿をこの店に閉じ込めておくなんてのはよくない。議員殿のような方にふさわしいおもてなしとはなんだ？おれはぜひこの方を町にご案内しようと思う！」

店内は一瞬、沈黙に包まれた。そして、

「おれたちも行くぞ！」

その叫びはまたたく間に広がった。

大声をあげて笑い、赤くなった目をこすりながら、人々はジェフを急き立てて酒場の外へ押し出した。

そこへ、魔法のように辻馬車が六台ほど現われた。ジェフはその一台に押し込まれ、さっき握手をした伊達男とバーテンダー、さらにはしかつめらしい顔をした郡政委員までもがいっしょになって、狭い座席にからだを押し込んだ。その馬車がこの騒がしい行列を先導した。ほかの人々も賑やかにあとをついて行った。

まずビア・ホールに案内されたジェフはショウに出演している女性たちにキスの雨を降らされ、群衆もジェフ本人もすっかり有頂天になった。

次に案内された豪華なレストランでは、気配りからものすごい量のステーキ・ディナーをたいらげ、もちろん一ダースの生ガキや、その他もろもろの珍味もいただいた。

それからも何軒もの酒場に連れて行かれたが、どこへ行っても歓迎され、ちやほやされた。

そして、最後に列車まで送り届けられたジェフがきちんと席に坐れたことを見届けた町の人々は、車掌を含め、手あたり次第に引き留めた乗務員のひとりひとりに、くれぐれも議員殿にふさわしいお世話をするように、と真面目くさった顔で何度も念を押した。そして列車が動きだすと、ジェフの見える窓の下に集まったり、プラットフォームに沿って走ったりしながら歓声や笑い声をあげ、酔いにまかせて涙を流してジェフの幸運を祈り、かならず戻ってきてくれ、と懇願した。

ジェフはみんなの好意に涙しながら眠りに落ちた。

列車は翌朝早くリンカーンに到着し、ジェフは車掌に優しく揺すられて目を覚ました。

「ずいぶん飲まれたんですかな、その、議員殿?」

「そうだね」ジェフは呻き声で答えた。

「では、コーヒーをお持ちしましょう。だいぶ気分が良くなるはずです」

コーヒーということばを聞いたとたんにカネのことを思い出した弁護士は、パニック状態に陥った。恐る恐る長財布を取り出し、開けてみた。手を震わせて少ない札を数えた。

全部ある。ため息をついたジェフは、ふとヴェストの膨らみに気がついて眉をひそめた。ポケットに手を入れてみると、きつく巻かれた別の札束が出てきた。輪ゴムの下にはメモが挟んであった。

〝みんなから感謝を込めて。またお越しいただくために、切符代としてお納めください〟

「コーヒーでも飲んでください」車掌は繰り返した。「そうすれば――」

「コーヒーだって?」ジェフはうわの空で言った。「よしてくれ! コーヒーなんかいらない!」

口笛を吹きながらカーペット地のバッグを手に取り、気取った足取りで列車を降りた。

O《オー》ストリートを歩きはじめたジェフはまたひどく腹が減ってきたが、その目抜き通り沿いにたくさんあるレストランには入らないことにした。どうせ、すぐにホテルにチェック・インするつもりだからだ。思っていた以上に懐が温かくなっていたが、散財することに意味があるとは思えなかった。ホテルでは朝食の準備が整っているだろうし、それが部屋代に含まれているということであれば、そこで食べたほうがよさそうな気がした。

二、三ブロック歩くと、自分の人生の新たな拠点としてそれなりに見栄えのするような気がする一軒のホテルを見つけた。なかに入るとベルボーイに手荷物を任せ、これ見よがしに受付の宿泊者名簿に名前を書いた。

「当分のあいだここに泊まろうと思っている」ジェフは言った。「いくらくらいの部屋を提供できるかね?」

「そうですね……」フロント係は素早くジェフを品定めした。この若者は正装するようなタイプの客には見えないが、独特の魅力があった。しかもこの国では、かならずしも人を服装で判断できるとは限らないのだ。

「三ドルではいかがでしょう?」提案してみた。

「それでいい」ジェフはすっかり嬉しくなって即答した。

一週間分の部屋代と食事代で四ドルか五ドルくらいは取られると思っていたのだ。七ドルと言われるかもしれないとすら思っていた。三ドルという申し出を蹴る理由などなかった。

フロント係は棚から取った鍵を、カウンターの向こう側にいるベルボーイに向けて滑らせた。

「ミスタ・パーカーを九一四号室にご案内しなさい」

「朝食は何時に出るのかね?」ジェフは訊いた。

「その——朝食ならいつでもご用意できます、ミスタ・パーカー」

「よろしい」弁護士は偉そうに言った。「私の席を用意するように言ってくれ」

フロント係が笑ったので、ジェフも笑ってみせた。ジェフの知る限り、相手にあわせて笑えば、かならず面倒を回避できたからだ。

「はっはっは。承知いたしました、ミスタ・パーカー。そのように指示しておきます」

ベルボーイのあとをふんぞり返って歩いて行く弁護士のうしろ姿を、フロント係は笑みを浮かべて見送った。

ジェフが仰天のあまり怯える間もないうちに、エレヴェーターは九階に到着した。平然とした顔を装って九一四号室に入るときには、驚きを隠そうとハンカチで顔をぬぐった。週三ドル程度なら屋根裏のような部屋か相部屋をあてがわれるのではないか、と心配していたのだ。だが、この部屋は——すごいじゃないか！

いい待遇を受けてきた世慣れた人物のふりをするつもりで、ジェフは勿体をつけてベルボーイに顔を向けた。

「ところで、バスルームはどこにあるのかね？」

「こちらでございます！」ベルボーイはぎこちなく窓のシェードをいじる手を止め、慌ててひとつのドアへ向かった。勢いよくドアを開け、ジェフになかを確認するよう身振りで促した。

ジェフはそのとおりにした。清潔なバスタブとトイレ、タイル張りの床と壁を確認すると、眉をひそめて室内に戻った。気に入らなかったのだ。どうも気に入らなかった。だからといって、宿泊初日から文句をつけるのもどうだろう、という気がした。

「お気に召しましたでしょうか、お客様？」

「まあ、こんなものだろうな」ジェフは取り澄ました口調で言った。

「では――ほかに何かございますか？」

「ない、と思う」ジェフはその先を言おうとした。そのとき従業員を素早く一瞥すると、生来他人の気分に敏感なこの男は、自分が何かを期待されている、ということを即座に見て取った。

「そうだ」ジェフは気さくに言った。「きみも多少のカネは邪魔にはなるまい？」

「そうですね……」若者は作り笑いを浮かべた。

「ものははっきり言いたまえ！」弁護士はぴしゃりと言った。そして、ポケットに手を入れると五十セント硬貨を取り出し、ベルボーイに放った。

「ありがとうございます、お客様！」若者はそう言い、一礼して部屋を出た。

「まあ……どうということはないさ」少しまごつきながらジェフは言った。

週三ドルの宿泊料で一日五十セントのチップを出すというのもおかしな話なので、いくらか釣りが出ることを期待していたのだ。だが、きっといまは釣り銭を持ち合わせていないか、あとで持ってきてくれるということなのだろう、と思った。

階下へ戻った当のベルボーイは、ミスタ・パーカーは太っ腹だ、と触れまわった。さらにフロント係も、ミスタ・パーカーは変わった人だ、と付け加えた。その噂は、風貌に関する話とともにまたたく間にホテルじゅうに広がった。

そのころジェフは、ふたたび嫌悪感を抱いてバスルームを眺めまわしていた。

宿泊者の部屋のなかにバスルームをつけるとは、経営者の配慮が足りないのではないか、と感じていたのだ。バスルームは廊下につけるべきだ。これでは、昼となく夜となくほかの宿泊客が使いに来ることになる。ほかの人たちがこの部屋の鍵を持っていないということはまちがいないので、部屋に鍵をかけるわけにはいかない。おちおち着替えもできやしない。

すっかり腹を立てたジェフは、カーペットバッグを開け、きれいに洗った靴下と、汚れのよく落ちる黄色い固形石鹼を取り出した。それからベッドに腰かけ、靴と靴下を脱ぎ、まえ屈みになって片足の臭いを嗅いでみた。やっぱり。ちょっと洗ったくらいじゃ落ちないぞ。たとえ……

部屋の入口に不安そうな目を向けながら、ジェフは上着とシャツを脱ぎ、華奢な肩から下着も脱いだ。また臭いを嗅いだ。無念そうに首を振って腹をくくった。やはり、風呂に入らなければならない。ビールと汗、そしてタバコのひどい臭いがする。入らないわけにはいかないだろう。

だが、うまく入るにはどうすればいいだろう?

入ってるあいだに誰かが入りに来たら？

しばらく不安そうに考え込んだ末、ジェフは書き物机に行き、便箋の裏に手早くお知らせを書いた。

入浴中につき、なかでお待ちください
次にお使いになれます

ジェフはその掲示物を目のまえに掲げてしげしげと眺め、下の文をインクで塗りつぶした。それは余計で、大事なメッセージを曖昧にしてしまう気がしたからだ。そして入口のドアへ向かい、部屋番号のプレートを留めてある小さなクリップを使って廊下側に紙を張った。

気配りを示そうとドアを二インチほど開けて部屋の奥に戻ると、急いで服を脱いでバスルームへ駆け込んだ。一秒後に駆け出してくるやいなやズボンと下着を引っ摑み、また駆け戻った。

耳を澄ませていたが、人が入ってくる音はしなかったので、三十分ゆっくりバスタブに浸かることができた。ヴァードンのホテルや床屋にあるものよりも、はるかにいいバスタブだった。ヴァードンではバスタブの真下で火を焚いて湯を沸かすので、使う者は隅のほうで動きを止めず、からだを洗っているあいだずっと踊りまわるような状態にならざるを得なかった。だが、ここの風呂ではパイプから直接湯が出てくるのだ。

ついにバスタブからタイル張りの床に出たジェフは、下着とズボンを身につけ、口笛を吹きながらベッドルームに入った。

そこで足を止め、口笛もやめた。息を吞んだ。

「これはなんと」済まなそうに口を開いた。「ずいぶんお待たせしてしまいましたか?」

「いや、ほんの数分ですよ」

客人は、ジェフ・パーカーが見たこともないほどの太った人物だった。あのジョセフィン・ファーゴでさえ、ここまで太ってはいない。大きな頭の隅に載っている帽子を見ると、ゾウの上に載っている一粒のピーナッツという古い言いまわしを思い出した。だが、この男は見るからに重要人物そうなので、ジェフは笑みを漏らすまいとした。男はずんぐりした指で葉巻を持ち換え、椅子から立とうともせずに片手を差し出した。

「キャシディといいます、議員殿。みんなからは、たいていジグスと呼ばれています」

ジェフはまえへ出てその手を握った。「お会いできて嬉しいです、ジグス」明るく言った。「どうぞお入りください」

「どこへ入るんですか?」キャシディは目をぱちくりさせた。

「バスルームをお使いになりたいんじゃないんですか?」

「いや、いまのところは結構です」太った男は言った。「なんなら、あとにでも」男はまた瞬きをし、葉巻に目を落とした。「こんなバカげたホテルを見たのははじめてですよ、議員殿。どの部屋にも風呂がついてるとはね」

「ああ」ジェフは言った。「私はてっきり――」

「やっぱりね。最初に部屋のまえで足を止めたときにそうだろうと思いましたよ……ところで、昨日はグランド・アイランドでずいぶん楽しく過ごされたようですな」

ジェフは顔を赤くした。「まさか! そのことについては、誰にも知られたくなかったのに」

「あれについては自信をもたれるといい。あんなふうにすぐに友だちを作れる才能をお持ちの方には、いいことがたくさんありますよ」

「ええ、ですが——その——どうしてその話を知ってるんですか、ジグス?」

「そりゃ、そういう話を摑むことが私の仕事ですから」キャシディが葉巻で椅子を示すと、ジェフには自分のほうがこの太った男の部屋にいるような気がしてきた。「どうぞ、おかけになって楽になさってください、議員殿。お話ししたいことがあるんです」

ジェフは腰を下ろして靴を履きはじめた。「おそらく」丁寧に話を切り出した。「実は、急いで州の議事堂へ向かわなければならないので」

「その必要はありますまい」キャシディは言った。

「必要ない——ですって?」

「ええ。今日、会議はひとつも開かれませんから」

「ええと——でも——なぜそれがわかるんですか、ジグス? そうとは限らないじゃないですか」

「開かれませんよ」太った男はきっぱりと繰り返した。「いま、議会への提出が予定されている法案はふたつしかありません。ひとつは、日曜日の劇場の公演を禁止するという法案。もうひとつは、酒場の業界にかける税金を増やすための法案です」

「へえ、そうなんですか!」ジェフは言った。「それは重要ですね」

「どちらの審議も見送られることになってるんですよ、議員殿」

「見送られるんですか! どうしてそれが——」

「それはですね。その二つは毎回提出されて、そのたびに見送りになっているからです」男はため息をつき、話しだそうとするジェフをふたたび身振りで遮った。「つまりですね、議員殿。その二法案は可決されるはずがないんです。いずれもただのポーズに過ぎません。劇場や酒場の業界の動きに興味を持っているということを、議会が示したがっているだけなんです」

「なるほど」ジェフは言った。

「そうなんですよ。あなただって、上等なウィスキーを二、三ケースくらい空にすることにやぶさかではないでしょう、議員殿? シーズン・パスを貰ってショウが見放題になることにも……ですよね……」

男は肩をすくめ、太鼓腹の上で両手を組み合わせた。

「ですから、今日、議事堂へ行かれるのは単なる時間の無駄だ、ということがこれでおわかりいただけたでしょう。これから私があなたにお話ししようとしていることのほうが、よっぽど重要なんです。いいですか、非公式ではありますが、私はあなたの選挙区で特に強大な勢力をもつ、ある有権者の代理人を務めているんです」

「それは、どなたのことですか?」

「もちろん、鉄道会社のことですよ」これほどわかりきった答えを出してやらなければならないことに、太った男は苛立ちを覚えたようだった。「そうです、私はあなたの最大の支持母体のひとつの代弁者なんですよ、議員殿。そして、あなたが優れた才能をお持ちの弁護士だ、ということも知ってます——ところで、ファーゴ家が神を訴えたときに、あなたがお書きになった訴状を読みましたが……」

「読んだんですか?」ジェフはにんまりした。

「読みましたとも。あれは見事でした……とはいえ、話を戻しますが、鉄道会社が私を派遣したのは、ある種の法的な事柄についてあなたにご相談するためなのです。あなたの選挙区で未解決になっている複数の問題に関するご意見――個人的なご意見――を伺うように、という指示を受けています。そして、その見返りとして、相当な謝礼をお渡しする権限も与えられているんです……この提案に興味はおありですかな、議員殿?」

「ないね」ジェフは言い切った。

「どうか、そう早まらずに――」

「出て行け。さもないと放り出すぞ!」

ジェフは、このロビイストに詰め寄ろうとした。そのとき、ジェフと太った男は同時に、この脅し文句の馬鹿馬鹿しさにふと気づいた。二人は大笑いをはじめた。そして、ジェフの笑いが止まらないうちに、太った男がまた話を切り出した。

「あなたは完全に誤解されていますぞ、議員殿。いいですか。私はあなたに賄賂を渡そうとしているわけではありません。賄賂というものは、誰かに何かをしてもらいたいときに払うものですよね?」

「そのとおりだ。だが――」

太った男は、上着の内ポケットに手を入れて封筒を取り出した。そして、鏡台の上にそれを放った。

「あの封筒には千ドル入ってます――いや、ちょっとお待ちを! まずは私の話をお聞きください。あなたのご意見の内容にかかわらず、あのカネはあなたのものです。もしそれが鉄道側の利益に反するものであっても、やはりあなたのものです。私はあれには手を触れず、礼を言って立ち上がり、この部屋を出るまでです。どうです、そういうものは賄賂とは呼びませんよね?」

ジェフはにんまりした。「立派な賄賂だよ」

「いいえ、ちがいますとも、議員殿。あれは――批判的か、好意的かにかかわらず――鉄道会社の問題に関心をお寄せいただいたことへの報酬に過ぎません。無理に押しつけるつもりもありません。ですが、ひとつ質問をさせていただきます。あなたは、州議会議員としての給料でどう生活なさるおつもりですか?」

「まあ、なんとかやっていけるさ」弁護士は胸を張って言った。

「どうやって? この部屋にいくらお支払いになるんですか——一日三ドルか四ドルですよね?」

「一日三ドルか四ドルだって!」ジェフは声高に言った。「そんなわけないだろ。この部屋は——」

　そこでおぞましいほどの恐怖心が全身に押し寄せ、突然ジェフは息を詰まらせた。顔面蒼白になり、震えながら崩れるようにベッドに腰を下ろした。

「やっぱりね」キャシディが言った。「同じまちがいをする議員さんが大勢いるんですよ」

「ここを出なければ!」

「どこへ行かれるんですか? あなたのように著名なひとかどの人物が、どうなさるおつもりですか——簡易宿泊所にでも泊まるつもりですか? あなたの給料だと、その程度が関の山です。そのうえ、洗濯も自分でやらなければならないでしょうな」

「だったら——みんなは、どうやって切り盛りしてるんだ?」

　キャシディは両手を広げてみせた。「どうしてると思います?」

「本当に」ジェフは情けない顔で言った。「このホテルは、一日三ドルもするのか?」

「確認されたいのなら、入口のドアに料金表が貼ってありますよ。しかも、その料金に食事代は含まれていません。あくまでも最低限の額が書かれているだけです。思うに」——キャシディは考え込むように目を細めた——「倍の給料があれば、あなたはここでやっていけると思います。よくよく注意すればね」

ジェフが呻き声をあげると、太った男は両眉を上げた。

「なぜそんなことで思い悩まれるんですか、議員殿？　すべては予定調和なんですよ。あなたに投票した人たちがあなたに必要な給料を払わないのは、あなたにはその差を穴埋めする力がある、と信じているからです。私はその機会を提供しよう、と申し出ているんです。あなたの立場にある人が生計を立てながら再選へ向けて土台を築く、その方法を示して差し上げようとしているんです。あなたは頭脳明晰な方だ。前途洋々と言える。それなのに、こんな些細なことで気を揉まれているとは驚きですな」

弁護士は力なく微笑んだ。

「……それで、相談があるという話だったが、いったいどういう話なんだ？」

「ああ、それでしたら、極めて単純な問題なんですよ。今日のところはね」太った男は人差し指を振ってみせた。「単純とはいえ、重要な問題です。もちろん、今後さらにむずかしい問題についてご相談することはない、とは言えませんが」

「わかった」ジェフは頷いた。「だが、今日は何が訊きたいんだ？」

「これから雨になると思いますか？」

「えっ、いや」ジェフは拍子抜けして男を見た。「雨が降るとは思わないな」

「ありがとうございました」太った男は言った。

そして椅子から重いからだを上げると、ジェフの力のない片手を握って心のこもった握手をし、よたよたと去って行った。

鏡台の上には封筒が残されていた。

警察署長は、アルフレッド・コートランドをじきじきに鉄道の駅まで連れて行った。ファイロ・バークレイと話してからずっと謝りどおしで、オマハ行きの列車がプラットフォームに入ってきたときも、まだ平謝りしている最中だった。

「今回のことで、本署に対して悪感情を抱かれないことを切に願うばかりです」そう言うのは、おそらくこれで五十回目だった。

「ちっとも気にしていませんよ」コートランドは応えた。

「おわかりいただけるかとは思いますが、あれは、ありがちな行き違いのようなものでしたので、その――そうですね、いずれまた、本署にお立ち寄りいただければ、と」

「そうしましょう」コートランドは言った。

「ええと――その、先ほども申し上げたとおり、今回の件については誠に申しわけなく思っておりますが、ああいう事態についてはご存知かと思われますし、再発防止に努めます。そして――」

「わかっています」コートランドは言った。列車が停車すると鞄を手に取り、素っ気なく頷いた。「もう行かなければなりません。では」

「では。よい旅を」慎ましい誠実さを示しながら、署長は言った。そして片手を出そうとする仕草を見せたが、イギリス人はすでに顔をそむけていた。

そんな態度とは裏腹に、コートランドとしてはことの成り行きにかなり満足していた。逮捕されるほど幸運なことはなかったように思われた。バークレイに電話をかけた警察は、古来の伝統に則り、こちらからはなんの情報も出さずに相手に情報を要求するという姿勢を貫いた。そして頭の回転の悪い銀行家は、そのカネはコートランドのものだ、と断固として言い張ったのだ。これでバークレイは前言を撤回することができなくなった。コートランドは警察を証人として味方につけたのだ。バークレイがプライドをかなぐり捨てて自分のバカさ加減を法廷で晒しても、これは自分のカネだ、と主張するための正当な根拠はないだろう。

だから、これでよかったのだ。ほかのこともそれくらい簡単に話がまとまればいいのに。コートランドは座席にもたれ、考えながら眠ろうとした。

まあ、もしかしたらほかのこともすべてうまくいくかもしれない。きっと、ジェフに償いをするうまい方法だって見つかるだろう。きっと医者だって……

期待を抱きながら、コートランドは眠りに落ちた。

夕方の早い時間にオマハについたコートランドは、町でいちばんいいホテルで宿泊の手続きをした。夕食後はショウを観に行き、ホテルへ戻るとすぐにバーへ行って何杯も酒を飲んだ。見たところ、どんな形であれ悪い影響が出ているようには思えなかった。それどころか、かつて飲んだときに感じていたのと同じ心地良さしか感じなかった。

その夜はぐっすり眠り、たっぷり朝食を食べると、ホテルの支配人に会いに行った。支配人は卑屈といえるほど慇懃にコートランドに接した（フロント係から、コートランドがホテルの保管庫に預けたカネの話を聞いていたのだ）。

「私がここへ来たのは、いくつかビジネス上の案件を抱えてるからなんだが、完全には話がまとまっていない」イギリス人は説明した。「だから、空いた時間を使って入念な健康診断を受けたいと思う。いい医者を紹介してくれるかね？」

「ご紹介できるだけでなく、いいお話がございます」支配人ははっきりと言った。「実は、ドクタ・マクリンティクとドクタ・タワーのお二人が、当ホテル内で診療所を開いておられるんです。このお二人の評判については、お聞き及びかと存じますが？」

「ああ、そうだな。確か聞いているはずだ」

「そちらの先生方に診ていただくのがよろしいかと存じます。あのお二人に関しては、私からも太鼓判を押させていただきます。私のほうで予約をお取りしてもよろしゅうございますか？」

「そうしてもらえると助かる」

支配人は卓上電話機の受話器を取って交換手に番号を伝え、何分か話をした。そして、自信に満ちた顔で微笑みながら電話を切った。

「いますぐに診察をお受けになれるよう、手配いたしました」コートランドの腕を取ってエレヴェーターへ案内しながら、支配人は言った。「診療所は最上階にございます。ドクタ・マクリンティクとドクタ・タワーが、タワーにおられる、というわけです。はっはっは！」

コートランドはエレヴェーターに乗った。ほどなく、廊下の四方を囲んで作られた受付に足を踏み入れた。ほっそりした受付嬢が机から立ち上がり、挨拶をした。

「ミスタ・コートランドですね？ そちらのドアから、なかへお入りくださいませ」

言われたとおりになかへ入ったコートランドは、白い服を着たかわいらしい看護師に出迎えられ、殺菌薬の臭いが漂う狭い廊下を案内されて次の部屋に入った。そこは大通りを見下ろす部屋で、金属と革でできたリクライニング式の診察台を除き、家具はほとんど置かれていなかった。

「上着とシャツをお脱ぎになって、横になっていてください」看護師はきびきびと指示し、部屋を出て行った。

コートランドは服を脱いで診察台に横たわりながら、浮かない顔で笑みを浮かべた。大した見ものだ。相当カネを取られるにちがいない。だが、それがどうした？

大きな音をたててドアが開いたので視線を移すと、六十がらみの大男の赤ら顔が目に入った。医者が着る白衣と、そこはかとなく漂う育ちの良さが無ければ、鍛冶屋かバーテンダーが来た、と思っただろう。

「私がマクリンティクだ」轟くような声だった。「で、今日はどうなさった？」

「それがですね、よくわからないんです。ドクタ――」

「わからない、だって？」マクリンティクは、部屋全体に向けるようなウィンクをした。「だったら、いったいぜんたい私に何を診てもらいたいのかね？」

大男の振る舞いで気分が明るくなったコートランドは笑みを浮かべた。そして、時々、酒を飲んでいるときに起こすある種の不可解な言動について説明をはじめた。

「どういう言動かね？」

「たとえば昨日ですが、本当はすごく好感を持っている人にさんざん酷いことを言ったんです。おかしなことに、そのときは大して飲んでなかったというのに、です。なぜ、あんなことをしたのか――」

「待ってくれたまえ！」診察室のドアが開いたので、マクリンティクは話を遮った。「タワー、こちらの御仁についてきみはどう思う？　酒を飲むとおかしな真似をすると言うんだが。そんなこと、いままで聞いたことがないだろ？」またウィンクをした。

「非常に珍しい話だな」診察台に近づきながらドクタ・タワーが言った。

この医師は、あらゆる点でマクリンティクとは正反対の風貌をしていた。痩せていて背が低く、肉が透けて見えるのではないかと思えるほど皮膚が青白かった。縁の太い眼鏡の奥から見える目は、さながら二匹の太った灰色の虫のようだった。

「なぜ、しじゅう胸をこすってるのかね?」淡々とした静かな声で訊いた。

「それについてもお訊きしよう、と思っていたんですよ」コートランドは言った。「実は——」

タワーがコートランドの下着のボタンを外して胸を出したので、そこでことばを切った。医師たちは二人とも屈み込んでそれを見つめた。

「その発疹は、いつから出てるのかね?」

「まあ、出たり消えたりするんですよ。今回は三、四ヶ月くらいになります」

「ほかの場所に出たことは?」マクリンティクが訊いた。

「ええ、何ヶ所もあります」

「いつ、はじめて気がついた? つまり、からだのどこかにはじめてその発疹が現われたのは、いつのことかね?」

コートランドは答えをためらった。

「だいたいで構わんよ」

「そうですね」イギリス人は言った。「六、七年まえにはもう出ていたと思います」

医師たちは背筋を伸ばした。確信はないものの、コートランドはこの二人が視線を交わしたような気がした。確信はないものの、なぜか二人が頷き合ったことがわかった。

「何か——何か、非常に良くないことなんですか?」不安そうに訊いた。

「余計なことは考えなさんな」マクリンティクはざっくばらんに言った。「我々が診てあげるから」

マクリンティクは額帯鏡の角度を調節し、イギリス人の上に屈み込んだ。片目の瞼を押し上げ、もう片方も押し上げてコートランドの目を調べた。相棒に首を振ると、タワーも同じことをした。

そして今度は二人揃って診察台から退がり、はっきりと頷き合った。

「では、これからひとつかふたつ、私的な質問をさせてもらうぞ」マクリンティクが言った。

「どうぞ」

「生殖器に痛みを感じたことはあるかね?」

「ありません」

「それは確かかね?」タワーが相変わらず無機質な声で訊いた。「極めて小さな――言うなれば、針の頭ほどの大きさの部分でも?」

「そうですね、言われてみればあったような気がします。ですが、気にするほどのものではありませんでした」

「で、消えたんだろう? そして、それから二、三ヶ月たって、この発疹が現われた、と。そうだね?」

「そのとおりです」

「その痛みが現われるほんの少しまえに――性交渉をもったかね?」

「えっ?」その問いの意味がすぐに理解できなかったコートランドは、ぽかんとした顔でマクリンティクに目を向けた。「ええと、ほんの少しまえじゃありません。確か、ひと月ほどまえのことだったと思います」

マクリンティクは、小さく笑って大きなからだを震わせた。「人生のなかのひと月なんて、じつに短いものだよ、お若いの……さて、あなたはどう見立てますかな、ドクタ?」

タワーは肩をすくめた。

「ワッセルマン反応を調べてみるか?」

「あまり意味がないと思う。これだけ時間が経っていると、陰性になってしまう確率が非常に高い」

「髄液を調べてみれば、何かがわかるとは思わないか?」

「かなりなことがわかる、とは思う」タワーは淡々と言った。そのとき、マクリンティクはつい吹き出しそうになるのを堪えたようだった。

両手を洗って診察室から出て行ったタワーは、二度とコートランドのまえに姿を現わさなかった。残された大柄な医師は、考え深げにコートランドを見つめて首を振った。すると、イギリス人にはその部屋の雰囲気が一気に重苦しくなったように感じられた。

「何か、重い病気なんですか?」コートランドはたまらずに訊いた。

マクリンティクは答えなかった。診察台の端へ歩み寄り、片手をコートランドの頭の下へ差し込んだ。

「奥さんはおられるかね、ミスタ・コートランド?」

「いいえ」

「それは良かった。本当に」

「結婚してます」コートランドはすぐに言い直した。「それが何か――」

「お子さんは?」

「いません」

「そうか、それならまあ結構だ。経済的には安定しておられるかな?」

「かなり安定してます」

「それもいいことだ。私の指が感じられるかね――脳のなかで、そこがなんと呼ばれている部位かはご存知かな?」

「昔は知ってましたが、忘れてしまいました」

「小脳というんだ。大脳と延髄の働きを連携させたり、抑制したりする機能をもつ。大雑把に言うと、ほかの脳の部位を正しく機能させている――ほかの部分が、恥さらしになるようなバカげたことをしでかさないようにしているんだよ」

「なるほど」

「私があなたなら、もう酒は一滴も飲まないことにしますな、ミスタ・コートランド。その抑止力の要となるささやかな部位を、できるだけ正常に機能させるように努める必要がある。残された部分でな」

コートランドは起き上がるなり大声をあげた。「残された部分で、ですって! どういう意味ですか?」

「申しわけない。あなたは脳梅毒にかかっておられるんだ」

めまいに襲われたイギリス人はからだをぐらつかせた。部屋が回転しているような気がした。果敢に診察台の端を摑み、唇を嚙んでなんとか意識を失うまいとした。ふたたび目を開いたときにはなんとか笑みを浮かべ、診察台から滑り下りた。

「ありがとうございました、ドクタ。いくらお支払いすれば……?」

「いらないよ。いや、サーヴィスで、というわけではない。打つ手がないからだ」

「何か薬や、治療法などはないのでしょうか――」

「この段階まで来てしまうとな。感染から、そうだな、半年後だったらなんとかできたかもしれないが、いまとなっては――」医師は口を結んで首を振った。「この手のことについてはとにかく秘密にしておこうとする。そういうバカげた風潮が問題なんだよ。時々、アメリカ人というのは淋病で出血が止まらなくても、それを明かすよりは死ぬほうを選ぶんじゃないか、と思うことがある。こういう病気の症状についてはろくに知られていない。みんな、知りたいとも思っていないようだ。その結果、墓地や精神病院が――」そこで不意にことばを切り、人の良さそうな顔にすまなそうな表情を浮かべた。「申しわけない、コートランド」

「まったく気にしてませんよ」イギリス人は頷いてみせた。

……おそらく、そういうことになるだろうということはある程度ずっと予期していたからなのだろう、医師の最初の忌憚のない意見を聞いても、コートランドがショックに見舞われることはなかった。それほどひどい恐怖も感じなかった。コートランドの感情の大半を占めていたのは、マートルにしてしまったことへの後悔と、いずれ逃れようのない最期が訪れたときに、妻に充分な財産を遺してあげられることへの感謝の念だけだった。

コートランドは、マートルへのお土産の耳飾りと腕輪を選び、自分が使う装身具を二つ三つ買ってその日を過ごした。さらに二つの銀行で口座を作り、ほとんどのカネを預けた。そして翌朝、ヴァードンへ向かう列車に乗った。

列車が到着する十五分まえに、コートランドは鞄からウィスキーのハーフ・パイント・ボトルを一本取り出して飲んだ。どういう影響が出るかということはわかっていた。これからしなくてはならないことをするには、それが必要だったのだ。

……目に疑念の色を浮かべながら、ベラはコートランドを銀行家の屋敷へ招き入れた。コートランドは愛想のかけらも見せずに挨拶を無視し、ベラを押しのけるようにしてダイニング・ルームに入った。

夕食の最中だったバークレイは、ナプキンを顎に挟んだまま立ち上がった。いつもの父親気取りのしかめ面のまま、部屋に入ったコートランドが自分のそばへ来るのも待たずにフォークを振って合図をした。

「おい、いいかね、アルフ、いろいろと説明してもらわなきゃならんぞ。グランド・アイランドのどこぞから電話がかかってきて、あれはおまえのカネなのかと訊かれたから、私はそうだと答えたんだ、すると――」

「私のカネだよ。むろん、今後もそうしておくつもりだ」

バークレイは苛立たしげに片手を振った。「もういい、アルフ。冗談に付き合ってる場合じゃない。まずは取引の首尾について聞かせてもらって、それから説明を――」

「取引なんかしてない。言っただろう、〝あのカネは私のものにしておくつもりだ〟とな」

「なんだと?」銀行家は沈むように腰を下ろした。「何を言ってるんだ、アルフ? あのカネは、おまえのものになどならないぞ」

「できない理由がどこにある?」コートランドは冷ややかに言った。「信頼に背けば済むだけの話じゃないか」

「だが――だがな、アルフ、あれはおれのカネなんだぞ」

「いまはそうじゃない、バーク」

「いったいどういうことなの、お父さん?」コートランドに燃えるような視線を据えたまま、ベラが滑るように父親の横へ来た。「この人におカネを盗まれたの?」

バークレイは打ちひしがれた表情で頷いた。「二万五千ドルをな」

「二万五千――！」娘は息を呑んだ。家計については疎くても、その額が何を表わすかはだいたいわかっていた――この家の全財産に近い、ということを。「返しなさいよ、聞いてるの？　私は――私たちにはそのおカネが必要なのよ！　なんとしても返してもらうわ！」

近づいてくるベラを見つめながら、コートランドは口元に冷たい、嫌味な笑みを浮かべた。この娘がこんなに美しく見えたことはない、と冷静に考えた。両目は黒く燃える水たまりのようだ。濃厚なクリームにバラの花びらを浮かべたような顔色をしている。そして大胆に開いたキャミソールの胸元からは、感情の高まりで膨らんだ豊かな胸が半分のぞいていた。

「返しなさいよ！」ベラは繰り返した。

「これから」コートランドは言った。「取り戻す方法をひとつ教えてあげるよ」

ベラは息を呑んだ。「なんですって――この――この――」

ベラは、怒りに任せてコートランドに飛びかかろうとした。だが、コートランドの振る舞い――両足の親指のつけ根に体重をかけて平然とからだを揺らしている様子や、微笑み方や目つき――から何かを見て取り、すぐに動きを止めた。この男は喜んで自分を殴るだろう。

ベラは片手を口に当ててあとずさった。そのあいだ、バークレイはその重要性を理解することなく、二人の無言の意思疎通を間抜けた目で見つめていた。失われた自分の財産のことで頭がいっぱいで、それが返ってこないことをいまになってやっと理解できたからだった。

「私は――私はどうすればいい？」バークレイは口ごもりながら言った。その声は自分への哀れみで満ちていた。「みんなはどう思う？」

「みんなに知らせる必要はあるまい」コートランドは言った。「私は、ちょっとした遺産が入った、と言うつもりだ。それを疑うやつはいないだろう。それに、あんたはこれだけ長いこと現役でいたんだから、引退したところで誰も変だとは思わないさ。私が基本的な生活費は払ってやるし、何か請求が来たときは面倒をみてやる。あんたが完全に破産したわけじゃない、ということはわかってるんだ。何を気に病むことがある？　ここに家があるじゃないか。これから何か、小さなビジネスでもはじめればいい。もしあんたが、私がこの八年間送ってきたような暮らしをしてきた人間だったら、自分はとてつもなく恵まれている、と思うだろうよ」

なかなか火のつかない石炭のようなバークレイの怒りが、一気に炎となって燃え上がった。悪態をつきながらよろめくように椅子を離れ、乱暴に用具入れを開けてダブル・バレルのショットガンを取り出した。そしてその銃口を部下に向け、二つの撃鉄を起こした。

「ふざけるな、アルフ！　そのカネをこっちへ寄こせ」

「カネはオマハに置いてきたよ、バーク。銀行に預けた」

「だったら、小切手を切れ。おれがいっしょに行くから、そこで支払保証をつけてもらって――」

「断わる」コートランドは言った。

「言うとおりにしなければ殺すぞ！」

「あんたの言うことに従うつもりはない。遠慮なく殺してもらって結構だ」

コートランドは楽しそうに笑い声をあげ、手袋をはめはじめた。そして、ベラに目を向けてウィンクをした。銀行家が、二つの引き金に当てた指に力を込めた。

「これは冗談なんかじゃないぞ、アルフ。なんとしてもあのカネはいただくからな」

「あるいは私の命を、か」コートランドは頷いた。「まあ、カネは取り戻せないんだから、その銃を撃ったほうがいいんじゃないか」

「おれは本気だぞ！」バークレイは食い下がった。

「私だって本気で言ってるんだ。あのカネを返すつもりはない。私を殺したいなら殺せばいい。あんたを責める気は毛頭ない」

ショットガンがぐらついた、銃身がゆっくりと下がっていった。

銀行家は片手で額をこすった。

「アルフ」哀れっぽく口ごもるように言った。「それにしても、おまえはどうしちまったんだ？　具合でも悪いのか？」

「そういう言い方もできるだろうな」

「カネを返してくれ、アルフ。小切手さえ切ってくれれば、すべて水に流して――」

「断わる」

バークレイは困惑した表情でコートランドを見つめた。何か言おうとして口を開いたが、脅しと懇願とがないまぜになって一気にこみ上げ、喉でつかえた。子どものようにぼんやりと口を開けたまま、ふたたび崩れるように椅子に坐り込んだ。

「ちょっと！」ベラが声をあげた。

コートランドが彼女に顔を向けた。「なんだ？　何か言い足りないことでもあるのか？」

「別に」ベラはむっつりした顔で言った。

コートランドはベラからバークレイに視線を移した。大笑いした。そして、唐突に二人に背を向けて屋敷から出て行った。

……マートル・コートランドに、よその所有地を突っ切って帰ってくる夫の姿が見えた。だがもちろん、家を出て迎えに行くようなはしたない真似はしなかった。夫がポーチに着くまで待った。そして芝居がかった仕草で勢いよく網戸を開けて片腕を伸ばし、礼儀正しく夫の目のまえで片手だけをちらつかせた。

コートランドは一笑に付した。

妻を押しのけて家に入った。

困惑したマートルはひとりでに閉じる網戸を黙って見ていたが、ふと思いついたように玄関のドアを閉めた。

みすぼらしい部屋の真ん中に立つコートランドは両手を腰に当て、ふだんは見せないような笑みを浮かべていた。少しおずおずしながら、マートルは夫に一歩近づいた。

「お戻りになってとても嬉しいですわ、あなた」

「おまえは、なんでそんなレースを首に巻いてるんだ？ ペチコートから切り取ったものだということを、知らない者がいるとでも思ってるのか？」

「まあ」マートルは息を呑んだ。「そんな、アルフレッド！」

「まあ、好きにしろ。茶でも出したらどうだ？ どうせ、一ガロンくらい用意してあるんだろ？」

マートルは唇を震わせた。「すぐ――すぐに用意しますわ、アルフ――」

そこで突然、コートランドが怒鳴りだした。「おまえもおまえの茶も、クソくらえだ！ おれがそこに浸かってからだを洗いたがってるとでも思ってるのか？ 気取った口をききやがって、この安っぽい

自惚れ屋！　おまえはウシだ！　バカみたいに首の長いウシだ！　おまえにはその痩せこけた尻で思う

存分跳ねまわれる牧草地がお似合いなんだよ……」

コートランドは荒れ狂ったように妻を罵りつづけた。そのうちに、マートルの目に溢れていた涙が消えていった。唇もいつしか震えを止め、肩がいかった。まるで背が伸びたようだった。ついに口をつぐんだコートランドは、床に倒れ込んだ。すると、マートルの両膝に抱きついて身も世もなく泣き出したので、彼女は夫の髪を撫でてやった。そしてそのまま、視線を宙にさまよわせた。

「大丈夫よ、あなた」事情はわからなくても、夫の気持ちを察している妻は言った。「大丈夫よ」

18

その年のヴァードンは、ゴシップネタにこと欠かなかった。

アルフレッド・コートランドが銀行を引き継ぎ、ファイロ・バークレイは自宅で小口融資をして手数料を稼ぐ仕事をはじめた。

ジェフ・パーカーは鉄道会社側に寝返った（ついに、動かぬ証拠が見つかったのだ）。

リンク・ファーゴは脳卒中で倒れ、何ヶ月間も寝たきりになっていた。

イーディ・ディロンはホテルの経営を引き継いだ。

そしてグラント・ファーゴは、ヴァードン郡の地方紙、《アイ》紙で働きはじめた。

なかでも、この最後のネタがいちばん大きな話題になった。リンカーン・ファーゴは、自分が卒中になったのはこのニュースのせいだ、と断言し、リンカーン以外の人々も、この話を聞いて多かれ少なかれ同じような衝撃を受けた。毎日、朝一番にあちこちで寄り集まった人々が通りすがりのふりをし、《アイ》紙の建物の薄汚れた窓の向こうでしゃれた身なりをした若い印刷工が働く様子を眺めていた。そしてその場から遠ざかりながら、揃って首を振り、ついに奇跡の日が訪れた、と言っていた。通りでグラントを呼び止め、相手が不機嫌になることにもお構いなく脈と額の熱を確認し、明らかに具合の悪そうな者がぴんぴんして動いていることにわざとらしく驚いてみせる者もいた。おまえが本物のグラントのはずがない、グラントになりすましている別人だ、と言いつのり、どこにグラント本人の死体を隠したんだ、と問い質そうとする者までいた。

そうしたおふざけに対抗する気概も体力も持ち合わせていないグラントは、黙って耐えていた。そのうちに騒ぎは収まっていった。

もちろん、グラントは働きたいと思っていたわけではない。長期間働きに出ていない者にありがちな、働くことに対する説明のつかない不安感に取りつかれていたからだ。だが、父親から期待していたカネが貰えないことがわかったベラに、何か仕事をすることを執拗に迫られていた。そして、執拗に迫るベラに対抗するのは非常にむずかしかった。しかも、そのころのグラントにとって、ベラの肉体は食べ物や酒と同じくらい必要不可欠なものになっていた。そう、酒にさえ匹敵するほどに、だ。

こうしてグラントは《アイ》紙で勤め口を見つけたのだが、時間とともに、それほど不満を感じることでもない、ということがわかってきた。週に八ドルという、小遣いとしては十二分な額の給料を稼ぐことができた。自宅で暮らしているので、最高の部屋と食事をただで手に入れることができた。しかもベラがいた。妻のいる充足感を享受しながら、結婚にまつわるあらゆる不利なことから逃れられていたのだ。グラントは、そんな心地のいい気ままな生活をいつまでも送っていくつもりになっていた。

もちろん、ベラにそんなつもりはなかった。

グラントとの関係を楽しんでいたとはいえ、ベラは彼を軽蔑するようになっていた。けっして自分に嘘をつかないベラには、グラント以外の男と——ほぼ誰とでも——関係をもったほうがはるかに楽しめることがわかっていた。グラントのことはこの町を出るための手段としてしか考えていず、どこかの大都市で身を立てるつもりでいた（女優になろうと思っていたのだ）。グラントはいずれ二人で町を出るために貯金に励んでいるはずだ、と思っていた。

父親からカネという抑止力を受けなくなったとたん、ベラは大っぴらにグラントと会うようになった。ある夕暮れ、グラントの仕事が終わったあと、赤い大型車チャンドラーに乗ったベラが、印刷所のまえまでグラントを迎えに来た。

グラントは、ある意味ではベラに会えることを嬉しいと思っていたが、ある意味では嬉しくなかった。二人が付き合っていることを知らない者はいないとはいえ、その事実をひけらかすことで得をするとは思えなかった。それに、仕事あがりに酒場に寄って二、三杯引っかけることが習慣になっていた——自分で二、三杯飲み、バーテンダーにも二、三杯おごることが、だ。

とはいえ、ベラの顔を見るとやはり気分が高揚した。早春の時季で車のルーフが開けてあり、リネンのダスター・コートを着て白い運転用のヘッドスカーフを巻いたベラは、まるでカレンダーのイラストのようだった。グラントは座席にもう一着用意してあったダスター・コートを着て、セルロイドのヴァイザーがついたリネンのキャップをかぶり、助手席に乗り込んだ。

「酒場に寄ってもらっても構わないかな?」ギアを入れたベラに訊いた。

ベラはかすかに眉をひそめた。「まあ、構わないけど」

「葉巻を一本買いたいだけなんだ」グラントは嘘をついた。「すぐに戻るよ」

「わかったわ」ベラは言った。

ベラが酒場から二、三軒先で車を停めると、グラントは跳ねるように車を降りて酒場へ駆け込んだ。五分後に勢いよく葉巻をふかして戻ってきた。

ベラは、グラントの頭が反り返るほどの勢いで車を急発進させた。車がエンジン音を響かせて町から砂丘のほうへ向かって走るあいだ、二人は無言だった。馬車のわだちがついた道の端から端へと跳ねるように進むなかで、グラントはベラの様子を盗み見た。ついに、時速十八マイルというとんでもないスピードに恐れをなしたグラントは、手を伸ばしてスロットルを絞ろうとした。

その手を肘で押しのけようとしたはずみに、ベラは勢いよくハンドルを切ってしまった。その頭でっかちで扱いにくい車は横滑りし、一瞬、道路脇の側溝に突っ込みかけたが、すぐに滑るようにわだちででこぼこになった道路の真ん中に戻り、飛び跳ねながら前進しつづけた。

「なんのつもりであんなことをしたんだ?」やっと口が利けるようになったグラントは、怒りを込めてベラを責めた。

「こっちも同じことを訊かせてもらいましょうか、ミスタ・グラント・ファーゴ」

「スピードを出し過ぎてたって、わかってるだろ!」

「運転には自信があるの。これ以上、ハンドルに手を出さないでちょうだい!」

「おれは、もっと賢明な手を取る」険しい顔をしたグラントは、断固とした口調で言った。「この車には二度と乗らない」

ベラは意地の悪い笑い声をあげた。「意気地なし! ママのかわいいぼくちゃんは、怖かったのかしら?」

「いいさ、なんとでも言え」グラントが言った。「川沿いの道を走ってるときにあんなことになったらどうなるか、考えてみろよ。あの辺の崖から落ちてたら、ってことだ。どんな気持ちがすると思う?」

「決まってるじゃない」ベラが肩をすくめる仕草は、ダスター・コートに隠れてはっきり見えなくても、やはりかわいらしかった。「なんとも思わないわ」

ふざけた口調でそう答えたものの、内心では怯えていた。さっきのスリップのせいではない。原因はほかにあった。あの品評会場でグラントに会ったときに感じた何か、感じたような気がした何かがその原因だった。

ベラは衝動的にグラントの膝に手を置いた。すると、すぐにグラントの手がその手を上から包み込んだ。二人は顔を見合わせて微笑み、グラントはベラのほうへからだを寄せた。

豊かな緑の畑や大きな納屋、そして広々とした家がどこまでもつづくかのように見える風景は、徐々に二人の視界から消えていった。地面が傾き、波打つように上昇しはじめ、まるで引き潮にさらわれて行くように、美しさと豊かさはすべて後方の谷の奥へと消えていった。

黒い肥沃な粘土質の土壌の上に砂が広がりはじめ、やがて砂しか見えなくなった。柵はなくなるか、立っていても意味のない支柱のあいだで惨めに傾いていた。劣勢を強いられるトウモロコシの列を横目に、ヒマワリとクリノイガが我が物顔で伸びていた。青々とした小麦の新芽に紛れて、ブタクサやアカザが育っていた。牛の姿はほとんど見られず、荒れ地を侘しくさまよっているものは、大きなあばら骨が浮いていた。数少ない馬——年老いた馬——が頭と尻を付けるようにして一列に立ち、無関心そうに尾を振ってサシチョウバエを追い払いながら、時折あきらめたような表情で発育不良のビター・グラスの臭いを嗅いでいた。

あたりにはろくな納屋が見当たらず、柵に使う横木を立てた囲いの上に別の横木を何枚か渡して藁で覆っただけの小屋が建っていて、なかには北風で倒れないように厩肥を山にして補強してあるものもあった。最初に見えた家は塗装していない一部屋の造りのものだったが、そのうちに芝土の家になり、さらに掩蔽壕のような家が見られるようになった——不毛な砂地のなかで小山のように盛り上がっている家々は、屋根からストーヴの長い煙突が突き出ていなければ、住居だとはわかりそうにもなかった。

そうした家々は、この一帯でも特に貧しい人々の住居だった。それでも彼らは白人だ。アメリカ人なのだ。そして、求められればアメリカ人としての務めをきちんと果たすことになるのだ。どんなに飢え、働き過ぎで、子だくさんであろうとも、通りすがりのよそ者のために妻たちは一羽しか残っていない卵を生める雌鶏を殺し、最後に残ったほんのわずかな食べものを提供した——そのよそ者も彼女と同じ白人で、アメリカ人だからだ。ぼろぼろのオーヴァーオールを着て、つま先に穴の開いたブーツを履いた痩せ細った夫たちも、そのよそ者に必要とするものがあると知れば、二十マイルでも歩いて取りに行くだろう。礼以外のものは何ひとつ受け取らずに。

だから、グラントとベラは礼儀正しく手を振りながらこの地域を通って行った。鼻水をたらし、小麦粉の袋で作った服を着た幼い子どもたちにも手を振った。芝土の家や穴蔵の家の戸口にいる子どもたちも、よく見えない人影に大きく手を振った。みんな見栄などではなく、あくまでも素直な気持ちでそうしたのだ。

なぜなら、アメリカは広大で孤立した国で、アメリカ人は団結していたからだ。

車がこの起伏の激しい砂丘を越え、さらに上の高台に辿り着くと、砂はあらかた消え、チャンドラーは砂利道を快適に進みはじめた。車は二本の傾いだ支柱のあいだを抜け、一軒の崩れた掩蔽壕のような家のまえを通過して、古い藁山の脇で停まった。長年雨ざらしになっているせいで、藁の外側は黒ずんでいる。だが、深い穴が掘られている部分が一ヶ所あり、そのなかは清潔で、壁も床もきれいな黄色だった。

グラントはあたりを見まわし、不思議そうに首を振った。

「おかしな話だよな。父さんの話だと、昔、ここはアメリカでも指折りの農場だったらしい」

「何があったの?」

「風で吹き飛ばされたみたいに、ひと晩で消えたって言うんだよ、父さんは」

「バカじゃないの。農場がそんな消え方をするわけがないでしょ？　こっちへまわって、降りるのを手伝ってちょうだい」

グラントは車を降りて運転席側へまわった。ベラは低いドアを開け、グラントの手をしっかり握って軽々と地面に跳び下りた。グラントはベラにキスをし、ベラのからだを自分のほうへ引き寄せた。それから二人は腕を組み、藁山の穴のなかへ入って行った。

グラントはベラのために自分のダスター・コートを広げ、ベラがコートを脱ぐのを手伝ってそれを枕にした。当然のように、ベラはコートの上に坐った。グラントが胸を弾ませて見守るなか、ベラはガーター・ベルトをはずし、白い腰のあたりまでドレスとペチコートを持ち上げ、コルセットも上へずらした。

そしてグラントを見つめたまま横になり、挑発するように絹のような光沢のある黒い眉を片方だけ上げてみせた。

「ねえ、いい加減に見飽きるってことはないの？」

「あるものか！」

「まあ、見飽きるときが来たら、そのときは……」

……ことに及ぶまえはあれほど心地良く、柔らかく感じられたその藁が、済んでしまうとこれほどとげとげしく、不愉快なものに変わってしまうのは、なんとも奇妙なものだった。

不意にベラが上体を起こし、ストッキングをガーター・ベルトで留めはじめた。太腿のあいだに、束になった藁が挟まっている。どう目を凝らしても確認できないのでいっそう嫌悪感を強めながら、ベラは腹立たしげにそれを払いのけた。仰向けのままのグラントがベラの肩を撫でようとすると、ベラはその手を避けて前屈みになった。

「グラント」ベラが言った。「あなた、さっきあの酒場で飲んだでしょう?」

「一杯だけね」グラントは嘘をついた。「それがどうかしたかい?」

「毎晩あそこに通ってるの?」

「いや、毎晩じゃないよ。時々行くくらいさ」

「おカネはいくらくらい貯まってるの、グラント?」

「ええと、そうだな」印刷工はそう言って考えるふりをした。「えーと——五十ドルかな」

「このあいだ訊いたときは、六十ドルだ、って言ってたわよ」

「あれ、おれはいま、そう言わなかったか? 六十、って言ったつもりだったのに」

ベラが笑い声をあげると、グラントの背筋に悪寒が走った。あっという間に人が変わってしまったようで、グラントにはわけがわからなかった。ほんの少しまえまでは……

「なんだ、信じないのか?」グラントは食ってかかった。

「信じてほしいわけ?」

「勝手にしろ」

ベラは怒りで目をギラつかせ、しばらくのあいだ坐ったまま、まえを見据えていた。が、心のなかでは自分に悪態をついていた。この男がどんな男か、どういう手を使うかは百も承知だった。なぜ、ここまでずるずると決着を先延ばしにしてきたのだろう?

まえを向いて坐るベラの顔は、うしろのグラントには見えなかった。そのとき、売春婦のように計算高いベラの頭に、なぜいままで考えもしなかったのかと思うくらい単純なアイディアが閃いた。とうとう振り返ってグラントを見たベラは、いかにも素直そうで、謙虚な口調で切り出した。

「これまであなたがぜんぜん貯金できていなかったとしても、私は気にしないわ」

「まあ、でも、できてるよ」グラントはむっつりと言い張った。

「いいえ、できてないんでしょ、あなた。でも構わないの。あなたはすごく頑張ったし、本気でそうしてきたけどやっぱり無理だった、ということはわかってるから。だって、週に八ドルしか稼げないんですものね。それに、毎日一杯かそこらのお酒を買って、しかも葉巻まで一、二本買ってるとなれば、そりゃあ、すぐに消えちゃうはずよ」

「確かに、あっという間だよ」グラントは認めた。

「貯金なんてこれっぽっちもないんでしょ、あなた?」

「ええと、おれは……おれは……」

「あるの?」ベラは唇でグラントの耳を軽くこすり、そのまま動きを止めた。

「えっと……その……ない、と思うよ、ベラ」グラントは言った。「痛い!」

ベラは怒りのこもった笑い声をあげて素早く立ち上がり、グラントは噛みつかれた耳をさすりながら藁の上で身をよじった。

「この、ケチな性悪女!」グラントは呻きながら言った。

「ただの性悪女じゃないわ——オオカミ女だってことを思い知らせてやるから」ベラは吐き捨てるように言った。「あんたと別れるまえにね! あんた、さんざんいい思いをしてきたじゃないの、ミスタ・グラント・ファーゴ——」

「じゃあ、おまえはそうじゃなかった、ってことか!」

「いいえ、ずいぶん楽しませてもらったわ。でなきゃ、ここまであんたに付き合わなかったわよ。だけど、この際、そんなことはどうでもいいの。私はずっとここから出て行きたいと思ってたけど、実際に出て行くかどうかはあんまり重要じゃなかったわ。でも、いまは重要よ。すぐに出て行かなければならないの。どういうことかわかる、グラント？」

「ま、まさか、妊娠してるわけじゃないよな？」

「まさか、ですって？　こんな関係を永遠につづけられるとでも思ってたの？　いま、生理が三週間遅れてるの。あなたを不安にさせても意味がないと思ったし、何より、あなたはそれなりにおカネを貯めてるんだろう、って思い込んでたわ。あと二、三ヶ月もして、いよいよここを出なければならなくなるころには、充分な蓄えができてるだろう、と思ってたのよ」

グラントはすっかり震え上がった目でベラを見つめた。呆然として、よろめきながら立ち上がった。

「そ、そんなのウソに決まってる！」金切声をあげた。

「だったら、八ヶ月待って確かめよう、ってことね？」

「いや——いや、もちろんそんなことはない。おれは——おれにはどうしたらいいか、さっぱりわからないんだ、ベラ。二人で南部のどこかの、おれの知ってる医者がいるところへ行けば……」

ベラに軽蔑の目で見据えられているうちに、グラントの声は小さくなっていった。

「どこかで、少しでもカネをかき集めるよ」グラントはやっとのことで口にした。「なんとかオマハかカンザス・シティまで行けるように。そこで仕事を見つけて、きみにカネを——」

「送るわけないじゃない、グラント」

「どうして？」

「あなたは、おカネなんか送らないわよ。戻っても来ないわ。私をここに残して、面倒なことを押しつけて逃げるつもりでしょ。そうはいかないわ。あなたはこれから、私といっしょにここを出て行けるだけの資金を作るのよ。ほかの手を考えてどうにかしようなんて思わないでね。もし、あなたが逃げ出して会えない日が一日でもあったら、うちのお父さんにすべて話して、あなたがどこへ行こうと、かならず捜し出して連れ戻してやるわ」

グラントは身震いした。ベラはすべてお見通しだったのだ。そして、ベラの脅しがはったりではないということもわかっていた。連れ戻したグラントを自分の父親と、最悪の場合はグラント自身の家族と、対面させるだろう。どうしてベラは、最後まで男の名を明かさない昔ながらのヒロインを演じることができないのだろう? そう考えると、腹立たしくなってきた。

この後半部分の考えがベラの頭のなかにまで届いたかのように、ベラはふたたび口を開いた。

「それに、ほかの人のせいにできるんじゃないか、なんて考えたって無駄よ、グラント。私があなたとしか付き合ったことがないことは、みんな知ってるんだから」

「そんなことを考えてたわけじゃない」プライドを傷つけられたグラントは言い返した。「何を当てにすればいいのかわからないだけだ。きみのお父さんにカネを出してもらうわけにはいかないのか? だって、まえにそういう約束を――」

「それはね、気が変わったそうよ。あの人がこうと決めたら、てこでも動かないということは知ってるでしょ」相手がグラントであろうと、ベラは父親のバカさ加減を打ち明ける気にはなれなかった。

お手上げだ、という顔つきでグラントは首を振った。

「だけど、おれにはどうしたらいいのかさっぱりわからないんだよ、ベラ! どこへ行けばカネが手に入るんだ?」

「とにかく、貯金をはじめればいいわ。私も二、三ドルくらいは集められるし。なんとかなるわよ」

「きみには都会暮らしというものがわかってないんだ、ベラ。すごくカネがかかるんだぞ。おれの仕事は、すぐには見つからないかもしれない。何か仕事が見つかるまで一、二ヶ月はかかるかもしれないし、それまでなんとかして生きてかなきゃならないんだ」

ダスター・コートを着たベラは肩をすくめ、車のほうへ歩きだした。グラントはみじめな気分であとを追った。

「どうすればいいのか、おれにはさっぱりわからないよ、ベラ」グラントは繰り返した。

「そうねえ」ベラは言った。「だったら、少し考えてみたほうがいいわよ」

それからの何週間か、グラント・ファーゴはかつてないほどひどい経験をすることになった。

破れかぶれになって次から次へと新しい手を考え出すのだが、はなからうまくいくはずもない手ばかりだった。

まず最初に、給料を週十ドルに上げることを会社に要求し、一日休むことで簡単には譲歩しない《アイ》紙のオーナーをせっつこうとした。その要求を出したときに、折悪く町に流れ者の印刷工がやってきた。その男は、最終的に酒を飲み過ぎて馘になるまで、二週間職にありついた。その二週間というもの、グラントは無収入の憂き目に遭ったあげくに給料の額は据え置きのまま、また同じところで働くことになった。

事実上、グラントは生活に必要な物とは無縁の生活を送っている――あるいは、本人がそう言っている――ので、なんとか三十ドル貯めることができた。と思いきや、これ以上ないというほどバカげたことを企てたせいでそれを失うことになった。ポーカーで、インサイド・ストレートからストレートを作ろうと粘ったのだ。おまけに、まえの回で必勝の手をもちながらチェックするという手痛い失敗をしていた。

もちろん、この災難についてあえてベラに打ち明けるようなことはしなかった。そうでなくても、すでにベラは充分に厄介だったからだ。

ベラに無理強いされたグラントは、(そんなことをしても無駄だ、と言い張ってはみたのだが) カネを貸してほしい、と頼む手紙を昔の友人に山ほど書き送った。本人もかなり驚いたことに、合計二十ドル程度のカネが集まったのだが、それを意気揚々とベラに渡したとたん、ベラはそれまでにも増して手に負えなくなった…… 〝本気になればおカネが手に入る、ってことじゃないの! いいわ、手紙を書いてもっと集めなさい。そんなことをしても無駄だなんて、いまさら言わないでよね。最初だってそう言ってたんだから〟と噛みつかれてしまったのだ。

グラントはまた手紙を書いたが、空振りに終わった。だが、ベラは信じようとしなかった。

ある晩、グラントが五十セントで雑用をさせて欲しい、とシャーマンに頼んでみると、快諾してもらえた。その労働の結果、手にすることができたのは十五セント (グラントには一時間以上何かをつづける根気がなかった) と、台無しになったスーツ一着 (テッドに残飯入れのなかへ突き飛ばされた)、そして腰痛 (ガスがグラントの上にトウモロコシをぶちまけ、ブタを呼び集めた) だけだった。

グラントはじつに哀れな男だった。ベラを助けるために頑張っているのに、彼女にはこれっぽちも同情してもらえなかったのだ。

週刊のタブロイド紙に掲載されていた広告を見たグラントは、貴重な五ドルをはたいてその商品を買った。そして届いたなんの表示もない箱をベラに渡すと、自分で飲みなさいよ、とバカにした顔で突っぱねられた。

しまいにはベラが、グラントの父親に話すしかないという態度を見せるようになった。

「だけど――だけど、きみにそんなことできっこないだろ、ベラ！」

「私だって嫌よ、グラント」

「きみがおれに腹を立ててるのはわかってるけど、そんな真似をしてなんの足しになるんだ？」

「あら、きっとここを出て行くためのおカネが貰えるんじゃない？」

「そうかもしれないけど、きみはおれの従妹なんだし、それに――それに――父さんから言われてるんだ――それに、父さんとシャーマンときたら――きみは、あの二人のことをわかってないんだ、ベラ！」

「わかってるわよ」――ベラは考え込むように言った――「あの二人のことなら、よくわかってる気がするわ」

「たのむ、あの二人には言わないでくれ、ベラ！」

「そうねえ、できれば避けたいわ、グラント」

「カネならなんとかする。だから、絶対に言わないでくれ！」

「私だって、そんなことしたくはないのよ、グラント。だけど、頑張ってもらわないと。もう、あまり時間がないから」

19

ドク・ジョーンズはボブ・ディロンの頭に巻いた包帯を最後にもう一度整え、そこに再度アルニカ・オイルを軽く塗り、自分の薬入れを片づけはじめた。愛想よくボブにウィンクをすると、少年は物憂げに目を閉じた。

「大丈夫でしょうか、ドク?」汚れた灰色のエプロンを強く引っ張りながら、ミセス・ディロンが訊いた。

「ああ、もちろん。ちょっとショックを受けてるだけだよ。その頭の傷があれば、たちの悪い考えがいくらか抜けてってくれるだろう。なあに、いずれすっかり良くなるさ」

ミセス・ディロンはため息をついた。「まあ、それはありがたいことですわ。この子の身には何も起きずに、私がもう充分に災難に見舞われてるということは、神もご存じだということですね。いくらお支払いすればよろしいですか、ドク?」

「いやあ、一ドルくらいで充分だと思うよ、イーディ。ところで、どういういきさつでこんなことになったのかな?」

「それはですね、この子はシャーマンの家に行ってたんです」イーディはポケットの奥の一ドル銀貨を取り出しながら説明した。「で、シャーマンに息子が二人いるということはご存じですよね、テッドとガスという――」

「もちろん知ってるとも」

「どうやら、あの子たちが飛ぶと思い込んでいる怪しげな機械を持っていて、納屋の屋根裏から飛ばすことにしたらしいんです。ボブは操縦するつもりでそのろくでもない代物に入って、あの二人が走ってそれを押して行っていよいよドアから飛び出すというときに、うしろの部分——尾部《テイル》って言いますよね——そこに飛び乗ったんです。機械は完全に宙返りして墜落してしまい、粉々になりました。ですから、なぜ三人の命が無事だったのか、私にはわからないんです。ジョセフィンは危うく死にかけましたけど」

「そりゃまた、どうして?」医師は興味津々で訊いた。

「あの人は、外でテッドとガスを捜してたんです。たぶん、何か仕事を言いつけるつもりで、二人に気づかれないように近づこうとしてたんだと思います。ちょうど納屋の入口のところまで来たときに屋根裏からその機械が飛び出してきて、すんでのところであの人の真上に落ちるところだったんです」

医師はくすくすと笑った。「で、テッドとガスは無傷だったんだろう? ジョセフィンにお仕置きを喰らったにちがいないな!」

「二人ともさっさと逃げましたよ。ですけど、戻ってきたらまちがいなくお仕置きでしょうね」

ドクタ・ジョーンズは受け取った診察代を小銭入れに入れ、帽子をかぶった。ミセス・ディロンは、息子に不安げな視線を向けた。

「この子をひとりにしておいても大丈夫でしょうか、ドク? 私にはいろいろと仕事があって……」

「ああ、大丈夫だとも。静かに休ませておきなさい。何か欲しいものがあれば、大声で叫ぶくらいのことはできるさ」

医師はイーディとともに藁のマットが敷かれた廊下を歩いて行き、一階のロビーへ下りた。そこでふと足を止め、まわりにある擦り減った革張りの椅子や大きな真鍮の痰壺、ささくれ立った床に目をやった。

「きみのおかげでここはずいぶんきれいになったよ、イーディ」満足そうに言った。

「放ってはおけないほどだったんです」イーディは率直に言った。「あんなひどい状態は、あなただってご覧になったことはなかったはずですよ、ドク。しかもあのトコジラミときたら――おぞましい！」

「もう、すっかり駆除できたのかい？」

「完全に、とは言えないんです。思いつく限りのことはやってみたんですが。石油やトウガラシ、硫黄ロウソクなんかを使って」

「そう簡単に駆除できる数じゃあるまい」医師は頷いた。「しかも、この暖かさだとひどくなるいっぽうだ。秋になればいい感じに冷えるから、全滅させてくれるさ」

「ええ、私もそう願ってます」

「商売の調子はどうなんだい、イーディ？」

「あら、そっちはまずまずなんですよ」ミセス・ディロンは言った。「道路の雪もすっかり解けましたから、もうすぐ出張販売員の人たちが移動をはじめるはずですし、来週はショトーカの人たちの宿泊予約が入ってるんです。人を雇うのに、こんなにおカネがかかりさえしなければいいんですけどね！　あの、デハート家のいちばん上の娘さんをここの調理係兼メイドとして雇ってるんです――そうは言っても、ほんとに私の手伝いをしてもらうだけなんですよ――それで、週に四ドルも払わなきゃならないんですから！」

医師は険しい顔つきで首を振った。「ほんとに、人を雇うのはカネがかかるものだよ。うちでもモス家の娘をひとり雇ってて、なんにもしない子だが、それでも週に二ドル五十セント払ってる。うちの妻と私に代わって家事をしてもらうというだけで、二ドル五十セントだよ！」

ミセス・ディロンは、それは嘆かわしい話だ、と言った。ドクタ・ジョーンズは、もしこういう娘たちでも、家を出て生活のために働かなければならないということになれば、きっとものの道理というものがわかるようになるだろう、と言った。そして帰ろうとしたが、ふと、ためらいがちに足を止めた。

「ところでだな、イーディ、ご主人のボブから何か連絡は？」

「ええ、確かに連絡はありました」そう答えたとたん、イーディは認めてしまったことを後悔した。

「それで？」

「大した内容じゃありませんでしたよ」

「大した内容じゃない？」

「そうなんです」ミセス・ディロンは言った。

人のいい医師は少しがっかりした顔をしたが、すぐに過去のことを思い出して顔を輝かせた。「ボブにはじめて会ったときのことは、絶対に忘れられないよ。あのとき、ボブはここの線路に付いた氷を融かすのに、火で熱する仕事をしてたんだ。きみも知ってのとおり、あの男は鉄道会社の弁護士をしてるときに一種のノイローゼになって、回復を待つあいだ火を使う仕事を引き受けたんだ——」

「ええ、そうですね」かすかな苛立ちを滲ませ、イーディは言った。

「で、オーヴァーオール姿でうちの診療所へ来た——もちろん、そのときの私はあの男が何者か知らなかったし、メディカル・スクールを出てからそう時間も経っていなかったから、いくぶん思い上がってたと思うんだ、それに——おっと、忘れてた。あの男は、何かで腕を痛めた、と言うんだよ。だから、私はこう言ったんだ」——医師はくすくす笑った——「〝具体的には、腕のどこが痛いのかね？〟ってね。そしたらあの男は、あのいかにも眠そうな目で私を見たんだ、わかるだろう——」

「ええ」イーディ・ディロンは唇を噛んだ。

「——で、こう言うんだよ、〝よくわからないんです、ドクタ。医療についての知識が足りないので。

橈骨と尺骨のどちらに痛みがあるのかはっきりしないんです"ってな」ドクタ・ジョーンズは大笑いした。「私はすっかり鼻っ柱をへし折られたよ！」

「あの人は、すごく頭のいい人でしたからね」ミセス・ディロンは言った。

「じつに有能な男だよ。それで――その――元気でいてくれてるかね？」

「そうですね――そう思います。わざわざありがとうございました、ドク。私はそろそろキッチンへ戻らなければならないので」

「もちろん、そうだな」ドクタ・ジョーンズは傷ついたようだった。「どうぞ行ってくれたまえ、イーディ」

医師は心底がっかりしてホテルを離れ、ミセス・ディロンは余分な給料を払っているデハート家の娘の尻を叩くためにキッチンへ戻った。

ホテルの二階にいるボブ・ディロンは、這うように病床を離れて窓辺へ行き、ホテルの裏側のポーチに向かって小便をした。しばらくそこで立ったまま、くたびれたタール紙の上でばらばらの方向へ流れて行く液体を見つめ、なぜ自分が考えるように一方向に流れないのだろう、と思った。ベッドへ戻ると心地よい達成感に満たされた。なぜか、おまるを使うより屋根の上に向かって小便をするほうがはるかに気分がよかった。ボブは、これも、なぜだろうと思った。

ボブは完全に動きまわれる状態だったが、この怪我には価値があるから、いずれ何か見返りがあるぞ、と頭のなかの何かが言っていた。そこでベッドに留まり、（ポーチの屋根が完全に乾いたことを確認してから）泣き声や呻き声をあげはじめた。すると、一パイントのアイスクリームという見返りが手に入り、眠りに落ちたボブは、さらに明るい未来の夢をたくさん見たのだった。

それから二、三日のあいだ、ボブがパイロットとしてのごくわずかな経歴に感謝したのも当然のことだった。

テッドとガスがコーンコブ・パイプとタバコを山ほどもって見舞いに来てくれたので、三人であの冒険を思い出しながらとても楽しく半日を過ごした。そのなかでわかったのだが、間一髪で死を免れたあと、ジョセフィンは精神的ショックのせいで寝込んでしまったために、誓ったとおりにテッドとガスを叱ることができていなかった。二人はぞくぞくしながら恐怖混じりで母親の回復を待っているのだった。アルフ・コートランドはほぼ毎日足を運んでくれ、いつもお土産として本やキャンディを持ってきてくれた。

シャーマンも一、二度見舞いに来て愛想よくボブを罵り、耳を切り落とすぞ、と脅した。毎日、昼になるとホテルでタダ飯を食べさせてもらっているグラント・ファーゴは、一度だけ見舞いに来た。だが、長居はしなかった。運動不足と食べ過ぎがたたってひどい便秘になっていた少年は、奇妙な偶然の一致で、グラントが来たとたんにおまるを使いたくなった。すると洒落者の若い叔父は、嫌悪感をあらわにして部屋を飛び出して行った。

ボブにとっては、かわいいポーリー・プラスキーが見舞いに来てくれることが何より嬉しかった。ポーリーの家族は菓子店を営んでいるので、いつもアイスクリームなどのおいしいものを持ってきてくれたからだ。だが、何も持ってきてくれなかったとしても、ボブはやはり、ほかの誰よりポーリーに会えることをいちばん喜んだだろう。

ポーリー・プラスキーとボブは恋人同士だった。世間全体に対してばかりか、二人のあいだでもそのことを認めたことは一度もなかったが、それが事実だということに変わりはなかった。

ポーリーの一家は数世代まえに東欧から来た移民だったが、大半の人々からは白人とみなされていた。

なかには、多くの白人家庭よりこの家のほうがずっと立派だ、と言う者もいた。ジョン・プラスキー（本当のファースト・ネームは、英語では発音できなかった）は、店が繁盛していて銀行にかなりの預金があり、スクウェア・ダンスのコーラーとしてとても頼りにされていた。ミセス・プラスキーは家を非常にきれいに保っていて、週に二度洗濯をし、キルト制作やお茶を注ぐことにかけては右に出る者がいなかった。この一家がカトリック教徒だということは非常に残念だ、と誰もが思っていたものの、ほかの美点を考慮してその点については大目に見る向きが多かった。いずれにせよ、ジョン・プラスキーは金曜日に肉を買うところを目撃されていなかったのだろうか？　そして、オランダ人の肉屋のシュノールにその点についてからかわれると、すかさず冗談で返したではないか！

いやあ、プラスキー家なら問題ないとも！　とにかく、大方についてはな、というのが町で共通した意見だった。

ボブの療養期間の最終日に、ポーリーはアイスクリームとクッキーをもって訪ねてきた。そして、小皿とスプーンを部屋に持ってきたミセス・ディロンは、子どもたちを二人きりにしておいた。

ポーリーとボブは、恥じらいながら互いを見つめ合った。この人ってとっても頭がいいわ、とポーリーは思っていた。ミスタ・ディロンがとても頭がいい人だということは父親から聞いていて、母親からは振る舞いに気を付けなさい、と言いつけられていた。

ボブのほうは、ポーリーを美人だと思っていた。茶色の髪――なんと、腰に届くほどの長さがある――を、両耳の上で巻いてまとめてある。顔は丸くてバラ色で、肌がクリームのように滑らかだ。しかも、ぱっちりとしたスレートのように濃い灰色の目は謙虚さに満ち、灰黒色の長い睫毛で縁どられていた。二人は目をそらしているふりをしながら、互いを盗み見ていた。同時に皿を手にしてそれを舐めた。

「きみは、〝ヤフー〟なんだよ」ボブが急にこう言った。「自分でわかってるのかい?」

ポーリーは慎ましく笑った。「ちがうわよ、ぜったい! でも、〝ヤフー〟ってなんのことなの?」

「馬の姿をした〝フウイヌム〟と、〝ヤフー〟。馬じゃない側の人間のことさ。二種類の人間がいるんだ。この本に書いてあるんだよ。『ガル——ガリ——ヴァー旅行記』っていう本なんだ。アルフが持ってきてくれた本なんだ」

ポーリーはまた面白がって笑った。「じゃあ、あなたもヤフーね」思い切ってこわごわ言ってみた。

「ほら、ここにぜんぶ書いてある」ポーリーの指摘にはお構いなく、ボブは言った。「ガ・リー・ヴァーは、長いあいだずーっとフウイヌムと暮らしてたんだ。で、うちに帰ったんだけど、奥さんがヤフーだってことが恥ずかしくって、二度とキスできなくなっちゃったんだって」

「まあ」大きな灰色の目を伏せてポーリーは言った。「私、その人は奥さんをそんな目に遭わせちゃいけなかった、って思うわ」

「へー! この本よりもきみのほうが物知りだな!」

「こう思うの」ポーリーは言った。「奥さんにキスしてあげるべきだった、って。長いあいだおうちにいなかったんだし、それに——それに」——囁き声になった——「たぶん、お、奥さんだってそうして欲しかったはずよ」

何か落ち着かないが、それでいて不愉快でもない感覚が不器用なからだを駆け巡り、ボブはポーリーを見つめたまま顔をしかめた。「もしかして、きみはぼくが——もしかしてきみはぼくが——きみはぼくが——」

「もしかして」口にしてみた。「もしかして、きみはぼくが——もしかしてきみはぼくが——きみはぼくが——」

ポーリーはぼんやりと首を振った。いま着ている、しみひとつなく、しっかりと糊の効いたワンピースの複雑なかぎ針編みに気を取られているように見えた。

「きっと――きっときみは――こっちへおいでよ、ポーリー！」ボブ・ディロンは言った。「ううん」ワンピースを引っ張りながらポーリーは立ち上がり、ベッドに少し近寄った。「う、うん、ボビー」

「こっちへ来なよ！」

「う、うん、待って」

「ブタだって〝う、ぅん〟って鳴くよ」少年は真似をした。「尻尾をぎゅっと握ってやると、〝う、ぅん〟って言うんだ」

ポーリーは顔を赤らめて小さく笑った。「でも、私はブタなんかじゃないわ」

「ここへ来なよ！」

「ほ――ほら、来たわ……」

ボブはすでに上体を起こしていたが、どういうわけかポーリーのほうへ傾き、ポーリーのからだまでボブのほうへ近寄ってくる、というより引き寄せられているようにさえ見えた。ポーリーの丸く、ピンク色とクリーム色をした小さい顔がどんどん近くなり、大きな目がさらに大きくなった。こうして近づいた二人は唇を合わせ、抱き合った。不器用で真面目くさった顔つきの少年と、糊の効いたピンクのエプロンを着けた少女は、ぎこちない手つきでお互いのからだを軽く叩きながら何度も何度もキスを繰り返していた。そして、この二人が共有する愛と陶酔感は、とても冷やかしのことばなどかけられないものだった……

するると、突然ポーリーがからだを離して泣き出し、ボブはびっくりしてしまった。

「あなた、私が好きじゃないんだわ！　ずっとずっと好きなんかじゃなかったんだわ！　もうおうちに帰る！」

「ポーリー！」ボブは声をかけた。「待って——泣かないで——」

だが、すでにポーリーの姿はなかった。

ミセス・ディロンは、そんなただならぬ様子でロビーを駆けて行く少女を見て呼び止めようとしたが、ちょうどそのときに電話が鳴ったので仕方なく出ることにした。

「ああ、アルフ」電話に向かって言った。「イーディですけど」そして、わずかに眉をひそめた。というのも、一度アルフにとても不可解な振る舞いをされたことがあったからだ。

「いますぐ、銀行に来てもらえないか？」

「ええと……どうかしら。どんな用件なの、アルフ？」

「ちょっと電話では話しにくい。だが、重要な話なんだ」

「そう——それなら、いますぐ伺うことにするわ」

イーディはタバコ売り場のカウンターの下にエプロンを押し込み、軽く髪を押さえてから急いでホテルを出た。こういう昼間なら心配ない、と思った。大丈夫だろう。だが、あの晩、ホテルに来たアルフの振る舞いはかなりおかしかった。夜更けなので宿泊者たちを起こしてしまうのではないかと冷や冷やしたし、しかも、アルフの目つきがかなり変だったのだ……とはいえ、まあ、きっと一、二杯多く飲み過ぎただけだったのだろう。そんなことをするとはアルフらしくないが。

金物屋から威勢よく出てきたシャーマンを見たイーディは、本心では安堵したのだが、素直にその事実を認めようとはしなかった。名前を呼んでから、二、三歩走って兄のところへ行った。

「たったいま、アルフから銀行へ来て欲しい、という連絡を受けたの」イーディは説明した。「大事な話があるんだけど、電話じゃ話せない、って言うのよ。いったいどういうことかしら――」

「おれもいっしょに行こう」すかさず兄が言った。「とにかく、どんな話か聞いてみたいじゃないか」

すっかり好奇心をそそられた兄と妹は、並んで銀行に入った。コートランドは感じのいい控えめな態度で二人を迎え、窓口からは話が聞こえない自分の机へ案内した。

「さっき、少し出かけていたんだ」静かに話をはじめた。「ちょっと葉巻を買いにね。その留守のあいだに、あそこのヒギンズ君が、二百ドルの小切手を換金した――グラントのために」

イーディは息を呑んだ。シャーマンは鼻を鳴らした。「おい、グラントがそんな代物を持ってるはずはないってことくらい――」

「その小切手はリンカーンが振り出したことになってたんだよ、シャーマン。つまり、きみのお父さんの署名があったんだ。じつによく書けてたから、ヒギンズは換金してもいいだろう、と判断したんだ」

「父さんは、グラントになんか二百セントだって出すものですか」イーディはきっぱりと言った。

「その小切手を見せよう。もしかしたら――」

「バカ言え」シャーマンが言った。「そんなものを見せてもらったって無駄だ。偽造したに決まってるだろ」

「私だって、そうにちがいないとは思ったさ」コートランドは頷いた。「だが、それについてどう対処すればいいのか、判断がつかなかったんだ。リンカーンの具合が悪いということは知ってるから、あの人の手を煩わせたくはないし、それに……」両手を広げて二人の意見を待った。

「あの野郎、ふざけやがって」シャーマンは言った。「まさか、こんなことをしでかすような大バカ野郎だとは思わなかった。確かに、とんでもない大バカ野郎だってことはわかってたがな。なんであいつはこんな真似をしてただで済むと思ったんだ?」

はるか遠くの谷のほうから響く長い汽笛の音が、不気味に町を越えて流れてきた。すると、シャーマンが悪態をつきながら椅子をうしろへ蹴り飛ばして立ち上がった。

「そういうことか! あのクソ野郎、逃げるつもりだ!」そう吼えると、がっしりしたからだでドアへ突進した。

「シャーマン!」イーディが叫んだ。「絶対にバカな真似は――」

「おれが取っ捕まえてやる!」大声で言い返した次の瞬間、シャーマンはもう半ブロック先にいた。四輪馬車に跳び乗ると、馬に合図の声をかけるのとほぼ同時に方向転換しようとした。鹿毛の馬は両耳をうしろに倒して跳ね上がりそうになった。片側の二つの車輪が歩道に乗り上げた馬車は、一瞬、その場で不安定に浮いた。そのとき、ふたたび跳ねた馬がギャロップで駆け出し、馬車は全速力で町を出て駅へ向かった。

駅のプラットフォームを行ったり来たりしているグラント・ファーゴの目に、すごい勢いで迫ってくる土埃が見えた。だが、その発生源が線路を渡るまで正体はわからなかったし、わかったところでどうしようもなかった。列車はまだ、一、二マイル離れたところにいたからだ。

悪態さえ口にできないほどすくみ上がったグラントは、馬車を降りた兄が馬車用の鞭を取り出し、からだを揺らしてのんびりと自分のほうへ歩いてくる様子を見ていた。膝がガクガクした。マラリアにでもかかったかのように全身が震えていた。唇を舐めてみたが、ざらついた乾いた感触しかなかった。

「どこかへお出かけ、というわけか?」爆発寸前の感情を喉に詰まらせているような例の声で、シャーマンは言った。

「そ、そんな、まさか」グラントはどもった。「ち、ちがうよ。どこにも行かないさ」

「列車を見に来ただけ、ということだな」シャーマンは頷いた。「おれがいっしょに見てても構わないだろ? 困るというなら、はっきりそう言ってくれ。知ってのとおり、おれは相手に無理強いするような人間じゃないからな」

グラントは情けない顔をして首を振った。「構わないよ」囁き声で言った。

「おお、そう言ってもらえるとは光栄だ」シャーマンはきっぱりと言った。「これほど元気づけられることばは、ほかに聞いたことがないからな」長年の日焼けで荒れた口の端でパイプを揺らし、鞭を曲げ、しげしげとそれを眺めた。「この鞭をどう思う?」先端を前後に弾きながら、探るように訊いた。「なんかの役に立つと思うか?」

「シャーマン! まさか――」

「一度も使うチャンスがなくてな」シャーマンは、説明するような口調で言った。「馬を叩くには使い勝手が悪いし、うちのかみさんはあのガキどもに使う鞭をもう持ってるしな。まあ、もうすぐ切れちまうほど使うだろうから、そんな心配も無用になるがな」

グラントはいまにも失神しそうだった。唇が動いたが、ひと言も出てこなかった。

「いま、何か言おうとしてたよな?」シャーマンは明るく言い、片手を耳に当てた。「まあ、いいさ。黙って列車を見て楽しむことにしようぜ」

列車が蒸気を吐きながら駅に入ってくると、シャーマンはうわべだけの親しみを込めて弟の肩に片手を載せ、ここから逃げることの利点と、家へ帰ればこうむる可能性のある――いや、こうむることはほぼ確実な――不愉快な思いを、嫌味たらしく延々と仄めかしつづけた。そして、からだを震わせてショック状態に陥っているグラントは、何も言うことができなかった。

車掌が列車を降りて駅舎に入り、すぐに何枚かの紙をもって出てきた。そして、よそよそしく二人に目を向けると、シャーマンが丁寧に挨拶をした。車内に戻った車掌は乗車口で構え、手すりを握って叫んだ。「発車ーっ！」

列車の車体が揺れ、駅を離れていった。

シャーマンはもうお遊びに飽きていた。なけなしのユーモアを使い果たしてしまったのだ。

「どこかに荷物を隠してるのか？」きつい口調でグラントに訊いた。

「そんなものはな、ないよ、シャーマン」

シャーマンは鞭を突き出した。「クソったれが！」

グラントはうなだれてよろめきながらその場を離れ、シャーマンはふんぞり返ってそのうしろをついて行った。馬車まで来ると、シャーマンは素早くあたりを見まわし、誰かに見られていないか確認した。そして片腕をうしろへ引き、力まかせに弟を蹴り飛ばした。

グラントは叫び声をあげ、手足を広げて頭から馬車の座席に突っ込んだ。シャーマンはそのからだをまたいで馬車に乗り、その上に腰を下ろして馬に合図を送った。馬車は町と反対の方向へ走って行った。

穀物倉庫の裏の見晴らしのいいところにいるベラ・バークレイは、延々と口汚く悪態をつきつづけていた。あの根性なし！　チャンドラー車のエンジンをかけて道へ戻りながら、ベラは思った。クラゲみたいなチビ野郎！　あの男に少しでも度胸があれば、なんとかシャーマンに立ち向かうことさえできれば、二人とも逃げられたのだ。いまごろは二人で列車に乗り、何マイルも離れたところにいたはずなのだ。

誰にも見られずに荷物を家に入れるにはどうすればいいだろう、と思いながら、ベラは自宅へ向けて車を走らせた。

ろくでなしのグラント！　あの、ろくでもない、ろくでもない、ろくでもないグラント！　ベラは、あの男を蹴飛ばしてやれたらどんなにいいだろう、と思った。

リンカーン・ファーゴは、意地の悪さと陽気さを取り戻したような気分だった。自分が卒中になったのは息子が働きだしたからだ、と言い切っていたときと同じ調子で、今度はグラントが大胆不敵に小切手を偽造したことと、その結果のおかげで回復できたのだ、と断言していた。あの伊達男に思う存分悪態を浴びせたことによって、自分のからだに残っていた不活発な胆汁を一掃することができた、とうそぶいた。本人の説によると、息子にあの馬用の鞭を使ってやりたいという激しい衝動が、気力で困難を乗り越えるきっかけになった、というのだ。そしてこの場合の困難とは、本人いわく、なかなか言うことを聞かない筋肉のことだった。

リンカーンは最初から断言していたように、グラントを鞭打たなかった。というのも、この若者はもう充分につらい目に遭ったと思っていたし、（本人のことばを借りれば）リンカーンには捨てても構わないと思える鞭がなかったうえに、のちになんらかの動物に同じ鞭を使うことで、息子の自尊心を高めるような真似はしたくなかったのだ（もちろん、その動物のプライドも考慮してやらなければならない、と思っていた）。何はともあれ、この老人はまた元気に動きまわれるようになった。そして今日、自信たっぷりに自宅の居間を通り抜けて行くリンカーンは、いちばんいいズボンと、磨き上げたコングレス・ゲイターを履いていた。そして、片側の三白眼を隠すように、大きな黒い帽子を大胆に傾げてかぶっていた。

台所で足を止めたリンカーンは杖を振り、わざと音をたてて長くて黒い葉巻を噛んで、コンロを見ている妻が振り返って文句を言う時間を与えてやった。

あたりを見まわした妻は、夫を見て不機嫌そうに眉をひそめた。

「いったい、どこへ行くつもりなの?」彼女は問い詰めるように言った。

「地獄へだよ。いっしょに行きたいか?」リンクは獣じみた喜びを込めて杖を振った。

「ふらふらと町へなんか行かないでよ。ドクタ・ジョーンズに言われたことはわかってるでしょ?」

「ドクタ・ジョーンズなんざクソ喰らえだ。おまえは、おれよりもドクタ・ジョーンズのほうがおれの気分をわかってる、そう思ってるんだろうがな」

この反論不能な切り返しに満足したリンカーンは鼻を鳴らし、もの欲しげな目で、網戸の向こうを通る一羽のニワトリを見つめた。そのニワトリは立ち止まり、リンカーンを見つめた。リンカーンの手の指が無意識に動いた。

「それじゃ、行ってくるぞ」妻にこう告げた。

「何をするつもりかはわかってるわよ。ポーカーでおカネをどぶに捨てる気でしょ」

「まさか、とんでもない」リンカーンは否定した。「神様にお供えしよう、と思ってるんだよ」

鼻を鳴らして咳き込みながら、リンカーンは玄関を出た。数ヶ月に及ぶリンカーンの療養期間中にニワトリたちはすっかり注意力を失っていて、彼の姿をはじめて見るものすらいた。リンカーンの杖の湾曲した部分で六羽が仕留められると、ニワトリたちは平穏な日々が終わったということを思い知らされた。ニワトリたちの鳴き声に調子をあわせるように、リンカーンは肩をいからせて門を出て行った。逃げまどい、恐怖に尾羽を広げ、その奥の赤い尻を丸出しにしているニワトリたちに向けて、うきうきと罵声を浴びせたり冷やかしたりした。

「まったくもって大した見ものだよ、おまえらは」嘲るように言った。「全身が尻で、脳みそがないんだからな」

リンカーンは、いずれ日曜日に、このふざけた生き物をディナーとしていただくことにした。こいつらにものの道理というものを思い知らせてやろうじゃないか、という気になった。

今日は最高といってもいい日だぞ、と確信した。

ドクタ・ジョーンズの家のまえを通るときには足を止めずにはいられなくなり、何分か柵に寄りかかった。ローリー・ブレイクの家のまえを通るときも同じだった。

ちくしょう、だが仕方があるまい。最後に外出したのは何ヶ月もまえなのだ。しかも、もう町外れまで来てるじゃないか。くそ、誰だってたまには足を止めてひと息つきたくなるものさ。リンカーンはまた杖を握りしめてぶらぶらと歩きだしたが、歩みはさっきよりだいぶ遅くなっていた。そして、裁判所の芝生をうろついている孫のロバート・ディロンを目にすると、ひそかに助かったと思った。

「よう、元気か！」建物に寄りかかり、リンカーンは呼びかけた。「そんなところで何をしてるんだ？」

ボブは慌てて通りを渡り、素足で機関車の煙のような砂埃を巻き上げながら祖父のそばへやってきた。

「こんちは、父さん」祖父に言った。「どこへ行くの？」

「おまえこそどこへ行くんだ？」老人は言い返した。「なぜ、ホテルへ戻って母さんの手伝いをしないんだ？」

「だって、ぼくがそばにいると嫌がるんだもん」少年は正直に答えた。「ぼくがいると邪魔なだけだから、そばに寄らないで欲しいんだって」

「そうか。おれはいい子だと思うがな！」

「で、父さんはどこへ行くの？」

「おいそれと明かすわけにはいかないな」

「釣りに連れてってよ、父さん。ずっとまえに約束したのに、一度も連れてってくれなかったじゃないか」ボブは祖父の顔に熱のこもった視線を向け、少し身を捩らせた。「ねえ、釣りに連れてってよ」

「そりゃあ、連れてってやるとも」リンカーンはつっけんどんに言ったが、まだ行ける状態ではなかった。「で、ふと気がついたら魚が竿を握ってて、おまえが針にかかってる、ってわけさ」

「そんなわけないだろ、父さん。ぼくなら大丈夫だよ」

「そうに決まってるさ！　冗談じゃない！　納屋の屋根裏からツーバイフォーの板の塊を飛ばせるなんて考えてる小僧なんか、連れてってたまるか」

少年は苛立たしげにからだを小刻みに動かした。「だけど、いい子にするよ、父さん。絶対に」

休憩中の老人は考え込むような顔をした。まず、エサのことを考えなければならない、と言った。そして自分の孫に、耳に札がついていて紹介状を持っているやつでも近寄ってこなければ、おまえは魚のエサかどうか判断することができないのではないか、と理不尽なことを言った。

「虫なんか探さなくていいよ、父さん！　ぼくが、何かのレバーを手に入れるから」そう言うボブのからだの動きが大きくなってきた。

なるほど、だったら釣り竿はどうなんだ、と老人は訊いた。そして、少年が考えた解決策を悪しざまに言い、にべもなくはねつけた……いや、冗談じゃない、川で釣り竿なんか探せるわけがないだろう。絶対にむりだ。おまえはガラガラヘビを摑んで、それを使うと言うに決まってる。

リンカーンは、自分はごく当たりまえに自分の命を大事にしているまともな人間なのだ、と言った。ありがちなかたちで死ぬなら少しも怖くはないが、ヌママムシに飲み込まれるとか、魚に少しずつ齧られて命を落とすとか、曲がった針のせいでからだがばらばらになるような致命傷を負うとか、そうした不愉快な死に方をすることだけはご免こうむりたい。だから、おまえがそういう事態を避ける手立てを示せないかぎりは……

釣りに行きたい一心ですっかりのぼせ上がったボブは、その遠出がいかに安心かつ快適かをヒステリックに説明した。リンカーンが悲しそうに首を振るたびに代案を出した――一ダースもだ。だが、老人はどの提案にもけちをつけた。そいつもご免だな、と言った――ひとりで行くほうがましだ、と。

自分の孫に愚かさという気質が現われているのはなんとも残念だ、ということまで仄めかした。

そうやってさんざんからかいつづけられた結果、ボブは、リンカーンが野蛮な原初形態にまで遡れそうな舞踊を小馬鹿にして〝ダンス〟と呼ぶ踊りを披露しはじめた。

いじめ抜かれた少年は、熟していないリンゴを食べ過ぎた者のように腹の真ん中あたりを両腕で抱きかかえた。からだを半分に折ったまま、頭を左右に振りながら片足で跳ね、足を交互に代えて跳ねつづけた――まるで、熱いストーヴに載せられた雄鶏のようだった。そのあいだ、はるか遠くの砂丘にいるコヨーテが一頭残らず白髪頭になるのではないかと思えるほどの、激しい苦悶と怒りのこもった雄叫びをあげつづけていた。

「やあああ、やあくそくしたじゃないかああ、とうさあああん！　つううりいいに、つれてってええくれるうう、ってえええ……！」

この発作が起きると、ボブの母親は奥歯が鳴るまでボブのからだを揺さぶることにしていた。かつて、祖母はいつも布巾や、バターの攪拌機から片手いっぱいに取った搾りかすや、それに類する不愉快なものを彼に投げつけていた。そして今日、充分に休息が取れたうえにこのお楽しみもすっかり堪能したリンカーンは、杖の曲がった部分を少年のサスペンダーにひっかけてからだを小突いた。するとボブは歩道で尻餅をつき、からだの震えが収まった。

「何をぎゃあぎゃあ喚いてるんだ?」きつい口調で言ったリンカーンに、ふと考えがひらめいた。「おれは、釣りに連れてってやる、と言ったんだ」

「そおおんなあこと、いってなああ――えっ!」ボブは跳び上がった。

「ああ、行くとも」リンクは陽気な声で言った。「すぐに吸いつくやつを山ほど釣るぞ」

少年は大喜びで跳ねまわった。「わーい! じゃあ、エサを持ってくるよ!」

「おい、ちょっと落ち着いて――」リンカーンは言いかけた。

だが、もうボブは次のブロックにある、オランダ人のシュノールが経営する肉屋に入りかけていた。

町の少年たちのあいだでは、この肉屋について不穏な噂が流れていた。それによると、不運な若者がひとりならずこの店に入ったきり姿を消してしまっているのだが、それは、ソーセージという身元確認の不可能なものにされてしまったからだ、というのだ。店主はブタのような小さな耳をした、感情を表に出さないオランダ人なのだが、この噂を意識し、それを維持するために全力を尽くしていた。心中ひそかに喜びを沸き立たせ、店に来る男の子にいやらしい目つきで体重を訊いたり、ソーセージ作りの道具をよく見るようにと強要したりするのだった。

というわけで、「そんで?」長いナイフを研ぎながら店主は言った。「なんが欲しいんだ?」

ボブは、川へ行くなら昼食が必要だろう、と思った。震えながら五セント分のボロニア・ソーセージと五セント分のヘッド・チーズ、それにレバーを一ポンド注文した。

獰猛そうに顔をしかめながら、肉屋は商品を包んでカウンターに置いた。ボブは肩越しに入口のほうへ目を向けた。いい加減に父さんが来てもよさそうなころだった。そろそろ、店に入ってきてもおかしくないはずなのに。

「んで?」オランダ人が訊いた。

「と、父さんが払ってくれることになってるんだ」少年はどもりながら言った。「父さんのことは知ってる?」

「知らんな」オランダ人はにべもなく言った。

「え、ええと——え、ええと、ぼくのおじいちゃんのことなんだ。お、おカネなら持ってる」恐怖心に駆られたボブは、おがくずの撒いてある床をあとずさりしはじめた。

「ほう!」ナイフを研ぎながら肉屋が言った。「じいさんを犠牲にしようって魂胆か。それならいっそ……」

そう言って、肉屋がカウンターから出てこようとした。

気が狂ったような悲鳴をあげ、ボブは店を飛び出した。

肉屋から二、三軒先まで通りをまっすぐ走って逃げたところで、また祖父の杖に捕まった。そして、向こう見ずな行動の危険性について悪態まじりの説教をくらい、商品の代金を貰って店へ帰された。両手を腰に当てて店の入口に立っている肉屋を目にすると、きまり悪そうな笑顔を見せて店に入った。商品の包みを受け取り、代金の十セントを払った(もちろん、この時代には、レバーなど猫の餌か釣り餌としての使い道くらいしかなかったので、タダだった)。

ボブはオペラ・ハウスにつながる階段を上がろうとしている祖父に追いつき、釣りに行こう、と声高に繰り返した。

「うるさいぞ、行くって言ってるだろ!」

「いつ行くのさ？　あそこに魚なんかいないよ」

「当たりまえだろ！」老人は、心の奥でほくそ笑みながら鼻を鳴らした。「まあ、とりあえずそんなことは気にすんな。釣りには連れてってやる。ごちゃごちゃ言うのをやめないんなら、連れていかんぞ」

「ほんとに、釣りに連れてってくれるの？」

「ほんとだとも」そう言って階段を上がりはじめたリンカーンは、苦しそうに息をしながら含み笑いを漏らした。

そのオペラ・ハウスは、フリーメイソンとオッド・フェローズ、イーグルズ友愛会という三つの秘密結社と郡区が共同で所有しているという、かなり所有権の曖昧な建物だった。だが、北軍軍人会に所属する老兵たちこそ、ここの実質的な持ち主だった。今日はそのなかの三人、ボール大尉とフィニガン大尉、そして陸軍獣医だったドク・ハラップが、舞台袖にある壊れかけたテーブルを囲んでポーカーをしていた。

リンカーンの姿を見ると、三人は愛想のいい悪態で迎えたが、リンカーンの孫を見たとたんに悪態そのものを口にした。だがリンカーンは椅子を引き、みんなの抗議を一笑に付した。

「なあに、この子はほんのちょっといるだけだよ。すぐに釣りに行くそうだからな」

「だったら、なんでいますぐ行かないんだ？」

「まあ、あっという間にいなくなるよ。さあ、おれにもカードを配ってくれ。それとも、おれにありガネ全部ごっそり持ってかれちまうのが怖いのか？」

聞き捨てならないと思った三人の老人は、ボブをそこに残したままリンカーンがゲームに参加することを認めた——ほんの一瞬でも臆病者と思われることは、一生の恥だったからだ。

それから三十分のあいだに、少年は（a）二人の大尉の足の上に痰壷をひっくり返し、その弾みではね飛ばされた火のついた葉巻が獣医のブーツ・カフのなかに落ちた。（b）床下に潜り込んだあげく、老人たちが救出せざるを得ない羽目になった。（c）舞台の幕を縛っていたロープにぶらさがって舞台から飛び出し、ゲーム中のテーブルをひっくり返した。

この最後の不幸な出来事は当然ながらミスディールを引き起こしたのだが、そのせいでリンカーンの大胆なブラフとそれをコールする者がいたことがわかった。それでも、リンカーンはいかにも落胆した表情を装った。

「やれやれ、ボビー」あまりにも穏やかな口調なので、少年はショックのあまり無気力状態に陥ってしまった。「あんなことはしちゃいけなかったんだぞ」

「とんでもないことをしてくれたな！」フィニガン大尉が吼えた。「その小僧をさっさと追い出して、釣りに行かせろよ！」

リンカーンはがっかりした表情で立ち上がった。「わかったよ、もう行かなきゃならんとは、なんとも残念だがな」

「おまえが行くって？　行かせねえぞ！」ドク・ハラップが怒鳴った。「おまえの勝ちと決まったわけじゃねえんだからな！」

「そうは言っても、この子が行くなら、おれも行かなきゃならない。おれが面倒をみなきゃならないんだからな」

「だったら、なんで最初からそう言わないんだ？」ボール大尉が詰め寄った。

だが、三人は自分たちがはめられたことに気がついた。

ドク・ハラップがポットに手を伸ばして一ドル硬貨を取り、ボブ・ディロンに投げてよこした。「さあ、出てけ」命令口調で言った。「そして、最後の一ペニーを使い切るまで帰ってくるなよ」

硬貨を拾うと、少年は一目散に通りへ出て行った。四人の老人は怒鳴り声をあげたり、罵ったりしながらゲームを続行した。

「あんなひどい場面は見たことがない！」ドク・ハラップが断言した。

「おれはあるぞ」フィニガン大尉が言った。「だが、いつも砲兵隊が援護してくれてたからな」

「あの子はめったに手を焼かせないんだがなあ」リンカーンは何食わぬ顔で言った。

そのころ、ボブは当時〝ラケット・ストア〟と呼ばれていた店——現代の安物雑貨店に相当する小さな町でよく見られた店に来ていた。リウマチにかかっている店主のスニーキー・アンダーソン爺さんが、入口でボブと顔をあわせた。ボブは持ち金を見せ、なかのものを壊したらひどい目に遭わせるぞ、という警告を受けたあと、入店を許された。

ボブが品物でいっぱいの通路をぼんやりとさまよいはじめ、夢を見ているような表情で棚のあいだを行ったり来たりしているので、スニーキー爺さんはやむを得ずあとからこっそりついてまわった。ボブはものすごい量の辛いシナモン・キャンディとリコリスを買ったあと、いま通ってきたばかりの店の隅に戻り、おもちゃのピストルと大量の弾を買った。そして、今度は店の入口のほうへ行き、〝ビール検査官〟や〝キスしてくれよ、お嬢さんたち〟などと書かれた大きな白い缶バッジをいくつか買った。そして、そのカウンターから三つある棚の隅から隅まで歩き、店内を一巡して最後に子牛の革でできた、長い小銭入れを買った。

そのころには少年の節操のなさにすっかり頭に来ていた老人は、お釣りの五十セントをボブの手のひらに押しつけ、ドアから追い出した。

少年は次に《プラスキー菓子・パン店》へ向かい、けろりとした顔でチョコレート・アイスクリーム・ソーダを四杯飲み干した。そばにいるポーリーは、遠慮がちな憧れで熱くなった濃い灰色の目で、この離れ業を恥ずかしそうに見守っていた。当然ながら、ボブはポーリーにひと口勧めたりはしなかった。そこの店主が父親のポーリーは、タダでいくらでも好きなものを食べられるのだから、そんなことをするのは馬鹿げていたからだ。

とはいえ、オーヴァーオールの胸当ていっぱいに缶バッジをつけ、エナメル加工でもしたかのように光らせていたボブは、もはやどこにもつける場所のない余ったバッジをひとつポーリーにあげた。ポーリーの小さな丸い顔は、この寛大な(原文ママ)振る舞いへの大きな喜びでバラ色に輝き、太ったジョン・プラスキーはボブに対して明るい笑みを向けつつ、娘に対しては行儀を忘れるな、という意味を込めて眉や顔全体をしかめてみせていた。

よろめきながら菓子屋を出たボブは、酒場のまえを通りかかった。すると、奥のバー・カウンターでたむろしている祖父と取り巻き連中が見えたので、なかへ入ろうとした。ところが全員が恐ろしい形相で脅しをかける仕草をしたので、そのまま通り過ぎた。仕方なく、オペラ・ハウスに戻った。

テーブルのところへ行ってカードをじっくりと眺め、湿らせたシナモン・キャンディとリコリスを使って見事な芸術的才能を発揮し、何枚ものカードの柄を変えた。次におもちゃのピストルを二、三発撃ってみた。すると、残りの火薬は不発だということがわかった。というより、そう思った。ボブはひも状の火薬を丸めて灰皿に捨てるとテーブルを離れ、壁にもたれかかって坐り込んだ。

老人たちがゲームを再開しようと戻ってきたとき、ボブはそこに坐って眠り込んでいたので、みんなで起こさないように気をつけた。

二時間が経過したころ、リンカーンは負けがつづいていた。三人の老人たちが少年に送る眼差しは、いつのまにか柔らいでいた。

いましがた大金をせしめたばかりのドク・ハラップなど、実はこの子はそれほど悪い子でもない、とまで言いだした。そして、この幼いディロンが絞首刑を免れ、せいぜい重労働の終身刑が科される程度で済む確率はきわめて高いと思う、と言った。

そのまえのゲームで勝ったフィニガン大尉は、もっと保守的で、かつ悲観的な見方に終始した。彼の意見では、この子がすでにこれほど身を持ち崩してしまっている以上、行き着くところは絞首刑か、あるいは油で煮られて処刑されることくらいしかない、ということだった。だが、この少年の転落は悪い仲間と付き合っていることが原因だとし、その名は具体的には——口にするのは心苦しいが——リンカーン・ファーゴだ、と断言した。

リンカーンは鼻を鳴らして冷笑し、ボール大尉は二枚ドローしてフルハウスを完成させた。フィニガン大尉はロイヤル・ストレート・フラッシュを作った。クラブを一枚ドローしたドク・ハラップはフラッシュを作った。リンカーンはカードの交換をしなかった。

ベッティング・ラウンドが延々とつづくなか、リンカーンは自分が試すことにしたブラフを心中ひそかに毒づいていた。

そのとき、ドク・ハラップがカードから目を離さずに片手を伸ばし、灰皿で葉巻を揉み消した。

凄まじい爆発が起きた。むせかえるほどの煙が天井まで上がり、火の粉だらけの雪崩になって落ちてきた。老人たちが我先に逃げようとしたので、テーブルがひっくり返った。袖に火がついたドク・ハラップは、慌てて痰壺に手を突っ込んだ。必然的に、真鍮の容器から手が出なくなってしまった。そしてそれを外そうとして振りまわした結果、痰壺は舞台上の背景幕のほうへふっ飛んで行き、バラ色の頬をした天使たちをチョコレート・ブラウンに染めてしまった。

息を切らし、目をぎらつかせた老兵たちは――少なくともそのうちの三名は――少年に食ってかかろうとした。だが、どういうわけかその騒動のあいだも少年はぐっすり眠っていたうえに、老人たちの金銭欲は復讐心に勝っていた。

テーブルが元に戻され、散らばった賭け金も集め直されてゲームはつづいた。

さらに一時間が経過したころ、少年は流しに置かれている衝立の裏へ行って静かに姿を消した。

ドク・ハラップは3のフォー・カードができた気になり、仲間たちに路上で寝ざるを得なくなるほどの高額を賭けるよう促した。

スペードのストレート・フラッシュをものにしたと思ったボール大尉も、これに追随した。

そしてショーダウンになると、ドク・ハラップの手は実際にはランクの低いツー・ペアで、ボール大尉の手もストレート・フラッシュにはほど遠いものだった。そこでふたたび二人揃って少年に食ってかかろうとしたが、姿が見えないのでどこかへ行ってしまったのだろうと思い込み、怒りの矛先をリンカーンに向けた。

リンカーンはとぼけた顔で、二人が何について文句を言っているのかさっぱりわからない、と言った。

「おれは、あの子についちゃめったに腹を立てないよ」

二人はリンカーンをろくでなし呼ばわりし、わずかな回数とはいえ、北軍に負け戦をもたらした大きな要因はおまえだ、と言って罵った。

フィニガン大尉がゲームを再開しよう、と言った。

そのゲームでリンカーンは順調に勝ち、醜い喜びに満ちた黄色い目をぎょろつかせた。

そのころ、ボブは肉の包みの中身を確認していた。いま、釣りの話題を持ち出すことが得策だとは思えず、ほかにすることも見つからなかったので、ヘッドチーズを食べてしまった。そのあいだ、丸々としたボローニャ・ソーセージを片手で握り、向きを変えながら考え込んでいた。

九歳の頭は、ものを認識するとすぐに似たものと比較しようとする。しかも、ボブとしては、そのソーセージを使うことになんの問題もなかった。とはいえ、ボブの思い付きはきわめて単純な一方、きわめて実行のむずかしいものでもあった。そのソーセージを自分のからだのなかで唯一酷似している部分のカリカチュアとして採用し、そのまま外の通りを闊歩すれば災難に見舞われることはまずまちがいないのがわかっていたからだ。その企みはショッキングな結末につながる可能性があるので、ボブはしぶしぶソーセージを諦め、長い楔形のレバーの塊を手にした。

レバーにそっくりなものを考えつくまでしばらく時間がかかったが、ついに答えが閃くと、なぜもっと早く気がつかなかったのだろうと不思議に思った。舌に決まっているではないか。誰の目にも舌に見えるはずだ。それで決まりだ。舌だ。そして、子どもが自分の舌を見せる程度のことなら、絶対に寛大に受け止めてもらえるはずだ。

ボブは唇を引き伸ばし、そのぬるぬるした肉の幅の広いほうを口に押し込んで歯茎に当て、鏡のまえに立ってみた。期待したよりもかなりいい仕上がりだった。

片手で石けんをひと摑みして泡立て、それをこの〝舌〟の上に伸ばし、さらに唇も泡で囲んだ。

そして目をむいてみると、我ながらぞっとした。

ポーカーに夢中になっている老人たちにこっそり目をやりながら、ボブは少しずつ衝立を動かして窓が見えなくなるようにした。そして窓から身を乗り出そうとしたとき、むいたその目に、さっき遊んでいた舞台の幕を縛るロープが映った。これはいい。最後の仕上げにぴったりだ。

ボブは首のまわりにそのロープを巻きつけた。

こうして飛び出さんばかりに目をむき、〝舌〟と口のまわりをよだれまみれにして、必死で訴えるように両手を無茶苦茶に振りまわしながら、ボブは窓から通りに身を乗り出した。

その姿を最初に目撃したのは、小さなポーリー・プラスキーだった。ボブがオペラ・ハウスに戻る姿を見守ったあと、もう一度その姿を目にすることを期待してひとりで父親の店のまえでぐずぐずしていたのだ。

オペラ・ハウスの窓に出現したものを見たポーリーは、はじめそれが自分が心から愛するボビー・ディロンだということに気づかず、面白そうにくすくす笑いだした。だが、ついにそれが誰かということがわかり、その人が目のまえで死ぬ姿を目撃しているのだということがわかると身も世もなく泣き叫びはじめ、あっという間に通りは人でいっぱいになった。

窓の外に目をやったジョン・プラスキーは、ショックで喉を詰まらせながら祈りのことばを唱え、カウンターを跳び越えた。ドアから外へ出かかったところで敷居に足を取られ、四肢を広げて歩道に倒れ込んだ。痛みに苦しみながらも手を貸そうとする人たちを手で追い払い、窒息して死にかけているディロン家の跡継ぎを救助してやってくれ、と懇願した。

ヒギンズ青年とアルフ・コートランドも銀行から飛び出してきた。コートランドは動揺のあまり地面にくずおれ、大事なメシャム・パイプを壊してしまった。

イーディ・ディロンはホテルのドアから首を突き出した。そして悲鳴をあげ、気を失ってロビーにうしろ向きに倒れた。

ヴィルヘルム・ドイチェ老人は自分の四輪馬車に乗り込み、歩道を通って現場へ駆けつけようとした。町でごみ漁りをしている《ちびすけマーフィ》は、荷馬車で角を曲がってきて現場に遭遇し、興奮のあまりうしろ向きにひっくり返って荷台の残飯入れに落ちた。

通りは叫び声と怒号、そして悲鳴で溢れた。町じゅうと谷のあちこちで電話が鳴り響き、ボブ・ディロンの首吊りのニュースが広まった。

その大混乱の騒音のなか、ボブには背後のゲームが終わったことを示す、ものを集めて片づける音や足を踏み鳴らす音が聞こえた。ボブは両腕を振りまわすのを止め、首からロープを外した。口から吐き出した〝舌〟は、ヴィルヘルム老人が伸ばした手の指の上に落ちた。祖父が三人の仲間のあとから外へ出て通りに下りる階段に着いたところで、やっとボブも追いついた。リンカーンは三人に心を込めておやすみの挨拶をし、彼らの貢献に感謝した。すると、三人は文字にすることが憚られるような返事をした。

「ところで、おまえは何をして時間を潰してたんだ?」リンカーンは孫を見て訊いた。

「なんにもしてないよ」ボブはおどおどしながら階段の下に目をやった。

「ソーダを買ってやろうか? 今日はずいぶんいい子にしてたからな」

「う、ううん」少年は言った。「いっしょにうちに帰ってくれるだけでいいよ」

「何を怖がってるんだ?」

「怖がってないよ」

「まあ、いいだろう」老人は優しく言った。「どうやら、おまえには礼をしてやらなきゃならんようだな」

階段を下りる祖父のあとを、ボブはほぼ踵立ちになって恐る恐るついて行った。母親からどういう目に遭わされるかは、あまり心配していなかった。おそらく、ボブが生きている姿を目にできたことがあまりに嬉しくて、ほかのことなどすっかり忘れてしまうだろう。だが、町にいるほかの人々の反応については、当然とも言える不安を覚えていた。あの冗談は成功し過ぎたということが、だんだんわかりはじめていたからだ。あの首吊りごっこが、町の人々の頭にありがたくない印象を植えつけてしまったかもしれない、と戦々恐々としていた。

リンカーンは、階段を下りきる手前で通りに広がる騒動に気づき、少年を横目できつく睨みつけた。

「ほんとうに何もしてなかったのか？」

「うん」

「バカを言え！　あの窓から、何かとんでもないことでもして見せてたんじゃないのか？」

「ううん」少年は身を捩って祖父の視線を避けた。

それから二、三分、リンカーンは孫を詰問したが、しまいには諦めた。「もういい、こっちへ来い、なんてことだ。おれと手をつないでろ。おまえを殺すような真似はさせん。今回はな」

ボブはおずおずと祖父の骨ばった手を取り、引っ張られるようにして黙ってうしろをついて行った。

二人は階段を下り、オペラ・ハウスの敷地から歩道に出た。

そこではまだ人々が群がっていた。ヴィルヘルム・ドイチェの馬車さえ、まだ歩道にあった。ボブは、はじめはこわごわと、次第に大胆に、そしてしまいには苛立たしげにあたりを見まわした。わずかにでさえ、自分に注意を向ける者が誰もいなかったからだ。もっと正確に言うと、誰もがボブから目をそらしているようだった。

顔を上げて祖父の顔を見たボブは、もともと猛禽類のような顔が、突如、かつてないほどワシに似た形相になっていることに気がついた。リンカーンは孫の手を荒っぽく振りほどき、ひとつの集団に肩から割り込んだ。

「いま、なんと言った?」きつい口調で訊いた。「いま、グラントのことでなんて言った?」

「なんでもないよ、リンク」相手の男は不安そうに視線を落とした。「おれは、あの子といっしょだった、って言っただけだ」

「誰といっしょだったって?」

「そりゃ……あの……バークレーの娘とだよ」

リンカーンは葉巻を口のなかで転がした。片手を杖の曲がった部分から下へ滑らせた。反対側の手が伸びてその男の胸ぐらを摑んだ。

「あいつが、あの娘といっしょにいちゃいけない理由がどこにある?……おまえ、よっぽど話の種に飢えてやがるんだな?」男に詰め寄った。

「嘘じゃないってば、リンク。おれはグラントの悪口なんかひとことも言ってない」

「とにかく、なんの話をしてやがったんだ?」

「話ってほどのもんじゃないよ。本当に――」

「杖でぶちのめされたいのか?」

「だけど、おれは話なんかしてないんだぞ、リンク! おれが口にしたのは、あの娘が溺れたときグラントがいっしょにいた、ってことだけで……」

21

車が落ちた崖の真下はじわじわと足を取られる流砂になっていて、娘の遺体が収容されて町へ運ばれたのは夜が明けてからのことだった。

それから一時間ほどたったころ、《ラドロー家具・葬儀店》の地下室にいるドク・ジョーンズ検視官は作業を終え、かつて町いちばんの美人とうたわれた遺体に白いシーツをかけた。そして、壁際で帽子を膝に載せて坐っているネッド・スタッフルビーン郡検事とジェイク・フィリップス保安官に目を向け、かすかに首を振ってみせた。それから二人に背を向けて反対側の壁へ向かい、ファイロ・バークレイの横に腰を下ろした。

「申しわけない、バーク。私には何もできなかった」

バークレイは放心状態で頷いた。「できることがあればやってくれただろうことはわかってるよ、ドク」

「申しわけない。こんなときにあまり話などしたくないだろうことはわかってるんだが……」

「この子は――この子は相当苦しんだのかな?」

「苦しんではいないよ、バーク。首が折れてる。一瞬で亡くなったんだ」

元銀行家はからだを震わせた。しばらくは、ことばもなく唇だけを動かしていた。

「この子には何か――何かこうなる理由でも……?」

ジョーンズはバークレイの膝に手を置いた。「きみが言いたいことはわかってるよ、バーク。いいや、ベラは妊娠なんかしていなかった」

そのことばは嘘ではなく、バークレイもそれを理解した。目と鼻と口が中央に寄ったいかにも鈍感そうな顔に、いくらか安堵の色が浮かんだように見えた。

バークレイは、落ち着かぬ様子で帽子をいじりながらゆっくりと立ち上がった。

「じゃあ……もう、長居をする理由もなさそうだから……そろそろ家へ帰ることにしたほうがよさそうだな。それもおかしな話だとは思うが……」

ドク・ジョーンズは言うべきことばが見つからず、ただ首を振った。

バークレイはためらいがちに言った。「あの子は——いい子だったよな、ドク?」

「いい子だったとも」ジョーンズは嘘をついた。

「そうだよな。そうだろう、と思ってたんだ」

父親は憔悴しきった様子で背を向け、階段を上って行った。

ジェイクとネッド・スタッフルビーンも立ち上がった。郡検事はあくびをしながら検視台に近づいた。

「で、実際はどうなんだ、ドク?」

「いま、バークにした話を聞いただろう」ドク・ジョーンズは、この郡検事をあまり快く思っていなかった。スタッフルビーンには、オマハで医学を学んでいる息子がひとりいたからだ。

「バカ言え」郡検事は言った。「あんたがバークを傷つけまいとしていたことはわかってるんだ。だが、おれとしては真相を知っておかないと。ジェイクとおれはな」

「いま言った話が真相だ。疑うなら、ウィート・シティにでも人を送って別の医者を呼んでくればいい」

スタッフルビーンは不愉快そうに眉をひそめた。彼は大柄だが温厚な男で、人よりも喧嘩っ早いわけではなかった。さりとて、ドク・ジョーンズに一方的に文句を言われるのも癪だった。

「なぜ、そんなもの言いをされるのか、さっぱりわからんな」そう応えた。すると、太ったジェイク・

フィリップスが、不安そうな様子で口を挟んだ。

「我々はあんたのことばを疑ってるわけじゃないんだ、ドク。だが、公式な見解というものが必要だ。さっきのは――あれじゃや、あんたがバークに話していたことを、我々が横から聞いてただけだ」

「だったら繰り返すが、あの子は妊娠してはいなかった」

「弄ばれてたのか？」

「そんな質問は、今回の件とまったく関係ないという気がするが」ジョーンズは言った。

「私には、大いにありそうな気がするんだがね」郡検事は言い返した。「この子がグラントに弄ばれてることに業を煮やして、結婚を迫るようになってたとしたら……」

それ以上は言わなかったが、まるで医師の険しい視線に気圧されてことばが口の奥へ戻って行ったかのようだった。

「あんたの意図は何かね」ジョーンズは言った。「この気の毒な、死んだ娘の評判を貶めるつもりか？そういうことなのか？」

「そんなつもりがないことは、あんたは百も承知のはずだ。これは単純な正義の問題――」

「いいか、私に私の責務について講釈を垂れようなどとするなよ。この郡の役人だという点では、私とあんたの立場は同じなんだ。もし、あんたがひとりの娘にふしだらな女だというレッテルを貼るつもりでいるとしても、そう簡単にはいかないぞ。私の見立てでは、この郡の娘たちの半数くらいは、なんかの拍子にスカートをたくし上げた経験があるんだ」

「私の質問に答える気はないのか？」ネッドは追及した。

「もう、そのへんにしとけ」ジェイクが割って入った。「答えならもう出してるじゃないか。いつまでもしつこく食い下がるのはやめろ、ネッド」

郡検事は乱暴な手つきで帽子をかぶった。

「そちらの所見は？」堅苦しく意見を求めた。

「どういう意味なのかよくわからんな、スタッフルビーン」

「あんたは検視官だ。我々は、この件に対する追及を止めるべきなのか、それとも――その――つづけるべきなのか？」

医師の口元が皮肉を込めた愛想笑いで歪んだ。「どうやら、なんでもかんでも私に押しつけたいようだが？　だが、そうはいかないぞ。あんたが検事なんだ。証拠を集めるのはあんたとジェイクの仕事だ。私の意見を求めるまえに、私が調べられるものを捜してきてくれ」

「だが、くそっ、そう言われても――何を手に入れればいいって言うんだ？」

「それはあんたたちが決めることだ。何もないのなら、それはつまり――何もない、ということだ」

ドク・ジョーンズは薄笑いを浮かべながら道具を片づけはじめ、郡検事と保安官は途方に暮れた顔で階段を上がって行った。今回はささやかながらもあの二人をやり込めることができたし、しかも、完璧に自分の権限内で立ちまわることができた。忌々しいスタッフルビーンには、ファーゴ家を相手に好きなだけ危ない橋を渡らせておけばいい。そうすれば、息子がヴァードンで開業したところで、閑古鳥が鳴くのが落ちだろう。

医師がそうほくそ笑んでいるあいだに、保安官とスタッフルビーンは歩道に姿を現わしていた。すると、またたく間に興味津々な町の人々が二人を取り囲んだ。

ジェイクはしかつめらしく片手を上げて群衆を制した。「いいかね、我々にも、皆さんが知っている以上のことは何も摑めてないんだ。いま、我々に言えるのは、あの気の毒なお嬢さんは首の骨を折って亡くなった、ということしかない」

「だが、ほどなく新しい情報が手に入るかもしれない」意味深長な口調で郡検事は言った。そのことばは、興奮気味に憶測を交わす囁き声で迎えられた。

ジェイクが検事に心配そうな目を向けた。「可能性はある、というだけだぞ」話のトーンを抑えるつもりでつけ加えた。「行くぞ、ネッド」

二人はなんとか群衆のあいだをすり抜け、保安官のT型フォードが駐めてあるところに辿り着いた。車が走りだしたとき、スタッフルビーンも不安そうな表情を浮かべていた。

「あんなことは言っちゃいけなかったな」思い切って口にしてみた。

「まあ、おれだったら言わなかっただろうな、ネッド」

「時々、あのふざけたドクのやつには本当に頭に来る。そのせいなんだ。おれが悪いわけじゃない」

ジェイクは曖昧な唸り声を出し、器用に首を縦と横に同時に振ってみせた。ジェイクはドクに対してなんの反感も抱いていなかったし、ドクに反感をもたれることは避けたいと思っていた。だがその一方で、職務の性質上、郡検事とは良好な関係を維持しなければならなかった。

「おれはずっと、ファーゴ家とはうまくやってきたんだ」スタッフルビーンは話をつづけた。「だから、あの家の悪口を言うはずがないじゃないか」

「実にいい人たちだよ」保安官は相槌を打った。

「だが、おれはこの郡の役人なんだ。住民に選ばれた以上、全身全霊をかけて職務をやり遂げなければならないんだ!」

「ああ、おれもだ」道路を横切ろうと目のまえに飛び込んできたブタをハンドルを切って素早くよけ、ジェイクは真摯に応えた。「とにかく、そのつもりで頑張るさ」

「この件については、おれの方針に従ってもらいたいんだ、ジェイク」

「ええと……その、どういう意味でだ、ネッド?」

「まあ、おれの言いたいことはわかるはずだ、ジェイク」郡検事は帽子のつばを強く引き、素っ気なく首をすくめた。

車は車体を揺らして線路を渡り、ノッキングを起こしながらいくつもの牛小屋のまえを通り過ぎて行った。

「まあ」ジェイクは口を開いた。「おれはいつも職務に忠実だからな。とにかく、そのつもりで頑張ってる」

カーブを曲がると、車はリンカーン・ファーゴの所有地につながる直線道路に入った。カーブから四分の一マイルを少し越えるくらい進んだところで、ファーゴ家の母屋の正面の柵に沿って並んだ一頭立て馬車や荷馬車に、何頭もの馬がつながれている様子が見て取れた。ジェイクはスロットル・レヴァをほんの少し押し上げ、車のスピードを落とした。

「来客中のようだな」ジェイクが言った。

「ああ」郡検事は応えた。

「来客中の家に押しかけるのは、ちょっと気が引けるんだが」

スタッフルビーンは、予想していてもよかったはずだということにいまになって気づいたこの展開に、苛立ちを覚えながら顎を撫でた。

「思うに、待っていたところであの人たちは帰らないだろうな」

「ああ、だけど――」

「おれたちは仕事をしに来たんだ、ジェイク。カネを貰って仕事をしているに過ぎない。与えられた仕事をしているからといって、人を非難することはできまい」

「まあ、道義上はな。だが、あのファーゴ家の人たちは、じつに変わってる。すごくいい人たちだが、変わり者なんだ」

郡検事は困った様子で顔をしかめた。

「これはおれたちの務めだ」力を込めてそう言った。「やりたくないとは思っても、やらないわけにはいかないんだ」

「いや、そんなことは思ってもいないぞ」保安官は、いつになく鋭い口調で言った。「おれは自分の務めがわかってるし、かならずやり遂げる。少なくとも、いつもそのつもりで頑張ってるんだ」

馬を怖がらせないように、ジェイクは家の門のかなり手前で車を駐めた。検事が先に降り、保安官はそのあとにつづいて狭いドアからからだを捻り出した。検事は雑草の生い茂る側溝を上ってくる保安官を小道で待った。二人はそのまま歩き、ファーゴ家の門をくぐり、見た目を気にしているかのように手で服の埃を払った。

ポーチにいるリンカーンとシャーマンが視線を交わした。そして、さも二人の役人が近づいてきていることには気づいていないかのように、小声で会話をつづけた。ジェイクと郡検事が目のまえまで来て足を止めるまで、老人と息子は低い声で穏やかに会話をつづけた。

そして、ようやく神経を尖らせているこの二人の法の番人に視線を向けたリンカーンは驚いた様子を見せ、冷笑するように鼻を鳴らした。だが、傍目にもわかるような無理をしてそれを喜んでいるように見せようとし、なんとか成功した。そして、ポーチの柱に押しつけていた両足を下ろし、坐ったまま片手を差し出した。

「元気かね、ジェイク――それにネッドだったな？　会えて嬉しいよ」

「元気だよ、リンク」三人は握手を交わした。

シャーマンは半分腰を浮かせて二人と握手をした。その声音やことば遣いはそれなりに二人と会えて喜んでいる様子を装っていたものの、顔つきはまったくちがっていた。

「どこに隠れていたんだ、ジェイク？　最近、あんまり姿を見かけないが」

「ああ、なんとか忙しくやってるよ、シャーム」

「今年は農業をやってるのか？」

「いやいや、農業はやってないよ」保安官は答えた。「だが、忙しくしてるんだ」

シャーマンは嘘をつけとでも言うように片眉をかすかに上げ、郡検事には頷いてみせた。

「今年の小麦の様子はどうだい、ネッド？　かなり育ち具合がいい、という話を耳にしたが」

「ああ、今年はうまくいくと思うよ、シャーム」郡検事は、いかにも冷静そうな目でシャーマンを見つめた。

「そうか、それはなによりだ」シャーマンは穏やかに応えた。「とはいえ、あんたほど経験を積んでいる農家なら、うまくいって当然だな」

「そのとおりだ」スタッフルビーンは認めた。「農業はずいぶん長いことやってるから」

シャーマンは頷いた。「それが必要なんだ。農業だけじゃなく、どんなことでもな。経験がな。このあいだ、ある男にもそう言ってやったんだ」

「ほう？」

「どうやら余計なことを言っちまったようだ」シャーマンは自分を叱るように言った。

「誰かがおれを非難してたってことか？」

「いや、ちがう。非難してたってわけじゃない」

「じゃあ、なんなんだ？」スタッフルビーンが苛立ちを見せた。

「本当に大したことじゃないんだ」シャーマンは言った。「こんな話を持ち出すべきじゃなかったな。そいつが、あんたのことを郡検事としては大したやつじゃない、って抜かしたから、おれはすぐさま丁寧に、なんでそんなことが言えるんだ、って言い返してやったんだ。冗談じゃない、ネッドはまだ二期しか検事を務めてなくて、これまでろくな事件を扱う機会もなかったんだから、能力のあるなしなんて判断できっこないだろう、ってな。だが、これだけは断言できるって言ったんだ。あのネッド・スタッフルビーンにあと二、三期務めさせて、経験を積むチャンスを与えてみろ。そしたら、農業と同じ腕前を、郡検事としても充分に発揮するはずだ、ってな！」

「なるほど」スタッフルビーンは、シャーマンの皮肉めいたお世辞のせいでどことなく落ち着かない気分になったが、反論のしようもないのでこのひと言だけにした。

シャーマン・ファーゴはまえ屈みになり、パイプの燃えかすを叩き落とした。それを合図と決めていたかのように、リンカーンが咳払いをした。

「坐ったらどうだ？　ここの日陰は気持ちいいぞ」

ジェイクとネッドは顔を見合わせた。

「え――遠慮しとくよ」保安官は言い淀んだ。

「入ってくれ、と言いたいところなんだが」リンカーンが真顔で言った。「うちの親族に不幸があったことは知ってるだろう。みんな、そのせいですっかり参っちまってるんだ」

「そうだな。もちろん、そうだろうってことはおれたちにもわかってるよ、リンク」ジェイクも真顔で言った。

「グラントなんか、悲しみとショックで寝込んでる」老人は話をつづけた。「知ってのとおり、あいつだって九死に一生を得たんだし、ベラのことが大好きだったんだ」

「ああ……そうだな」保安官は、そう言って唇を舐めた。「それはわかってるよ」

「おれは――おれたちは、グラントに話があるんだ」ネッド・スタッフルビーンが言った。

リンカーンの黄ばんだ目が大きく見開かれた。かと思うと、すぐに吸い込まれるように瞼の奥へ戻って行った。

「網戸越しに声をかけたい、ということかね?」リンカーンが訊いた。

「いや。そういうことじゃない」

「ネッド……」ジェイクが気が進まない様子で口を挟もうとしたが、郡検事はかたくなに首を振った。

「家に入らせてもらいたい。グラントに話があるんだ」

リンカーンは息子に目をやった。シャーマンは肩をすくめた。

「いやあ、おれは入ってもらってもいいんじゃないかと思うけどな、父さん。グラントは友だちが来てくれればかならず喜ぶやつだし。ジェイクとネッドが見舞いのためにちょっとなかに入りたいと言うのなら、それを断わる理由はないと思うけどな」

スタッフルビーンは怒ったように何かを言おうとしたが、シャーマンはさっさと立ち上がって開けたドアを押さえていた。

「さあ、どうぞ入ってくれ、楽にしてもらっていい」

郡検事は顔を真っ赤にしてなかに入り、太ったジェイク・フィリップスも、ファーゴ家の二人に申し訳なさそうな視線を送ってから、おずおずと入った。居間の入口で、まえを歩いていた相棒がまるで急に両脚が麻痺したかのように足を止めたので、ジェイクも慌てて立ち止まった。

スタッフルビーンの肩越しに室内を覗いたジェイクは、なぜ相棒がためらったのか納得した。居間のほぼ中央に移された寝椅子にグラントが横向きに寝ていて、からだの上にはシーツがかけられていた。

壁沿いに並んだり、戸口を塞いだりしてそのまわりを取り囲んでいるのは、ファーゴ家の人々とその親族だった。ミセス・リンカーン・ファーゴのほかに、イーディ・ディロンと息子のボブ、アルフとマートルのコートランド夫妻、そしてジョセフィン・ファーゴと子どもたちがいた。この家でいちばん大きいロッキング・チェアに坐ったジョセフィンは幼いルーシーを膝の上に載せ、その両側に意地の悪そうな目をした二人の息子が立ち、さらにその両脇を固めるように二人の姉たちが立っていた。砂丘にあるジョセフィンの実家の親族も集まっていて（ジェイクの計算では、そのうちの八人が選挙権年齢に達しているはずだった）、その厳めしい顔つきの集団の頂点に君臨するかのように中央で立っているのが、ジェフ・パーカーだった。真面目な顔をして両手の親指をヴェストに引っかけているジェフは、値踏みするような目でネッド・スタッフルビーンを上から下まで眺めた。ほかにも、谷のはるか北のほうから来たオファーゴ家の人々や、初期のドイツ系移民に属する分家のフォギュート家の人たちまで揃っている——みんな気性が荒く、目的意識と影響力のある人たちだ。仮借ない気質と、遠い先祖まで遡る記憶を共有する人々だった。

親族一同が勢揃いしているなかで、姿を見せていないのは二人だけだった。ひとりはもはや一族での存在意義がかなり失せている人で、もうひとりは、首の骨を折って葬儀屋の地下室で横たわっている人だった。

これだけ身内が集まっているとあって、郡検事と保安官が腰を下ろせる適当な場所がなく、シャーマンとリンカーンは部屋の四方を取り囲む人々より中央に近いところに二人分の席を作った。腰を下ろした郡検事と保安官は、一度怒らせたら手に負えないこの人々に険しい表情で挨拶をした。オーヴァーオールについていたオナモミを無意識に払いのけたジェイクは、慌ててそれを拾ってポケットに押し込んだ。スタッフルビーンは咳払いをし、紅潮した顔をバンダナで拭った。そして指を一本襟に入れ、襟ぐりを広げるようにまわしながらジェイクに怒りのこもった視線を向けた。保安官は視線をそらした。

口を開く者はひとりもいなかった。

郡検事が腰かけたまま振り向いた——少し離れてうしろに立っているシャーマンとリンカーンに視線を向けるためだった。

「我々がここへ来た理由はわかってるはずだ」出し抜けにこう言った。

「そりゃ、わかってるとも」リンカーンが言った。すぐにシャーマンがつけ加えた。

「グラントに会いたかったんだろ」

「グラントに話があるからだ！」スタッフルビーンは決然として言った。

「だったら……話してみたらどうだ？」

スタッフルビーンが、今度はまえを向いた。「グラント!」声をかけた。

「はい?」グラントは弱々しく身じろぎした。

「おまえにいくつか訊きたいことがある。あの事故はどういう——どういうかたちで起きたのか聞かせてもらおうか、グラント!」

伊達男は大儀そうに郡検事を見つめた。「もう、みんなに話したよ」

「まあ……そうだろうが、私に、私たちに、直接話してもらいたい」

グラントは身震いして両目を閉じた。するとミセス・リンカーン・ファーゴが憤慨した様子で二人の役人に目を向けた。

「この子が話せるような状態じゃないこと、わからないの?」厳しい口調で言った。

「いや、大丈夫だよ、母さん」グラントが不機嫌そうに言った。「おれたちは車で走ってた——あの子が運転してた——それで、とんでもないスピードを出してたから、おれは速度を落としたほうがいい、って言ったんだ。でも笑い飛ばして言うことを聞かないから、スロットルを絞ろうとして手を伸ばしたら、あの子が急にハンドルを切ったみたいで、気づいたらおれたちは——あの子は——おれは飛び降りたんだけど、あの子は——」

それ以上声が出なくなったグラントは、泣きながら枕に顔を埋めた。なぜ泣いているのかはさておき、本気で涙を流していることに疑いの余地はなかった。

部屋中の人々が落ち着きを失い、怒ったように身じろぎをした。

スタッフルビーンがまた顔を拭った。

「なるほど——わかったよ、ありがとう、グラント」郡検事が口を開いた。「今回のことについては気の毒に思うし、できればきみに面倒をかけたくはなかった。つまり——その、私が郡検事で、ジェイクが保安官である以上、どうしても、その——話を聞かないわけにはいかなかったんだ」

「おれでも話をぜんぶ伝えられたんだが」リンカーンが口を挟んだ。

「そうだな。だが——まあ、とにかく——」

「そろそろおいとましよう」ジェイクが勢いよく言い、立ち上がった。

「本当にすまなかった」ネッドもそれにあわせて立ち上がった。

「何も気にすることはない」シャーマンが言った。「あんたたちは、自分の職務を果たしてたってだけのことだ。そのことについてあんたたちを非難しようとは思わないよ、そうだろう、父さん?」

リンカーンは、そんな気持ちはさらさらない、と答えた。自分の務めを果たす者の姿を見るのが好きなのだ、と。ジェイクは、自分はいつも務めを果たしてきた、とにかく、そのつもりで頑張ってきたんだ、と言った。ネッドは、これからもみんなで仲良くやっていけるように努めるべきだと思う、と言った。

二人の役人は、話すことを禁じる命令でも受けているかのように、無言で家の門を出た。フォードが立てるけたたましいエンジン音を聞きながら四分の一マイルを激しく揺られて行くと、やっと声が出せるようになった。

「まあ」フロントガラスの先をまっすぐ見据えたまま、険しい表情でジェイクが切り出した。「あんたは、彼らに道理というものを示すことができたと思うよ、ネッド」

「うーん」——郡検事も、前方から目をそらさなかった——「ほんとにそう思うかね、ジェイク?」

「そりゃ、思うとも。あんたには、あのファーゴ家の連中に向かっておまえらの言いなりにはならないと言ってやった、そう言う資格があるんだぞ。あんたを締め出そうという彼らの目論見は、大成功とはいかなかったようだからな！」

スタッフルビーンは帽子をうしろへ押しやり、脚を組んだ。「あんたの振る舞いだって悪くなかったぞ、ジェイク。ああいうときに、あんたみたいな人にいっしょにいてもらえると安心できる」

「おれは職務を果たしただけさ」ジェイクは言った。「とにかく――」

「もちろん、あれは当たりまえのじじゅ――事情聴取に過ぎなかったんだ。誰かを怒らせたくてやったことじゃない」

「そのとおりだとも」

「我々には訊かなければならないことがあり、実際に訊いて、グラントがそれに答えた。それだけのことだ」

「だから、この件についてはもうおしまいにするってことだな、これっきりで」

「これっきりだ」郡検事は頷いた。

職務を果たすために尽力し、その力があることが証明された二人の法の番人は、互いの価値を充分に認め合いながら砂だらけの道をのんびりと快適に走りつづけた。

ジェイクがくすくすと笑った。「なあ、それにしてもだ、あのファーゴ家の人たちってのは、気むずかしい連中じゃないか？」

「まったくだ」スタッフルビーンは頷いた。

橋のそばでジェイクはフォードを停車させ、後部に手を伸ばしてバケツを取り出し、蒸気を上げているラジエーターに川から汲んだ水を入れた。それから橋を渡り、丘陵に広がる牧草地帯を一マイルほど上がって行くと、ついにキャラマス川を見下ろす断崖絶壁の上に辿り着いた。二人はそこで車を降り、恐る恐る――というのも、崖の上が崩れていたので――四十フィート余り下を流れる川を覗き込んだ。その赤い大型車はあお向けの状態で水と砂のなかに沈んでいて、大きなタイアのワイア・ホイールが一部、水面から覗いている状態だった。引き上げるための道具が用意できるまで完全に水没してしまうのを防ぐため、後輪の軸に引っかけた太い綱が川岸に打ち込まれた杭に縛りつけてあった。

ジェイクは首を振った。「まあ、確かに、グラントが言ったとおりのことが起きたようだな」

「それ以外の経緯があったとはとても思えない」郡検事は同意した。「あの男があの車をここから放り投げられたはずがない、これは確かだな」

保安官はあたりを見まわし、見るからにそばにいるホルスタインの群れに話を聞かれることを恐れている様子で、声を落として囁いた。

「聞いてほしいことがあるんだ、ネッド。死んだ人の悪口を言うのはおれの主義にそぐわないから、そんなつもりで言うわけじゃない。だがな、あのベラ・バークレイの運転の荒っぽさときたら、半端じゃなかった。おれは幾度となく、側溝のなかへ跳ね飛ばされそうになったんだ」

スタッフルビーンはわけ知り顔で首を振った。「まあ、あの子は女性だったんだよ、ジェイク。そしてあんたにどう言われようと構わないが、おれは女性の居場所はひとつしかないと思う。それは家庭なんだ」

「それについちゃ、おれも同意見だよ」ジェイクは言った。「一〇〇パーセントな」

町へ戻る途中、二人は収穫時期を迎えようとしている小麦の広がる、このあたりとしては珍しいほど広大な畑にさしかかった。すると、二人のあいだでまえもって決めていたかのように保安官が車を停め、二人とも外へ出た。先に柵をまたいで越えたスタッフルビーンが上のワイアを持ち上げながら下のワイアを足で踏んで広げ、保安官を畑のなかへ入れた。

二人は畑の外れへ向かって歩きながら眉をひそめた。

「どういうことだ」郡検事が口を開いた。「おれにはこれが、ドイチェじいさんの育てたものだとはとても思えないんだが、あんたはどう思う?」

「そりゃそうだろう。ドイチェのじゃないからな!」保安官は大声をあげた。「こいつを育てたのは、シャーマン・ファーゴだ。覚えてないか、シャーマンがドイチェからこの畑を譲り受けたって話?」

「そうだ、忘れてた! じゃあ、シャーマンの小麦だな」

スタッフルビーンは屈んで指で土をすくい上げ、舌の先で舐めてみた。

「ちょっと、味をみてみてくれ」土を吐き出して言った。

保安官も土の味を確かめ、検事と同じように吐き出した。「やけに酸っぱくないか?」

二人は試しに小麦の殼を剝き、じっくり嚙んでみた。二人とも、また顔をしかめた。すると、ジェイクが苗を一本引き抜き、最悪の予感が的中したことを確認した。

「なんてこった」囁き声で言った。「見えるか?」

「さび病か!」

ジェイクは顔を曇らせて頷くと苗を落とし、無意識のうちにそれを怯えた目で見つめた。

「なんてこった」また囁き声を漏らし、何か言いかけたがそのまま押し黙ってしまった。

スタッフルビーンも同じように、動揺のあまりことばを失っていた。さび病の蔓延した小麦畑の悲劇を目の当たりにして口を開くこともできないまま、二人は静かに車へ戻った。

「シャーマンに知らせたほうがいいだろうか?」大惨事に見舞われた現場からかなり遠ざかってから、

やっとスタッフルビーンが訊いた。

「もう、知ってるかもしれないぞ」

「あれが、自分の小麦がさび病にかかってるのを知ってる男の振る舞いだとは思えないぞ」郡検事が言った。「おれが同じ目に遭ったら、完全に正気を失っちまう」

だが、シャーマンには黙っているのがいちばんいいだろう、ということについては検事も同意見だった。人から何か言われることへのシャーマンの受け止め方は、一風変わっていたからだ。

車がリンカーン・ファーゴの家のまえを通り過ぎるとき、二人はクラクションを鳴らして手を振り、老人とその息子に大声で呼びかけることまでしてみせた。ふだんなら、そんな挨拶は騒々しいと受け止められただろう。だが、今日のリンカーンとシャーマンは素直にそれを受け入れ、二人で手を振り、声を張り上げて挨拶を返した。手を振ることと、〝ネッド〟、〝ジェイク〟と呼びかけるしわがれた大声とで、二人は理解と感謝の気持ちを表していたのだ。今後の選挙での確実な支持を約束した、とも言えた。

こうして妥協することなく手にした収穫に満足した二人の役人を乗せた車は、エンジンから陽気な音をたてて埃っぽい道を走り去って行った。

「以上、だな」また両足を上げて柱に当て、リンカーンは言った。「朝になったら、あいつを駅まで送って、列車に乗せてもらっても構わんか?」

「そうだね」シャーマンは言った。「なんとかできると思うよ。明日になれば、あいつも移動できるかな?」

「明日を逃したら、もう移動できないだろうな」リンカーンは言った。

シャーマンは不機嫌そうに笑い、リンカーンは庭の向こうに視線を向けた。瞼の奥に隠れた目は、嫌悪感に満ちた陰険な光を放っていた。ファーゴの名を汚さずにグラントの首を吊る方法があればいいのだが、と思った。自分の息子が殺人を犯したということを、確信していたのだ。

こうして、リンカーンは生きるよすがも失った——プライドを、だ。そして、その穴埋めをする実体のない張りぼてもなかった。いまとなっては残されたものはあまりにも少なく、人生のスタートを切ったときには片手いっぱいにあったものも、もはや風前の灯火だった。

ヴァードン・ホテルの自分の部屋で、ジェフ・パーカーは自分のキャリアのなかでもっとも重要な出来事に備えて腹をくくろうとしていた。恐れつづけ、長いあいだ避けようとしてきたことが、今夜とうとう起きてしまうことになっていた。ついに、鉄道会社側に寝返ったことについて、公に責任を問われる日が来てしまったのだ。

嘘をついてごまかすことは、到底不可能だった。日曜日の列車の運行本数の削減や、超過保管料が発生するまでの荷物の揚げ降ろし時間の短縮など、言い逃れのできない証拠が揃っていた。町の人々は特に後者に腹を立てていて、ジェフもそれは至極もっともなことだと思っていた。それによって鉄道会社には数千ドルの儲けになり、利用者はそれと同額の損をすることになったからだ。その儲けの四分の一を自分の分けまえとして要求し、受け取っていたジェフは、総額を正確に把握していた。そしてこれからも、そんな大金が自分の懐に転がり込んでくるのだ——搾取する側に留まっている限りは。

窓際に立って背中で両手を組み、踵で立ってからだを揺らしているジェフの切れのいい頭は、いまフル回転していた。青い瞳に浮かぶ純真さは変わっていないが、目じりに小皺ができていた。すっかり膨らんで丸くなった顔は、これまで以上に茶目っ気に溢れた無邪気を装っていた。体重が増えたことで以前よりずんぐりしたように見えるはずだが、ジェフはブーツを履くことで、しかも踵を高くすることでそれに対応した。すると、一見したところ、あの砂丘出身の成り上がり者、ビリヤードの賭けで生計を立て、ジンジャースナップとチーズが栄養源だった町の笑い者のジェフ・パーカーが、そっくりそのまま戻ってきたように見えた。

だが、いまの自分は別人だ。冗談じゃない、別人に決まってるじゃないか。薄暗い通りに目をやったジェフは、相変わらず変わり映えのしない馴染みの人々や建物を見て身震いした。まったく、みんなどうやってこんな場所に耐えているのだろう？　どうやって自分も耐えていたのだろう？　そして、もしここへ戻れなくなったら、もし今夜の闘いで敗北したら、これからどこへ行けばいいのだろう？　蓄えなどほとんどなかった。必要に迫られた家族にせがまれるままに、助けになれるということに少年のような誇らしさを感じながら、気前よくカネを出してきたせいだ。その結果が……このざまだ！

もちろん、自分には逃げ道がなかった、という言いわけをすることもできた。鉄道会社が権力を持っていてずる賢いのに対し、自分は罠にはまった田舎者の若造に過ぎないのだ、と。そう言えば町の人々は納得してくれるかもしれない。だが、そう言ってしまったら、まあ、それはそれで一巻の終わりなのだ。頭が切れるということについては、それが彼らの目になんらかの魅力として映りさえすれば、大目に見てもらえるかもしれない。だが、頭の切れが悪いとなると、そうはいかない。あの狡猾で冷静沈着なヤンキーどもは、愚かさというものをとにかく毛嫌いしている。やつらの運営する知的障害者施設へ行ってみさえすれば、精神的なサポートを必要とする人々に対していかに冷淡かということを実感できるはずだ。

だから、そんなことを口にするのは問題外だ。もっともらしい顔をして、進んで自分の非を認めなければならないだろう。さらに、自分がどれだけ……自分がどれだけ……

ドアをノックする音がした。

振り向いたジェフは、笑みを浮かべて片手を差し出しながら大股で部屋を横切り、大きくドアを開けた。

ドアのまえにいたのはイーディ・ディロンだった。面白がるような柔らかい笑みを向けられたジェフは、恥ずかしくなって手を下ろした。

「いやあ」にやにやしながら言った。「おれはてっきり——」

「わかってるわ、ジェフ」イーディはすまなそうに言った。「部屋に椅子がたくさんあるかどうか、確認させてもらおうと思っただけなの」

「ああ、あるよ。万事オーケーさ、イーディ」

「まあ、それだけよ」ミセス・ディロンはそう言い、うんざりしたように髪を軽く叩いた。「最近、本当に暑いと思わない?」

「まったくだよ」

「じゃあ、私は台所に戻らないと。朝食の準備をしなければならないから」

イーディは、ジェフにためらいがちな視線を送って背を向けようとした。だが、人の気持ちを読むことにかけては天下一のジェフは、イーディを呼び止めた。頭は自分のことを考えることでフル回転していたが、イーディのことは好きだし、この女性はファーゴ家の一員でもある。そしていまのジェフは、自分はファーゴ一族の一員だという強い思いにとらわれていた。

「何か……その……話でもあったんじゃないか、イーディ?」

「ええ、まあね、ジェフ。ちょっとね。でも、お邪魔はしたくないわ」

「でも、いまならぜんぜん構わないよ」弁護士はきっぱりと言った。「まだ、少しくらいなら時間はあるんだ。なかに入って坐ってくれ」

イーディが部屋に入るとジェフはドアを閉め、いかにも依頼人をもてなす弁護士らしく、イーディの坐った椅子のそばにもうひとつ椅子を持ってきた。

「さてと、どうしたんだい、イーディ?」

「ボブの話なの——いいえ、ボビーのことじゃなくて。私の夫のほうよ」

「そうなの?」本当に興味をそそられたジェフは言った。「ご主人から連絡があったのかい?」

「本人からではないんだけど、消息がわかったのよ。あの人と共同で弁護士事務所を開いていた人から、少しまえに手紙を貰ったの。エル・パソでボブの姿を見かけたんですって。テキサス州の……」

イーディはそこでことばを切り、あわせた両手をもじもじさせて目を伏せた。

「それで?」

「それがね、ボブはその人に話しかけようともしなかったらしいの。赤の他人のような振りをしてたそうよ。その人を上から下まで眺めて、さっさとどこかへ行ってしまったんですって」

「その人には、ボブだという確信があったのかい?」

「ええ。それは断言できる、って書いてあったわ。それに、あの人はボブのことを本当によく知ってるから、まちがいっこないのよ」

小柄な弁護士は首を振った。「そうか、びっくりしたよ、イーディ。なんて言ったらいいのか、よくわからないな。何か——そのことで、おれに何か頼みたいことでもあったのかい? おれにできることがあるかどうかが知りたい、とか?」

「どんなことができるの、ジェフ?」

「いっぱいあるよ」ジェフは胸を張って言った。「議員になってから、いいコネがたくさんできたんだ。しかも、ボブはまだきみの夫だろ。妻子の扶養を怠ったということで——」

「だめ! それはやめてちょうだい!」イーディは毅然として頭を上げた。

「そうか。だったら、離婚という手もあると思うよ。きみはまだ若いし、それに――」

「いいえ。離婚したいとは思ってないわ」

弁護士は両手を広げてみせた。「じゃあ、どうしたいんだい、イーディ?」

「それがね、私にもよくわからないのよ。もしかしたら、あの人は何かのトラブルに巻き込まれてるんじゃないか、と思って。もしそうだとしたら――その――」

「いまだって、きみはほぼ手一杯の状態になってると思わないか?」

「そうね」ミセス・ディロンはため息をついた。「そうだとは思うけど、ちょっと考えたの……」

イーディは首を振り、くじけずに笑みを見せて立ち上がった。ジェフも自分の時計に目をやり、急いで立ち上がった。

「このことについては、また話し合おう」ジェフは言った。「きみの頼みなら、おれは力を尽くすよ」

「本当にありがとう、ジェフ。あなたとお話しすると、いつもなんだか元気が出るわ」

イーディがジェフに背を向け、裏階段へ向かって急ぎ足で去って行くあいだに、ジェフの客たちが姿を見せはじめた。イーディは町の錚々たる顔ぶれに、いまの姿を見られたくなかったのだ。

ジェフは、地元の支持者を迎えるために部屋の戸口に留まった。自分を議員として当選させてくれた有志グループの要とも言える人々だ。ジェフは、最初に姿を見せた人にだけ片手を差し出した。そのあと、険しい顔つきで現われる来客に対しては、立ったまま重々しく丁寧に頷くだけだった。最後にアルフレッド・コートランドが姿を見せたので、ジェフは本来なら握手をするべきなのだろうと思った。それでも弁護士は手を差し出さなかった。どんなに支持を集めたいという思いが強くても、この銀行家から受けた侮辱を許そうと思ったことは一度もなかったからだ。

やがて、ドアを閉めたジェフは壁に背を向けて窓際の椅子に坐り、素早く室内を見渡した。コートランドのほかには、金物屋兼チャンドラー車のディーラーのトム・エプス、家具と葬儀の大型店を営むニュート・ラドロー、食料品と日用雑貨の店を営むシンプ老人、村の穀物倉庫の管理人を務めるトッド・マイヤーズ、郵便局長のフランク・ヘンショー、そしてヴィルヘルム・ドイチェが顔を揃えていた。コートランドの横に坐っているこのドイツ人の老人は、ほかの誰よりも悪意のなさそうな顔をしていた。だが、その態度は、みんなと同調したいという強い願望の表われに過ぎないのだろう、とジェフは思った。

来客たちの視線がジェフに集中しているあいだ、室内は沈黙に包まれていた。が、すぐに、全員が一斉に話そうとしてあっという間に大騒ぎになった。

最終的には、シンプ老人のうわずった声がほかの声を圧倒した。

「わしらがここに来た理由はわかっとるな、ジェフ。おまえがみんなを裏切ったということは百も承知だし、おまえにはどんな言い逃れもできん。だが、わしらはおまえの口から直接説明してもらいたいと思っとるんだ」

「なんと、それは大変ご親切な」そう言ってしまってから、いかにそれが馬鹿げて聞こえるかということにジェフはすぐに気がついた。

「おれたちの親切心のことなんざどうでもいい」エプスが言った。「おまえが思ってるほど、おれたちは親切じゃないかもしれないぞ」

「そうですか、わかりました」ジェフは言った。そして、またしても口を滑らせた。「そういうことなら、それはそれで結構です。ですが、あまり話が進んでしまわないうちに言っておきますけど、私はこの谷にたくさんの友人がいるんですよ。みなさんがお考えになるよりも、かなりたくさんの友人がね」

客たちが皮肉っぽく笑みを交わす様子を見て、ジェフはたじろいだ。郵便局長のフランク・ヘンショーが、あからさまに小馬鹿にして言った。

「おまえは、もうこのグループには用はない、そう思ってるんだな、ジェフ?」

「いや、そんな、ちょっと待ってください。もちろん、そんなつもりはありませんよ」ジェフは慌てて言った。

「おまえは、ファーゴ家の人たちさえいれば選挙で勝てると思ってるんだろう」トッド・マイヤーズが言った。「言っとくがな、この郡じゃファーゴ家の人数なんか微々たるものに過ぎないんだぞ」

コートランドが咳払いをしてトッドに視線を送ると、穀物倉庫の管理人は顔を赤らめた。

「悪く取らないでくれ、アルフ」彼はすぐに言った。

コートランドは、葉巻の先をしげしげと見つめるだけで何も言わなかった。

「私だってあなた方が好きでしたよ、ニュート。みなさんのことが好きでしたし、いまでもその思いは変わりません。ですが、この仕事の稼ぎがどの程度のものかは、みなさんだって知ってたでしょう。どれだけ――」

「ふざけやがって、ジェフ」ニュート・ラドローが言った。「おれたちは、おまえのことが好きだったんだぞ」

「おまえだってそれはわかってただろ、ジェフ」

「とにかく、おまえのやり口はあまりにも節操がなさ過ぎたんだ」怒りをぶつけるシンプ老人はかすれ声になっていた。「わしらがおまえをまた出馬させたいと思ったところで、おまえ自身がそれを反故にしたようなものなんだから、どうにもならん。男だろうが女だろうが、子どもだろうが、おまえが寝返ったことを知らないやつはこの谷にはひとりもいないぞ」

「まったく、そのひと言に尽きるな」トッド・マイヤーズがつけ加えた。

七人はジェフを見つめて次のことばを待ったが、ジェフは何も言い返せず、ただ黙って視線を返すしかなかった。怒りを帯びた男たちの目は次第に嘲りを示すようになり、しまいには馬鹿らしくてうんざりしているというような目つきになった。抜け目なく行動するということはそう悪いことではない。絶対に誰も助けてくれないから自分にとって最善の策を取った、そんな理由で人を責めることはできないからだ。だが、抜け目なく行動するつもりでその現場を押さえられ、自ら醜態をさらすとなると、それは許しがたいことだった。

郵便局長のヘンショーが、問いかけるように一同を見渡した。

「さて、諸君、もうあまり言うことはないような気がするが、どうかね?」

「ないと思う」誰もが首を振った。

男たちは落ち着きを失い、ズボンの埃をはたいた。ひとり、二人と立ち上がりはじめた。

「ちょっと待ってください」ジェフ・パーカーが声をあげた。

「待ったところで無駄な気がするがね」

「無駄ではないはずです」そう言うジェフの声は、確信に満ちた力強さを帯びていた。問題解決の扉を開く魔法のことばが、ついに頭に浮かんだのだ。

「私は鉄道会社からカネを受け取りました」釈明をはじめた。「相当な額をです。ですが、重要なのはそこではありません。問題は、私が何をしてそのカネを受け取ったか、ということですよね?」

「そのとおりだ」ラドローが頷いた。

「では、もし私がみなさんに――ひいては、みなさんが郡全体に――実は、私は鉄道会社を罠にはめてやった（まあ、そのついでに、ちょっと自分も稼がせてもらった）ということを証明できれば、これは一転して素晴らしい話になりますよね？　もし、みなさんに搾取された分を取り戻すどころか、それよりもはるかにたくさんのカネをせしめる手段があるということをお知らせできれば、私の評価はほぼ満点に留まると、そういうことですよね？」

七人の客は曖昧に頷いてみせた。

「だったら、その手段とやらを言ってみろ」エプスが顔をしかめて言った。

「いいでしょう」ジェフは身を乗り出して言った。「こういうことです。税金ですよ。鉄道に対する固定資産税をつり上げればいい。かなり高額にね」

ドイチェ老人が、明らかに是認の意思を示すような高笑いをした。シンプとエプスはウィンクを交わした。ヘンショーは慎重に考えを巡らせているかのように目を細めた。コートランドだけが異議を唱え、その考えは気に入らない、と言った。しかし、この町の金融の専門家を自任する者としては、正直に言ってその必要性を強く感じる、と付け加えた。

そして、「それはいい考えではあるが」と、半ば弁解がましい口調でつづけた。「鉄道会社の固定資産税を引き上げようと試みたものの、不首尾に終わった郡が多々あるんじゃないか？」

「確かにそのとおりです」一同をざっと見渡しながら、ジェフは大きな声で言った。「ですが、うちの場合は、鉄道会社がしたことを、みなさんよくおわかりじゃないですか？　税金を引き上げられた鉄道会社がどうあがこうと、逃れるすべがあるはずはないですよね？　自業自得なんですよ――事実上、そうしてくれと言ってきたようなものなんですから！」

それはジェフにとっては自明の理だったので、うつろな表情で顔をしかめているほかの参加者を見ているとさすがに腹が立ってきた。その立場に見合う切れ者のはずのコートランドでさえ、ジェフの話の趣旨が摑めていないようだった。

「いいですか」ため息が出そうになるのを堪えながら、ジェフは言った。「いま、鉄道会社は、この郡で空前の利益をあげていますよね？　儲けを増やしているのは、サーヴィスを減らしているからです。その点については、みなさんも認めるでしょう？」

確かに、その点については喜んで認めたいと思う、という点で意見が一致した。

「ですよね。それでは、鉄道会社が儲けを増やしていて――投資対象は変わらないのに、儲けを増やすことができているなら――その投資対象は、なんと、現在の評価よりも価値が高い、ということじゃないですか。でしたら、そこにもっと高い税金をかけられてもおかしくはない。となると、会社側は払わないわけにはいかないんです！　自分で自分の首を絞めたようなものですよ！」

そこで、ようやくみんな合点がいった。誰もが狡猾そうな口元を笑みでひきつらせた。そのうちに笑い声が漏れ出した。そして、全員が大声で笑った。

「ちくしょうめ」シンプ老人が毒づいた。「ジェフなら、うまくピンチを逃れる方法を見つけ出すだろうと思ってたよ！」

老人は膝を叩き、笑いでからだを震わせ、ほかの参加者も同じ思いで顔を輝かせ、自分たちが選んだ敏腕議員を見つめた。みんなの高揚した気分に心を温められ、元気づけられた若い弁護士の脳裏に、新たなインスピレーションが芽吹いた。

ジェフが片手を上げると、ほぼ同時に敬意を示す笑みを浮かべたまま、一同は静かになった。

「実は、もうひとつ手があります」ジェフは軽やかな声で言った。「それは、鉄道会社にサーヴィスを充実させるよう促すだけでなく、みなさんにとっての利益にもなることです。トム、業界でトラックと呼ばれる車を見たことがありますよね?」

「ああ、あるよ」チャンドラーのディーラーはそう答え、ほかの参加者に向けて説明をはじめた。「トラックというのは、基本的には普通の車なんだが、もっと馬力があって荷台がついてる——好きな荷台を自分で選べるんだ。グランド・アイランドとかオマハとか、そいつらを走らせる道路が整備されてるところで山ほど走ってるのを見たことがあるよ」

「たとえばですよ」ジェフが口を挟んだ。「ここにもそういう道路がある、としたらどうです? きっと、トラックがあっという間に売れて、鉄道に引けを取らない輸送手段になりますよ」

七人は疑いを込めながらも、失礼にならないように気を遣う目でジェフを見つめた。なにしろジェフが、たったいま帽子から丸々と太ったウサギを取り出してみせたことにまちがいはないからだ。

「そうは言っても、肝心の道路がないじゃないか、ジェフ」

「ですが、造れますよね」弁護士は粘った。「鉄道会社からもっと多くの税金を搾り取れば、ほかの納税者を対象にする税金を引き下げることができます。住民のみなさんが道路整備の重要性に納得すれば、道路債の発行に賛同するどころか、そのチャンスに色めき立つでしょう。アルフ」——はじめて、コートランドに直接呼びかけた——「道路債を発行すれば、銀行にかなりの保証金が入るんじゃないか?」

「ああ、そのとおりだな」銀行家は頷いた。

「そして、トム、そうなればかなりの——」

「むろん、まちがいない」自動車ディーラーはきっぱりと言った。

「さて、本当にそうかね」ラドローが言った。「そのためにはかなりの量の債券を発行しなきゃならないが、この郡はとっくの昔に借金で首がまわらなくなってるんだぞ」

「なにも、郡だけで全額負担しなくたっていいじゃないですか」ジェフは言った。「州に出資させりゃいいんです。やり方は私が教えますよ。州がうちの郡のためにカネを出すことに異論はないでしょう?」

一同はにんまりし、異論はない、と言った。州のカネなら、搾り取れるだけ搾り取ったほうがいい。

「おれの考えでは、そいつはかなりむずかしいぞ」トッド・マイヤーズが言った。「おれたちには、この郡の外にまで道路を造ることはできない。ここで道路を造ったって、どこにも接続させることができないじゃないか。そしてそれができない限り、鉄道会社にダメージは与えられないし、おれたちにとってもほとんど利益がない。だから、それだけのカネを使う根拠にはならないぞ」

実は、その場にいる全員が真っ先に同じことを考えついていたので、コートランドとエプスもその意見に同意せざるを得なかった。

ジェフは両手に顔を埋めて呻き声を出した。

「ちっくしょう、そうかあ」ジェフがいかにも本気で悔しそうに大声をあげたので、ふたたび室内は大爆笑になった。

「わかったよ、ジェフ」フランク・ヘンショーが優しく声をかけた。「おまえの言いたいことはよくわかった」

「でも、わかりませんか? うちが郡境まで道路を伸ばせば、隣の郡も道路を造らないわけにはいかなくなるんじゃないですか? そうしないと、商売を全部ヴァードンに持ってかれてしまいます。ほかの郡だって、道路を造らないわけにはいかなくなりますよ。みなさんの力でほかの郡を動かすことができるんです！」

「なるほど、そうか」トッド・マイヤーズは言った。

「確かにジェフの言うとおりだ！」トム・エプスが大きな声で言った。

「いいか、みんな」シンプ老人が言った。「ジェフを出し抜くには、ジェフに先んずるしかない、ってことだ」

ヴィルヘルム・ドイチェも、一同の好意的な評価に対してしわがれ声で賛同した。全員が揃って部屋を出る際に、老人は弁護士と心のこもった握手をして力強く頷き、貴重な政治的支援を約束することを示した。この老人は、誰が州議会議員になるかということなど大して気にしていなかった。公人自身に人望があろうとなかろうと政治体制が変化するわけではない、と考えている彼は、そのなかで生き延びていくために、必然的に上手に伸び縮みする術を身につけていたのだ。

さて、ジェフはというと、当初の高揚感が消え失せてしまったあと、次第に鉄道会社がどのような態度に出てくるだろうかという不安感に苛まれるようになった。自分の裏切りがばれてしまうことは絶対に避けられない、と確信していたからだ。

リンカーンに戻ったジェフは、住まいとして使っている例のホテルの部屋に帰ったが、ドアをノックする音を聞くたびに、州都であの太ったロビイスト、キャシディの姿を見るたびに、恐怖でからだを震わせた。

そして翌春、鉄道会社に影響を及ぼす重要な法案が議会で審議されているあいだに、ついに運命の日が訪れた。それは、リベートを渡すというこの会社の悪しき慣習の抑制につながる法案だった。そして、自分のしたことを償う方法があることに気づいたジェフは、鉄道会社を擁護する立場の者として熱弁を振るおうと立ち上がった。名目上はそうだったのだが、実際はそうしなかった。あの夜、ヴァードンのホテルでピンチに陥っていたときと同じように、突然インスピレーションが湧いたのだ。

ジェフは三十分の演説をした——そして、鉄道会社を徹底的にこき下ろした。おまけとして二つか三つ作り話も交えながら、法の網をかいくぐって行われている悪事をひとつひとつ非難した。あまりにも痛烈で説得力に満ち、真剣な態度がひしひしと伝わってくる熱弁だったので、法案は圧倒的な支持を得て可決された。州内のほぼすべての新聞がこの演説について報じ、かなりの数の記事にジェフの写真が添えられた。しかし、この行動が引き起こした何よりも重大な余波は、その夜、キャシディがジェフを訪ねてきたことだった。

そのときジェフは風呂に入っていたのだが、田舎で育った者の常として、部屋のドアに鍵をかけていなかった。そしてベッドルームに入ると、ジグス・キャシディが、はじめてこの部屋に姿を見せたあの朝と同じように、大きな椅子にゆったりともたれていたのだ。

ジェフは何食わぬ顔で目を見開いた。

「バスルームを使いたいのかい?」キャシディに訊いた。

「いや、いまは結構です。なんならあとにでも」キャシディは葉巻を動かしてみせた。「ここから動く、ということをお考えになったことはありますか、議員殿?」

「いやあ、ないよ」ジェフは言った。「この場所がなんとなく気に入ってるんでね。ホテル・オーナーの協会とちょっとした取り決めをして、宿泊費を抑えてもらってるんだ」

「なるほど」太った男は疑り深そうに瞬きをした。「議員さんの多くはそうしますがね。ですが、私はあなたの部屋の話をしてるんじゃないんです、議員殿」

「ちがうのかい?」

「ええ、部屋の話じゃありません。我々は、あなたはいま、どうも窮屈な思いをされているんじゃないか、と思ってるんです。あなたは大はしゃぎし過ぎている。我々には、そのことであなたを責める気はありません、おわかりだとは思うが」――キャシディは葉巻を軽く叩いて灰を落とした――「要するに、ひとりぼっちでせせこましい場所にいて、人々の注目を一身に集めているいまのあなたは、何か大騒ぎをしてみせなければならないような気がしてるんでしょう。あなたは別なところを目指したほうがいいと思いますよ、議員殿」

「上をか?」

「検事総長になることを、です」

ジェフは真面目くさった顔で頷いた。

「私は常に有権者の声に従うつもりでいるんだ、ジグス。特に大きな声にね」

「ふうむ。議員さんはたいていそう仰いますな」

太った男はまた瞬きをして重そうに腰を上げ、ジェフと握手をした。そしてドアに向かって一歩踏み出した。

「もうひとつお伺いしましょう、議員殿。これから雨になると思いますか?」

「前々からずっと雨模様だよ、ジグス」

「仰るとおりですな」キャシディは言った。「まことに、ありがとうございました」

からだを揺らして出て行くキャシディのうしろ姿を、ジェフはにやにやしながら見送った。

今回は鏡台の上に分厚い封筒は置かれてなかったが、あったとしても、ジェフは受け取らなかっただろう。ジェフのキャリアは封筒を貰う段階を過ぎていた。ジェフがうきうきしながら室内を行ったり来たりしていると、ふとアルフレッド・コートランドのことが脳裏をよぎった。まるで、最高の気分のときにはどうしてもあの男のことを考えずにはいられなくなっているかのように。すると、少年のようなジェフの顔に、見るのも憚られるような表情が浮かんだ……

23

「バカ言え」シャーマン・ファーゴは一喝した。「おまえは、ひとつ大きな点でまちがってるぞ。おまえは農業のことなんかなんにも知らないじゃないか」

アルフレッド・コートランドは笑顔で自分の礼儀正しさを示そうとしたが、その笑顔には覇気がなかった。人々に対して延々と怒りをたぎらせていたのは過去の話だった。とうの昔に慣れっこになっている自分を、コートランドは心底忌み嫌っていた。

「なあ、そうだろ、アルフ」シャーマンは言った。

「あなたの言うとおりかもしれません、シャーム」

「そりゃあ、おれの言うとおりに決まってる」

コートランドは顔を引きつらせた。親指と人差し指で鼻梁を挟んでさすった。すると、そうする自分の手が震えているのがわかり、手を引っ込めた。オマハで医師たちに死刑宣告を出されてから、すでに四年――ほぼ五年――が経過していた。コートランドは、その宣告が現実になる日の近いことを示す数々の兆候を感じ取っていた。あるいは、感じ取っていると思い込んでいた。この男の生活は、ある意味で停滞した待ちぼうけを喰うばかりの恐怖と化していて、そこから逃れる手段は酒しかなかった。そして、実際にはそれは逃げ道などではなく――別の種類の恐怖に過ぎなかった。

そして、銀行の経営状況はおよそ芳しくなかった。コートランドは、道路債で儲けるチャンスが失われたのはジェフ・パーカーの影響力によるものだと確信していた。しかし、いままでにしたことや、これからする可能性のあることについてジェフを責める気はなかった。ジェフだけでなく、ほかの誰かが自分のことをどう思っていようと、自分ほど自分を最低の人間だと思っている者はいないと思っていた。自分のことは黙ってひとりにしておいてもらうか、どうせならひと思いに殺してもらいたい、そう願っていた。コートランドの朽ちていく頭は、この世を、自分を責め苛むためにある広大な牢獄、として見るようになっていた。

「それで」シャーマンが訊いた。「どう答えるんだ、アルフ?」

「申しわけない、シャーム」

「だがな、アルフ、無茶もいいところだぞ! おれにはもう、小麦を育てるつもりはないんだ」

「でも、道具は全部揃ってるじゃないですか、シャーム。脱穀機もコンバインも、自動種まき機も――」

「そりゃ当たりまえだろ? それがなきゃ、いままであれだけの土地で作物を育てることなど不可能だったんだ。おれは、必要のないものなんかひとつも買っちゃいない!」

「そうですね。それはわかっています」銀行家は答えた。「ですが、いま、あなたはそれだけのものを持ってるのに、もう使うつもりはない、と言う。機械にそれだけ大きな投資をしておいて――」

「おれは、機械なんかより土地のほうによっぽどカネをかけてきたんだ!」

コートランドは両方の手のひらを机の端に置いた。手を離すと、今度はポケットの奥に突っ込んだ。とてつもないほどの努力をし、なんとか声がそれなりに鷹揚に聞こえるように抑えた。

「あなたの言い分はわかりました、シャーム。ですから、今度は私の言い分も聞いてください。この二、三年で、銀行業務は大きく変わりました。貸付金の総額は、かつての一・五倍に上っています。私には依頼を処理しきれないんです。いまのところはなんとかやってます、ですが、東部の大きな保険会社や抵当証券会社の手を借りなければ、にっちもさっちもいかないんです。私自身が利用できるローンを作らなければ……」

「まあ、おれにはそっち方面のことはさっぱりわからん」シャーマンは言った。「おれにわかっていることはだな――」

「ですから、説明させてください。私はそういう東部の会社のひとつに、こういう手紙を送るつもりです。〝うちの顧客に、七百五十エーカーの土地を所有している方がおられます。この五年間、小麦の栽培をつづけてきて、ご自分の稼業のことはよくおわかりになっている方です。小麦農家として必要な農機具はすべて揃っています。昨年は豊作で、一昨年も豊作で、うんぬんかんぬん〟とね。私の狙いがわかりますか、シャーム？　こう書けば、相手には明確に意図が伝わるんですよ。向こうは鉛筆を手に取って、一分もあれば、ほら、手際よくローンを成立させられます。向こうは――」

「おい、ふざけんな、何が手際よくだ！」

「待ってください、シャーム。私は相手側の出方を説明したいだけです。こういう事柄についての会社側の見方を、あなたにもぜひわかっていただきたい。あなたや私がどう感じようと、向こうはこれでいい融資先ができた、と思うはずなんです。ところが、私が向こうへ出向いて行って、こんなことでも言ったらどうなるでしょう。〝うちの顧客に、もともと小麦農家だった方がいます。小麦栽培に必要な農機具のために、数千ドルの借金をしています。いま、小麦栽培からはもう手を引く、と仰っています。百六十エーカーをトウモロコシ、四十エーカーをジャガイモ、八十エーカーをサトウキビ、六十エーカーをビーツ、うんぬんかんぬん〟――そんなことを言おうものなら、相手は絶対に融資の話になんか触れないでしょうし、それに――」

「いい、いい、いい、いい、――クソッ、そうするしかないんだ！」

シャーマンは手荒に椅子を引いた。「何も、そこまでいきり立つ話でもないだろう」

「申しわけない。私は――今日の私は、どうかしているようで」

「まったく、たかが小麦だぞ」シャーマンはぶっきらぼうに言い、からだを揺らして銀行を出ると、大きな音をたててドアを閉めた。

とにかく、アルフというのは忌々しい野郎だ。あのバークよりもたちが悪い。バークなら、農業融資を手に入れたいがために人を巻き込んで、土地を駄目にさせるような真似はしなかったはずだ。

シャーマンは顔をしかめて通りの先に目を向けた。そして、土曜日の人混みを頑丈な肩で押し分けて自分の荷馬車へ向かって強引に進んで行った。今日、荷馬車で町に来たのは、いっしょについて行きたいと言い張るジョセフィンが小型の馬車に乗れないからだった。だが、二年間町へ出ていなかったジョセフィンが、なぜ今日に限ってそんなことを言いだしたのか、シャーマンにはさっぱりわからなかった。ジョセフィンは、荷台に置いた頑丈な厚い板の上に坐っていた。そのうしろに置かれた別の厚板には、すっかり年頃を迎えた二人の娘たちが坐っていた。もう幼い、とも言えない小さなルーシーは、縁石に坐って道路の埃のなかで絵を描いていた。

父親はその娘を手荒に立たせた。そして、馬鹿にするような目つきで荷馬車に乗っている日焼けした三人の女に目を向けた。

「なんでそんなところに坐ってるんだ?」妻に声をかけた。「誰かが写真を撮りたがるとでも思ってるのか?」

娘たちはきまり悪そうにくすくすと笑った。すっかり膨れ上がった頭に、石炭入れと同じくらいの大きさのボンネットをかぶった母親は、眉をひそめようとした。

「理由はわかってるでしょ」怒ったような囁き声で答えた。

「ひやあ、ほれにははからないねえ」シャーマンは真似をした。「おまえたちはホテルへ行くつもりなんだとばかり思ってたよ。おれにどうして欲しいんだ――藁でも一梱《こり》持ってきてやろうか？」

憎まれ口を叩くのを止め、ジョセフィンが馬車から降りない理由を考えたシャーマンは、ほぼ荷台と同じ高さにある踏み台がなければ妻は降りられないという、当たりまえの事に気がついた。自宅では、直接ポーチに入るかたちで馬車から降りていた。町なかでは、ホテルのまえにある石の乗馬台くらいしか、妻の必要を満たせる高さと強度のある物はなかった。

あんなに銀行に長居をしてジョセフィンを待たせておくべきではなかったな、とシャーマンは思った。だが、今日はなぜ、くそったれ、自分の居場所である自宅でおとなしくしていなかったのか？　妻に苛立ちつつも、自分のしたことについてもバツの悪い思いをしながら、シャーマンは馬車をホテルへ向かわせた。

ジョセフィンは荷台を跨げないので、シャーマンが座席代わりの厚板を移動させて荷台の片側を開けなければならなかった。立ち上がった母親の両肘を二人の姉たちが両側から支え、シャーマンは妻の正面で少し両手を差し出して待ち構えた。ジョセフィンが荷台の片側へ寄って行くと、反対側の車輪が両方とも地面から浮き上がった。シャーマンは悪態をついた。妻に、気をつけて移動しろ、と声をかけた。するとと慌てたうえに、そもそも自分のまえにある高さ五フィート未満のものは視界に入らない気の毒なジョセフィンは、荷台から足を踏み外してしまった。

ストーヴのパイプほども太さのある脚と大きな足が、乗馬台と馬車の荷台のあいだに落ちた。ジョセフィンは呻き声をあげ、喘ぎながら馬車と石のあいだに挟まってしまった脚が折れないように反対側の膝に体重をかけて転んだ。するとドレスのスカートがまくれ上がり、小麦粉袋で作った特大のズロースがあらわになった。忍び笑いを漏らしながら顔を赤らめた二人の娘たちは、母親の服を直してやろうとした。シャーマンは口汚く怒鳴って指示を飛ばした。ジョセフィンは呻き、喘ぎながらすすり泣いていた。イーディ・ディロンがホテルから飛び出してきた。

「いい加減にそういう口をきくのはおやめなさい、シャーム・ファーゴ!」イーディは大声で言った。

「夫として最低だわ!」

「ちくしょう、イーディ、なんでこいつは家でおとなしくしてなかったんだ?」

「もういいから、さっさと助けてあげなさいよ。上半身をまえに出してもらえるかしら、ジョセフィン? 乗馬台のほうへ」

「で、できると思うわ……」

「そうそう、いい感じよ」なだめるようにイーディは言った。「シャーム、あなたがあっちへまわって床を少し持ち上げてあげれば、ジョセフィンの脚が外れるわ」

シャーマンはさらにひと言二言口にしたが、言われたとおりにした。全員で力をあわせ、石の上にジョセフィンをうつぶせにして寝かせた。それから脚を摑み、からだを回転させて背中が歩道側へ向くようにした。膝から先に下ろし、坐った状態にして立ち上がらせた。こうしてこの驚くべき騒動は幕を閉じ、ジョセフィンは安全に歩道に立つことができた。

イーディはよろめきながら歩く巨体をホテルの入口へ誘導しながら、最後にもう一度兄に非難の目を向けた。

「恥を知りなさい」イーディは言った。

「わかってるよ」シャーマンは苦虫を嚙み潰したような顔をして言った。「恥ずかしくてたまらないさ」

シャーマンは素早く周囲を見まわし、いまの騒ぎを見物していた野次馬たちの何人かと目をあわせてやろうとした。だが、賢明にも彼らはとうに姿を消していた。シャーマンはハンカチで顔を拭き、短いパイプを口の端に突っ込んでいつもの食料雑貨店に向かって歩きだした。

店内に入ったシャーマンは、その場にいる暇人たちがやけにおとなしいことに気がついた。そして、シンプ老人の皺だらけの顔がにやけている、と思った。くそ、笑いたければ笑わせておけばいい。へとへとになるまでつまらない覗き見の話でもしてりゃいいさ！　シャーマンは店主を長々と睨みつけてやった。そして買い物リストをポケットから出し、カウンターの上に叩きつけた。

「次の夏までにぜんぶ用意できるか？」きつい口調で訊いた。

「おまえさん、いつからそんなに忙しい男になったんだ？」店主は元気な口調で訊き返した。「誰かに時間でも測られてるのかね？」

「そんなこと、あんたにゃ関係ないだろ」シャーマンは言った。「つべこべ言わずに用意してくれ。それと、今日は絶対にいつもみたいに量をごまかすなよ」

シンプ老人は面白くなさそうに口を結んだ。ファーゴ家は三十五年近くこの店を利用している。シャーマンのことは、鼻たれ小僧だったころから知っている。それなのに、今日はカエルみたいに喚いて人にジャンプしろ、などとほざいているのだ。

「ちょっと頭を冷やしてこい」老人は忠告した。

「なんだと？」シャーマンは怒鳴り声をあげた。「何を言ってるんだ、シンプ？」

「頭を冷やしてこいと言ったんだ」店主は繰り返した。「おまえ、何をそんなに急いでるんだ？　どうせ一日じゅう町にいるんだろ？」

シャーマンは顎を突き出して老人を睨みつけた。すると、老人は含み笑いを漏らした。「まったく、おまえってやつは。日に日にウシガエルみたいになってくな、シャーム！　みんな、そう思わないか？」

呼びかけられた男たちは落ちつかない様子で身を捩り、何も言わなかった。ひとりか二人は、そろそろ店を出て行くことにした。

「ここは店だと思ったが、そうじゃないのか？」シャーマンは、はじめて村に来たよそ者のような口調で訊いた。「入るところをまちがえたようだな」

「おまえにはその程度の区別もつかんのか」シンプは噛みつくように言った。

そして、すぐに後悔した。というのも、シャーマンには六百ドルのつけがあり（そのうちの二百ドルは前年から繰り越したものだった）、しかも、ファーゴ家の気位の高さを知っていたからだ。本来なら、シャーマンの機嫌を損ねるような真似はしないのだが。そこで、今度はシャーマンをなだめることにした。

「さあ、あそこに坐って頭を冷やすといい」老人は言った。「どうしてもと言うなら、すぐに必要なものを揃えてやれるから――」

「つけのことが不安になってきたんだな？」農夫はきつい口調で言った。

「おいおい！　なんでそんなほうに話が飛んでくんだ？　いいからあそこに坐って――」

「おれには払い切れないかもしれない、そう思ってるんだな？」シャーマンはしつこく食い下がった。

「これまでに、支払いを迫ったことが一度でもあるか？」

まるで自分の問いにそのとおりだと言われたかのように、シャーマンは不機嫌そうな顔で頷いた。

「なるほどな」口を開いた。「だったら、そっちが不安になってきたと言うなら、これ以上あんたに文句を言うのは止めにしよう。買い物はほかのところでしたほうがよさそうだ」

「それは、おまえの言い分だ」店主は言った。「おれの口からは、そんなことはひとことも言っちゃいないぞ」だが、それからもシャーマンに睨みつけられて脅し文句を浴びせられているうちに、ついに老人のほうも堪忍袋の緒が切れ、激怒のあまり震えるような金切り声で言った。「もういい、勝手にしろ」老人は叫んだ。「いつまでも意地を張ってりゃいい。おれの知ったことか！　おまえのろくでもない買い物なんぞ、ほかの店でしろ、おれの知ったことか！」

遠い昔、この農夫も詮索好きで煩わしい悪ガキのひとりに過ぎなかったころと同じように、店主はシャーマンに向かってエプロンを振りまわしながらカウンターから出てきた。もちろん、シャーマンにはこの老人を殴るような真似はできなかった。そこそこの悪態を浴びせることさえできなかった。

シャーマンは恥ずかしさと苛立ちを抱えたまま、ひったくるように買い物リストを摑んで店を出た。

町には食料品店がもう一軒しかなく、しかも、そこは地元民の目から見ると、店といえるようなところではなかった。よりによって《選んでお得》などという愚にもつかない名がついているうえに、営業の仕方ときたらまさに見ものだった。入口のそばに小さなカウンターがひとつ置いてあるが、そのほかにはカウンターがない。店内の隅々にまで照明がついていて、客には自分の買いたい物の場所がはっきりと見える——明らかに、こんなことをするぼんやり者の経営者たちはとても賢明とはいえない。それだけでも充分といえるが、彼らの頭の切れの悪さについてさらに駄目押しをするもうひとつの証拠は、この店では、客が手を伸ばせば欲しい物をすぐに取れそうな品物の置き方をしている、ということだった。もし町のごろつきどもがその店でたむろするようになったら厄介なことになるだろう、と賢明な市民たちは見ていた。

店の入口にある小さなカウンターのすぐそばには、かごが山積みにされた棚があった。町の人々は、どう考えてもそれも売りものなのだろうと思い、売り物なら見本として二、三個をショウ・ウィンドウに並べておけばいいではないか、と訝しんだ。だが、その店に入って理由を確認したことのある者はひとりもいなかった。

シャーマンはしばらく店のまえをゆっくり行ったり来たりしながら、店内を確認しようと目を動かしていた。シンプ老人とのいざこざでは自分に非があったのだろう、と思った。そして、冗談じゃない、絶対に自分に非などあるものか、と思い直した。いまになってもファーゴ家はカネ払いがいいということにシンプが気づいてないというのなら、そろそろ思い知らせてやってもいいころだ！

うろうろしていたシャーマンは意を決して向きを変え、店に入った。店内には、店の営業を任されているよそ者の若い男のほかには誰もいなかった。店の奥から白い清潔なエプロンをつけた男が慌ただしく姿を現わし、農夫のまえで大げさにお辞儀をした。

「ようこそ、お客様。何かお手伝いいたしましょうか?」

いままで、手紙以外で〝お客様〟などと呼ばれたことのなかったシャーマンは、思わず得意げな笑みを浮かべた。

「まあ、そういうことなら、頼むことはあるぞ、若いの」自信たっぷりに言った。「ここに、長いリストがあるんだ」

「わかりました、お客様!」買い物リストを見た店員は目を見開いた。「必要な数だけかごをお取りください。もし見つからない物がありましたら、ぜひお声をかけてください」

「それは——それは、自分で品物を取れ、ということか?」喉を詰まらせたような、はっきりした口調でシャーマンは訊いた。

「そうでございます、お客様！」

「ええと」この風変わりな営業方針に、シャーマンは動揺を隠さずに言った。「どうすればいいのか、よくわからないんだが」

店員は明るい笑顔を見せた。痩せていて、頬がニキビだらけで、黄色い髪を真ん中で分けた若者だった。

「私が手順をご説明いたしましょう、お客様。お手伝いします。私の役目ではありませんが、時間があり余っているので」

「よし、わかった」シャーマンは果敢にこう言った。「おれはどんなことでも、とにかく試してみることにしてるんだ」

シャーマンと店員はリストを半分に分けた。シャーマンは、照れくさい気分で二つかごを取り、壁際の通路へぶらぶらと歩いて行った。

よく考えもせずに品物を二、三個選び、慎重にかごの底に置いた。そのうちに、どの品物も自分の手を嚙んだり、手に取ったとたんに爆発したりすることはない、ということがわかってくると、元気が出はじめた。それは実に簡単なことだった。腹の立つようなところがどこにもない。まあ、そうそう侮れないということは認めよう。結構コツがいるからだが、シャーマンは徐々にそのコツをつかみつつあった。シンプ老人が、こんな愉快な仕事を生業にしてひと財産築いたということを考えると、なんとも悔しくなってきた。

しっかりとリストから棚へ視線を移しながら、シャーマンは次々と品物を揃えていった。時折、生ぬるい平和な生活を満喫するかのように、陳列棚に収まっている品物の横を素知らぬ顔で通り過ぎた。

と見せかけて、すかさず片目でその商品を斜に見ながら後退し、その間抜けな品のど真ん中を鷲摑みにしてかごに入れた。それから、かごのなかでなすすべもなく肩を寄せ合っている不運な品物の兄弟姉妹たちを、勝ち誇ったような目で睨んでやった。

シャーマン・ファーゴの目を盗んで、どこへなりと隠れればいい。いずれかならず仕留めてやる！

シャーマンは満足げにパイプをふかし、急速にものが積み重なっていく目のまえのかごを足で移動させながら、あちこちの通路を行ったり来たりした。店番を任されている店員に、社交辞令としてぶっきらぼうに鼻を鳴らしてみせると、若者は嬉しそうにさえずるような声で応えた。シャーマンはうきうきしてきた。これほど明るい気分になったのは久しぶりだった。

ちくしょう、おれは何かにつけてこの世に嫌気がさしてきてるような気がする、と思った。だが、シャーマンの身には、厭世的になっても仕方のないことばかりが起きていた。寝ているも同然のジョセフィンはなんの役にも立たないし、シャーマンはまだまだ老人と言えるような歳ではない。手にした土地はすべて抵当に入っているので、そこにまた小麦を植えるしかない。父さんはまた具合が悪く、まったく気が休まらない。母さんからは、グラントにつらく当たったという理由で悪者扱いされている。イーディからは、ジョセフィンへの仕打ちのことでさんざん非難されている。ルーシーは大きくなって手を離れてしまった。あのいたずら好きの忌々しい息子どもは、いつも悩みの種だった。それなりによく働くのだが、しょっちゅうカネをせびろうとする。そして、いつも大バカ娘たちの尻を追いかけたがって躍起になっていた。

時々、シャーマンはこのろくでもない全世界が自分を敵視しているような気がすることがあった。まさに人生の真っ盛りを迎えているというのに、時々、生きる意味が何ひとつとして残されていないような気がすることがあった。

だが、この店にいるとじつに気分が良かった。自分には能力があり、信頼されているような気がした。自分のほうが店員より速く買う物を揃えているうえに、あの若い男は、ポケットにこっそり品物を入れられないように見張るということをいっさいしないのだ。

やがて、店員が微笑みながらシャーマンに近づいてきたので、シャーマンは必要なものがほぼ揃ったことをしぶしぶ認めた。

店員が店の奥から大きな木箱を持ってきて、二人で品物の入ったかごをカウンターまで運んだ。店員は小さな計算器を使って金額を合計していき、し終えた品物を次々と木箱に収めはじめた。シャーマンは、店員の素早い指の動きにあわせてきらめく計算器のキーを感心した目で見つめていた。これがシンプの計算方法より優れているということはまちがいなかった。シンプ老人は、いつもこちらが買っていないとわかりきっている品物を山ほど勘定に入れてしまううえ、老人の書いた数字は判読できないものばかりだったのだ。

店員は機械が出した細長い紙をちぎり、合計金額に目をやってから、その紙を木箱に入れた。

「では、そうしますと、ミスタ・ファーゴ」明るい笑顔で言った。「お会計は、まちがいなく二十一ドル八十六セントです」

「まちがいがあるとは、これっぽっちも思わんよ」シャーマンはそう言って木箱を持ち上げようとした。

「まったく、ものすごい量だな」

「あの」店員が言った。「その——何かお忘れでは?」

「ああ、キャンディはいらないよ」シャーマンは答えた。当時は、高額の買い物をした客に、おまけとしてキャンディをひと袋渡す店が多かったからだ。「うちの子たちは、そうでなくたって甘いものを食い過ぎなんだ」

「いえ、お支払いのほうです。二十一ドル八十六セントです」

「確かにそのとおりだ」シャーマンは愛想良く言った。

「ですから――その、代金を頂きたいのです、ミスタ・ファーゴ」

「ああ、なんだ、そんなものはいずれ払ってやるよ」軽い苛立ちを覚えながら、シャーマンは言った。「秋が来たらいちばんに払うさ。おれは、秋と春に支払いをすることにしてるんだ。誰に聞いてもらっても――」

「代金は、今日頂かなければならないんです。ここは現金売りの店なんです。現金をいただかなければ、品物はお渡しできません」

「なんだとお?」農夫は大声をあげた。「おい、いったいどういうことなんだ?」

店員は説明したが、不安のあまり必要以上に口調がこわばってしまった。そして、シャーマンの驚きは瞬く間に熱を帯び、怒りへと変わっていった。品物を置いて店を出て行ってやろうかとも思ったが、この若造に借りを作るような真似はしたくなかった。しかもその品物は必要なものだし、シンプの店に戻ることはプライドが許さなかったのだ。

シャーマンは財布を出した。この男に二十ドル程度のカネを出し渋っているとは絶対に思われたくないので、煮えたぎる怒りを隠してカウンターの上にカネを置いた。二十ドル札と五ドル札の二枚だった。今日は、自分に必要な物をいくつか手に入れるために競売に参加するつもりでいたのだが、これでそれができなくなった。

シャーマンはがっかりして釣りを受け取り、ポケットに入れた。店員は、おもねるかのように作り笑いを浮かべた。

「あのですね、私には、よく不思議に思っていることがあるんですよ」店員が話しだした。「いつも、なんだかおかしいなと思うことが」

「ほう?」シャーマンは言った。

「ええ。私は都会で育ったんですが、いつもおかしくてたまらないのは」——そこで笑いはじめた——「あなたがた農家の方は、ほかの人たちに売るために作物を作ってますよね。そ、それなのに、店に来てご自分たちが作ったものを買っているんですから」

「そいつはおかしいな」シャーマンはきっぱりと言った。

「ですよね。いつもそう思ってました」

「おかしいと思うことがあったら」シャーマンは言った。「声をあげて笑うべきだ。そういうことを心にしまっておくべきじゃない」店員を青い目できつく睨みつけると、殴りつけるのと同じくらいの衝撃を与えた。「さあ」シャーマンは言った。「笑ってみろ」

「あの……やっぱり、おかしくはない気がします」

「おかしいよ」シャーマンは食い下がった。「こんなクソみたいにおかしい話は聞いたことがない。さあ、おまえが笑うのを聞かせてもらおうじゃないか」

「ミスタ・ファーゴ、そんな——」

「笑え!」

店員は唾を呑み込んだ。

「は、は」やっとそう言った。

「もっと声を出せ！　腹の底から絞り出すんだ」

「は、は、は」店員は繰り返した。

シャーマンは首を振った。「おまえには、ちょっと準備が必要だな。誰かに少しくすぐってもらわないと。自分だけじゃまともに笑いだすこともできやしないんだから」

「ミスタ・ファーゴ、お願いですから――」

シャーマンがカウンター越しに身を乗り出すと、店員は身をすくめてあとずさり、壁にぶつかった。シャーマンはずんぐりとした太い指を二本突き出し、喜びで目をギラつかせて店員をつついた。あばら骨を攻められた店員は、吐き気を催すほどくすぐったくて堪らなくなった。シャーマンの指はあちこちの骨をこれでもかというほどつつき、くすぐりまくった。店員はその指を払いのけようとし、腕でからだをかばおうとした。だが、この恐るべき農夫から逃れるすべはなかった。シャーマンは店員に笑え、と意地悪く強要しながら、店員をくすぐり、つつきまわす手の動きを容赦なく速めていった。

そしてついに、店員は大声で笑いだした。笑いながら泣き声もあげはじめた。ヒステリー状態で壁に背を押しつけて店中に甲高い笑い声を響かせ、狂ったような涙がニキビだらけの頬を流れた。

シャーマンは目に怒りをくすぶらせたまま、食料品の入った木箱を肩にかついだ。

「次回は」店員に忠告してやった。「いつまでも我慢してるんじゃないぞ」そして、ふんぞり返って店を出て行った。

馬車のまわりをうろうろしながら自分を待っているテッドとガスの姿が見えたので、シャーマンはそれ見ろ、と思った。荷馬車の後部に木箱を放り投げ、二人を皮肉っぽい目で見ながらくつわに上った。

二人は細身のズボンを履いてポークパイ・ハットをかぶり、紫の付け襟をあわせた白いシャツを着ていた。二人が父親を見返す目も彼に負けず劣らず皮肉っぽく、取りつく島がなかった。顔の中央に寄った目で睨みつけ、下唇を上げて出っ歯を隠そうとしていた。先に視線をそらしたのはシャーマンのほうだった。仕方がない、この二人も男だ。男がすべきことをしているまでだ。

「いいだろう」財布を出しながら話しかけた。「カネが欲しいんだな。一ドルやるから、二人で分けろ」

シャーマンは一ドルを差し出したが、二人は父親を見つめるばかりで、ポケットに突っ込んだ手を出そうとしなかった。

「一ドルなんかで、いったい何をしろって言うんだ?」テッドが文句をつけた。「せいぜい食事代にしかならないじゃないか」

「食事代だと!」シャーマンは大声で言った。「なに言ってるんだ、おまえらに食事代なんか必要ないだろ。イーディがタダで食わせてくれるんだから」

「食べる分くらい払うさ」ガスが言った。

「なんでそんなことをするんだ? イーディとボブだって、うちでさんざんメシを食ってるんだぞ!」

「それとこれとは話がちがうよ」ガスがそう言うと、テッドも頷いた。

「いいか、いま、おれに出せるのは一ドルしかない」シャーマンは言い張った。「銀行残高はマイナスになってるし、アルフにこれ以上助けてくれと言うつもりもない。あいつはバークとはちがう。あいつは、親族としての務めを果たさなきゃならないという義務感の強いやつだから、そこにつけ込むつもりはない」

ガスが言った。「くだらねえ!」

テッドが言った。「あんたは、とにかく人の弱みにつけ込むような真似はしたくないって言いたいんだろ。見え見えなんだよ」

そのことばが暗に示す意味に気づき、シャーマンは顔を赤らめた。自分はこの息子たちの歳で、父親から百六十エーカーの土地を譲り受けた。そして、いまの自分には息子たちに譲れるものが何もなかった。何かを約束してやることすらできなかった。だから、息子たちの気持ちは痛いほどわかっていた。しかし、だからといって、いまやっていること以上に何ができるというのか？

「わかった、それじゃ、こういうことにしよう」いかにも気さくな口調でシャーマンは言った。「おまえたちはこの一ドルをもって食事をして、キャンディでもソーダでも好きなものを買えばいい。そのあと、鍛冶屋の裏で落ち合うことにしよう。蹄鉄投げをしに行くんだ。いいか、おれは、おまえらになんか絶対に負けないぞ！」

心のなかでは懇願しながら、シャーマンはおどけた表情で息子たちを見つめた。テッドとガスは顔を見合わせた。二人が突き出した唇のあたりに、意地の悪そうな笑みが広がった。

「もっといい考えがあるぜ」ガスが言った。「あんたがその一ドルで車軸油を一ポンド買って――」

「蹄鉄をケツの穴に突っ込みなよ」テッドが締めくくった。

二人はせせら笑って父親に背を向け、立ち去った。

正午になり、昼食にしようと腰を下ろしていたシャーマンの目に、息子たちが荷馬車から放した馬を貸し馬屋へ連れて行く姿が映った。だが、二人の行き先は貸し馬屋ではなかった。馬を品評会場まで連れて行き、競売にかけたのだ。

二人が馬を売りに出す権利について異論を挟む者はひとりもいなかったが、シャーマンが大事な馬を売りに出すだろうか、と思って誰もが首をかしげた。入札者たちが絶対に怪しいと判断したせいで、二人は百ドルしか手にできなかった。とはいえ、それはこれまでにこの二人がそれぞれ手にしたことのある額の、およそ百倍に近い金額だった。

上機嫌で町を出た二人を乗せた列車が、ミザリー・クリークの周辺を通り過ぎた。すると、テッドが不意に悪態をつき、鉄道用地の近くにいる人影を指さした。

「信じらんねえ！　あいつを見たか？」

「信じらんねえ！　まるで、顔じゅうにヘビがのたくってるみたいだったよな？」

二人は驚きに満ちた下品なことばを繰り返し、視界から消えるまで、いつまでもマイク・チャーニーの姿を見つめていた。

ワールドワイド・ハーヴェスター社の営業部長、ミスタ・ウィリアム・シンプソンは机にある電話を取り、送話器に向かって言った。

「シンプソンだ」怒鳴り声に近かった。「どういうことだ？　名前は？　ああ、うん、知り合いだよ。その一家とはずいぶんつき合いがある。うちのいいお客さんだ。すぐ上へ通してくれるか？」

シンプソンはうんざりした顔をして受話器を戻し、しばらく葉巻をふかしつづけた。引き出しを開けてソーダミント味の錠剤が入った瓶を出し、二錠口に放り込んだ。立ち上がって自分専用の洗面所へ行き、水を一杯飲み干した。鏡を覗き込んで首を振った……こういう、興奮でのぼせ上がって胃が頑丈な、町の外からやってきた客を相手にするのはたまったもんじゃない！　満足感や疲れというものを知らず、人には、自分たちといっしょに何かを追いかけ、あちこちうろつきまわること以外に用事はない、とでも思っているかのように振る舞うのだ。

くそ、あいつらは恵まれているというのに、そのことに気づいていないんだ。一週間でいいから、おれと同じような仕事をしてみればいい。二度と農場を離れる気にはならないだろう。ほかのキャバレーを覗いてみたいなどとは、二度と思わなくなるだろう。

秘書がオフィスのドアをノックする音がしたので、シンプソンは上着の襟を強く引き、満面の笑みを作って急いでドアへ向かった。

勢いよくドアを開け、ファーゴ家の息子のそれぞれに手を差し出した。

「驚いたな、テッドと——ガスじゃないか！　とにかく、どういう風の吹きまわしだい？　さあさあ、入ってくれ!」

二人の少年は、にやにやしながらシンプソンの横を通って室内に入った。シンプソンは秘書に言った。

「ミス・ベアトリス、こちらの方々は私の昔ながらの友人で、これから山ほど話があるんだ。どんな場合でも邪魔はされたくない……非常に重要な用件でもなければね」

シンプソンがかすかなウィンクをしてみせると、秘書は理解を示す小さな笑みで応えた。この来客が無駄な長居をすれば、かなり重大な事態が発生することになる。

「いやあ、じつに久しぶりじゃないかね、きみたち?」シンプソンは熱を込めて訊いた。「坐ってその葉巻でも吸ってくれたまえ。どうぞごゆっくり」

少年たちが葉巻に火をつけ、にやにやしながら顔を見合わせているあいだ、シンプソンは大声でお愛想を言いつづけた。そうやって話しているあいだに、こっそり少年たちの品定めをしていたのだ。この訪問にはどこかおかしなところがあると感じてはいたが、それがなんなのかはわからなかった。見た目という、ふつうなら主となる判断基準が、こういう農家の人々にはまったく通用しないからだ。

しかし、その点について言えば、この少年たちはかなりいい身なりをしていた。二人のまわりには都会の雰囲気が漂っていた。とにかく服にはうるさいこの二人は、資金を手に入れるとさっそく田舎臭い服を脱ぎ捨て、カネに糸目をつけずに新しい服を買ったのだった。

ヴァードンを出たあと二人は、都会に打って出るにはいま持っている程度のカネでは全然足りないだろうという、非常に現実的な結論に達していた。そこで、小麦の収穫時期にあわせて遠路はるばるカナダまで北上しながらほぼ休みなく働きつづけ、だいたい一日十六時間の労働で二ドル五十セントくらいは稼いでいた。もちろんずっと住み込みで、食事もついていた。

小麦の収穫時期が終わったころにはかなりの額が貯まっていたので、二人は父親に例の百ドルを返した。自分たちが助けてやらなければ、おそらくあの老いぼれ野郎は飢え死にしてしまうだろうからな、と二人で面白おかしく納得し合った。だが、冬の訪れとともにまた無一文になりかけていた二人は、その博愛主義を後悔しはじめていた。

「どのくらい町にいるつもりなのかね？」二人をじっくり観察しながら、シンプソンは訊いた。

「実は、はっきり決めてないんです」ガスが言った。

「状況次第、という感じですね」テッドは曖昧に答えた。

「そうか、そうなんだね」シンプソンは頷いた。「ところで、お父さんはどうしてる？」

「それなら、達者でやってると思いますよ」

シンプソンはおどけるように大きな声を出した。「思う、だって？　お父さんの様子がわからないのかい？」

「まあ、しばらく会ってないもんで」

「おれたちは、もう実家には住んでいないんです」テッドが説明した。

「それはどういうことなんだね？」シンプソンは訊いた。「お父さんと喧嘩したわけじゃあるまい？」

少年たちは首を振ってきっぱりと否定した。自分たちの出奔の真相がばれたらシンプソンは腹を立てるだろう、ということで意見が一致していたのだ。

「それなら、何が問題なのかね？」

「おれたちは、とにかく農場暮らしにうんざりしたんです」テッドはそう言うと、同意を求めるかのようにガスに顔を向けた。

「おれたちは仕事が欲しいんです」ガスはきっぱりと言った。

「いやはや」シンプソンは言った。「そういうことなのか」

シンプソンはひどく辟易したが、それ以上に強い失望感を覚えた。この男には、少年が故郷を追い出されるのは仕方がないとしても、故郷を捨てるべきではない、という持論があったのだ。かつての自分が農場から出て行ってしまったことは残念でならない、とつくづく思っていた。テッドとガスも、父親の元へ戻ったほうがよほどまともな生活ができるだろう、と思った。とはいえ、二人の父親はこの会社にとっていい顧客だし、シンプソンもたびたび家を訪問したおかげで、この一家とはほとんど友人のような関係を築いていた。

それにシンプソンも、都会へ出てきて間もない日々のことが忘れられなかった。ひとりぼっちで寂しい思いをしながらあてもなくさまよい歩き、いたるところで追い払われ、ホームシックに苛まれながらも、あり余るほどの断固としたプライドが自分の過ちを認めることを許さなかった日々のことを。

自分にはテッドとガスに何かをしてやる義務がある、と思った。少なくとも、その努力はしなければならない、と。

「喜んでお手伝いするよ」シンプソンは言った。「私がどんな力になれるのかはわからないが、とにかく力は貸したいと思う。ただ、それがきみたちにとっていちばんいいことなのかどうかはわからない。つまり、本音を言うとだ、もしきみたちに少しカネが要るのであれば――」

「おれたちは文無しじゃありません」ガスとテッドは声をあわせて言った。

「まあ、ちょっと話を聞いてくれ。都会での暮らしは、巷でもてはやされてるようなものとは全然ちがうんだ。うちみたいなところで払われる給料は一見高額に見えるが、なにしろ生活費がかかる。ふつうの人が考えるよりはるかにな。だから、こうしてはどうだろう――もう、ホテルは取ってあるのか?」

「あります」二人は頷いた。

「だったら、二、三日あちこち見て歩いたらどうかね? ちょっと楽しく過ごす程度にだ。私がいくつかショウのチケットを取ってあげるし、いっしょにキャバレーにも一、二軒行って、楽しく観光でもしようじゃないか。きみたちは一セントも払わなくていいし、家へ帰るのにわずかでも助けが要るのなら、私が喜んで――」

「家へ帰る気はありません」

シンプソンは肩をすくめた。「私はそれがいちばんいい、と思うんだが――いいだろう、ついておいで。何ができるか考えてみよう」

急を要する仕事を抱えているシンプソンは、二人を連れて急ぎ足で迷路のような廊下と防音扉を抜けて階下へ向かい、鉄製の階段を何階分も下りたところにある工場エリアに入った。

けたたましい騒音で少年たちは耳が痛くなったが、周囲に見とれるあまりに気にならなかった。工場内はまるで終わりがないかのようにだだっ広く、鋼鉄製の梁から可動式のクレーンがいくつもさがっていた。三人が進む工場内の片隅では、まだ製造過程の初期段階にある、一ダース以上もの異なるタイプの農機具――脱穀機やコンバイン、草刈り機、乾草を束ねるベーラーなどの、まだ塗装していない剝き出しの筐体――が、レースを控えた動物たちのように整然と並べられていた(そして、そこで作業を進めている人々の働きぶりは、レースをしているも同然だった)。五十フィートほど奥に平行したラインがあり、そこまで行くと、それぞれの農機具の正体が、あるいはどのような農機具が作られているかが少しわかってきた。さらにその向こうに三本目、四本目、そして十本目のラインがつづき、製品はそれぞれのラインで一、二段階ずつ加工が進んで完成するようになっていた。

最後のラインはあまりにも遠くにあるので、作業員たちの姿は小さな染みにしか見えなかった——虫のようにその場に張りついた人々は、赤と黄色と青が交じり合った虹のような靄のなかで細かく動いていた。

あれはスプレー塗装工で、なかには一日七ドルも稼ぐ人もいるんだ、とシンプソンは説明した。だが、仕事をはじめて半年後には歯がなくなり、一年後にはほとんど目が見えなくなり、職人としての寿命はおよそ三年しかない、ということは説明しなかった。おそらくシンプソンはこうした事実を知らなかったのだろうし、もしこの人々から直接話を聞く機会があったら、きっと憤慨したことだろう。

彼の知る限り、スプレー塗装工になることを強要できる法律はひとつもないはずだ。

三人は、ガラスに囲まれた書類の散乱する工場長のオフィスに入った。シンプソンは二人を紹介した。工場長はノギスで苛立たしげに机を叩きながら、飛び出た目で品定めをするように二人を見つめた。自分の権限に関わることについて営業部から口を出されることが気に入らなかったのだ。それでも、ビル・シンプソンは足を止めて挨拶をすることを怠るような驕り高ぶった態度は絶対にとらないし、心根のいい男だということは認めていたので、頼まれごとを無下に断わる気にもなれなかった。

「だが、そうは言われてもな」工場長が口を開いた。「いまは人を減らしてる真っ最中なんだ。とてもじゃないが、どうやって……」

「いま人を減らしてる最中なら、ついでにあと二人辞めさせればいい」シンプソンはそう言って笑いだした。「それでどうかね?」

「まあ、できそうな気は……」

「できるのなら、そうしてくれ」シンプソンはそう言って早々に決着をつけた。「なるべく、ここにいるテッドとガスと同じくらいの体格のやつを選べばいい。そうすれば、そいつらの作業着が使える」

シンプソンは少年たちと握手を交わし、からだを大事にな、と声をかけて足早に上階へ戻って行った。

二週間後、工場長はシンプソンに電話した。「あのな、ミスタ・シンプソン、きみの友人たちのことなんだが――とてもじゃないが、これ以上雇っておけるとは思えん」

「なぜだ?」意にそぐわないことを言われ、反射的にかっとなった営業部長は、きつい口調で言い返した。「まともに働けないからだ、とは言わせないぞ」

「ああ、働きはいいんだよ」工場長は認めた。「しかしだな――その、あの二人は場内全体の秩序を乱してるんだ。おれはだな、あの子たちにX―473型草刈り機に四番の刃を取りつける作業を任せたんだが、出だしは良かった。だから、もうすぐ本当に重要な作業を任せられるようになるだろう、車輪の調整とか、固定とかまでやらせてもいいんじゃないか、と思ってたんだ。ところが、先週なんだがね、あの二人は急におかしくなっちまったんだ。自分たちの仕事を終えたあとにふらふらとほかのステーションに行ってだな、そこの作業員たちの邪魔をはじめたんだよ、それで――おれにはそれがどうにも我慢ならないんだ、ミスタ・シンプソン」

「そいつはまずいな」シンプソンは深刻そうな口調で言った。「おれも、あの子たちはいずれ、ちょっと落ち着かなくなってくるんじゃないか、とは思ってたんだ。だったら――修理部門はどうだろう、パット? あそこなら、もう少し仕事の種類が増える。あの子たちを修理のほうへまわしてもらえれば、二人ともそこで一、二を争う腕利きの作業員になれることを保証するよ」

「そうは言われてもだな、修理のほうはもう人が足りてるんだ。しかも、みんないいやつなんだよ」

「それを言ったら、この世はいいやつだらけじゃないか」シンプソンは言い返した。「そうだ――確か、しばらくまえに、お宅の娘さんがここの事務方で働きたがってる、とか言ってなかったか?」

「ああ、そうだよ」

「だったら、あの二人を修理部に移してやってくれ、パット。娘さんのことは、おれがなんとか口利きしてみる」

こうしてファーゴ家の二人は修理部門に移ったが、翌週、シンプソンに監査部長から電話がかかってきた。

「いいかね、シンプソン」その紳士は無愛想に言った。「ファーゴとかいうきみの友人たちには、別の仕事を探してもらうしかない」

「まあ、あなたがそう仰るのであれば、承知いたしました」シンプソンは言った。この監査部長を心底怖れていたのだ。自分と営業部の部下たちの経費について、いつも揉めてばかりいたからだ。「それにしても、どこに問題があるんですか?」

「二人揃ってアカのトラブル・メーカーだというところに、だ!」

「まさか、さすがにそれはあり得ませんよ。あなたのおことばを疑うつもりはありませんが――」

「昨夜、あの二人は二、三時間の残業を命じられたんだが、その分の給料をいくら貰えるのか、と訊いてきたんだ。当然ながら、主任は残業代はつかないということを説明した。会社にいい仕事を与えてもらってるんだから、助けを求められたら喜んで手を貸すのが筋だ、とな……」

「ええ、もちろんですよ。ごく当たりまえのことです」

「それがだ、あの二人にはそうは思えなかったんだな。今朝、その残業の埋め合わせだと言って三時間遅刻してきたあげく、主任にそのことを咎められるとだな、ひどい暴言を浴びせてきたんだ。追い出されて当然だろう！」

「まったくもって、仰るとおりです」シンプソンは言った。「ですが、もしよろしければ、私が今週末までの給与分を小切手にして、あの二人に送りたいのですが」

「それについては好きなようにしろ」こう言って、監査部長は叩きつけるように電話を切った。

シンプソンも自分の受話器を叩きつけた。そして、秘書の直通ボタンを押した。

「ミス・ベアトリス、今後、ファーゴと名乗る方が私との面会を求めてきたら、私は市外へ出ていると言ってくれ。名前はファーゴ——ファ・ア・ゴ、だぞ」

「かしこまりました、ミスタ・シンプソン。どんなファースト・ネームの方も、ですね？」

「そのとおりだ」営業部長は厳しい表情で言った。

……それからのテッドとガスのファーゴ兄弟の物語は、様々な点で、農場を出奔したほかの数多くの少年たちのものと同じように進んだ。

〝デ・トロイト〟という町にいる自動車製造業者が作業員に四ドルの日給を出すと言って人を集めているという話を聞きつけた二人は、募集が終わるまえにヒッチハイクでその町に辿り着くことができた。だが、がっかりしたことに、要塞と見まごう工場内にある採用窓口に辿り着くためだけに何週間もかかった。そしてやっと辿り着いてみると、一日四ドルどころか、その半分すら貰えないことがわかった。

確かにその製造業者は、自分の所有する工場に勤務しているごく限られた人数の業界のヴェテラン作業員たちには、日給として四ドル支払っていた。だが、その事業の大部分は完全に外部に委託され（その男は全体の指揮をとっているだけだった）、迷路のように入り組んだ下請け業者の組織によって進められていた。

テッドとガスは、そういう下請け業者のもとで六週間働いているあいだ、仕事の量や種類が少ないことについてひと言も文句を言わなかった。だが、最終的に、そして必然的に一時解雇されたときには、二人はそれぞれが二十ポンド痩せ、二人分をあわせてもちょうど十ドルしかないことに気がついた。

このころには、父親と大雑把な内容の便りを交わすようになっていて、どちら側の手紙も温かいことばで綴られていた。だが、父親は帰ることを強要しなかった。土地の大部分から抵当権を抹消しようという努力はいつまでたっても報われないし、谷での生活はかなり厳しくなっている。だから、二人がうまく生計を立てているのであれば、いまの場所に留まったほうがいいだろう、と考えていたのだ。

二人はクリーヴランドへ、シンシナティへ、そしてシカゴへと移った。ときには、機械工場や自動車整備工場で一週間くらい働くことができた。そして、側溝を掘る工事に飛び入り参加させてもらえることもあった。シカゴでは湖上のボートで雑役をし、わずかなカネを稼いだ。

夜になると、二人はトコジラミだらけのホテルで横になり、眠らずに話し合った。お互いの顔が見える日中は、あまり話をしていなかった。

「まったく！　いったい、お袋はどうしてるんだろう。おまえがおれを窓から突き飛ばした夜のことを覚えてるか？」

「ああ、覚えてるさ！　お袋はどうしてるのかな」

「なんて言うか、すごくいい人だったよ」

「まあな。親父だっていい人だった」

「まあな。いい人だったよ。なんで、ボビーのことを何も知らせてくれないんだろう？　おれは、ボビーがどうしてるのか知りたいのに」

「おれだって知りたいさ」

「なあ……親父のやつ、ほんとはおれたちに帰ってきて欲しがってるくせに――どうもそうは言いだせない、とでも思ってるのかな?」

「もしかしたら、親父は――いや、それはないな」

「くそ、絶対に帰るもんか」

「くそ、おれだって帰るもんか」

二人は、寒さから逃れようと南へ向かった。ヒューストンの公園で日向ぼっこしているときに、ある結論を出した。自分たちはこれまで仕事の選び方をまちがえていたのだ。一日を終えると、その日の稼ぎはすべて食事で消えてしまっていた。自分たちに必要なのは、報酬の一部として住居と食事が含まれている仕事なのだ、と。

どんな仕事に手を出してみても、稼げる金額に大したちがいはなかった。とにかく、テキサス州で小麦の収穫時期を迎える五月まで持ちこたえられれば、また移動が可能になる。収穫時期の移動にあわせて、オクラホマ、カンザス、ネブラスカ、サウス・ダコタとノース・ダコタを抜け――カナダまで行くということもあり得る。そうしたら、ポケットに大金を詰め込んでヴァードンへ戻り、親父を改心させよう、と言い合った。

そろそろ、誰かがあの老いぼれに手を貸してやらなければならないときが来ている、と二人は頷き合った。自分たちも、あの谷に残って農業をつづけなければならない運命なのかもしれない……忌々しいが。

こういうかたちで話がまとまると、二人は自分たちの条件にあう仕事を探しはじめた。ひどくうんざりし、腹を空かせてさんざん探し歩いた結果、希望どおりの——あるいは、そう思える——仕事が見つかった。

そこはギリシャ料理のレストランで、店主が必要としているのはひとりだけだった。ウェイターとその助手、掃除係と皿洗い、そのすべてを兼務してくれる雇い人を探していたのだ。だが、ひとり分の給料で働くから二人とも雇って欲しい、と言われ、さらにこの二人の食欲についてつゆほども知らない店主は、二人を雇ってしまった。

二人は仕事に飢えていたので、雇われてから二週間はよく頑張って店主を大喜びさせた。壁や天井をきれいにした。床も、張られた日と同じようにぴかぴかになるまで磨き上げた。作り付けの家具を移動させ、その裏にあった害虫の巣を壊し、ネズミの穴を塞いだ。工具を巧みに使えるので、業者に頼めば数百ドルはかかっただろうと思われる修繕や改修をした。店先の塗装まで手掛けた。そして、塗装業組合が差し向けた二人のピケ隊員をさんざん叩きのめしたので、その二人は二度と姿を現わさなくなった。だが、それで店主が必要としていたことはすべて済んでしまった。もう、ひとりだけで充分だったのだが、二人とも居坐り——食べつづけた。

手はじめに、店主は二人分として週に六ドル払っていた給料を五ドルに下げた。それでも二人は平然としていて、四ドルに下げられても動じなかった。部屋代を払っても一ドル残ったので、娯楽や洗濯、タバコ、切手、医療費などに使えた。それに、どうせこの冬さえ乗り切ればいいのだ、としか思っていなかった。そのうえ、チップが貰えることもあったのだ。

店主は、できるものなら賃金をゼロにしてやりたい、と思ったが、州の法律がそれを認めていなかった。

とはいえ、この二人を雇っていると、食事代だけで充分に損を出していた。いますぐにでも馘にしたかったが、この二人がしてくれたことには恩を感じていたし、それよりも、どんな仕返しをしてくるか、ということのほうが怖かった。

店主はコックに二人の賄いの量を抑えるよう厳命し、二人からの抗議を頑としてはねつけた。二人は不機嫌になったが、辞めようとはしなかった。

そんなある晩のこと、白いスーツを着た大農場主と、オーガンジーのガウンを身にまとったその妻が来店した。この二人は、自分たちの農場から四十マイル以上離れたところへ出向いたことがなく、せいぜい五年生程度までの教育しか受けていなかった。だが、人としてのあり方については隅々まで精通した人たちだった。

メニューを見て眉をひそめていたその紳士は、唐突にガスに向かい、なぜ、おまえのような立派な体格の白人の若者が黒人の仕事をしているのか、と間延びした口調で問いかけた。ガスは、そんなのはおまえの知ったことじゃないだろう、とつっけんどんに言い返してやりたい衝動を抑え、必要がなければすぐにでも辞めます、と答えた。

農場主は賛同しかねる、とでも言いたげに唸り声をあげた。

「あなたは北部から来たんじゃないの?」妻が訊いた。

ガスは、はい、そのとおりです、と答えた。

「やっぱりね」夫妻はお互いの顔を見ながら、険しい表情で頷いた……「ところで、お勧めは何かね?」

一瞬、ガスは何を訊かれているのかわからなかったが、そのメニューに載っているものはどれもおいしいです、と答えた。そして、自分もちょっと食べたいくらいです、と付け加えた。

農場主はガスに、人を小バカにするのはやめたまえ、と諭した。ガスはそんなつもりはない、と言った。ほんとうにどれもおいしいのだ、と。

「ちゃんとお勧めを教える気があるのかね、それとも、責任者を呼ばなきゃならんのかな?」

「わかりました」ガスは言った。「これでどうですか。かさぶたのボウルと、鼻水のグラスをお試しいただく、というのは」

「さっきよりはましだな」農場主は頷いた。「どの――」そこで、顔から血の気が引いた。

妻はかすかな悲鳴をあげた。

テッドがやってきて、兄と肩を並べて立ち止まった。「もっといいお勧めがありますよ。馬糞に小便のグレイヴィ・ソースをあわせる、ってのはどうです?」

農場主は二人を杖で叩きのめそうとしたが、逆に殴り倒された。

二人は店主とコックも殴り倒した。

最初に現場に到着した警官も殴り倒した。

その後、さらに多くの警官が駆けつけ、テッドとガスを殴り倒した。こてんぱんに叩きのめされた二人は、数日間、生死の境をさまよった。そしておよそ六週間後、ようやくそれなりに回復して裁判を受けることになった。

二人は凶器を用いた暴行罪、悪意に基づく器物損壊罪、凶器(ペンナイフ)の所持罪、暴動の煽動罪、そして無職のため、南部の裁判所では特に重罪とみなされる浮浪罪にも問われた。

この二人は明らかに北部人としても最悪の部類に属しているので、それぞれの罪に対して二年間、つまり合計十年間収監されることになった。懲役刑でだ。しかし、二人の年齢があまりにも低いので、そして、自分には偏見がないということを示すためにも、南軍のリー将軍にそっくりな名前のロバート・E・リー・クレイという心優しい判事は、これらの刑を加算するのではなく、並行して執行するようにと命じた。

十三歳（ほぼ十四歳）のボブ・ディロンは、矛盾の塊のような少年として成長し、ほかの人よりもボブ本人にとって、限りなく厄介で不可解な存在に感じられるようになっていた。

本人以外にはあまりいなかったが、ボブの特徴をひとつひとつじっくりと分析してみた人は、この国でこれほど器量の悪い子どもはいないはずだ、という結論に達した。ところが、それをすべてあわせてみると器量よしに見えた。こうした趣旨の世間一般の評価が、ボブ本人の評価を揺るがしていた。その一方で、ボブは並外れて不器用な子で、母親を含め、血縁者たちからはさんざんグズだと言われて非難されていた。だが、ボブは自分が不器用だということを頑として認めなかった。そう言われると、思いつく限りの罵りことばを駆使して声高に否定した。

基本的には、ボブはあまり汚いことばを使わなかった。他人がそういうことばを使うのは嫌いではなかった――かえって面白がるくらいだった。だが、ボブ本人としては、それと同様の激しさと非道徳性を表現しつつ、どの集団でも許容範囲内とみなされる単語や言いまわしを使ったり探したりするほうが好きだった。

ボブと交友関係をもつ者は、年齢も体格もまちまちだった。ある日には、二人の高校の最上級生に挟まれたボブが、気さくに両側の二人の肩に腕をまわして歩いている姿が見られることがあった。そしてその一時間後には、四歳くらいの幼児とお喋りをしながら骨ばった頬を優しく緩ませ、楽しそうに――興味津々で――子どものたわいないことばに聴き入っている様子が見られたりもした。

ボブには、その気がなくても、それどころかそうはすまいとしているときでさえも、人を笑わせることができるという、呪いなのか祝福なのか判然としない才能の持ち主だった。どんなときでも、何気なく人の輪に加わるだけでみんなの笑いを誘った。他意もなく、あくまでも真面目に天気の話をするだけで、大爆笑になった。学校の先生が朗読にボブを指名することはめったになかった。ボブの名を口にするだけで、クラス全体がにんまりした。ボブが起立すると、あちこちで忍び笑いや含み笑いが起きた。そして、因数分解やアメリカ独立革命のようなごく当たりまえの話でもはじめようものなら、教室じゅうが笑いの渦に巻き込まれて収拾がつかなくなってしまうのだった。

ボブの学校の成績は驚くほどいいか、とてつもなく悪いかのどちらかだが、おおむね後者のほうだった。いつも学期はじめに教科書をすべて読んでしまい、それきり二度とページを開かなかった。文の構造を図式化することができず、〝過去分詞〟とか〝現在完了〟といった専門用語を聞くと、どうにもこそばゆくて仕方なかった。そのくせ、教科書の手本よりも上手な作文が書けた。はじめて代数を習った学期のテストの結果は七十五点、零点、そして九十八点だった。村の図書館で、古代史から現代史に至るまで、ありとあらゆる歴史の本を読み漁っていたにもかかわらず、学校の歴史のクラスでは危ういところで落第を免れた。ラテン語の授業は耐え難いと思っていたが、しばしば外国語の新聞を何時間もかけて一生懸命読むことがあった。

しなければならないことについては何ひとつまともにできなかったが、義務感は強かった。なにしろ騙されてばかりいるので、ほとんど誰も信用しないというところもあった。

十三歳(ほぼ十四歳)のポーリー・プラスキーの気質にひとつ欠点があるとしたら、それは、ボブ・ディロンへの揺るぎない愛情にほかならなかった。

すでに、ポーリーはその年の九年生でいちばん可愛い女子として選ばれていて、年輩者たちでさえ、そして、カトリックとは敵対するはずのプロテスタントの人々でさえ、いつも異口同音にポーリーの美しさを褒めそやしていた。ポーリーは優雅さの化身だった。自分と同じ年頃の女の子たちとしか付き合わず、それ以外の人たちにはめったに関心をもたなかった。成績もいつも良かった。男の人というものはたいてい口が悪いが、それも大して悪いことではない、と思っていた。週に二回ミサに通い、喜んで言われたとおりのことをした。

それでも、ボブ・ディロンの恋人ということは変わらず、そしてこの夏の終わりの午後、ホテルのまえをうろついているポーリーは、究極的な意味でついにボブのものになろうとしていた。

「入れよ、ポーリー！」網戸の内側から、ボブが声を潜めて呼びかけた。「早くしろよ。約束しただろ」

「だって怖いのよ、ボビー！」ポーリーが不安そうに振り向くと、長い茶色のお下げの片方が、膨らみつつある胸のまえで揺れた。「さっき、パパが窓の外を見てるのが見えたの」

「だからといって、これからきみが何をするつもりかなんてわかるもんか！　きみはしょっちゅうここに来てるだろ？」

ポーリーははしゃぐように笑った。「しょっちゅうなんて来てないわよ！」

「ポーリー！　いいから入れってば！」

「でも、あ、あなたのお母さんが――」

「だからさ、おじいちゃんのところへ出かけたって言っただろ。さあ、入れってば！」

ボブが網戸を乱暴に開けると、ポーリーはもう一度不安そうに背後を一瞥してから、急ぎ足でホテルに入った。ポーリーの手を掴んだボブは急いで階段を駆け上がった。合鍵を使って空いている客室のドアを開け、ポーリーを引き込み、ドアに鍵をかけた。窓のシェードは、用意周到にまえもって下ろしてあった。

薄暗い室内でボブがポーリーを見下ろすと、ポーリーは顔を赤らめてボブの胸に頬を寄せた。ボブはぎこちなくポーリーのからだに両腕をまわし、二人で抱き合った。

「怖いわ、ボビー……」

「何が怖いんだ？ ぼくは、きみを傷つけようとしてるわけじゃないぞ」

「でも、これっていいことじゃないわ……」

ボブは肩をすくめ、大きな苛立ちに襲われてため息をついた。するとすぐ、ボブを抱き締めているポーリーの両腕に力がこもった。

「怒らないでちょうだい、ボビー。ちゃんと――ちゃんとするから」

「なら、さっさとしてくれ！」

ボブはポーリーをベッドへ連れて行き、鋭く指示を出した。ポーリーのクリーム色とピンク色の頬がさらに赤くなり、それとともに控えめな大きい目が涙ぐんできて、膨らみかけた胸が震えた。

「向こうを向いてて」ポーリーは口ごもりながら言った。

「バカ言え、できるわけないだろ？」

「用意ができるまで、ってことよ」

「わかったよ」ボブはため息をついてうしろを向いた。

少しのあいだ、何も音がしなかった。すると、片足で立っているような跳ねる音が一度、そしてもう一度聞こえた。固く糊を効かせたギンガムの擦れる乾いた音や、タフタの立てる軽い音、ゴム紐を弾く音が聞こえてきた。

ベッドの軋む音がした。

「いいわよ」ポーリーはくぐもった声で言った。

振り向いたボブは、危うく大笑いしそうになった。

ポーリーは跪いて枕に顔を埋めていた。ワンピースのスカートが、剝き出しになった梨の形をした尻のあたりまでたくし上げられていた。

ボブは笑みを浮かべたが、それは優しさと愛情のこもった笑みだった。そっとポーリーの隣に横たわり、うつ伏せのまま自分を見ているポーリーを引き寄せた。まるで自分が何歳も年上であるかのように、面白がってピンク色の尻を軽く叩いた。

「そうじゃないな、ポーリー。仰向けにならないと」

「そうね……」ボブは、自分の頰にぴったりあわせたポーリーの頰が赤くなっているのを感じた。

「さあ、ポーリー……」

「キスだけにしましょ、ボビー」

「わかった」

「そのほうがいいんじゃない？　キスだけにしておいたほうが、私のことをもっと好きになるんじゃない？」

「何をしたってきみのことが好きだよ、ポーリー」

ポーリーはボブにすり寄った。ボブの耳に押し当てられた唇が、花開くかのように動いた。

「愛してるって言って、ボビー」

「愛してるよ」

「いつまでも愛してる、って言って」

「いつまでも愛してるよ、ポーリー」

いつのまにか、ポーリーの柔らかな腕がボブのシャツの内側に入っていた。はじめのうちはボブの背中や肩をおずおずと撫でていた手に、不意に思いがけない確信と力がこもった。ポーリーはボブの目を直視しながら、もう一方の手をボブの頭に伸ばして顔にかかっている髪をそっと戻した。

今度はボブのほうが、ポーリーのスレートのように濃い灰色の大きな瞳に浮かぶ太古からの知恵に満ちた何かに気圧され、自分の幼さと愚かさを思い知らされて怖くなってきた。そしてポーリーは、それが自分の瞳に現われる直前にすでにその姿を見て存在を感じ、その本質を理解していた。ポーリーは目を閉じて唇を開いた。ボブの口を自分の口へ引き寄せた。そしてそのまま、ゆっくりと慎重にからだの向きを変えた……


……下の階では、何度も何度も電話が鳴っていた。一時間に四回も鳴り、そのたびに台所にいるデハート家の娘が面倒くさそうに電話に出て、二階や表の通りに向けて大声でボブ・ディロンを呼んだ。しまいには、電話の向こうのイーディに昼からずっとあの悪ガキの姿を見ていない、これ以上あの子を捜すために時間を無駄にするのなら、今夜は客に夕食を出せない、と訴えた。娘は手荒に電話を切り、ぶつくさと独り言を言いながら台所へ戻った。

そして、リンカーン・ファーゴの家では、電話を切ったイーディが死の床にある父親のそばに戻った。

「いないわ、父さん。もしかしたら、もうこっちへ向かってるのかもしれない」

「もしかしたらな」リンカーンは頷いた。

「とにかく」娘は明るい声で言った。「明日には会えるわよ」

リンカーンは弱々しく鼻を鳴らし、黄ばんだ目で娘に無愛想な視線を送った。

「確かにな」と、ひとこと言った。

リンカーンは、大きなマホガニーのベッドの上に重ねた枕に寄りかかっていた。お気に入りの杖は膝の上に置いてある。傍らにウィスキーの瓶を置き、長くて黒い安物の葉巻を指のあいだに挟んでいた。というのも、ドク・ジョーンズが言ったように、いまさら毒にもならないし、どうせならくつろいだほうがましだったからだ。

家族には、もう別れを告げていた。シャーマンの子どもたちのひとりひとりに、がさつだが優しいからかいのことばをかけた。自分の妻とは二人きりで、ひたすら我慢しながら話をした。シャーマンとも二人きりで、時間をかけてしみじみと話をした。ジョセフィンには、ドア越しに大声で声をかけた。アルフとマートルには揃って来てもらい、二言三言、社交辞令のようなことばをかけた。イーディには……まだ、別れのことばが尽きていなかった。

ほかの面々は居間に留まり、時折リンカーンの部屋のドアに目をやりながら、声を潜めて話をしていた。

「本当にごめんなさい、父さん」イーディは不安そうに言った。「ボビーは、ちょっと分別が足りないのよ。あの子は――」

「あの子は、男の子らしいってことだ」リンカーンは冷静な眼差しで言った。「それを忘れるなよ」

「わかったわ、父さん」

「子どもが子どもだってことは、すぐ忘れちまうものだ。おれだってそうだった。おれはいつも、自分には本当の意味での子ども時代がなかったからだ、という言いわけを――とにかく、気持ちとしては――

してた。だが、そんなのは言いわけにならん。子どもは放っておけばいいんだ。あるがままの姿でいさせておけばな。たいていの場合は、それでかなりうまくいく。もし大人がその様子を見ていいと思えなければ、それはえてして、大人がいいこととそうでないこととの区別がついてないからだ」

イーディが言い返したくてうずうずしながら落ち着かない目で見守るなか、父親はウィスキーをひと口飲み、ゆっくりと葉巻を吸った。そして咳き込み、煙で染みた目をしばたたかせた。

「そういうことなんだよ」リンカーンは言った。「子どもと動物にはわかってるんだ。燃えがらを食ってるブタを見たら、なんてバカな生きものだろう、と思うだろ。だが、そうじゃない。動物には、自分の必要なものがわかってるんだ。子どもも同じで、大人がバカげた真似をしてると思っても、子どもには自分が何を必要としているのかがわかってるのさ。だが、頭をぶたれて怒鳴られたり、がみがみ小言を言われたりするもんだから、子どもは諦めるんだ。そして、たぶん……」

「なに?」

「なんでもないよ」

「父さん……グラントのことなら、心配しないで」

「おれたちは、カンザス・シティを出るときにあの子を置き去りにしたんだよ、イーディ。まだ年端もいかないあいつをだ。まだ——くそ、ボブの年頃にもほど遠かったんだ。おまえたちが最初にここに来たときのボブよりも、ほんの少し大きいくらいだった。あの子は……あの子は、おれたちがあそこから出て行くつもりでいるのをわかっていて、自分は連れてってもらえないんじゃないか、と不安がってたんだ。朝から晩までしじゅう母さんのあとをついてまわって、自分を置いていきなり姿を消さないように見張ってたのさ。あの子はいつも……いつも、おれのことをどこか怖れていた。だが、おれがおまえたちを迎えにカンザス・シティに戻ってからは、おれにまとわりついて、おれに取り入るために頑張って、こまごましたことをやってくれたんだよ。ある日の夜、あいつが滑って転んでストーヴ・ポリッシュまみれになったあげく、それをおれの靴にさんざん擦りつけたんで、おれは……おれは……」

イーディは下唇を嚙んだ。「やめて、父さん。父さんは、人に意地悪なんてしたことのない人なんだから」

「意地悪をしよう、と思ったことはない。だが、あの日……おれたちがカンザス・シティを出た日のことは忘れられん。あの子を奉公人として預かることになった印刷工が迎えに来て、そして……そしてわかるだろ、イーディ、おれたちは、あの子にとってはそれがいちばんいいことだと思ってたんだ。農場の手伝いをするにはまだ幼すぎたんだから、それでいまだに……時々、あの子の金切り声が、置いてかないで、と必死にせがむ声が、聞こえるような気がしてな……」

リンカーンは、またウィスキーを長々と飲んだ。呟き込みながらベッドの外側へ身を乗り出し、床の上に広げてある紙に唾を吐いた。元の体勢に戻ると、深々と葉巻を吸った。

「ボブに会っておきたかったよ、イーディ」

「会えるわよ、父さん。きっと、そのうち来るわ……最近、あの子がどうしてああなっちゃったのか、私にはさっぱりわからないのよ。てんで使いものにならないの。学校の勉強にもさっぱり身が入らないし。近いうちに、みっちりお説教してやらなきゃならない、と思ってるのよ」

リンカーンは呆れ顔で娘を見つめた。

「何か——何か私からあの子に伝えておいて欲しい、と思ったことでもあるの、父さん?」

「いや、ないな、イーディ」リンカーンは穏やかに笑った。

ミセス・ファーゴが戸口へ来て部屋のなかを覗き込んだ。

「軽い食事でも用意しようと思ったんだけどね、父さん。食べたいものはある?」

「いや、いらないよ、母さん」

「何か私と――私と話しておきたいことでもある?」

夫は首を振った。「おれたちはずっと、五十年以上もいっしょに話をしてきたんだぞ、母さん」優しい声で言った。「このうえ、一時間かそこら話をすることにあまり意味はないと思うな」

妻はむっつりした顔をし、目を赤く腫らして立ち去った。しばらくすると、ずんぐりしたパイプを歯で咥えたシャーマンが部屋に入ってきた。

「マートルとアルフが、もう一度ドク・ジョーンズに来てもらったほうがいい、と言ってるんだが。どう思う、父さん?」

「まったく意味がないと思うな、シャーマン」

「まあ、おれもそう思うんだ」シャーマンは認めた。「でも、なにしろあの二人のことだから」

「あの二人には、メシを食ったら家へ帰れ、とだけ言ってやれ。明日また会おう、とな」

「そりゃ無理だ」シャーマンは言い返した。「明日になっても……クソッ!」ことばを切って鼻をかんだ。「また風邪をひいちまったみたいだ」言い訳をした。

「こういう気候は、風邪をひきやすくて良くないのよね。からだがすごく熱くなるから、涼もうと思って腰を下ろすと風邪をひいちゃうの」イーディが言った。

するると、兄は感謝の眼差しを妹に向けた。

「一杯やるといい」リンカーンが勧めた。

「ああ、そうかもしれないな。風邪のときはウィスキーに限る」シャーマンは父のベッドに転がってい
る瓶を立ててもち、喉を鳴らして三口ゆっくりと飲み、瓶を倒して父の横に戻した。「しばらくおれが
家に戻っても大丈夫そうかい？　まだ乳搾りが終わってないんだ、なんせ、あのいたずら好きのクソガ
キどもが――」

シャーマンはことばを切り、少しのあいだ顔から表情がほとんど消えた。

「くだらん」口を開いた。「急ぐこともないんだ」そして二人に背を向け、肩をいからして部屋を出て
行った。

「かわいそうなシャーマン」イーディが言った。

「そうだな」リンカーンは言った。

「時々、人が必死に頑張れば頑張るほど、結果が悪くなるとしか思えないときがあるわ」

二人は長いこと黙り込んでいた。時折リンカーンがウィスキーを飲むと、娘は非難の目を向けた。一
度、父親がマッチに手を伸ばしたので、娘はすぐに立ち上がって葉巻に火をつけてやった。そして、ま
た椅子に戻った。待ちつづけた。

夕暮れのそよ風に羽根を引っ張られた風車が、カエルの鳴き声か呻き声のような陰鬱な音を響かせて
いた。ニワトリたちが鳴き声をあげ、屋外のボードウォークに爪がぶつかる軽い音をたてて悠々と鶏小
屋へ入って行った。はるか遠く、ずっと遠くのほうから、長く尾を引くブタを呼ぶ声が聞こえていた。

町では、カトリック教会が鐘を鳴らしはじめた。

リンカーンが身じろぎした。娘におずおずと目を向けた。

「イーディ」恥ずかしそうに声をかけた。「地獄はある、と思うか？」

イーディはきっぱりと頷いた。「あるに決まってるわ。だから、そんなことで頭を悩ませる必要はないのよ」

リンカーンは声をあげて笑った。元気づけられたかのように、また酒を飲んだ。

「おれは、シャーマンのことを考えてたんだ……」

「シャーマンなら大丈夫よ、父さん」

「あいつのことじゃない。まあ、あいつのことも考えてはいたんだがね。だが、おれが言いたかったのはもうひとりのほう――シャーマン将軍のほうだ」

「ええ?」

「おまえも知ってるはずだが、おれはシャーマンといっしょに戦ったんだ。あの人の〝海への進軍〟に参加した。おれは、そのことについて深く話したことがない。一度もなかった、と思う」――そこでリンカーンは激しく咳き込みはじめたが、娘が立ち上がろうとすると、手を振って制した――「たぶん、そのことについては考えたくなかったからだろう。誇りに思って当然だ――まあ、誇りに思うべきだ、とも言える――とは思ってたんだが、立ち止まって考えようとしてみてもやっぱり無理だったんで、必要最低限のこと以外は考えないことにしたんだ。北軍軍人会には、ほんの二、三年まえまで、血染めのシャツを振って《ジョージア行進曲》や《ジョン・ブラウンの屍》みたいな古い曲を延々と歌いつづけるような寄り合いがあったんだが、おれにとってはそれすら落ち着かなかった。それだけじゃない、そのまえには南部のシンパを見つけ次第追い払って、しかも……おれには、それもまちがってるということがわかってたんだと思う。だが、おれは仲間と完全に歩調をあわせ、真剣に考えることから目を逸らしつづけた……」

「立場が逆だったら、向こうに同じことをされたと思うわよ、父さん」

「それはどうかな、イーディ。そうだったかもしれないし、そうじゃなかったかもしれない。おれはそんなに頭が良くない。だが、この世で起きたどんな諍いも殺人も、そして戦争も、ひとたび起これば、かならず誰かがほかの人に手を出す口実にしてきた、という気はするな。だから、向こうに勝機があれば……

あそこの土地は実に素晴らしいんだよ、イーディ、南部というところはな。そして、おれの見た限りでは、南部の人はかなりまともな人たちだ。角や尻尾のついてるやつなんかひとりも見なかった。あの人たちについてまちがっている点をあげつらおうとしたって、せいぜい、あの人たちは北部人じゃないとか、あの人たちの思考回路がおれたちのものとうまく同調しないとか、そんな非難しかできなかった……だが、あのころは、それでも口実として認められるようだったんだ。

だから、おれたちはあの人たちを所有地から追い出し、家から追い出し、持って行く価値のあるものは残らず奪い取ってから、一面焼け野原にした。向こうに勝機が移れば、こっちに同じことをしたはずだ、と確信してたからだ。向こうだって、それまでにこっちに恥ずべき仕打ちを何度かしてたんだから、こっちに勝機が移れば同じ目に遭うということはわかっているはずだったから……」

「父さん、もう飲むのをやめて……」

「もうたいして残っとらんよ、イーディ」リンカーンは目を閉じてからだを倒した。辛そうに喘ぐと、胸から低いゼイゼイという音が聞こえた。

イーディが立ち上がった。ためらいながら父親を見つめた。

「みんなを呼んでほしい、父さん？　いま――」

「ボブ――ボブはまだ来てないのか？」

「来てないのよ。もう一度電話してくるわ、だから――」

「いや。いや、それはやめてくれ、イーディ」リンカーンの顔に血の気が戻り、喘ぎ声も収まってきた。老人はふたたび上体を起こした。

「人というのは絶対に学ばないものだと思うよ、イーディ。絶対に学ばないんだ。明日、雨が降るか降らないかは誰にもわからない。これから生まれるのが男の子なのか、女の子なのかもわからない。なぜ地球が一方向にまわって、逆方向にはまわらないのか、ということもわからない。あるいは――あるいは、何が、どうして、いつ起きるのかも、誰かにわかった試しがない。人に与えられたものは後知恵だけなんだが、もうひとつだけ、与えられた力がある。それにかけちゃ、みんな預言者並みだと言ってもいい。

それは、目のまえにいるやつの考えを読む力だ。そいつが赤の他人であろうが、なんであろうが、関係ないんだ。そいつが、あわよくばこっちと一発やりたくてうずうずしてるってことは、言われなくたってちゃんと伝わってくるだろ」

「父さん！」

「おまえには話す時間がたくさんあるが、イーディ、おれにはない……ある日、おれたちは一軒の家に入ったんだ――アトランタからそれほど離れてないところだったな――で、おれはしんがりを務めてたんで、一冊の本しか手に入らなかった。なんでわざわざそんなものを持って行く気になったのかはわからないが、持ってったんだよ。単に、持ってくことが癖になってたんだと思うな。とにかく、その本を持ってってから、持ち歩くのが嫌になるまでずいぶん繰り返し読んだ。ずいぶん昔に書かれたもので、あのころは、あんまり書いてあることの意味がよくわからなかったんだ……だが、おれの頭のなかに記憶として残ったところがあって、それについてじっくり考えてみることが何度もあった。それで、さっきあの鐘が鳴りだしたときに、なんだかその内容がまた頭に浮かんできたんだよ……

もう、実際に書いてあったことばは忘れちまったんだが、やっと言いたいことがわかった。その作者が考えてたことが理解できたし、そいつの言うとおりだ、ということも理解できた。たぶん、いまだったら、聖書にあるスズメが落ちる話の意味だってわかるような気がする——つまりだな、どこかで死ぬやつがいると、全世界が少し死ぬんだ。何かが死んだり、何かをやらかしたりすれば、進んでやったか、やらなかったかとかには関係なく、かならずどこかにその影響が残るのさ……

森を燃やし尽くしてしまうと、人に見えるものはすっかり拓けた土地と利益しかない。人は、燃やすために手に入れたんだ、自分たちの持ちものに何をしようが勝手だろう、そう言って森を燃やす。森を燃やすと鳥がいなくなるから、地虫が来て穀物が思うように育たない。しかも熱風や風塵が起きる。

人は耕すために手に入れたところだから、と言って草原を耕し、ダムを造るために手に入れたところだから、と言って川の上流にダムを造る。ものを取ってもいい、と言われてるあいだは手当たり次第に取ろうとする。それは自分のものなんだし、取れるものを取っとかないと、ほかの誰かに取られちまうからな……そして、くだらん、本当の意味では自分のものなんて何ひとつないんだし、相手の気持ちだってわかっちゃいないんだ……

おれは昔、千エーカーの土地を持ってた。それはおれのものだ、と言っていた。シャーマンは、全部あわせて百六十エーカーの土地を手に入れた。それはおれのものだ、と言った。そして、おれたちは数千、数百万のうちのたった二人に過ぎなかったんだ。

おれはあの草っぱら――いまじゃ砂丘って呼んでるところ――が、いい土地だったころのことを覚えてる。谷ほど広くはないし、赤土が多かったが、いい土地だったのはまちがいない。まえにも言ったが、このへんは牧草地帯だった。それはどんなバカ野郎にだって、ひと目見りゃわかったんだ。だが、みんな牧草を育てることじゃ満足できなかった。そして言ったんだ、干し草なんかじゃ大したカネが稼げないし、ここはおれたちの土地なんだ、そして、さっさと穀物を作らないと、ほかのやつらに先を越されちまう、ってな……こうして郡の半分は穀物畑になり、いまでもその状態がつづいてる――だがな、そんなことをして、ただで済んだわけじゃない。砂だらけになってサボテンが生え、ハゲタカやガラガラヘビの棲み処になり、何ヶ月ものあいだひどい干ばつに見舞われ、なかば飢えた状態でくる病にかかった子どもらは、大きくなったところで、与えられたものにしがみついてなんとか生きてくしかない……そして、いま、ここではほとんどの干し草をよそから買っている。おそらく、穀物を育てなきゃならんやつらからな。

おれには息子ができて、そいつはおれの血を引いた。だから、そいつのしたことはおれのしたことでもある。五十年か、それよりも昔、おれたちはジョージアを行進し、そこを意のままにした。そして、いま、テッドとガス……テッドとガスが……」

いつしかイーディはすすり泣いていた。ファーゴ家特有の自制心は、その涙によってついに決壊していた。

「泣いたってしょうがないさ、イーディ」老人は言った。

「と、父さん、い、いま、みんなを――」

「そんなことをしても意味はない。もう遅い。だが――だが、ボブに……あの子に伝えたいことが……」

「父さん！」イーディは金切り声をあげた。「母さん！　シャーマン……シャ、シャ、シャ、シャーマン！」

リンカーンの両目がどんどん大きく見開かれた。黄色いリンゴのように顔から突き出してきた。喘鳴《ぜんめい》の起きる喉を掻きむしろうとするかのように、両手を喉に当てた。老人が喘ぐと、力なく開いた口から血と粘液の入り混じったものがあふれ出てきた。何かを捜し求めるかのように必死であたりを見まわし、喉を引っ掻いていた片手を伸ばして杖を摑んだ。もがきながら、激しい剣幕でそれを振りまわした。

「クソったれどもめ！」そう吼えたとたんにうしろへ倒れた。そして、最期に指を痙攣させると、摑んでいた棒を放り投げた。

リンカーンに杖はもう無用だった。

リンカーン・ファーゴの他界からひと月後、妻のミセス・ファーゴは地所をシャーマンに譲り、ホテルに引っ越した。本当はそうしたくはなかったし、その必要もなかった。というのも、例の神への土地譲渡騒動のあと、リンカーンは妻から土地の権利証を取り上げたのだが、シャーマンがかならず相続するということを条件に、妻が生涯その土地の名義人でありつづけるように手配していたからだ。だが、いまのシャーマンは喉から手が出るほどカネを欲しがっているうえに、ミセス・ファーゴはそれほど広い場所を必要としていないので、結局は家を手放したのだった。

ミセス・ファーゴは、イーディ・ディロンといっしょに住めば一石二鳥のような気がした。イーディには、母親に住む場所を提供しなければならないという娘としての義務だけではなく、経済上の貸しもあったからだ。イーディの家で暮らせば、イーディと息子がリンカーンの家に厄介になっているあいだに作った借りを回収できるだろう、と考えたのだ。

ホテルに引っ越した日に、ミセス・ファーゴはこの考えをイーディに説明した。少しばかり間が抜けていたかもしれないが、本人にまったく悪意はなかった。すると、母親が老いてきたことには目をつぶろうと考えていたイーディも、さすがに激怒した。この同居生活は幸先の悪いスタートを切り、状況は坂道を転がるように悪化していった。

イーディはホテルのやりくりでてんてこまいだった。手に入るカネは一セントたりとも無駄にはできず、使える時間は一秒でもカネを払ってくれる客のために使わなければならなかった。イーディには、感謝してもらえなくても母親の面倒をみてやりたいという気持ちはあった。だが、母親が借金の取り立て屋のようなつもりでいっしょに暮らしたいというのなら、それ相応の待遇に甘んじてもらうしかない。ほかの宿泊客と同じように、おいしい食事と部屋を提供し、おもてなしもしてあげよう。だが、ほかの宿泊客と同じように、それ以上の特別扱いは認めないことにした。

イーディは、母親が台所を嗅ぎまわり、デハート家の娘に指図することを許さなかった。自分の息子に小言を言うことも許さなかった。

ミセス・ファーゴは毎月およそ三十ドルの寡婦年金を受け取っていて、わずかではあるが貯金もあった。しかし、教会と、教会が異教徒を打倒するために行う多種多様な遠征を支援するためにはかならず一ドルを用意していた一方で、自分の診察代や市販薬、衛生用品などにはいっさいカネを出さなかった。ミセス・ファーゴは、娘にその理由を説明しようとした。教会にだけは、どうしてもカネを出さなければならないのだ、と（それが彼女の説明だった）。手に入るカネは、なんとしても使うわけにはいかない、政府が年金を払うのをやめようということでも思いついたら、自分にはなすすべがないではないか？（それがすべてを説明しているが）ミセス・ファーゴにとっては何ひとつ疑問の余地がない説明で、それを聞いて納得できない者がいるとは到底思えなかった。

ミセス・ファーゴは、イーディに怒られる筋合いなどまるでないと思っていた。そんなことより、そもそもあのデハート家の娘があんなにたくさんのものを無駄にしたり、そしてあの子、ボビーがしょっちゅう自分にカネをせびったり、おろしたての服をあっという間に駄目にしたりしなければ……

ある日マートルが訪ねてくると、老女はこの神経質な銀行家の妻に、自分が受けているいじめの話をとうとうと話して聞かせた――イーディは、自分に何ひとつ意見を言わせてくれない。もう薬を買ってくれようともしない。ボビーはいつも嫌がらせばかりしてくる。デハート家の娘が出したオートミールのなかに、ハエが一匹入っていた……

これを聞いたマートルが一階へ駆け下り、数々の悪行をあげつらってイーディに食ってかかると、もう我慢の限界に近づいていたイーディは妹に、それ以上つべこべ言うのなら髪の毛を引っこ抜いてやる、と脅した……マートルは大きな屋敷に住んでいて、どうやら自分よりもよほど暇があると見える、となれば、どうすべきかは一目瞭然ではないか。しばらく自分で母親の世話をして、その楽しさを味わってみればいい。

こうして、ミセス・ファーゴはアルフレッド・コートランドの家へ移ったが、二週間もしないうちに出て行くことになった。ミセス・ファーゴには、マートルがシャーマンの家へ移ることを提案した理由がよくわからなかった。その日の朝、一階へ下りたミセス・ファーゴは、両目のまわりに黒いあざを作り、唇が切れた状態で寝椅子に横たわっているマートルを見つけた。マートルは前夜、地下室の階段から落ちたのだと説明し、前々からずっと、母さんは元の田舎暮らしに戻ったほうが楽しく暮らせるのではないかと思っていた、と言った。

ミセス・ファーゴは、いまの生活に不足はないし満足している、と応えたが、マートルは、まあ、とにかくシャーマンのところで試してみたほうがいい、と言った。結局、気に入るかどうかは実際にやってみるまでわからないのだし、自分としては、それがいちばんいいような気がする、と言った。

こうして、老女はシャーマン・ファーゴの農場へ引っ越したが、それまでの文句の内容はともあれ、その数が二倍に増えた。この家には、嫌味を言ってやりたい子どもがひとりどころか、三人もいた――人の神経を逆撫でする子どもが三人もだ――そして、ジョセフィンはイーディよりもはるかに批判というものを受けつけない人だった。自分で子どもたちをこっぴどく叱ることには抵抗がなかったが、子どもの躾について、ミセス・ファーゴからひと言でも口を出されることには我慢ならなかった。そして、妻に同調することは生涯で三回ぐらいしかないだろうと思われるシャーマンですら、今回は妻の側についた。土地を譲ってくれた母さんには確かに借りがあるのだから、ここに住みたいというのなら、勝手に好きなだけ住めばいい。だが、誰の家かということは肝に銘じておいてもらわなければならない。母さんの家では、みんなが母さんの邪魔にならないように気を遣っていた。今度は母さんが気を遣う番だ、と言った。

ミセス・ファーゴは怖くなった。イーディのところへは戻れないし、マートルのところへもだ、このことに今更ながら気づいた。万が一、シャーマンに追い出されるようなことにでもなれば――あの、政府という謎めいていて予測不能な存在が、年金の支給を打ち切るようなことがあれば……

ミセス・ファーゴの気むずかしくて口うるさい態度は一変した。元々は食欲旺盛なのに、食卓に近寄らなくなった。そしてやっと食事をしに来ても、いちばんたくさんあるものや、いちばん安いものにしか手を出さなかった。しまいには自分にどれを食べて欲しいか、とまで訊くようになり、怒ったシャーマンに、うちが貧乏農場だとでも思ってるのかと嚙みつかれると、ミセス・ファーゴは恐慌をきたして危うく卒中を起こしかけた。

わずかに出される食事をとっていないときは部屋にこもり、しじゅうベッドを直したり、何度も何度も掃除をしたりして、自分が誰にも迷惑をかけない、清潔で壮健な客だということをアピールした。

だが、自分の息子とその家族のはずのこの奇妙な人たちは、それでも満足した様子を見せてくれなかった。慎ましく食事をしていることに気を悪くしたように、みんなの邪魔をするまいという努力に対しても腹を立てたようだった。

ミセス・ファーゴはいつも手を組み、息を潜めて、居間の隅に置かれたいちばん堅い椅子に坐るようになった。シャーマンはそんな母親にいきなり罵詈雑言を浴びせはじめ、いったい何をそんなにびくびくしているんだ、と問い詰めるようになった。ジョセフィンと子どもたちにも、おまえたちは年寄りをどんな酷い目に遭わせているんだ、と責め立てるようになったので、ジョセフィンは不機嫌になり、子どもたちは老女を見下すようになった。シャーマンは母親に、椅子をもっとストーヴのそばへ近づけて暖を取るようにと強要した。そして、ストーヴのまえに坐った母親が、汗をたらしながらも怖くて動けずにいると、息子は険しい顔でさらに罵倒し、ときにはそのまま立ち上がって足を踏み鳴らして部屋を出て行くこともあった。

ミセス・ファーゴには、どうすればよいのかわからなかった。食べることも食べないことも怖かった。口を開くことも閉じていることも怖かった。人の邪魔になることもならないことも怖かった。とにかく怖かった。

ある日、ミセス・ファーゴは居間の真ん中で坐っていた。身じろぎもせずにいるのだが、時々、両腕がひきつけを起こしたように急に動いたり、両手が震えたりした。話したり微笑んだり、眉をひそめたりしているわけではなかった。だが、唇を動かしながら顔をしかめるので、微笑んでいるようにも眉をひそめているようにも見えた。

二頭立ての馬車が庭に入ってきたので、すぐにジョセフィンがよろよろと玄関に出た。

「パールはいるかね?」そう訊いたのは、ファイロ・バークレイだった。

「パール?」ジョセフィンが訊き返した。「それ、誰のこと?」

居間にいるミセス・ファーゴも、誰のことだろう、と思って首を傾げた。あまりにも長いこと自分の本名を耳にしたことがなかったので、忘れてしまっていたのだ。

そこで、突然、気がついた。バークは自分に用があるのだ。そして、興奮した声で玄関のほうへ声をかけた。「いるわよ、バーク。ここにいるわよ」

ジョセフィンは血管が破裂するからやめなさい、とミセス・ファーゴを怒鳴りつけ、元銀行家を居間へ通した。子どもたちを部屋から追い出し、二人きりになってドアを閉めた。頻繁にあることではないとはいえ、ジョセフィンはいざというときには矜持を示す女性だった。自分は砂丘の出身ではあっても、人並みのマナーはきちんと心得ている、と思っていた。

「さて、どうしてる、パール?」バークは腰を下ろしながら言った。

「特に何も……元気よ、バーク」

「お宅へ伺おうとはずっと思ってたんだ。亡くなるまえに、リンクに会っておきたかった。リンクに――きみたち二人に、私にはなんのわだかまりもないことをわかってもらいたいと……」

ミセス・ファーゴは頷いた。「みんな、とても辛い思いをしたわ、バーク」

「そうだね」バークは言った。「まあ、いまとなっては過ぎた話だよ、パール……なあ、パール、我々はどうやら馬があいそうだとは思わないか?」

「ええ、思うわ、バーク」

「昔の友人が、ひとりひとりこの世を去っているような気がする。となれば、残された友人たちや親戚たちが、力をあわせて生きてくべきだと思うんだよ」

ミセス・ファーゴはそのとおりだ、と思って頷いた。

どんなことに関しても言えることだが、頭の回転の遅さというものは相対的に決まるのだ。義理の姉を比較対象にすれば、バークは競走馬のような速さで要点に達し、電光石火の勢いで思考が働く人間に見えた。バークがだらだらとしつこく話し、同じ話を何度も何度も繰り返しているうちに、ようやくミセス・ファーゴは、いっしょに暮らして欲しいと頼まれているということが飲み込めた。

「で、でも、バーク」ミセス・ファーゴは顔を赤らめて口ごもった。「私はあなたよりもずいぶん年上だし、それに――」

「何歳かは上かもしれないな、パール。だが――」

「それに、もう私は家族の一員としては役立たずだから……その……あの……」

「そういうつもりで言ったんじゃない」バークレイは正直に言った。「そんなことを気にするのは無意味だよ。我々はもう立派な年寄りなんだから、いまさら噂にはならないよ。もし、そこを気にしてる、と言うのならね」

「そう――そうね……」そう言うと、ミセス・ファーゴは震えるからだから重い肩の荷が下りていくような気がした。「バーク、私――」

「我々は同居人として生きてけるんじゃないか、と思っただけなんだよ。パールは家事をきりもりし、うちを自分の家だと思って好きにしてもらって構わない。日曜日には二人でいっしょに教会へ行けるし、だから――だから、お互いにとってもいいんじゃないかと思ったんだ」

ミセス・ファーゴは、話のできるような気がしなかった。どのみち、実際に話す力が失われていた。余りの喜びと安心感で、声帯が一時的に麻痺していたのだ。老女はただ黙ってバークを見つめ、自分が答えを返せるようになるまえに帰ってしまわないように、と願っていた。

そして、ミセス・ファーゴの顔を見て、バークは彼女の気持ちを理解した。バーク自身も頭の回転が遅い人間だったからだ。バークがパイプを取り出して葉を入れてから奥まで詰めて火をつけるまでに、およそ五分もかかった。さらに五分かけてようやくパイプから煙が出せるようになると、もう一度老女に目をやった。

「うちに来たいと思うかい、パール?」

老女はすかさず頷いた。

「いつ?」バークは訊いた。

そして、それが魔法のことばででもあったかのように、ミセス・ファーゴは声を取り戻した。

「いまよ、バーク。いますぐ連れてって、バーク。早く、早く、早く、早く!」

……こうして、バークはミセス・ファーゴを連れて帰ったのだが、この組み合わせは、あらゆる意味でお互いを幸せにするものだった。

二人は同じ屋根の下でともに暮らし、ミセス・ファーゴが家事をして自分の家のように管理した。そして、日曜日には二人でいっしょに教会へ足を運んだ――それはなかなかいいものだった。

時々、ミセス・ファーゴはバークに対し、いい加減しばらく家を離れてくれないだろうか、と思うこともあった。だが、バークはそういう人間ではないので、口には出さずにいた。

たぶん、自分だって最高の同居相手とはいえないのだから、と思った。

メキシコ・シティの裏通りにある一軒のバーで、武器の密輸人であり、中国製品の密輸人でもあり、最近は銅山で鉱夫として働いているオハラとギャラガーの二人組が、朝食後の一杯を楽しんでいた。ライオンのように逞しいギャラガーの頭には包帯が巻かれ、筋肉質で細身の相棒は、不安げにその姿を見つめていた。

「ほんとに大丈夫なのかよ、ギャラガー？　なんか、おまえらしくないぞ」

大男はぼんやりと頷いた。「だ――大丈夫だ」

「ありゃ、いくらなんでも無茶だったぞ。ああいう騒ぎが起きたら即逃げる、ってのが鉄則だろ」

そう言われた相棒はグラスを手にしたが、それを見つめて眉をひそめ、テーブルに戻した。

「とにかく、だ」オハラは話をつづけた。「次回は来週、海峡植民地へ行くことになったぞ。なんと、十万アメリカドルをおれたちのジーンズに突っ込んでな。銅を掘るのはアナコンダの親父に任しといて、おれたちゃお楽しみ、ってわけだ。さあ――飲もうぜ」

「おれは飲まない」

「はっはっは。いままででいちばん面白えジョークだな、ギャラガー！」

「なぜ、ずっとおれをギャラガーと呼んでるんだ？　そんな名前じゃないぞ」

小男は薄ら笑いを浮かべた。「ああ、そうかい、おまえがそういう――」

「いったいおまえは誰なんだ？」相棒は椅子をうしろに撥ね飛ばして立ち上がった。「おれたちは、二人で何をしてるんだ？　ここはどこだ？」

オハラは跳び上がった。「おいおい、落ち着けよ、相棒。もう大丈夫だって。昨夜、おまえはビール瓶を頭に喰らって、それで――」

大男は、バー・カウンターの向こうにあるスペイン語のカレンダーを疑いの目で見つめた。一九一四年十月三日。七年か！

「こんなところにいる場合じゃない！」大男は叫んだ。「おれは、ロバート・ディロンなんだ！」

検事総長に就任することが決まったジェフ・パーカーは、読んでいた手紙を細かく破り、ごみ箱のなかへ落とした。怒りに満ちていて、ひどく傷ついてもいた。こういう手紙を読むとやる気が削がれる。人がせっかく、いい道路を新しく造ってやるために東奔西走したというのに、やつらときたら、今度はそのことであだこうだと騒いでいる。いまや、道路の利用者たちはヴァードンを迂回して大都市へ流れ込んでいっている、と文句をつけてきているのだ！

まあ、ありがたいことに、自分はもうやつらの言いなりにはならずに済む。これからは、別の議員に文句を言ってもらうことにしよう。

ジェフは、ぼんやりとした足取りで宿泊しているスウィート・ルームの応接室に入り、思いのままにウィスキーをグラスになみなみと注ぐと、それをもって窓際へ行った。Oストリートを見下ろし、踵の高い靴の踵に体重をかけて前後に揺れながら酒を飲んだ。

雪が降りだした外の景色を見ていると、小柄な弁護士は昔を思い出して寒気がした。いまの場所にいられることが心底ありがたかった。あそこにいる惨めったらしい浮浪者のように、今度はどこで食べ物が手に入るだろうか、今夜はどこで寝ればいいのだろうか、そんな不安を抱えながら寒風に晒されていると、さぞかし気が滅入ることだろう……

哀れみで眉をひそめながら浮浪者に視線を注いでいたジェフは、その浮浪者が大通りの反対側にある、このホテルの豪奢な正面玄関をずっと食い入るように見つめていることに気づいた。そんな境遇になる運命だったのはあまりにも気の毒だ。この男は、かつてはそれなりにまともな人間だったような気がする。

どこか、見覚えがあるような——

ジェフの唇から、驚きと狼狽の入り混じった声が漏れた。危うくグラスを落とすところだった。おい、そりゃそうだ！　似てるに決まってるじゃないか！

ジェフは少しためらっていたが、すぐに衝動的に窓から離れて電話を手にした。

「通りの反対側に立ってる男がひとりいる。痩せてて黒髪の、かなり顔色の悪い男だ。そっちの入口からちょっと目をやれば、見えると思うんだが……」

「はい、議員殿」フロント係の声から好奇心が伝わってきた。「確認できました」

「ベルボーイをひとり使いにやって、私の部屋まであの男を連れてきて欲しい。表玄関からは困るというなら、裏口から通してもらって構わない」

「えつ……はい、かしこまりました、議員殿」

「ジェフ・パーカーが会いたいと言っている、とだけ伝えてくれ」

電話を切ったジェフは、ベルボーイが冷え込みの厳しい大通りを跳ねるように渡って行く様子を見守った。

三分後、グラント・ファーゴが部屋に通された。

「いやあ、ジェフ」ジェフと握手を交わしながら、グラントは力なく笑みを浮かべた。「賢者の考えることはみな同じ、ということらしいな。今日は一日、あそこでおまえが出てくるのをいまかいまかと待ってたんだ」

「そんな、なんで来てくれなかったんだ？」うっかりこう言ってしまったジェフは、すぐにそれがいかに馬鹿げた問いかということに気づいた。

グラントは肩をすくめた。「このなりでか？」

「だけど、電話くらいはできただろ」

「五セントでももってればな……ところで、あそこに酒があるな」

「ああ。もちろんあるよ、グラント。気が利かなくてすまないな。なんでも、好きにやってくれ……そうだ、食べ物の好き嫌いはないか？」

「ないよ」グラントは正直に言った。

グラントはウィスキーの瓶とコップを手に取り、ジェフは電話をかけようとグラントに背を向けた。ルーム・サーヴィスに話をしているあいだ、勢いよくグラスに酒を注ぐ音が三回聞こえた。電話を終えたジェフが向き直ると、腰を下ろしたグラントが、コップの半分くらいまで入っているウィスキーをちびちびと飲んでいる姿が目に入った。元印刷工がその視線に気づき、かすかに微笑んだ。動揺を隠そうとしている弁護士の目のまえで、グラントは悠然とウィスキーを一気に飲み干し、また瓶に手を伸ばした。

「気を悪くしないでもらえるかな」グラントは言った。

「ええと、もちろんさ。構わないよ」ジェフは慌てて答えた。

すでにジェフには、いったいどういう風の吹きまわしで、自分がグラントを私室へ招き入れる気になったのかがわからなくなっていた。いつも自分を冷やかし、鼻であしらってきた男にひけらかしてやりたい、そんな欲求に駆られたのかもしれないなどとは絶対に認めたくなかった。そこで、自分とグラントがともにファーゴ一族の一員である以上、助け合うのが当然の務めだからだ、ということにした。

「おれみたいな経験をしたやつは、酒でもないとやってられないのさ」ジェフが考えを巡らせているあいだに、グラントはこう言っていた。

「なあ――最近はどうしてたんだ、グラント?」

「おまえになんかわかるもんか」グラントは苦々しげに口を動かした。「あのろくでもないシャーマンと親父の野郎は、よりによって不況の真っ只中におれを町から追い出したんだ。一週間もまともに暮らせないようなカネだけ渡されて、世間に放り出されたんだ。ちくしょう、どこへ行ってもまともな生活をはじめるチャンスに巡り会えなかった。参ったよ。昔の知り合いは、みんなおれのことを忘れちまってた……で、その結果がご覧のとおりさ」

「お父さんが亡くなったのは知ってたのか?」

「おかげで最高の厄介払いになった、ってことはな」グラントは頷いた。「あのクソ野郎がおれのためにしてくれた、唯一のありがたいことだよ」

ジェフは首を振った。「そういう言い方は良くないな」

「おまえは、何様のつもりで人の話し方にケチをつけてんだ?……おっと、しまった、すまないな。だが、おれがどんなに辛い目に遭ってきたか、おまえは知らないだろ、ジェフ」グラントは自己憐憫の涙を拭った。「おれは何もしちゃいないんだ。誰がどう思ってようと構わない。おれは何も――何も――」

「もちろん、それはわかってるさ」ジェフはすぐに言った。「もう終わったことだし、みんな忘れてるよ。それより――これからどうするつもりなんだ?」

「十ドル貸してもらえないか、ジェフ?」

「ああ、いいよ。それくらいなら。何に――」

「おれは帰りたいんだ、ジェフ。帰らなきゃならない。いま、母さんはひとり暮らしだから、二人でうまくやってけると思う。母さんはおれが立ち直るのを助けてくれるだろうし、おれは《アイ》でまた仕事の口を見つけられるから、そうすれば——そうすれば、万事うまくいくんだ、ジェフ。この何年か、おれがどんな目に遭ってきたか、おまえにはわからないよ。あちこちを転々とさまよいつづけてさ。カネはないし、友だちもいない。故郷のやつらからは、ひ、人ごろ——」

グラントは喉を詰まらせ、コップに入ったウィスキーをテーブルにこぼした。両手に顔を埋め、からだを震わせて泣きじゃくった。

「ほら、ほら」弁護士は、不憫に思いながら言った。「もう大丈夫だ、グラント。とにかく気を取り直せ」

幾分ヴァードンと疎遠になっているジェフがミセス・リンカーン・ファーゴのいまの生活状況を知らないとはいえ、グラントを故郷へ戻してやることが賢明かどうか、まったく確信がもてなかった。とはいえ、それを拒否できるとも思えなかった。ファーゴ家の人たちときたら、とにかく変わり者なのだ。本心ではグラントとは金輪際関わりたくないと思っているにしても、ジェフがこのはぐれ者を助けてやろうとしないことを知られたら、一族を侮辱していると取られかねなかった。

ジェフは、この、以前の伊達男を助けてやるしかないだろう、と腹をくくった。まともな格好で送り返すことにしよう。ファーゴ家の人たちがこの男を受け入れたくないというのなら、本人に直接そう言えばいいのだ。

ジェフが注文したものすごい量の食事を平らげると、グラントはまたウィスキーを飲みはじめた。粘り強く如才のない対応をつづけた結果、ジェフはグラントに風呂に入って髭を剃らせることに成功した。そして、グラントがからだを洗っているあいだにフロントに連絡し、グラントのぼろぼろのスーツのアイロンがけと染み抜きを頼んだ。さらに、新しい下着と靴下、そしてシャツとネクタイを買いに行かせた。

グラントが服を着ると、ジェフはその姿を満足げに眺めた。

「やっと、本物のグラントらしく見えるようになったな」勢いのある声で言った。「もちろん、朝になったらいっしょに出かけて、新しいスーツとコート、そのほか必要なものを買い揃えることにしよう」

グラントは、それはじつにありがたい、と言った。「だが、おれがここにいたら邪魔なんじゃないか、ジェフ？　宿代に五十セントも貰えれば――」

「このホテルに部屋を用意したよ。この部屋の向かいだ。さて、おれにはこれから片づける仕事があるし、おまえはよく寝たほうがいい。だから――」

「すぐ出てくよ」グラントはすかさず言った。「酒を一杯貰ってっても構わないだろ?」

「そうだな」――ジェフは心配になってためらった――「もう、かなり飲んだんじゃないか、グラント?」

「まあ、おれもそうは思うけど」グラントは認めた。「だったら、これでどうだ――そのボトルだけ持ってくよ。そうすれば、おれに飲む気がなければ注がないから、無駄にならない」

ジェフは反対したかったが、ことばが見つからなかった。古代から、客をもてなす者が大酒飲みの客を相手にするときにかならず直面してきた問題、もてなしの心がないけちなやつだと思われずに酒を出すのを断わるにはどうすればいいか、という難問にぶつかったのだ。

翌朝の七時、グラントが力任せに部屋のドアを叩き、震えながら充血した目で朝の挨拶をしてきたときには、まったく別の理由で、やはりジェフはことばを失った。（グラントいわく）昨日貰った瓶はバスルームでひっくり返してしまったので、ひと口も飲むことができなかった。だから、目覚ましに軽く一杯飲ませてほしい、ということだった。

ジェフはグラントを部屋に入れて着替えをはじめた。応接間からはウィスキーの瓶とグラスの軽くぶつかる音が何度も聞こえてきた。

ジェフは大急ぎでグラントを下のレストランへ引っ張って行った。朝食を済ませた二人は衣料品店へ行き、ジェフはグラントに既製品のスーツとコート、ダービー・ハット、身につける小物などをあれこれと買い揃えてやった。

新しい服に着替えると、元印刷工の雰囲気が一変した。必要なものをすべて手に入れてしまうと、それまで小柄な弁護士に見せていた、自分の不甲斐なさへの恥ずかしさや感謝の念から生まれる謙虚な態度が、露骨に相手を見下すものに変わった。かつて、乞食も同然だったジェフ・パーカーの姿がありありと思い出されるようになったのだ。この男が、ファーゴ家の一員を喜んで助けるのは当然ではないか？ファーゴ家にあの訴訟を任せてもらえなかったら、いまのジェフはどうなっていたというのだ？

最後に二人は駅へ行き、ジェフがグラントに切符を渡した。グラントは気のない様子で弁護士と握手をし、唇を歪めて相手の顔を見つめた。

「どうやら、おまえはずっと気づかないでいるようだが、ちょっとしたものがひとつ欠けてるぞ」ジェフに言った。「まちがいなく、まるで気づいていないな」

「へえ、そんなものがあるのか」ジェフはきっぱりと言ってやった。「どうやら、おまえにとっちゃ、おれはすっかり用済みのようだな」

グラントは顔をしかめた。「おまえがおれのために、頼まれてもいないことまでしてくれたってことはわかってるさ。はっきり言っておくが、この借りはいずれかならず返す。だが、それはそれとして、どうしても多少のカネが必要なんだ」

「いいだろう」ジェフは言った。「一ドルやる。もう朝は食べた。これだけあれば、昼食と葉巻の二、三本くらいは買えるはずだ。夕食までには家に着くだろうしな」

「なるほど」グラントは言った。「おまえはどうせ、おれが――」

「そうじゃない。これ以上カネを渡したら、酒を買っちまうってことが目に見えてるからだ」

「おまえにゃ関係ねえだろ、もし――」

ジェフは長々とグラントを見つめた。冷たい笑みを浮かべ、踵を返して去って行った。一瞬、自分を助けてくれたこの男への恩を仇で返したことを後悔したグラントは、そのうしろ姿へ向かって一歩だけ足を踏み出した。だが、ジェフが振り返ろうともしなかったので、その後悔はすぐに怒りに変わった。あの野郎、たかだか二、三ドル貸したくらいで、人にあれこれ指図するつもりか！　いいだろう、いまに見てろよ。

通りを挟んだ向かいに、一軒の質屋があった。弁護士の姿が視界から消えるとすぐに、駅を出たグラントは通りを渡ってその店に入った。店員は新品のコートを確認し、七ドルの値を提案した。交渉の末、グラントは五ドルと中古の牛革のコートを手に入れた。そのコートは正装とは言えないにしてもさほど見苦しくはないし、絶対に暖かいはずだ。それは、アルフレッド・コートランドが、複式学級で教鞭をとっていたイーディ・ディロンを訪問した日に着ていたコートと似ていた。

確かに、口髭をきれいに整えてダービー・ハットをかぶったグラントは、あの日のコートランドと瓜二つに見えた。

二クォート分のウィスキーを手に入れてから、グラントは列車に乗った。二つの座席をあわせ、葉巻に火をつけてくつろいだ。これは快適な旅になるはずだ。そして、目的地で待っている母さんが、おれを慰めて世話をしてくれる。おれは仕事を手に入れ、貯金して町の連中から一目置かれるようになる。ゆくゆくは、あの新聞社を引き継ぐ。一軒家と車を買う。教会に通いはじめ、まともな娘たちと親しくなる――

〝その何が悪い？　もう遠い昔の話だし、おれが殺したわけじゃない。おれのせいじゃない！　そういう意図はあったかもしれない。あいつは、おれにその意図があることを悟って、乱暴にハンドルを切った……おれがやったんじゃない！　あいつがやったんだ！〟

グラントは片方の瓶の栓を抜いた。

グランド・アイランドで昼食をとると、いくらか酔い醒ましになった。というより、このところ素面でいることに耐えられないグラントにとっては、酔いが醒め過ぎた。ヴァードン行きの列車に乗り換えたとたんにまた酒を飲みはじめると、世界はまた、次第にバラ色に染まりはじめた。

……グラントはいきなり飛び起き、怖くなった。二、三時間眠ったことが、食事と同じ効果をもたらしていたからだ。転がっていたウィスキーの瓶を手に取り、ほぼ半パイントをがぶ飲みした。それで落ち着いたものの、恐怖心と不安感は消えなかった。駅に着けば知り合いと鉢合わせすることはほぼまちがいないが、まだ、誰かと直接顔をあわせる心構えができていなかった。まずは、休息を取って気持ちを落ち着かせる必要がある。自分が戻ってきたという話が人づてに広まって、近所の人々がその事実に慣れてから、はじめて誰かと会うことにしたかった。

だが……

グラントは不意に笑みを浮かべて上体を起こした。よし、こいつはいい考えだ。あの〝ファーゴ踏切〟のあたりで、列車は減速することになっている。この何年か、何度も貨物列車に乗ってきた経験から、飛び降りることはむずかしくないということはわかっていた。あそこからなら、せいぜい一マイル半程度歩けば母さんのいる家に着く、と思った。

グラントは、通りかかった車掌と目をあわせた。

「ファーゴ踏切まであとどれくらいかかる?」車掌に訊いた。

車掌は冷ややかにグラントを一瞥してから自分の時計に目をやった。

「定刻どおりなら、だいたい三十分くらいだろう。だが、ヴァードンのその近辺で列車が停まることはないぞ」

「それはわかってる」

「そこで飛び降りるつもりじゃないだろうな?」乗務員はきつい口調で訊いた。

「いや、まさか」グラントはとぼけた。

「言っとくが、やめとけよ。それと、降りるまでそれ以上ウィスキーを飲むのもやめろ。いくらなんでも飲み過ぎだ」

グラントは顔を赤らめたが、何も言わなかった。黙って待っていると、吹きさらしのデッキから、車掌が次の客車に移ったことを示す冷たい風が吹いてきた。すると、グラントはウィスキーの瓶を傾け、やけになって思った以上に酒をあおってしまった。

窓ガラスはほとんど雪で覆われてしまっていて、外が見えなかった。グラントは時計を持っていなかった。

グラントは自分でリズムを取って秒数を数え、だいたい二十分は経っただろうと思えるころまで待った。コートを着ると両側のポケットにウィスキーの瓶を一本ずつ入れ、デッキに出た。

酔いがまわって頭がうまく働いていないうえに、その一帯にある目印になるものはもう見慣れないものになっていた。昇降口の段の上に立ってふらつきながら待ち、列車の速度を測ろうとした。

線路のあたりを見ているとかなり速く走っているように見えるが、線路脇の柵を見ると大した速さではないような気がする。グラントはこの現象を面白がって笑い、そこに気づいた鋭い観察眼を自画自賛した。

あの木立……あの風車……納屋……

よし、そろそろ近づいてきたはずだ。だいたいこのあたりにちがいない。列車が踏切に向けて警笛を鳴らしたので、グラントは身構えた。家畜が逃げないように掘った溝《キャトル・グリッド》をひとつ通過した。

華麗に旋回しながら(と、本人は思った)、グラントは列車から飛び降りた。

凍てついた地面に両足が触れたとたん、グラントのからだは空中へ舞い上がった。ほんの数インチの差で、危うく二つの車両のあいだに落ちるところだった。が、うしろの車両にぶつかって跳ね返ったからだは、鉄道用地の外に放り出された。一度完璧な宙返りをして尻から着地したグラントは、無傷で土手を滑っていった。

愉快そうに笑いながら立ち上がって服の汚れを払い落とし、見る間に視界から消えていく列車に、いかにも酔っぱらいらしく手を振って別れを告げた。

そして、片手をポケットに入れて毒づいた。割れた瓶のかけらを腹立たしげに引っ張り出して雪の上に捨てた。

もう一方のポケットに手を入れると、今度は笑いだした。勝ち誇った顔で、栓を開けていない無傷の瓶を取り出した。コルク栓を開けてぐいぐい飲んだ。それから土手を上って線路に入り、よろよろと踏切へ戻った。

踏切に着くと、凍てついた風景をフクロウのように見渡しながらまたウィスキーを飲んだ。からだの向きをあちこち変え、瓶の底を透かして見える風景に目を凝らした。そのうちにふと、眉をひそめて口元から瓶を下ろした。自分の見ているものに不安を感じたのだ。

ここはファーゴ踏切ではない。ここは――ここはミザリー・クリークにちがいない。いまいる場所は、ヴァードンからゆうに十八マイルは離れた東欧人の住む地域なのだ。

もう日が傾きはじめていた。雪まで降っていた。大雪ではないが、大雪かどうかで変わるような状況ではない。今日、ヴァードンまで辿り着くことは絶対に不可能だ。早くどこか落ち着ける場所を見つけないとひたすらさまよいつづけるしかない。

グラントはすっかり酔っ払っていて、もはや時間が経たなければ酔いを醒ますことはできない。だが、それほど酔ってしまっているだけに、不安感も凄まじかった。この近辺の住人は早く床についてしまう。頼りになる明かりなどどこにもないだろう。そして、この雪のせいで、いずれどこに道があるのかわからなくなってしまうはずだ。気温も、夜のあいだに十五度くらいは下がってしまうだろう。すぐに、どこかの家に行かなければならなかった。

グラントは、はるか遠くの右、道路の先の右側の木立から上がっている煙を目にした。

ぐらつきながら、そこを目指して早足で歩きだした。

からだから汗が吹き出し、足が重くて何度も立ち止まらざるを得なかった。だが、それでも煙からは絶対に目をそらさず、よろめく脚で進みつづけた。

おそらくおよそ半マイルは歩いた、と思われるころ、遠くからだが、まちがいなく馬車の車輪がきしる音が聞こえた。立ち止まって振り返ってみたが、何も見えなかった。もう一度まえを見ようとして首を動かすと左側のトウモロコシ畑が視界に入り、凍りついたトウモロコシの茎のあいだを抜けて自分のほうへ向かってくる馬に気がついた。雪でよく見えないが、馬と荷馬車、そして男の姿が見えた。男は荷馬車の横でせわしなく動きつづけていて、しきりに何かを放り投げている。その動作にあわせ、物のぶつかる鈍い音が安定したリズムで響いていた。

トウモロコシの皮をむいているのだ。その日最後の収穫をしている農夫にちがいなかった。

グラントは、安堵のあまり泣きだしそうになった。これで、ひとりで宿を探す必要はなくなった。この農夫の家に連れて行ってもらえばいい。こんな夜なら、さすがに東欧人でもひと晩くらいは泊めてくれるだろう。

グラントはそのまま立ち止まって二、三口酒を飲み、トウモロコシの列のあいだを通って近づいてくる荷馬車を待った。グラントは挨拶のつもりで農夫に手を上げたが、農夫はなんの反応も示さなかった。きっと、急いでいるので手を振って皮をむくリズムを乱す余裕がないのだろう。いや、それどころか、東欧人という民族のご多分に漏れず、単に挨拶を返すほどの教養や愛想がないだけ、という可能性は大いに高かった。

荷馬車を引く馬が畑の端まで来ると、男はしわがれたかけ声で柵と並行に走る細道へ誘導した。ストッキング・キャップと分厚いウールのマフラーで顔をほとんど隠している農夫はまっすぐグラントに視線を向けたが、彼の存在に気づいたような様子はまったく見せなかった。

男は馬車の尾板を摑んでよじ登ろうとした。

「なあ、いいかな」精いっぱい都会風を装ってグラントは叫んだ。「ちょっと待ってくれ！」

農夫が唸り声をあげると、馬はじれったそうに足を止めた。農夫はグラントのほうへ首をまわした。だがグラントではなく、グラントの横を見ている様子だった。

「ううん？」唸るような声で言った。

「どこかおかしいところでもあるのか？」元印刷工が苛立ったようにきつい口調で言うと、男は左右に首を振りながら柵に近づいた。「道に迷ったんだ。ひと晩泊めてもらえるところを見つけなきゃならない」

「ううん？」やっと農夫がグラントを直視した。

「だから、あんたの家にひと晩泊めてくれ、と言ったんだ。おれはヴァードンに住んでるんだが、道に迷ったんだ」

「ううん？」

グラントは毒づいた。「この、間抜けな東欧のブタが！　おれをおまえの家まで乗っけてけ、と言ってるんだよ。おまえは今晩おれを家に泊めて、それで——それから——」

農夫は柵を跨いで越え、ぎこちない足取りで側溝を渡った。道路に入ると、妙に勢いをつけてまっすぐグラントのほうへ向かってきた。慌てたグラントはしどろもどろになって言いわけをはじめたが、男は二、三フィート離れたところで足を止め、立ったままもう一度グラントを見つめた。

「ブタか」ぶつぶつ言った。そして、動物のように空気の匂いを嗅いだ。

「まあ、いいさ」グラントは横柄に言った。「これで、今度会うときまでおれの顔を忘れずにいられるだろ？」

男はゆっくり頷いた。トウモロコシの皮むき用のミトンをはめた手を首のうしろにまわし、マフラーをはずしはじめた。

「おれは……おまえを……覚えてる。おまえはおれを覚えてるか？」

「いや、覚えてないな」グラントは言った。そのとたん、目をこすって瞬きをした。おぞましい悪寒が背筋を往復した。

これは――これは人間じゃない。こんな顔の人間がいるはずがない。

「ひいっ!」グラントは息を呑んだ。

そして、一歩あとずさりした。もう一歩退がった。その――それには顔がなかった。それは顔とは言えなかった。どこかのうすのろが指でこねくりまわした粘土のような、ねじくれた肉の巨大な塊でしかなかった。いびつな眼球が、膿んだように白く光っている。こいつは――信じられない、こいつはなんなんだ?

あとずさりをつづけるグラントを、その生きものは立ったまま黙って見つめていた。

不意に、その生きものはからだの向きを変えて畑の柵の杭に向かって歩いて行った。トウモロコシの皮むき用のミトンについている刃を有刺鉄線に当てると、鉄線が鋭い音をたてて切れた。その生きものは隣の杭に近づき、同じことを繰り返した。

そして、長い有刺鉄線を引きずりながら道路へ戻ってきた。グラントのほうへ近づいてくる。

グラントはしばらく動けなかった。大声をあげることすらできなかった。まるで、悪夢のなかに放り込まれた者のようだった。

ちくしょう……そんな……ちくしょう……好きで殺したわけじゃない……あいつがしつこいから仕方なく。だからすまなかったと思ってるんだ……ほんとにすまないと思ったって、ずっと言ってるじゃないか……ちくしょう、頼むからもういちど母さんに会わせてくれ。やめろ……やめてくれ……

グラントは悲鳴をあげた。やっとからだが動いて逃げ出そうとすると、凍ったわだちに足を取られて派手に転んだ。

その姿を、生きものが立ち止まって見下ろした。

「おれは……おまえを……覚えてる。おまえは覚えてるか？」

グラントが上に視線を向けてまた悲鳴をあげると、その生きものはしつこく念を押すように腰を屈めてきた。

「おまえは……おれを……覚えてるか？」

「やめてくれ！」グラントは金切り声で言った。「あっち行け。おれはカネなんか持ってない。おれは——おれは——あ、あ、あっち行け！」

「さあ……立て」

「立たねえよ！　立つもんか！……頼むよ、頼むから手を出さないでくれ。おれは具合が悪いしカネもないんだ、だから——た、た、助けて、助けてくれえ！」

ミトンをはめた手がグラントの首を掴み、刃が肉に食い込んだ。グラントのからだは子どものようにやすやすと持ち上げられ、宙吊りにされた。

グラントがむせながらもがき、おぞましい顔を両手で闇雲に叩きつけていると、突然、その生きものは手を離してグラントのからだを地面に落とした。

ここまで来ると、ほぼ極限状態に達していた恐怖感が、グラントに解毒作用のような効果をもたらした。グラントは生きものが有刺鉄線を折り曲げる様子を眺め、落ち着いたとも言える口調で言った。

「いったい、何が目的なんだ？　なぜこんな真似をする？　おれにはカネなんかないぞ……おい——まさかそいつでおれを縛り上げる気じゃないだろうな。そんなことをされたら怪我しちまう。凍え死んじまうだろ。なんでおれを縛りたいんだ。なんで……」

「縛らねえよ……叩くんだ」

「た、叩く?」自分の耳を疑ったグラントは、膝立ちになった。「う、嘘だろ。おれは——」

その生きものの動きがあまりにも素早かったので、腕を振り下ろしたときには、まだグラントは喋り終えていなかった。目を閉じる暇もなかった。有刺鉄線がグラントの顔に食い込み、目を切り刻み、皮膚や肉や膜組織を掻きむしった。

そして、ショックを突き抜けた痛みに襲われたグラントが悲鳴をあげようと口を開くと、有刺鉄線で作られた急ごしらえの鞭がもう一度振り下ろされ、首を、そして喉を切り裂いた。すると、グラントがあげようとしていた声は、喉を詰まらせるごぼごぼという音にかき消された。

溺れるときの音……

……そして、ついにグラントは両手両足を広げ、ベッドカヴァのように広がった鮮血の上で大の字になった。もう悲鳴をあげることも、もがくこともなかった。もう息をしていなかった。

マイク・チャーニーは指の力を抜き、有刺鉄線の鞭を落とした。蔑むように、グラント・ファーゴの死体を足で小突きまわした。

「顔を……洗いに……行け。洗ってこい……雪で……」

ヴァードンでは、ドク・ジョーンズがリウマチの発作に襲われたマートル・コートランドの治療をしていた。ファイロ・バークレイとパール・ファーゴが、自宅の暖炉のまえで満足げにロッキング・チェアに坐っていた。シャーマン・ファーゴが、二人の息子にタバコをいくらか郵送してやっていた。ジョセフィンと三人の娘が家事をしていた。ポーリー・プラスキーが寝室で横たわり、泣きじゃくっていた。そして、アルフ・コートランドが、ドイツのブタ野郎ヴィルヘルム・ドイチェに、皇帝ヴィルヘルム二世はイギリスに注意したほうがいい、と警告していた。

リンカーンでは、マイク・チャーニーが独房で死刑を待っていた。ジェフ・パーカー検事総長が、アルフ・コートランドの経営する銀行を捜査するよう、関係当局に秘密裡に働きかけていた。

オマハでは、ジグス・キャシディが自分の親玉に、ジェフ・パーカーを、失うことになるさらに多くのものが得られる地位へ昇らせることを勧めていた。

カンザス・シティでは、ウィリアム・シンプソンがひそかに新しい職を探していた。

ヒューストンでは、州の豆農場で、棚になった寝台に鎖でつながれて横になっているテッドとガスのファーゴ兄弟が、なんとかして守衛たちをあの世へ送ることを企んでいた。

……そして、谷を出る夜行列車のなかでは、ボブ・ディロンが通路の向かい側で寝ている母親を見ながら、にやけそうになる顔を抑えていた。下ろし立てのホブルスカートのスーツと縁なしの帽子を身につけた母親の姿は、どこか笑いを誘った。見慣れない姿だ――他人のような。ふと〝パパ〟ということばを口にしてみたボブは、その響きの愚かしさに啞然とした。〝パパ〟だって――うえっ！　すると、一気に押し寄せてきた寂しさの波に吞み込まれたボブの顔から、にやけた笑いが消えていった。ボブは窓の外を眺めた……〝うち〟か。自分たちはこれから、〝パパ〟の待つ〝うち〟へ帰るのだ。

ポーリーにはいつか子どもを産む日が来るのだろうか、とボブは考えた。産んで欲しいとも、欲しくないとも思った。二人とも九歳だったあのころのまま、永遠にいっしょにいられたらよかったのに、と思った。小さなポーリー。〝ポーリー、こっちに来いよ！〟

〝ほら――来たわ、ボビー〟そして、彼女はそこにいた。いつもと同じように来てくれた。

窓ガラスに映ったポーリーは、慎ましやかにボブに微笑みかけた。スレートのような濃い灰色の瞳は大きな水たまりのようで、小さな鼻の頭にアイスクリームのかけらがついている。〝ポーリー！　ポーリー！〟……父さん？

〝だから、釣りに連れてってやる、って言ってるだろ〟リンカーン・ファーゴは無愛想に目をまわし、杖を振りまわした。〝なのに、おまえは何をぎゃあぎゃあ喚いてるんだ?〟

〝こいつは、おれに耳を削ぎ落としてもらいたい、と思ってるんだよ〟シャーマンは嫌味たらしい笑みを浮かべ、歯に咥えたパイプを揺らした。

〝このクソガキども、今度は何を企んでるの?〟ジョセフィンがたるんだ顔でしかめ面をし、長い鞭を曲げてみせた。

〝お茶でも飲みましょうか、ロバート?……〟

〝きみに何冊か本を持ってきてやったぞ……〟

〝なんのつもりでおれの邪魔をしたんだ、このクソ野郎。邪魔をしたのはそっちだろ、このクソ野郎〟

……こうして、ボブはひとりひとり、みんなの姿を思い浮かべた。ひとり残らずだ。なぜなら、みんな生身の人間で、骨の髄まで人間らしく、理解できる人たちで、あの土地の人たちで、あの人たちが生まれながらにして所有するあの土地と同じように、いいところと悪いところがあったからだ。だから、寂しい気持ちでいっぱいになりながら、ボブはみんなの名を呼んでみた。

正直で辛辣なリンカーン。威張りくさったシャーマン。デブのジョセフィン。神経質なマートル。冷静なコートランド。目つきの悪いテッドとガス。元気溌剌なジェフ・パーカー。頭の悪いパール。のろまなバークレイ。お高くとまったベラ。お洒落なグラント……

ボブに呼ばれて窓ガラスに映し出された人たちは、ボブが必死でみんなの姿を記憶に留めようとしていることなどにはお構いなく、我先に記憶に残ろうとして争っているように見えた。みんな、厚かましかったり恥ずかしげだったり、ふんぞり返ったりためらったり、口うるさかったり、声をあげて笑ったり、微笑んだり、眉をひそめたり、しかめ面をしたりしていた。いい人も悪い人も、良くも悪くもない人もいた。みんな生身の人間で、あの土地の人たちだった。そうしているうちに、だんだんと窓ガラスからみんなの姿が消え、しまいには最後のひとりが消えた。そして、永遠に忘れまいとしてそれぞれの姿を脳裏に焼きつけているあいだ、ボブは顔を列車の窓ガラスに押しつけ、その土地の風景を食い入るように見つめつづけた。

その土地。そこは、良い土地でも悪い土地でもあり、まあまあと言える土地でもあり、美しい土地でも醜い土地でもあり、素朴な土地でもあり、親切であると同時に憎しみに満ちた土地でもあった。高い塔、大きな納屋、広々とした家、やぐらに囲まれた井戸、みすぼらしい小屋、掩蔽壕のような家があちこちに見られる土地だった。小さな村も町も、都市も、大都市もあり、鍛冶屋や工場、複式学級の学校、そして大学もあった。東欧人の土地であり、ロシア人の土地であり、ドイツ人の土地であり、オランダ人やスウェーデン人の土地であり、プロテスタントとカトリック教徒とユダヤ教徒の土地でもあった。

まさに、アメリカならではの土地——その土地はあまりにも確実に、あまりにも速いスピードで、闇夜の奥底へと滑るように消えていった。

解説

「普通」ではない「普通小説」

諏訪部浩一（アメリカ文学）

『雷鳴に気をつけろ』は一九四六年二月に刊行されたジム・トンプスンの第二長編である。我が国で翻訳出版されたトンプスンの長編小説としては二〇冊目にあたる。おそらく本書を手にとられた方のほとんどは、すでにトンプスンの小説をいくつか読んでいると思われるが、仮に一冊も読んでいなかったとしても、この作家が「ノワール」と呼ばれるジャンルの代表的作家であり、犯罪者やサイコパスを主人公とした小説を数多く書いたことはご存じに違いない。

だが、「トンプスンといえばノワール」というイメージは、第三長編『取るに足りない殺人』（一九四九）、そしてとりわけ代表作となった第四長編『おれの中の殺し屋』（一九五二）以降の犯罪小説によって定まったものである。こうした「イメージ」との結びつきが強固なジャンル作家の場合、当該ジャンルに手を染める以前に書いていた「普通小説」はなかなか紹介されがたいものだろうが（例えばウィリアム・アイリッシュの初期作品がそうである）、それだけに本書が訳出されることを待ち望んでいた読者も多かったと思われる。いわば「トンプスン以前のトンプスン」を見せてくれる本書が刊行されたことで、この作家の全体像がさらに明らかになっていくことを期待したい。

さて、本書はいま述べたようにトンプスン理解にとって非常に重要な、あるいはほとんど不可欠の作品であるのだが、いざ読もうとするとかなり手強い小説である。とりわけトンプスンを読み慣れている読者が、本書も「いつもどおり」に読もうとすると、ずいぶん読みにくく感じるのではないだろうか。

こうした「手強さ」の理由は、一つには作品が（トンプスン作品にしては）長く、登場人物が（トンプスン作品にしては）多いという事実に求められるだろう。本書が扱う時代は一九〇七-一四年。作品舞台はネブラスカ州の小さな村（一九一〇年の国勢調査によると人口は四〇六人）――誰も彼も血がつながっているといわれるほど小さい――ヴァードンで、その地にある実家にイーディ・ディロンが七歳になるかならないかの息子ロバートをともなって列車で帰ってくる場面から物語が始まり、最後は失踪していた夫が見つかり、彼のもとにロバートを連れて列車で向かう場面で終わるというようにして、一種の円環構造をなしてはいる。

しかしながら、作者自身の経験が色濃く投影されたロバートの成長物語――興味を持った方は自伝（的小説）『バッドボーイ』（一九五三）もお読みいただきたいが、「豆知識」的なことを付言しておけば、「ロバート・ディロン」という名はトンプスンが一九三〇年代後半、共産党に入って活動していたときに使っていた偽名である（以下、伝記的背景に関しては、Robert Polito, *Savage Art: A Biography of Jim Thompson* [Vintage, 1996] を参照した）――をこの小説の外枠と考えるにしても、その内側には少年の視界には入り得ないような物語がひしめいている。代表的な「物語」を列挙してみれば、ファーゴ家（イーディの生家）の老家長リンカーンの（回想を含む）物語、長兄で現在の当主といえるシャーマンが農場経営に苦労する物語、次女マートルのイギリス人の夫アルフレッド・コートランドが姻戚関係にあるバークレイ家から銀行を奪いとる物語、末子グラントとベラ・バークレイの近親相姦関係を扱う物語、そして弁護士ジェフ・パーカーが検事総長にまで登りつめる物語といったことになるだろう。

本書ではこうした数多の物語が、互いに絡みあい、すれ違いながら、同時進行的に語られていく。

小説の結末においては、ロバートが列車に揺られながらヴァードンの人々を一人一人頭に思い浮かべることになるのだが、読者がこの小説を十分に咀嚼して、ロバートと一緒に――たぶん彼のようにしみじみしつつというわけにはいかないだろうが――作品世界をあとにするためには、そういった面々の物語をしっかり記憶しておくことが求められるというわけだ。物語の冒頭においてすでに緊迫した状態にあり、そこからカタストロフィに向けて疾駆する通常のトンプスン作品と比べて、本書はおそらく倍の読書時間が（あるいは再読が）必要になる小説だろうと思う。

このようなスタイルの小説は現代ではあまり見かけなくなったが、三〇年代あたりまではよく書かれており、「叙事詩的」と呼ばれるのが慣例である。そうした観点からすると、初版に付した作者のあとがきで、本書が好評なら三部作にするつもりだとされている（時代を遡って、南北戦争期まで扱うという構想があったらしい）のも腑に落ちるように思える。トンプスンは三〇年代後半に連邦作家計画（ニューディール政策の一環として、失業中の作家に各州のガイドブックなどを書かせることで経済的援助を目指したプロジェクト）に参加し、オクラホマ州の事務局長を務めるまでになった。彼はそこで自分がおこなった仕事に誇りを持っていたといわれるが、その作業を通して、ある地域の現実／歴史を包括的に提示することへの関心が養われ、また報いられもしたとすれば、それを小説作品において展開してみたいと考えたとしても不思議ではない。もっとも、この三部作のプランが実現しなかったことからもわかるように、本書は商業的に成功することはなく、それは――忙しい現代人の読者に負担をかける――「叙事詩的」なスタイルが、戦後のアメリカではすでにいささか時代遅れになっていたことが一因であったかもしれない。

ただし、というべきか、本書を「手強い」ものとしているより大きな理由は、この小説が単にいくつもの「物語」を含んでいるだけではなく、いくつもの「モード」を含んでいるように感じられることにあるように思える。実際、第一次大戦前の（フロンティアの時代が終わりつつある）ネブラスカを舞台とした作品ということではウィラ・キャザーの作品を彷彿させるし、癖のある登場人物達が住む世界が資本主義的な原理によって次第に侵食されていくという点においてはウィリアム・フォークナー的であり、スラップスティック的な場面や風刺的なストーリー展開（特に弁護士ジェフの出世物語）などはナサニエル・ウェストの小説のようなのである。

こういった諸特徴については、キャザーはネブラスカの先輩作家であるし、フォークナーに関してはその作品を愛読していたことが知られているし、ウェストにはその早すぎる死の十日ほど前に会っていたし……というようにして、その一つ一つに先行作家からの影響を見ることもできるだろう。だが、そういった諸要素がすべて一冊の作品に入ってしまっているというのは、かなり異様なことである。通例、小説は一つのモードに即して書かれるものであり、そこから大幅に脱線したり、いくつものモードを往還したりしてしまうという事態は、読み手を混乱させてしまうため、避けられるべきことであるからだ。

それに関連する点として、本書ではところどころで「過剰」な印象を与えるシーンが提示されることにも触れておこう。例えばシャーマンの息子達がロバートとともにすごすシーンなど（第七章）、読み始めたときは少年ロバートが農場で体験する心温まるエピソードかと思わせるが、そこで描かれる悪ふざけは、次第にほとんどグロテスクなものになっていく。あるいは、よりノワール的な例として、「イギリス紳士」として登場し、ヴァードンの粗野な人々の言動を相対化する役割を担っているかのように見えたコートランドが、教師となったイーディの教室に乗りこみ、彼女の手を焼かせている東欧移民の少年マイク・チャーニーを激しく鞭打つという、極めて陰惨な場面をあげてもいい（第一〇章）。背景には東欧からの移民が差別されていたという二〇世紀初頭の歴史的事実があり、また、プロット上の理由もあって挿入されたエピソードであるとやがて判明するのだが、「普通小説」の読者にとっては、かなりショッキングな、動揺させられるシーンだろう。

このようにして本書のトンプスンは、必要不可欠とはとうてい思いがたい「過剰さ」にあふれる場面を挿入することで、それまでの「モード」を暴力的にゆがめ、読書のスムーズな流れを阻害してしまう。『雷鳴に気をつけろ』が刊行されたときの書評には当惑したトーンのものが多かったとされるが、それも無理からぬところだろう。場面／登場人物に応じてモードがころころ変わるため、手練れの読者であればそのたびに読書モードを切り替えて楽しむことができたとしても、読み終わってみると読書経験をうまく定位させて評価することが難しい作品なのである。

このように見てくると、本書には「魅力ある、荒削りな初期作品」という紋切り型のフレーズがあてはまるようにも思えてくるのだが、しかしトンプスンの愛読者としては、まさしく通常の意味においてはいびつな、不安定な作品であるところにこそ、トンプスンの「魅力」があるといってみたくなるだろう。

なるほど、『おれの中の殺し屋』と『ポップ１２８０』（一九六四）の二冊がトンプスンの代表作であるのは間違いないし、それはそれらが完成度の高い小説であるからこその評価である。第一長編 *Now and on Earth*（一九四二）が、貧困を描く自然主義小説のようでもあり、労働者を扱うプロレタリア小説のようでもあり、シリアスな小説を書きたいと願う主人公――ジェイムズ（ジミー）・ディロン――の葛藤を主題にする芸術家小説のようでもあるといったさまざまな「モード」を抱えこんだ、本書と同様に不安定な作品であることを想起していえば、トンプスンが作家として「成功」できたのは――たとえ死んだときには全作品が絶版になっていたとしても――ペーパーバック・オリジナルでの犯罪小説という「フォーマット」のおかげで、彼が奔放に紡ぎ出す物語にいわば「タガ」がはめられることになったからだとさえ見なし得る。

けれども、トンプスンの愛読者は、代表作二冊ばかりを愛するわけではない。しばしば偏愛の対象となるのは、『残酷な夜』(一九五三)、『死ぬほどいい女』(一九五四)、そして『ゲッタウェイ』(一九五九)あたりだろうが、これらを成熟した、完成度の高い作品と呼べるかと訊かれれば、かなり逡巡させせられるはずである。どれも結末近くまではおおむねノワール小説の定型/モードに忠実であり、ほとんどウェルメイドとさえいえる作品となっているのだが、そのように「よくできた物語」が実質的に終わったような時点でいきなり作品世界がゆがみ、わけがわからず呆然となった読者を置き去りにするようにして小説が閉じられてしまうのだから。

普通の小説家が(おそらく意識さえしないうちに)高い完成度を求めて書いているとすれば、これらの作品は最後の最後でまさにその「完成度」をぶち壊してしまう。我々がこうした小説をいかにもトンプスンらしいと思い、心をつかまれてしまうのは、作者としてのこの異常な――いったいどうしてこんなことをしてしまうのかと唖然とさせる――振る舞いが、登場人物達の異常さや(その結果としての)破滅ぶりとシンクロしているばかりか、それをほとんど凌駕しているからに他ならないはずだ。そしてそう考えてみれば、『おれの中の殺し屋』と『ポップ1280』がトンプスンの代表作に相応しい完成度を備えているのは、それぞれの主人公が抱える狂気が、作者の「異常さ」に圧倒されず、それと拮抗しているからだということにもなるだろう。

トンプスン・ノワールにおける主人公達の「異常さ」や「狂気」について、ここで具体的に論じる余裕はない。ただし、全般的な印象として、そういったものが「治癒」されることはあり得ず、したがって彼らに「救済」は可能性としてさえ存在しないとはいっておけるだろう。これは一九三〇年代の（犯罪小説系の）初期ノワール小説と、トンプスン作品を隔てる重要な特徴である。

ときに指摘されることだが、トンプスンの犯罪小説はほとんどがその執筆時期と同時代に舞台が設定されているものの、ジェイムズ・M・ケインやエドワード・アンダーソンによる三〇年代の作品と、筋立てにおいて大きく異なることはない。また、キャラクターの職業に関しても、スモールタウンの保安官であれ、訪問販売員であれ、ベルボーイであれ、そして銀行強盗であれ、どれも取り立てて五〇年代的（あるいは六〇年代的）なものではないどころか、むしろ三〇年代的なものであるとさえいっていい。第一長編の刊行が一九四二年で、すでに決して若くはなかった（三十五歳）ことを思えば自然というべきだろうが、トンプスンの作品はそのキャリア全体を通して、スタイルの面では三〇年代小説的な性格を保ち続けたのだ。

だが、このように書き方としては三〇年代的であっても、トンプスンのノワール小説には、初期ノワールには存在していた「救済」への希望がない。閉塞した世界から脱出しようという、若々しさといったものがまったくないのだ。これはおそらく、大恐慌下において書かれた三〇年代ノワールには強く感じられた社会批判という空気が、好景気を享受する大戦後のアメリカにおいては希薄になってしまったことに一因がある。社会が悪ければ、道を踏み外してしまう主人公達は「社会の犠牲者」として読者からシンパシーを受けられるし、彼らの破滅は社会改革の必要性、ひいてはその可能性を体現することにもなる。だが、トンプスンの主人公達に、そうした「社会的」な機能は託されていない。実際、彼らは年長の友人から、どうして能力がありながら現状に甘んじているのかとしばしば苦言を呈され、それに対しては口を濁すばかりなのである。だから彼らの犯罪／破滅には対価がない。そこには諦念さえもない。運命を葛藤もなく受け入れて滅んでいくところに、彼らの底知れぬ「異常さ」や「狂気」がある。

小説の主人公が作品の世界観を反映した存在であるとするなら、ルー・フォードやニック・コーリーが支配する世界は漆黒の闇というしかないが、本書にもトンプスンの世界観を窺わせる一節がある。旧世代の中心にしてその良心を体現するようなキャラクターであるリンカーンが、死の床においてイーディに地獄はあると思うかと訊ねると、彼女は "I know dogoned well there is. And you don't have to dig for it." と答える。本訳書においてはこなれた日本語になっているが、リンカーンがそれを聞いて笑っていることを思うと、ここには文字通りの意味も含まれていると考えるべきだろう。「それを求めて掘る必要はない」というのはつまり、すでにここが地獄だ、ということなのだ。

本書はもちろん犯罪小説ではないし、ヴァードンの村には確固たる「悪人」など一人もいない。だが、それにもかかわらず、読者は世界がずるずると悪化して「地獄」と化すのを目撃させられることになる。重要なのは、この地滑り的な「悪化」が、どうして起こったのかがよくわからないということだ。本書が採用する三〇年代小説的な「モード」――先に触れたキャザーもフォークナーもウェストも二〇年代～三〇年代に最盛期を迎えた作家である――に鑑みて最も自然に感じられる解釈は、二〇世紀の資本主義の波がネブラスカの小村までも飲みこんでしまった、というものになりそうなのだが、例えば小説の結末近く、実質的には最後のエピソードにおいて「怪物」に襲われるというグラントの悲惨な末路は、こうした「自然」な読み方に収まるにはあまりにも「過剰」に思える。それよりも、作品世界がどういうわけか「地獄」になってしまったことを最終的に確認させるものと考えた方が、よほど妥当に思えるのではないだろうか。

かくしてこの「普通小説」の世界は、最後にはなぜかわからないが「地獄」になってしまい、そうした世界——なぜかわからないが地獄になってしまった世界——が次作以降のノワール小説の舞台となる。顧みれば、トンプスンはこの小説で、いくつもの物語といくつもの「モード」を使って、その「なぜ」を検証しようとしていたようにも思えてくる。だとすれば、この小説が不安定な、ゆがんだものとなったのは当然のことなのかもしれない。『おれの中の殺し屋』から比喩を借りれば、「普通小説」という「ゲーム」に「ゆがんだキュー」で挑んだ結果が、『雷鳴に気をつけろ』という「普通」ではない作品だったといってもいい。

トンプスンの小説は、いつも我々の安定した視座を揺さぶってくる。おそらく彼の目には、世界は常にゆがんで見えていたのだろう。しかし、実のところ、ゆがんでいるのはトンプスンなのか、世界なのか。この小説のロバートはいわば「少年」であることによって守られており、地獄から無傷で——そこが地獄であることをまだ知らぬまま——脱出したかのように見える。だが、「大人」の読者はどうだろうか。ロバートとともに地獄から出て行くことができただろうか。本を閉じても世界が少しゆがんで見えるなら、あなたはたぶんまだそこにいるのである。

訳者略歴

真崎義博

デイヴィッド・グーディス『ピアニストを撃て』、ドメニック・スタンズベリー『白い悪魔』、ダニエル・ジャドスン『緊急工作員』、リリー・ライト『虎の宴』、ジュリア・ダール『インヴィジブル・シティ』、デビー・ハウエルズ『誰がわたしを殺したか』、アンデシュ・デ・ラ・モッツ『炎上投稿』、デオン・メイヤー『追跡者たち』、アントニオ・メンデス他『アルゴ』(以上、早川書房)、カルロス・カスタネダ『ドン・ファンの教え』『分離したリアリティ』『イクストランへの旅』(以上、太田出版)、ヘンリー・D・ソロー『森の生活』(宝島社)、ジャック・ケルアック『地下街の人びと』(新潮社)、ウォルター・テヴィス『ハスラー』、アルマ・マルソー『秘められた欲望』(以上、扶桑社) など訳書多数。

雷鳴に気をつけろ

2020年9月10日初版第一刷発行

著者 : ジム・トンプスン

訳者 : 真崎義博

発行所 : 株式会社文遊社

東京都文京区本郷 4-9-1-402　〒113-0033

TEL: 03-3815-7740　FAX: 03-3815-8716

郵便振替 : 00170-6-173020

装幀 : 黒洲零

印刷・製本 : 中央精版印刷

乱丁本、落丁本は、お取り替えいたします。
定価は、カバーに表示してあります。

Heed the Thunder by Jim Thompson
Originally published by Greenberg, 1946
　Printed in Japan.　ISBN 978-4-89257-148-0

バッドボーイ

ジム・トンプスン
土屋 晃 訳

豪放な〝爺〟の人生訓《レッスン》、詐欺師の友人、喧噪のベルボーイ生活――ノワールの鬼才が若き日々を綴った、抱腹絶倒の自伝的小説。本邦初訳 解説・越川芳明

ISBN 978-4-89257-147-3

脱落者

ジム・トンプスン
田村 義進 訳

テキサスの西、大きな砂地《ビッグ・サンド》の町。原油採掘権をめぐる陰謀と死の連鎖、未亡人と保安官補のもうひとつの顔――

本邦初訳 解説・野崎六助

ISBN 978-4-89257-146-6

綿畑の小屋

ジム・トンプスン
小林 宏明 訳

罠にはまったのはおれだった――オクラホマの地主と娘、白人貧農の父子、先住民の儀式、そして殺人……。

本邦初訳 解説・福間健二

ISBN 978-4-89257-145-9

犯罪者

ジム・トンプスン

黒原 敏行 訳

殺人容疑者は十五歳の少年――過熱する報道、刑事、検事、弁護士の駆け引き、記者たちの暗躍……。ありきたりの日常に潜む狂気。本邦初訳 解説・吉田広明

ISBN 978-4-89257-144-2

殺意

ジム・トンプスン

田村 義進 訳

悪意渦巻く海辺の町――鄙びたリゾート地、鬱屈する人々の殺意。各章異なる語り手により構成される鮮烈なノワール。

本邦初訳 解説・中条省平

ISBN 978-4-89257-143-5

ドクター・マーフィー

ジム・トンプスン

高山 真由美 訳

〝酒浸り《ウエット》〟な患者と危険なナース。マーフィーの治療のゆくえは――アルコール専門療養所の長い一日を描いた異色長篇。

本邦初訳 解説・霜月蒼

ISBN 978-4-89257-142-8

天国の南

ジム・トンプスン
小林宏明 訳

'20年代のテキサスの西端は、タフな世界だった——パイプライン工事に流れ込む放浪者、浮浪者、そして前科者……。
本邦初訳 解説・滝本誠
ISBN 978-4-89257-141-1

草地は緑に輝いて

アンナ・カヴァン
安野玲 訳

破壊を糧に蔓延る無数の草の刃、氷の嵐、炎に縁取られた塔、雲の海に浮かぶ〈高楼都市《ハイシティ》〉——中期傑作短篇集、
本邦初訳 書容設計・羽良多平吉
ISBN 978-4-89257-129-9

変容する都市のゆくえ 複眼の都市論

三浦倫平・武岡暢 編著

「あの街は変わった」——それは本当だろうか? 社会学、人文地理学、建築史など気鋭の論者が、〈都市と街、風景の「変容」とは何か〉に迫る。造本・加藤賢策
ISBN 978-4-89257-130-5